TONBI by Kiyoshi Shigematsu

Copyright © Kiyoshi Shigematsu 2008
First Published in Japan in 2008 by Kadokawa Shoten Publishing Co., Ltd., Tokyo.
Korean translation copyright © 2012 by Sallim Publishing Co., Ltd., Seoul.
This Korean translation published by arrangement
with Kadokawa Shoten Publishing Co., Ltd., Tokyo
through Shinwon Agency Co., Seoul.

이 책의 한국어판 저작권은 Shinwon Agency를 통한
Kadokawa Shoten Publishing Co., Ltd.와의 독점계약으로
한국어 판권을 (주)살림출판사가 소유합니다.

저작권법에 의하여 한국 내에서 보호를 받는 저작물이므로
무단전재와 복제를 금합니다.

아빠는 우주 최강 울보쟁이

시게마츠 기요시 지음 | 김 소영 옮김

살림Friends

차 례

야스의
축배

흙먼지를 날리며 야스가 운전하는 삼륜트럭이 달려온다.

도로에 평상을 내놓고 바람을 쐬던 할아버지 할머니들은 평상을 황급히 처마 밑으로 들인다. 도로는 결코 좁지 않다. 하지만 운전하는 사람이 야스일 경우 이야기는 다르다.

차는 덜덜덜 요동을 치며 다가온다. 바퀴자국들이 깊게 팬 비포장 도로 한복판의 밭두둑처럼 불룩하게 솟아오른 부분에 앞바퀴를 얹고 달리는 삼륜트럭은 때때로 두둑에서 삐끗 미끄러지면서 용수철처럼 크게 튕긴다.

"왜 저래?" 한 할아버지가 처마 밑에 몸을 찰싹 붙이며 이웃집 할머니에게 물었다. "앞은 보고 있나, 야스 저거."

현관 미닫이문 안으로 몸을 숨긴 할머니는 얼굴만 빠끔 내밀어 차가 달려오는 쪽을 보더니 "아이고, 저걸 어째." 하며 얼굴을 찌푸린 채 고개를 절레절레 젓는다.

"안 보나?"

"앞은 보는데…… 또 노래하고 있네."

야스의 입이 뻐끔뻐끔 움직이고 있다. 노래하며 웃는다. 기분 최고다. 그래서 위험하다.

삼륜트럭이 또 두둑에서 미끄덩한다. 앞바퀴가 길이 팬 곳에 덜커덩 빠지면서 핸들이 미끄러져 길가의 집을 들이받을 뻔한다.

짐칸의 포장이 홈통을 스치고, 처마 밑의 화분이 뒤집힌다.

"야스 이놈아! 우리 집을 부술 작정이냐!"

2층 빨래 너는 곳에서 할머니가 호통을 치지만 야스는 급브레이크를 밟을 때도, 핸들을 꺾어 차의 방향을 바꿀 때도 노래를 멈추지 않는다. 웃는 얼굴은 한순간 굳기도 했지만 언제 그랬냐는 듯 금세 원래대로 돌아온다.

"등신! 야스! 정신 똑바로 차리고 운전 못해?"

"내가 내 명에 못 죽는다!"

"국도로 다니라고 그렇게 말해도!"

집 안으로 피신한 노인들이 저마다 호통을 쳐도 야스는 여전히 웃으며 활짝 열어 둔 운전석 창밖으로 손을 내밀어 여어, 하는 식으로 손을 까딱했다. 좌우지간 기분은 최고인 것 같다.

"두 손으로 운전해야지! 두 손으로!"

할아버지의 말을 와하하 웃어넘긴 야스는 "착실하게 사는 녀석들은 수고 많이 해!" 하고 큰 소리로 받아쳤다.

우에키 히토시다. '무책임 일대남'(1962년 발매된 하나 하지메와 크레이지 캣츠의 3번째 싱글. 우에키 히토시가 노래했다^{옮긴이})이다.

1962년 여름의 끝자락. 스물여덟 살 야스는 생애 최고의 행복감에 싸여 있었다.

삼륜트럭이 향한 곳은 대형트럭이 바글바글 세워진 운송회사 지점이었다. 정체가 심한 국도를 피해 샛길로 빠진 보람이 있어서 보통 같으면 한 시간 걸릴 거리를 거의 30분 만에 달려왔다.

이마에 동여매고 있던 수건을 벗으며 사무실 문을 힘차게 열었다. "여." 하고 인사를 하자 전표 정리를 하던 하기모토 영업과장이 "뭐야, 야스, 집하 벌써 끝났어?" 하고 놀란 얼굴로 말했다.

"당연하지. 굼벵이같이 일하다 날밤 새우려고요."

야스는 배달전표 다발을 카운터에 놓고 작업복의 가슴팍을 풀어 수건으로 땀을 닦는다.

"과장님, 다음은 어딥니까?"

새 전표를 받으면 당장이라도 뛰어나갈 기세인 야스를 하기모토 과장은 "좀 쉬어라." 하고 쓴웃음을 지으며 말렸다. "아침부터 계속 뛰어다녔잖아."

"뭘, 이 정도를 가지고. 오사카로 가는 짐 아직 남아 있죠? 지금 있는 짐 내리고 나면 바로 쌩하니 다녀오겠습니다."

오사카로 가는 장거리 트럭은 오후 7시에 출발한다. 그때까지 시내 공장과 상점, 도매상을 돌며 화물을 모아야 한다. 거래량이 많은 단골에는 오사카 편 트럭이 직접 집하를 하러 가지만 거래량이 적은 고객이나 임시 화물, 혹은 길이 좁아서 4톤 트럭이 들어갈 수 없는 곳은 소형트럭이나 삼륜트럭이 집하를 위해 왕복한다. 대형화물선과 바지선 비슷한 관계다.

"아직 전표 안 나왔어. 됐으니까 좀 쉬어. 어이!"

과장이 아이 달래듯 말하자 사무실에 있던 다른 사원들이 쿡쿡 웃으며 서로 눈짓을 주고받았다.

봄부터 내내 이렇다.

의욕이 넘친다. 그 전까지는 오후에 지점을 나서는 나고야 편 집하만 끝내면 "하이고, 지친다. 안전운전이 최고지." 하며 낮잠에 들어가 누가 깨우지 않는 이상 두 시간이고 세 시간이고 세상모르게 퍼질러 자던 야스가 지금은 다른 이들의 두 배, 세 배는 열심히 일을 한다.

"그럼 짐 부려 놓고 오겠습니다."

야스는 담배 한 대 피울 겨를도 없이 목에 걸었던 수건을 다시 이마에 동여매고 밖으로 나갔다.

"…… 부모가 된다는 거, 참 대단한 일이네."

과장이 기막히다는 얼굴로 중얼대자 사무실 사람들은 일제히 고개를 끄덕였다.

삼륜트럭의 짐칸에 실린 짐을 플랫폼에 내리고 있는데 구즈하라가 "선배님, 좀 도와드릴까요?" 하고 말을 걸었다.

"어, 고맙다."

"카트 갖고 오겠습니다."

"뛰어갔다 와라. 꾸물거리지 말고."

"옙."

절대복종이다.

야스와 구즈하라는 이 지역 공업고등학교 선후배 사이다. 형님과 아우로 바꿔 말해도 좋다. 그러니 짐이 산더미처럼 쌓인 카트를 미는 구즈하라에게 "야! 흐느적거릴래!" 하고 호통 치는 것쯤이야 예사로 있는 일이다.

"어이, 구즈, 몇 번을 말해야 알아듣나? 플랫폼은 우리 전쟁터다. 정신 놓고 있다가는 화물이 무너져 크게 다친다니까."

"…… 죄송합니다."

"카트 밀 때는 무릎이랑 허리로 밀어야지, 구즈 넌 팔로 미니까 갈지자로 가는 거야."

여기, 여기, 하고 목장갑을 낀 손바닥으로 구즈하라의 허리를 친 다음, 여기도 중요하고, 하며 무릎 뒤를 살짝 걷어찼다.

이제 막 고등학교를 졸업한 구즈하라는 대형1종 운전면허를 딸 수 있는 스무 살이 될 때까지 플랫폼에서 화물분류부터 배우며 수습사원 형식으로 일하고 있었다.

"비켜 봐. 시범을 보여 줄 테니."

구즈하라를 대신해 야스가 밀자 3백 킬로그램이 넘는 하중의 카트가 가뿐하게 앞으로 나아간다. 플랫폼에 쌓인 다른 화물과 부딪치는 일 없이 모퉁이를 돌아 오사카 편 트럭 짐칸 앞까지 순식간에 도착했다.

"어이, 구즈, 뭘 멍하니 넋 놓고 있어. 얼른 거들어라."

카트의 짐을 트럭의 짐칸에 옮겨 실을 때도 요령 있게, 힘차게, 작업복 등짝을 땀으로 적시며 한순간도 몸을 쉬지 않는다.

입사 전에 인사차 찾아온 구즈하라에게 "땡땡이 치는 법부터 가르쳐 줄게." 하며 웃던 2월 무렵의 야스와는 완전히 다른 사람이었다.

아니, 실제로 다른 사람이 되었다. 새롭게 태어났다. 본인 입으로 그렇게 말하고 있으니 틀림없다.

3월에 아내인 미사코의 임신 사실을 알았다. 결혼 3년 만에 찾아온 기다리고 기다리던 임신이었다.

출산예정일은 11월 10일. 지금은 9월 초.

지난주에는 세 발 자전거를 사왔다가 미사코에게 타박을 당하고 백화점에 무르러 가기도 했다.

"야스, 자네, 어떻게 된 거야? 사람이 싹 바뀌어서 성실해졌다던데."

집하처인 가나에 수산을 찾아가니 마침 사무실 앞 도로에 물을 뿌리고 있던 비토 사장이 불러 세웠다.

"우리 직원 말로는 애가 태어날 거라던데, 그 말 진짜야?"

"예⋯⋯ 덕분에."

"그래? 축하한다. 근데 왜 바로 연락을 안 했어? 미리 축하해 준다고 룸살롱까지 쏴 줬더니만."

못마땅한 듯 투덜대더니 비토 사장은 바로 분위기를 바꿔서 "그럼 오늘밤에 또 함 갈까?" 하며 웃었다. "야스가 술자리에 있으면 분위기가 산다니까. 또 신나게 놀아 보자."

술을 마시면 야스는 명랑해진다. 끝내 주게 명랑한 술자리다. 웃고 떠들고 노래하고 춤추다 결국 맛이 가서 소파에 쓰러질 때까지 부어라 마셔라 난리법석이다. 하기모토 과장이 단골 거래처를 접대할 때면 "야스도 꼭 데리고 오셔야 합니다." 하는 요청을 많이 받는다.

그런데 야스는 미안한 얼굴로 비토 사장에게 머리를 숙였다.

"…… 저, 지금 금주 중인데요."

"어어?"

"애 태어날 때까지 술을 좀 참아 볼까 해서요."

"설마 건강한 애 태어나게 해 달라고 태교하는 거야?"

"아, 뭐…… 비슷합니다."

술뿐이 아니었다. 파친코도 마작도 끊었다. 7월까지는 '감이 무뎌지면 안 되니까' 하는 이유로 경륜 예상지만큼은 포기하지 않고 샀는데 그것도 이제 딱 끊었다.

"인공위성을 쏘아 올리는 시대에 웬 호들갑이람."

"평생 숱하게 있는 일하고 다르잖습니까."

"야스가 술을 끊다니, 조만간에 지진이 일어나려나?"

하핫 하고 웃는 사장에게 야스는 진지한 얼굴로 "그럼 안 되지요." 하고 말했다. "재수 없는 소리는 하지도 마십쇼."

진지하다. 아이가 태어난다는 기쁨이 커지면 커질수록 걱정할 일도 많아진다. 지진, 태풍, 화재, 전염병, 화산 분화…… 심지어는 인공위성이 떨어질 사태까지도 야스는 걱정하고 있다.

오사카 편 트럭을 보내고 나면 하루 일이 끝난다. 봄까지만 해도 이 시간부터가 야스의 전공이 발휘되는 시간이었다. 술을 마시러 가든지, 파친코를 하러 가든지, 머릿수가 차면 마작을 하러 가든지…… 어쩌다 얌전히 집에 들어가는 날일라치면 주말 경륜 예상이 기다리고 있었다.

"야스, 미사코도 좀 아껴 줘라." "이제 자네도 가정이 있으니까." "그렇게 정신 못 차리고 살다가는 미사코 도망간다."

수없이 그런 말들을 들어 왔다. 그때마다 "노는 것도 남자의 능력이다, 등신." 하고 껄껄 웃으며 흘려 버렸다.

골목대장으로 이름을 날리던 어린 시절부터 남한테 명령받는 것을 엄청나게 싫어했다.

"딱히 미사코가 명령을 하는 건 아니잖아. 조용히 자네 돌아올 때만 기다리고, 군소리 한마디 없이 술값 내주는데 요새 그런 마누라가 어디 있나?"

"누가 그걸 모르나."

누가 참견하는 것도 싫고, 설교조로 이야기하는 건 더 싫었다.

"얏짱이 쑥스러워서 그런 거지."

신혼 당시 그렇게 말한 이는 단골 술집 '저녁뜸'의 여주인 다에코다.

"미사코 얼굴만 봐도 쑥스럽고, 결혼해서 남편이 됐다는 것도 쑥스럽고 하니까. 얏짱, 맨 정신으로 집에 들어가면 뭘 어떻게 해야 될지 몰라서 바깥으로 도는 거잖아?"

저도 모르게 발끈했다. 야스가 온갖 명령, 참견, 설교보다 더 싫어하는 게 있다면 바로 자신도 잘 모르는 자신의 마음을 다른 사람이 알아맞히는 일이었다.

만약 다에코가 아닌 다른 여성이었다면 '시끄럽다! 되도 안 한 소리 하지도 마라!' 하며 한바탕 윽박질러 주고 자리를 떴을 것이다. 상대가 남자였다면 멱살잡이까지 갔을지도 모른다.

하지만 열두 살 위인 다에코한테는 뻗대지 못한다. 같은 시영주택에서 태어나고 자라 오랜 세월 알고 지낸 사이다. 철들 무렵부터 "다에코 누부, 다에코 누부." 하면서 늘 졸졸 따라다녔다. "뭐라고 시건방진 소리를 해 대는 거야. 내가 네 기저귀 갈아 주면서 키웠거든." 스물여덟 살이 된 지금도 이 말 한마디면 찍소리도 못 한다.

일을 마치고 집에 가는 길에 저녁뜸에 들러 보니 손님 없는 가게에서 다에코는 야구 중계를 보고 있었다. 교진(도쿄를 연고지로 하는 프로 야구 구단. 요미우리 자이언츠) 대 한신(오사카 등지를 연고지로 하는 프로 야구 구단. 한신 타이거즈) 전. 올해 센트럴리그는 노장인 고야마와 에이스 무라야마 두 사람의 역투를 등에 업고 이미 40승 이상을 올리고 있는 타이거즈가 15년 만에 우승할 것 같은 기세였다.

"뭐야, 오늘도 파리 날리네."

밉살스런 소리를 하며 다에코 정면에 앉았다. 바 앞에만 의자가 달랑 일곱 개인 작은 가게다. 야스가 동료들을 데리고 문턱이 닳도록 찾아오던 무렵에는 미처 다 못 들어온 젊은 친구들이 가게 바깥에 빙 둘러 앉아서 술을 마시는 경우도 허다했다.

"가게 최고의 술꾼이 금주를 하는 바람에 가게가 문 닫을 판이야. 오늘은 날도 후텁지근하니 맥주가 좋겠지?"

"……유혹하지 말라니까."

다에코는 "농담이다, 농담." 하고 웃으며 냉장고에서 사이다 병을 꺼냈다.

"얏짱, 미사코는 좀 어때? 이제 배 많이 불렀지?"

"수박 같다."

"한참 더 커질 거야. 예정일이 11월이지? 산달 되면 배꼽도 커져서 배꼽에 때도 떨어진다더라."

올해 마흔 살인 다에코에게는 자식이 없다. 젊을 때 결혼을 하긴 했지만 서른 전에 헤어졌고, 그때부터 쭉 저녁뜸을 꾸려 나가면서 늙은 어머니와 단둘이 살고 있다.

"뭐, 그래도 이제 두 달 남았나? 금방이네."

"……어."

"이름은 정했어?"

"정하기는 했는데……누부한테는 말 안 할 거다. 분명히 웃을 거야."

"무슨 소리야, 안 웃을게. 절대로 안 웃을게. 가르쳐 줘. 어?"

다에코는 두 손을 모았다. 꼬치구이 서비스해 줄 테니까, 하는 말도 덧붙였다. 야스가 망설이자 이번에는 시메사바(고등어 염장 초절임)까지 들고 나왔다. 사이다에 시메사바 조합이라니 상상만 해도 입에서 비린내가 날 것 같았지만 시메사바가 문제가 아니라 워낙에 다에코는 한번 말을 꺼냈다 하면 절대 물러나지 않는 사람이었다.

도리 없이 "웃지 마, 진짜로." 하고 다짐을 받은 뒤 털어놓았다.

아들이면 고바야시 아키라 할 때 아키라.

딸이면 요시나가 사유리 할 때 사유리.

다에코는 약속을 깨고 "얏짱답네." 하며 배를 잡고 웃었다.

야스는 책을 거의 읽지 않는다. 대신 노래와 영화를 좋아한다. 미사코의 임신 사실을 알고 얼마 뒤, 〈큐폴라가 있는 거리〉(1962년에 개봉된 우라야마 기리오 감독, 요시나가 사유리 주연의 영화^{옮긴이})를 보고 복받쳐 울었다. 아기가 딸이면 요시나가 사유리 같은 소녀가 되었으면 좋겠다고 생각했다. 지난달에는 크레이지 캣츠의 〈일본 무책임시대〉

를 봤다. 잔꾀 하나로 출세가도를 달리는 우에키 히토시의 모습에 한 순간, 앞으로는 저런 남자가 행복해질지도 모르겠다 싶어서 아들 이름을 '히토시'로 할까도 생각했지만 근본적으로 마초과인 야스는 역시 우에키 히토시와는 궁합이 안 맞다. 사나이 하면 마이트가이, 고바야시 아키라(배우, 가수. 1958년에 발표해 크게 히트 시킨 〈다이너마이트가 150톤〉의 다이너마이트에서 따온 마이트 가이가 별명이다 ^{옮긴이})의 '아키라' 말고는 없다고 생각을 고쳤다.

"그래서 미사코도 찬성했어?"

"찬성이고 뭐고……내 맘대로 하라더라."

쑥스러워서 무뚝뚝하게 대꾸했다.

다에코는 "못 말리겠네, 아이고 뜨거워라." 하고 웃더니 "넌 진짜 행복한 놈이야." 하고 진지하게 말했다.

아닌 게 아니라 실제로 미사코가 한 말은 야스의 입으로는 차마 옮길 수 없는 말이었다.

"당신이 좋아하는 이름을 싫어할 리가 없잖아요." 미사코는 이런 사람이다.

그리고 야스는 영화 속 러브신도 제대로 보지 못해서 "아, 아, 아." 하고 끙끙대며 손으로 얼굴을 가려 버리는 남자다.

그래서…….

"있잖아, 얏짱……아가가 태어나고 나면 미사코, 마음 가는 대로 솔직하게 아껴 줘야 돼. 진짜 너한테는 과분한 부인이라니까."

야스는 잠자코 사이다를 홀짝인다. 달콤한 거품이 혓바닥 위에서 터진다.

"순산 기원 참배는 하고 왔을 거고, 한번 미사코 데리고 야쿠신네 갔다 와. 부디 잘 보살펴 달라고."

야쿠신네. 마을이 한눈에 내려다보이는 산 중턱의 약사원(藥師院. 야쿠시인)을 이곳 사람들은 이렇게 부른다.

공동묘지가 있다.

야스는 사진으로밖에 보지 못한 어머니가, 그곳 한 구석에 잠들어 있다.

건물 철 계단을 올라올 때 울리는 구두소리만 들으면 '아, 왔구나.' 하고 알아챈단다. 미사코는 늘 자랑스레 그렇게 말한다.

오늘밤도 그렇다. 계단을 다 올라가 현관 앞에 서기 직전, "이제 오세요." 하고 문이 안에서 열린다. 뽕, 하고 얼굴을 내민 미사코의 함박꽃 같은 웃음이 야스를 맞이한다.

"급하게 일어나고 앉고 하지 말라고 그렇게 말해도."

야스는 걱정이 이만저만이 아니다.

자칫 잘못해서 아기가 발밑으로 툭 떨어지는 건 아닌지…….

말해 봐야 놀림만 당할 테고, 가만 생각해 보면 좀 야한 상상이기도 해서 가슴속에 묻어 두고만 있지만.

현관으로 들어서면 곧바로 부엌이다. 그 안쪽으로 각각 한 평 반과 세 평 넓이의 다다미방이 이어진다. 전쟁이 끝나고 얼마 뒤에 지어진 목조 모르타르 건물의 낡은 연립주택이었지만 더 낡은 단층의 시영주택에서 유년시절을 보낸 야스에게는 2층 창으로 보이는 조촐한 전망만으로도 꿈결 같았다.

무엇보다 이 방에는 미사코가 있다.

아내……아니 그 이전에, 가족이다.

야스한테는 쭉 가족이 없었다.

원래 병약했던 어머니는 야스를 낳은 뒤 몸이 안 좋아져서 자식의 '걸음마'도 보지 못하고 돌아가셨다.

야스는 시영주택에 사는 어머니의 큰 오빠, 다시 말해 외삼촌 부부에게 맡겨졌다. 얼마 뒤 야스는 외삼촌 부부의 양자가 되어 '시마노 야스오'에서 '이치카와 야스오'로 성이 바뀌었다.

아버지는 그 뒤 다른 지역에서 재혼을 한 채 소식이 두절됐다. 야스를 맡긴 뒤 단 한 번도 보러 오지 않았고, 외삼촌 부부 역시 아버지를 만나게 해 줄 생각을 하지 않았기 때문에 야스한테는 아버지에 대한 기억도 없다.

외삼촌 부부는 솔직한 사람들이었다. 야스의 사연을 초등학교 입학 전에 본인에게 솔직히 털어놓고 어머니의 무덤에도 데리고 갔다.

하지만 야스는 그때 일을 전혀 기억하지 못했다. 그 부분만 기억이 쏙 빠져나간 것 같다. 충격을 받지 않았을 리가 없는데, 어떤 식으로 놀랐으며 어떤 식으로 슬퍼했고, 어떤 식으로 치유해 나갔는지 아무리 생각해도 떠오르지가 않았다.

문득 정신을 차리고 보니 외삼촌 부부를 지금껏 그래 왔듯 아무렇지 않게 '아버지, 엄마'라고 부르고 있었다. 그리고 또 정신을 차리고 보니 가족이란 대체 무엇인지 알 수 없는 가운데 그냥저냥 지금에 이르렀다.

"좀 어때?"

큰방에서 러닝셔츠 바람의 야스가 묻자 미사코는 부엌에서 "오늘은 애기가 아침부터 많이 움직이네요." 하고 노래하듯이 말했다. "아들일 지도 모르겠어요."

"……그래?"

창문의 찢어진 방충망 틈새로 모기가 들어왔다. 한창 여름일 때에 비해 나는 게 영 비실비실했다. 쉽게 손으로 칠 수 있을 것 같았지만 그만 됐다 싶어서 내버려뒀다. 쓸데없는 살생은 하고 싶지 않았다. 이 역시 무사히 아버지가 되기 위한 태교 같은 것이었다.

"저기, 야스 씨."

이번에는 부엌에서 미사코가 말을 걸었다.

"어?" 하고 대답하자 "저녁, 먹을 거죠?" 하고 묻는다. 부엌에는 간장 을 끓인 들큼하고 짭짤한 냄새가 희미하게 남아 있었다.

"……아까 '저녁뜸'에서 꼬치구이 먹고 왔어, 오차즈케(밥에 뜨거운 찻물을 부은 음식 옮긴이)랑 단무지만 있으면 돼."

"반찬, 금방 만드는데. 괜찮겠어요? 밤중에 배고플 텐데."

"점심때도 두둑하게 먹었다, 괜찮다."

미사코가 주전자를 가스풍로에 얹는 사이 야스는 몰래 한숨을 쉬 었다.

신혼 때부터 쭉 맨 정신으로 보내는 밤이면 뭘 하든 얄궂게 쑥스러 워서 가시방석이 따로 없다.

미사코는 너무너무 좋다. 그건 뭐, 틀림이 없다. 미사코와 둘이 사는 지금 이 나날들이야말로 행복이라는 생각도 한다.

그런데도 쑥스러워지고 만다. 엉덩이는 들썩들썩 안절부절못하고 등짝은 근질근질한 게, 술과 도박만 안 끊었다면 오늘도 '파친코 갔다 올게.' '한잔 하고 올게.' 하며 샌들을 끌고 밖으로 나갔을 것이다. 아니, 핑계가 없더라도 이를테면 '잠깐 요 앞에 바람 좀 쐬고 올게.' 하는 말은 언제나 목구멍 안에서 뛰쳐나갈 태세를 갖추고 있다.

하지만 그래서는 안 된다. 야스는 책상다리로 앉은 두 다리를 팡팡, 세게 내리쳤다. 얌전히 앉아 있어라, 하고 자신을 나무랐다. 이제 곧 아버지가 될 텐데. 내 자식이 이 집에 찾아올 텐데. 한 집안의 가장이 떡하니 버티고 있어야 안 되겠나…….

"아, 애기, 또 움직였어요."

미사코는 기쁜 목소리로 말했다.

야스가 미사코를 데리고 약사원에 간 것은 10월 중순의 일요일이었다.

다에코가 성묘를 권한 지도 한 달이 넘은 때였다. 잊어버렸던 것은 아닌데, 무덤에 데리고 가려니 선뜻 내키지가 않았다. 실은 지금도 가슴속에는 희미한 불안감이 남아 있었다.

"알겠지, 마음 단단히 먹어야 된다."

회사 차인 소형트럭을 운전하며 야스는 조수석의 미사코에게 말했다. "마음에 빈틈이 있으면 귀신이 붙으니까 정신 똑바로 차려라." 야단이라도 치는 것 같은 어조가 되고 말았다.

미사코는 9월보다 더 불룩해진 배를 두 손으로 잡고 "진짜 겁쟁이네." 하며 웃었다.

"등신, 만에 하나라는 게 있다. 묘지라는 데는 죽은 사람들이 모이는 장소잖아. 낼 모레면 애 낳을 여자가 그런 데를 와 봐라. 심보 비딱한 등신이 무슨 나쁜 짓을 할지 모르잖아. 알겠지? 기분이 좀 이상하다 싶으면 경문을 외워. 나무아미타불, 나무아미타불, 하고.”

진지한 얼굴로 말한다. 목소리도 상기되어 있다. 술 취해 화가 나면 깡패들한테도 겁 없이 달려드는 야스가 유일하게 무서워하는 것은 바로 귀신이나 도깨비 종류였다.

“그럼 그만둘까요? 난 돌아가도 상관없는데.”

“…… 아니, 뭐, 여기까지 왔는데.”

“당신 어머니가 지켜 주셨으면 좋겠는데. 난 가고 싶은데.”

야스도 그랬다.

산달이 다가오면서 걱정은 자꾸만 늘어갔다.

신사의 부적은 넘칠 정도로 받아 놓았다. 장거리 편 트럭 기사한테 부탁해서 순산기원으로 유명한 신사의 부적이며 호부(護符)를 닥치는 대로 모았다.

그렇지만 신은 만인의 것. 야스와 미사코만 특별히 챙겨 주지는 않는다. 미사코와 동시에 산기를 보이는 사람이 몇 백 명이 된다면 신은 정신없이 바빠서 미사코 정도는 깜박해 버릴지도 모른다.

“역시, 마지막에 힘이 되는 건 가족이지.”

야스는 말했다. 그죠, 맞죠? 하고 어머니의 웃는 얼굴을 떠올리며 속으로 말했다. 딱 한 장뿐인, 영정에 쓰인 사진. 야스는 그 사진 속 웃는 얼굴밖에는 자신의 어머니 표정을 모른다.

어머니의 무덤은 이치카와 집안의 묘소에 오도카니 자리하고 있다.

묘지 한구석, 거기서 다시 한구석에……. 부부 한 쌍의 묘가 아니라 서인지 왠지 쓸쓸해 보인다.

물통을 든 야스가 국자로 물을 떠서 무덤에 뿌리고, 미사코는 꽃과 과자를 올렸다. 두 사람 다 말이 없었다. 미사코도 야스의 사연은 다 알고 있었다. 야스도 어릴 때는 몇 명인가 여자와 사귀어 봤다. 하지만 자신의 사연을 털어놓은 사람은 미사코뿐이었다.

향을 올리고, 먼저 야스가 무덤을 향해 손을 모았다. 빌고 싶고 바라고 싶은 것이 천지로 있는데, 막상 무덤 앞에서 눈을 감으면 갑자기 초조해지면서 마음속으로 무엇을 어떻게 말해야 할지 아무 생각이 나지 않아 결국 기도하는 내용은 언제나 단 하나.

모두 행복해지기를.

자잘한 소원은 많지만 그 한마디면 모조리 뭉뚱그릴 수가 있다. '행복'이란 참 편한 단어라고 생각한다.

야스가 무덤에서 멀어지자 교대로 미사코가 "죄송합니다, 어머니. 배가 불러서 이렇게 서서 실례하겠습니다." 하고 마치 눈앞에 산 사람이 있기라도 한 것처럼 말한 다음 손을 모았다.

미사코는 무덤 앞에서 한참을, 때로는 야스가 조바심을 낼 정도로 긴 시간을 들여 기도한다. 오늘도 그렇다. 그런 미사코가, 야스는 사랑스러워 견딜 수가 없다.

미사코는 친정 무덤을 찾지 않는다. "텅 빈 무덤 앞에서 손 모으면 뭐하게요." 하며 쓸쓸하게 웃는다.

야스와 마찬가지로 미사코도 일찍 부모님을 잃었다. 야스보다 두 살 아래이니 쇼와 20년(1945년)이면 아홉 살이었을 것이다. 그해 8월

6일, 히로시마에 떨어진 원폭으로 돌아가셨다. 가족 여섯 명 가운데 피난을 가 있던 미사코만이 유일하게 살아남았다. 가족의 무덤은 있지만 유골은 없다. 무덤 안에는 미사코가 피난처에서 그린 가족사진을 넣었다고 한다.

부모를 잃은 두 사람이, 이제 곧 부모가 된다.

가족이 없었던 두 사람 곁에, 이제 곧 자식이 온다.

코끝이 찡해진 야스는 미사코의 등에서 눈을 돌려 먼 곳을 바라봤다.

산 중턱에 있는 묘지다. 바다가 보인다. 오늘은 날씨가 좋아서 바다에 흩어져 있는 섬 하나하나가 또렷하게 보인다.

미사코의 기도는 여전히 계속된다.

야스는 이치카와 집안 묘소에서 멀어져 바람의 방향을 확인한 다음 담배에 불을 붙였다. 술과 도박은 태교한다 치고 끊을 수 있었지만 담배만큼은 무리였다. 금연을 하면 금세 머리가 멍해져서 트럭 운전이 위험해진다. '사고로 죽으면 본전도 못 찾는 거야.' 하고 핑계를 대며, 몸이 무거운 미사코에게 연기가 가지 않도록 조심조심 피우고 있었다.

담배를 입에 물고 새삼 거리를 쭉 둘러봤다.

빈고 시(市)라고 한다. 세토 내해에 면한 곳으로 전쟁 전에는 거센 바람을 피해 순풍을 기다리는 포구로, 전후에는 공업도시로 번성하고 있는 도시다. 관광명소는 거의 없어서, 메이지 시대까지는 백사청송의 바닷가였다는 해안도 가스탱크며 공장이 늘어선 콤비나트(생산과정에서 상호 보완적인 공장이나 기업을 한 지역에 모아 놓은 기업 집단로 변모해 운치 없기 짝이 없다.

그래도 이곳이 야스의 고향이다. 부모를 잃은 뒤로는 태어난 고향인 히로시마를 벗어나 오카야마와 시코쿠의 친척집을 전전하던 미사코 역시, 방적공장의 집단취직 문제로 옮겨 와서 정착한 이 도시가 지금은 고향이 되어 있을 것이다. 그리고 이제 곧 태어날 두 사람의 아이에게는 이곳이 빼도 박도 못하는 태어난 고향이 되는 것이다.

문득 '멀리 가고 싶네'(나카무라 하치다이가 작곡하고 제리 후미오가 노래한 1962년 곡)의 첫머리를 흥얼거렸다. 담배 연기와 함께 멜로디와 가사가 흘러간다.

낯선 거리를 걷고 싶네
멀리 어딘가 가고 싶네

약 20만 명의 인구가 사는 빈고 시는 이 지역의 중심 도시다. 갑갑함을 느낄 정도로 작지도 않고, 아뜩해질 정도로 크지도 않다. 고만고만한 도시이고, 고만고만한 시골이다. 도쿄나 오사카에 취직한 친구들은 설에 귀성할 때마다 '역시 빈고가 최고'라고 말한다.

야스는 28년간 빈고 밖으로 단 한 발짝도 나간 적이 없었다. 대도시를 동경하는 마음이 없었던 것은 아니지만 익숙한 고향을 버릴 만큼 강렬한 열망은 없었다.

태어날 아이는 어떨까? 도쿄로 가고 싶다, 오사카로 가고 싶다, 는 말을 꺼내게 될까?

중졸로 취직하면 15년간, 고졸이라도 18년간. 만에 하나, 대도시의 대학에 진학한다 치더라도 역시 18년밖에, 한 지붕 아래에서 살지 못한다. 가족이라지만 함께할 수 있는 시간은 이토록 짧다. 십 수년 뒤 자식과 헤어질 생각을 하니 벌써부터 의기소침해졌다.

"조심해서 걸어라, 난간 꼭 붙들고."

약사원의 돌계단을 내려가며 야스는 몇 번이나 미사코를 돌아보고 걱정스런 얼굴로 말했다.

길고 경사가 급한 계단이다. 만에 하나 삐끗해 굴러 떨어지기라도 하면 큰일이다. 큰 부상을 입거나 어쩌면 최악의 일까지도…….

"알았지, 한 걸음씩 천천히 가자. 조심해서 가야 된다."

미사코는 "괜찮아요, 괜찮아요." 하고 쓴웃음 섞인 대꾸를 한 다음 불룩한 배를 문지르며 걸음을 멈췄다.

"잠깐 휴식……발만 보고 걸으니까 경치가 하나도 안 보이네."

이마의 땀을 닦고 기분 좋게 한숨을 내쉰 뒤 시선을 먼 곳으로 던진다.

두 단 아래에서 야스도 먼 곳을 바라봤다. 약사원 돌계단에서 바라보는 풍경은 도시와 바다와 하늘의 균형이 최고이고, 공장 굴뚝이며 가스탱크의 위치, 섬의 배치도 절묘했다. 그림에 소질이라고는 요만치도 없는 야스마저도 아름답네, 하고 느낀다. 이 경치를, 미사코의 뱃속에 든 아이에게도 똑똑히 보여 주고 싶다……이렇게 생각한 순간, 아이코, 하며 낯을 붉히고 만다.

"날씨 참 좋다……."

"어어."

“배 지나간 자리에 하얀 줄기가 오늘은 확실하게 보이네요.”

“어어.”

입 밖으로 내뱉는 말은 무뚝뚝하다. 쑥스러워서, 쑥스러워서, 그저 쑥스러워서……총총히 걷기 시작한다.

하지만 몇 걸음 내려가지도 못하고, 안 된다, 무슨 일이라도 생기면 어쩌려고, 하며 마음을 고친다. 혹시 미사코가 발을 삐끗하기라도 하면 미끄러지기 전에 잡아야 되니 다시금 돌계단을 올라간다.

미사코는 쿡, 하고 웃고는 “당신, 참 다정해요.” 하며 배를 문질렀다. “네 아빠 진짜로 다정한 사람이야.” 하고 아기한테까지 말을 하는 통에 야스는 또 안절부절못하고 쑥스러워져서는, “조심해서 내려와.” 이 말만 내뱉고 두 계단씩 내려간다.

돌계단 중턱에는 좌우에 인왕상이 놓인 절 문이 있다. 젊은 스님이 낙엽을 쓸고 있다.

“어이, 땡중.”

야스가 부르자 스님은 돌아보더니 오우, 하고 대빗자루를 든 채 웃었다. 약사원의 대를 이을 자식인 쇼운이라고 야스의 죽마고우였다.

“웬일이야 야스, 데이트 중인가 보지?”

쇼운이 놀리자 야스는 대번에 얼굴을 붉히고는 쇼운이 쓸어 모아 놓은 낙엽을 발로 흩뜨렸다.

“등신, 마누라랑 데이트는 무슨 데이트고, 등신, 등신, 등신.”

“뭘 그렇게 쑥스러워하고 그래.”

“쑥스럽기는, 웃기고 앉았네. 땡중 주제에 뭐 잘났다고 입을 놀려.”

땡중. 초등학교 때부터 쭉 그렇게 불렀다. 죽마고우 중에서도 가장 친한 단짝이다. 절 본당에서 숨바꼭질도 하고, 본존상의 공물을 몰래 훔쳐 먹기도 하면서 장난만 쳤더랬다. 그때마다 쇼운의 아버지인 가이운 주지스님한테 눈물이 쏙 빠지도록 혼난 다음 절 문의 인왕님 앞에서 둘이 나란히 나무에 매달려 있곤 했다.

쇼운은 돌계단 위를 힐끗 보더니 감개무량한 듯 말을 이었다.

"미사코 배, 많이 불렀네. 곧 나오겠다."

"남의 마누라 배를 어디서 빤히 봐, 등신아."

"야스가 아빠가 된다니, 일본도 평화로운 세상이 됐다는 소리네. 우리 아버지도 순산 기원해 볼까, 하시더라."

"경사스러운 때 중이 나타나면 향냄새나 풍기고 재수 없다."

"그래, 그 말, 우리 아버지한테 고대로 전해 줄게."

"야, 잠깐만. 농담이다, 농담."

이 나이가 됐지만 여전히 가이운 스님은 무섭다.

그것은 쇼운도 잘 알고 있다.

"성묘 왔었다고 하면 아버지도 칭찬해 주실 거다."

"……성묘 아니다."

"야스가 아빠 되는 걸 누구보다 어머니가 기뻐하고 계실 거다. 그렇지?"

그 한마디에 야스의 뺨은 또 대번에 불타오르고 만다.

"죽은 사람은 그냥 뼈일 뿐이지. 무슨 상관이야."

"스님 앞에서 그런 소리 하는 놈이 어딨냐, 천벌 받으려고."

"남의 불행으로 밥 먹고 사는 놈이 천벌 받는 거지, 등신아."

하이고, 못 말리겠네, 하고 쓴웃음을 지은 쇼운은 또 계단 쪽으로 눈길을 줬다가 굳은 표정을 지었다.

"야, 야스!"

미사코가 난간을 부둥켜안은 자세로 웅크리고 있었다.

"땡중, 차 좀 대기시켜 놔라!"

차키를 쇼운에게 던진 야스는 계단을 뛰어올라 미사코를 안아 일으켰다.

"왜 그래? 정신 차려라!"

미사코는 새빨간 얼굴로 신음하면서도 애써 웃어 준다.

"아가가…… 얼른 나오고 싶다고 하네요…… 아빠 엄마가 예쁜 경치를 보고 있으니까, 지도 보고 싶은가 봐요…… ."

"됐다, 말하지 마라!"

불룩한 배 때문에 제대로 업기가 힘들다.

젠장, 하고 혀를 차며 미사코 뒤로 돌아갔다.

두 팔로 미사코를 안아 들었다.

"내 목에 매달려! 절대로 놓치면 안 된다!"

팔 힘만으로 미사코를, 아니, 아니다, 미사코와 제 아이를 안고 한 걸음씩 계단을 내려간다.

아무리 마음이 급해도 발을 헛디뎠다가는 끝장이다. 설상가상으로 미사코의 몸이 시야를 가려 발밑이 전혀 보이지 않는다.

쇼운이 돌아오기를 기다렸다가 절에서 문짝이라도 빌려 미사코를 싣고 몇 명이 매달려 운반하는 편이 낫다. 이치를 따지면 그렇다는 건 잘 안다. 하지만 이치 따위는 내팽개쳐 버리는 뜨거운 것이 가슴 속에 있다.

한 걸음, 한 걸음…… 또 한 걸음…….

도중에 멈춰서 신발을 벗어던졌다. 양말도 좌우로 발을 쓱쓱 문지르듯 해서 벗었다. 맨발인 편이 돌계단의 감촉을 확실히 느낄 수 있다.

한 걸음, 한 걸음…… 또 한 걸음…… 돌멩이를 밟아도 꾹 참고 다시 또 한 걸음…….

"당신…… 괜찮아요? 안 무거워요?"

미사코의 목소리에 야스는 무리해서, 억지로 웃음을 짜내며 대꾸했다.

"말하지 말라니까. 그보다 애가 저절로 떨어지지 않도록 정신 바짝 차려."

미사코도 진땀으로 범벅된 얼굴에 안간힘을 다해 웃음을 띠웠다.

"……아빠가 안아주니까 좋다…… 좋다, 그렇지……."

뱃속의 아이한테도 말을 건다.

"등신, 입 다물어라!"

이런 때에도, 아니 이런 때이기에 더욱, 최고로 쑥스러워 하고 마는 야스였다.

야스는 아무한테도 말하지 않았다. 쇼운이나 다에코나 세토나이 통운의 구즈하라나 가나에 수산의 비토 사장한테도, 결코 털어놓지 않았다.

"손 비빈다고 행복해질 거 같으면 파리들은 전부 극락 가겠다, 등신."

쇼운 앞에서도 태연히 그렇게 내뱉고, 하느님이고 부처님이고 애초에 전혀 믿지도 않던 야스가 태어나서 처음으로 기도를 했다.

"말 한번 섞어 본 적 없는데 뭐가 부모자식 간이야, 등신."

아버지도 어머니도 그런 식으로 말해 왔던 야스가 기도를 한 것이다.

아버지, 엄마, 도와주소, 미사코랑 애 좀 구해 주소, 하고 온 마음을 다해 기도하고 또 기도했다.

미사코를 안고 야사원 돌계단을 내려갈 때도. 소형트럭을 번개같이 몰아 조산원으로 향할 때도. '금일 일요일 휴진'이라는 팻말이 걸린 조산원 앞에서 호통치고, 소리 지르고, 현관문을 미친 듯이 두드리고, 마지막에는 트럭의 경적을 귀가 찢어질 정도로 울리며 의원 안쪽의 자택에서 의사를 끌어냈을 때도. 들것에 실린 미사코가 분만실에 들어간 뒤 복도의 의자에 기진맥진 주저앉아 있을 때도. 오직 한마음으로 기도했다. 기도할 수밖에 없었다.

"어이, 야스, 마음 단단히 먹어라!"

맨 처음 산원으로 뛰어와 준 이는 비토 사장이었다. 잠시 뒤 구즈하라와 하기모토 과장도 달려왔다. 쇼운이 야스의 지인들에게 전화를 돌린 것이다.

"걱정 마라. 쇼운이 지금 호마당에서 아버님이랑 같이 순산 기원하고 있단다."

"……땡중 그 등신이, 착각해서 정토로 인도하는 마지막 경문을 외우는 건 아니겠지요?"

최대한 밉살스런 말을 해 보지만, 떨리는 목소리는 감출 수 없다.

이윽고 분만실 앞은 야스의 놀이친구들과 술친구들로 복닥복닥해졌다. 아기는 좀체 나올 생각을 하지 않는다. 미사코의 신음 소리며 산파의 "자, 힘내세요!" 하는 목소리가 복도 쪽으로 새어 나올 때마다 다들 불안한 표정으로 얼굴을 마주한다.

"야스 씨, 걱정 말아요, 괜찮을 거예요." "자자, 힘 빼고." "어린애도 아니고, 손톱 깨물지 마라." "야스 씨!" "야스!" "야스 씨!" "야스!"…….

문득 보니 창밖은 이미 어둑해져 있었다.

나중에야 야스는 알았다.

지인들 중 유일하게 조산원에 얼굴을 내밀지 않은 다에코는 쇼운의 연락을 받고 '저녁뜸'으로 갔다. 일요일에는 쉬는 '저녁뜸'의 문 앞에 청주며 맥주 케이스를 잔뜩 늘어놓고 축하파티 준비를 하고 있었다.

"난 처음부터 믿고 있었어. 얏짱 자식이잖아. 당연히 건강하게 태어나지. 아무 걱정도 안 했다니까."

다에코는 훗날 그 이야기가 나올 때마다 으쓱으쓱하며 그렇게 말했다.

시장이 쉬는 날이었지만 팔방으로 알아보고 통도미(일본에서는 축하일에 통도미 구이요리를 낸다 ^{옮긴이})도 입수했다. 술은 가게에 있는 것을 몽땅 다 풀 생각이었다. 돈은 안 받는다. 받을 수가 없다.

"그렇잖아. 얏짱이 아빠가 되는데, 아직 철도 안 들었을 때 부모님을 잃은 얏짱이 부모가 되는데……이보다 경사스런 일이 또 어디 있겠어. 그 술값을 받으면 진짜 술집 주인 할 자격 없지……."

단골손님들 앞에서 그렇게 말할 때마다 다에코의 눈에는 눈물이 고였다.

어쨌거나, 그런 줄은 꿈에도 알 리 없는 야스는 다에코가 부랴부랴

축하파티를 준비할 무렵 불안의 극치에 시달리고 있었다.

벌써 해는 꼴딱 저물었다. 산에서 바다로 내려오는 찬바람이 조산원 복도의 창을 덜컹덜컹 흔들어 댔다.

미사코가 분만실에 들어간 지 세 시간이 넘었다. 복도에 몰려든 사람들도 어느 순간부터는 조용히 입을 다물고 있었다.

도저히 견디지 못한 몇 명은 조산원 밖으로 나가 담배를 피우며 만에 하나를 이야기하고 있었다. 위로의 말, 격려의 말…… 그저 조용히 울어 주는 편이 낫다는 이도 있는가 하면, 그랬다가는 '쓸데없는 동정 하지 마라!' 하고 화를 낼 게 빤하다고 하는 이도 있었다.

그것들이 다 우스갯소리가 되어 준 것은, 달빛이 거리를 비추기 시작한 무렵이었다.

아기의 첫 울음 소리가 들렸다. 생명을 느끼게 해 주는, 가녀리지만 확실한 울음 소리였다.

복도에 있던 사람들은 일제히 일어섰다.

여전히 의자에 앉아 있는 사람은 단 한 명 야스뿐. 감동과 허탈감으로 맥이 쫙 빠져 버린 것이다.

건배.

"애가 원숭이 같더라니까. 어이, 내 아들, 원숭이다, 원숭이."

건배.

"미사코가 말이다, 애를 안았거든. 그때 그 얼굴…… 너희들한테도 보여 주고 싶었다. 양귀비도 울고 갈 거다, 진짜로 예뻤다…… 등신, 너희들한테 보여 줄 리가 있나! 내 미사콘데, 나만의 미사코랑 아간데!"

건배.

"아들이다! 잠지가 달렸다! 고추가 커다랗더라니까. 큰 인물 될 거다, 그놈."

건배.

"자자, 쭉쭉 마셔! 사장님도, 과장님도 더, 더, 더 마셔요. 내 축하주니까, 이런 때 안 토하고 언제 토할 거야!"

건배.

"좋다, 진짜 좋다…… 어이, 다에코 누부야, 28년을 살면서 이래 기쁜 건 처음이다. 난 행복한 놈이지. 세상에서 최고로 행복한 놈이다……."

건배.

"오, 땡중 왔나? 그래, 마셔라, 마셔. 반야탕(술을 이르는 승려들의 은어 옮긴이)이다! 아버지한테는 비밀로 해 줄게. 어? 왔다고? 주지스님도 오셨나? 안 되는데. 또 불벼락 내리고 나무에 매달아 버리면 어떻게 해, 야……."

건배.

"어? 이름? 어, 다 정해 놨어. 아들이면 아키라, 고바야시 아키라 할 때 아키라! 이름 좋지?"

건배.

"구즈 있나? 구즈하라. 야, 구즈, 너도 얼른 결혼해서 후딱 애 만들어라. 응, 진짜 좋다. 애가 태어나는 순간은 진짜, 진짜로, 진짜로 좋다……."

건배, 건배, 건배…….

"어이, 요것 봐라, 아키라 어디 갔나? 내 아들 어디 있나? 병원? 등신, 얼른 데리고 오라니까! 부모 자식 간에 맹세의 술잔을 나눠야지! 병원에서 데리고 와라!"

쇼와 37년(1962년) 10월.

야스는 아버지가 되었다.

예정일보다 2주 이상 일찍 태어난 아키라는 체중은 2,700그램이 채 되지 않았지만 건강했다.

'솔개'와 '매'의 긴 여행이 시작되었다.

가족 세 사람

아키라가 태어난 뒤로 야스는 다정다감해졌다. 눈물이 많아졌다고 하는 사람들도 있었다.

개중에서도 아기나 어린이들에게 일어난 슬픈 일에 약했다.

회사 텔레비전으로 탈리도마이드(1950년대 후반부터 1960년대까지 임산부들의 입덧 방지용으로 판매된 약. 부작용으로 기형아들이 양산되어 사용이 금지되었다 옮긴이) 피해아동의 모습을 보면 "뭐한다고 저런 끔찍한 약을 나라가 허락해 줬을고. 불쌍해라, 불쌍해라……." 하고 눈물을 머금고, 무리코시 요시노부 군 유괴사건(1963년 3월에 일어난 요시노부 군 유괴살인사건. 이 사건을 계기로 유괴사건의 보도를 자숙하기로 하는 매스컴 간의 보도협정이 일본 최초로 맺어졌다 옮긴이)에서 경찰이 범인을 놓쳤을 때는 "이 등신들이! 뭐하는 거야!" 하며 조간신문을 바닥에 내동댕이치고는 "얼른 구해야지. 얼른 엄마 곁으로 데려다 줘야지 ……." 하며 콧물을 홀짝였다.

그런가 하면 원래도 즐기던 노래 솜씨가 날로 발전했다. 잠투정을 하느라 밤마다 울어대는 아키라를 위해 매일 밤 자장가를 부르는 덕분이었다.

"하여튼 못 말린다니까."

술친구들은 늘 구시렁댄다.

"그러니까 말이다, 술집에서 동요를 줄줄이 불러 대면 술이 확 깬다, 아주." "소주 마시면서 '장난감 차차차'가 다 뭐야." "차차차, 하는 부분에서 손뼉 안 쳐 준다고 성을 내지를 않나." "아들이 태어나도 괄괄한 성격은 어떻게 그래 하나도 안 변하는지." "아니다, 그래도 제딴에는 조절하고 있다는데." "그 뭐지? 아키라가 열이 펄펄 끓었을 때 의사 뺨따귀를 날렸다던데 그거 그냥 소문이지?" "그거 진짜다. 일요일에는 왕진 안 한다니까 젊은 의사 멱살을 잡고 아주 혼쭐을 내줬다더라." "의사를 세 명이나 불렀다던데." "그래, 아키라의 열을 일번타자로 내려 주는 의사한테는 돈을 배로 준다면서." "바보 아냐?" "아키라를 울리는 의사는 간판에 '돌파리'라고 쓸 거라고 협박도 했다던데." "진짜 바보 아냐?" "힘은 유지로(배우, 가수. 이시하라 유지로. 마초 배우로 유명하다 옮긴이)인데 머리는 〈데나몬야 산도가사〉(1962년~1968년까지 방송된 코미디 프로그램. 주인공이 좀 덜떨어지고 웃기다 옮긴이)라니까. 아무도 못 말린다." "진짜 못 말린다니까."

그래도 마지막에는 얼굴을 마주하며 풋, 하고 웃음을 터뜨린다. 이러니저러니 해도 다들 야스를 좋아하는 것이다.

"어이, 어쩐 일들이고, 가난뱅이들이 옹기종기 모여서 싸구려 술을 홀짝이고 있네." 하고 야스가 밉살스런 말을 하며 술집에 들어서면 친구들은 싱글벙글 웃으며 "야스, 이리 와라." "야스 씨, 한잔 하세요."
하며 자리 한가운데로 맞아들인다.

그리고 얼근하게 취한 야스가 부르는 '도토리가 대굴대굴'에 맞추
어 손뼉을 쳐 주며 몰래 작은 소리로 "못 말린다." "두 손 두 발 다 들
었다니까." 하며 투덜대는 것이었다.

쇼와 38년(1963년)은 '노래의 해'였다.

후나키 가즈오의 '고교 3년생'이 대히트를 했고, '위를 보며 걷자'로
미국 차트 1위를 차지하기도 한 사카모토 큐는 국내에서도 '쳐다봐,
밤하늘의 별을'을 히트시켰고, 더 피넛의 '사랑의 바캉스'도 인기를 모
았다. 미소년 붐을 일으킨 미타 아키라가 '아름다운 십 대'로 데뷔한
것도 이 해였다.

하지만 뭐니 뭐니 해도, '노래의 해'가 된 이유는 아즈키 미치요의
'안녕 아가야'가 태어났기 때문일 것이다.

7월이었다. NHK 프로그램인 〈꿈에서 만나요〉의 월말 가요 코너에
서 '이 달의 노래'라며 부른 것이 바로 이 '안녕 아가야'였다.

야스는 잔업 중 회사 텔레비전을 통해 그 노래를 처음 들었다. '안
녕, 아가야' 하고 아즈키 미치요가 노래를 시작한 순간, 야식인 치킨
라면을 먹는 것도 잊은 채 거지반 넋을 놓고 텔레비전을 응시했다.
"무슨 일 있습니까?" 하고 묻는 구즈하라의 머리를 말없이 때린 뒤 바
로 그 손으로 텔레비전의 볼륨을 잔뜩 높였다.

이시하라 유지로나 고바야시 아키라의 노래와는 무언가가 확실히
다르다. 듣고 있는 야스 역시 옛날과는 달랐다. 겨우 1, 2년 전만 해도

'무슨 노래가 저리 젖비린내 나노. 등이 근질근질한다.' 하며 무시했을 '안녕 아가야'를 꼼짝도 않고 몰입해서 들었다.

"……노래 좋네."

불쑥 중얼대고는 아키라가 태어난 날의 감동을 새삼 곱씹듯이 응응, 하며 몇 번이고 고개를 주억거렸다.

레코드 발매는 11월. 하지만 그 무렵에는 이미 가사를 외우고 있었다.

그중에서도 2절 가사를 좋아했다.

안녕 아가야
네 미래에
이 행복이
아버지의 소원이란다

아키라에게 자장가 대신 이 노래를 불러줄 때마다 이 부분에 이르면 야스의 눈에는 눈물이 그렁그렁 맺혔다.

아키라는 만 한 살의 생일을 이마에 물수건을 댄 채 맞이했다. 일주일 전부터 감기를 앓고 있는데 사흘 전에는 열이 38도가 넘었다가 가까스로 정상 체온 가까이 내려간 상태였다.

"이게 뭐냐, 모처럼 생일인데 이놈은……."

간병으로 수면부족이 이어진 야스는 빨갛게 핏발 선 눈을 깜박이며 하이고, 하고 한숨을 쉬었다. "크림 딱 한 숟갈만 먹이면 안 될까?"

하고 미사코에게 말을 건다.

　미사코는 아이를 달래듯 "아직 배가 연한데 버터 같은 거 먹였다가 배탈이라도 나면 어쩌려고요?" 하고 웃는다.

　"그래도 모처럼 사오기도 했고, 생일 때는 이런 걸 먹어 줘야지……"

　"당신이 대신 먹어 주면 되잖아요. 아키라도 아버지가 먹어 주면 기뻐할 거 같은데."

　"크림이 안 되면 카스텔라 부분도 괜찮은데. 그래도 생일이잖아."

　안 돼요, 안 돼, 하며 미사코는 조금 강하게 고개를 저었다. 처음 젖을 떼고 음식을 먹기 시작했을 때도 경사라며 신바람이 나서는 숟가락으로 술을 떠서 아키라에게 먹이려고 했을 정도니, 확실하게 못을 박아 두지 않으면 무슨 짓을 할지 모른다.

　"그럼 딸기, 딸기는 괜찮지?"

　"안 돼."

　"……감기 걸렸을 때는 계란주가 최곤데."

　"바보 같은 소리 좀 하지 말아요."

　미사코가 쏘아보자 야스는 기가 죽어 어깨를 축 늘어뜨렸다.

　예정일보다 일찍 나온 탓인지 아키라는 몸이 그다지 튼튼하지 못했다. 생후 반년쯤 지났을 때부터 감기를 달고 살았고 툭하면 악화되어 중이염으로 발전했다. 딱히 어디에 이상이 있는 것은 아닌데 전체적으로 병약해서 젖 빠는 힘도 약하고 발육도 비슷할 때 태어난 다른 아기들보다 조금 늦었다.

　"괜찮다, 괜찮다. 천천히 느긋하게 크면 되지."

　아키라를 안은 채 소곤대는 미사코의 말은, 조급증을 내는 야스에게 하는 말이기도 했다.

　아키라가 처음 걸음마를 한 것은 쇼와 39년(1964년) 새해가 밝고 얼마 지나지 않았을 때였다.
　"여보, 무조건 조용히 해야 돼요. 절대로 떠들면 안 돼요, 알았죠?"
　미사코는 몇 번이나 다짐을 받았다.
　"안다, 걱정 마라." 하고 야스는 긴장한 얼굴로 끄덕이고는 마스크라도 쓰듯 손바닥으로 입을 막았다.
　처음 혼자 일어섰을 때는 야스가 큰 실수를 하고 말았다. 기는 것부터 해서 뭘 잡고 일어서기, 잡고 걷기를 지나 생일을 조금 지난 무렵, 아키라는 처음으로 아무것도 잡지 않고 일어섰다. 숨을 삼키며 지켜보던 야스는 "됐다! 잘했다!" 하며 큰 소리를 지르고 말았다. 아키라는 놀라서 엉덩방아를 찧더니 엉덩이에 불이라도 붙은 듯 울기 시작했고, 그게 어지간히도 무서웠는지 그 뒤 한동안은 미사코가 아무리 "옳거니, 일어서 봐." 하고 부추겨도 꽁무니를 뺄 뿐이었다.
　미사코는 손을 잡고 아키라를 일으켰다.
　"으샤, 잘한다, 잘한다." 하고 부드러운 목소리로 응원하다가 가만히 손을 놓는다. 바로 좀 전, 야스가 회사에서 돌아오기 5분쯤 전에 아슬아슬한 장면까지 갔다고 한다. 혼자 일어서서 발을 한 발짝 앞으로 내디뎠다가 쿵, 하고 넘어졌다는 것이다. 조금만 더하면 된다. "당신이 응원해 주면 분명히 성공할 거예요." 하고 미사코는 말한다. 말이라도 그렇게 해 주니 야스는 기뻐서 어쩔 줄을 모른다.

잡아 주는 사람이 없어진 아키라는 두 손을 살짝 앞으로 내밀고 몸의 균형을 잡으며 아슬아슬하게 혼자 서 있는다.

힘내!

야스는 숨죽인 채 마음속으로 아키라를 응원했다.

미사코도 기도하듯 손을 모으고 가만히 아키라를 지켜보고 있다.

아직은 두 다리에 힘을 주고 서 있는 것만으로 버거운지 아키라가 좀체 움직이질 않는다. 야스가 걱정스런 얼굴로 미사코를 보자 괜찮아요, 하며 웃어 줬다.

아키라의 몸이 휘청, 하고 흔들렸다. 그와 동시에, 오른발이 한 발짝 앞으로 나왔다.

넘어지지 않는다. 분명히 걸었다.

그리고 왼발, 다음으로 다시 오른발……세 번째 걸음에서 쿵, 하고 넘어졌다.

"해냈다! 잘했다!"

야스는 펄쩍 뛰어올라 만세를 외치며 미사코와 한 약속을 깨 버렸다.

아키라가 처음으로 한 말은 '야상'이었다. 걸음마를 떼고 얼마 뒤부터 "야상, 야상" 하고 쉴 새 없이 종알대었다.

"날 말하는 게 틀림없어."

야스는 '저녁뜸'의 바에 팔꿈치를 괴고 앉아 흐뭇한 얼굴로 말했다.

"야스가 야상이 된 거지. 혀짤배기 아가니까."

묻지도 않았는데 그렇게 말하더니 "야상, 야상" 하고 반복해서 중얼대고는 크후훗, 하고 쑥스러운 듯 웃는다.

다에코는 안주로 낼 말린 정어리를 석쇠로 구우며 "아버지 이름을 맨 처음으로 부르는 애기도 있네." 하며 쓴웃음을 짓는다. "원래는 먼저 '맘마, 맘마'부터 하는 거 아냐?"

"아니라니까. 나도 분명히 들었고 미사코도 대단하다 하면서 깜짝 놀랐다니까."

"미사코가 마음 쓰느라 그런 거지, 너 기쁘게 하려고."

"……칵, 역시 소박맞은 늙은 여자는 비딱하다니까, 뭐든 보는 눈이 달라."

웃으며 컵에 든 청주를 들이킨 야스가 갑자기 진지한 얼굴을 하더니 "근데 미사코라면 그 정도는 해 줄지도 모르겠다." 하고 말했다.

"그치? 미사코는 진짜 심성이 고와. 신부 잘 얻었지."

"어어……진짜."

수줍음을 잘 타는 야스도 다에코 앞에서라면 솔직하게, 가식 없이 팔불출이 될 수 있다. 가족의 온기를 모르고 자란 자신이 얻은 지금의 행복을, 누구의 눈치도 보지 않고 음미할 수 있다.

술이 더해지고 취기가 돌면 다에코는 가게 문을 닫아 버린다. 다른 손님이 있으면 허세기 있는 야스가 울지 못하니까.

"어, 다에코 누부야, 내가 왜 이럴까. 눈물이 난다. 왜 그런지 몰라도 미사코랑 아키라를 보고 있으면 눈물이 나온다. 행복한데 눈물이 나다니……내가 어떻게 된 거 아닌가 싶다. 이상하지?"

바에 풀썩 엎드려서 울먹이는 목소리로 말한다.

"행복이란 게 이런 건가. 처음 알았다. 너무 행복하면 슬퍼진다. 왜 그럴까, 왜 그럴까⋯⋯."

다에코는 "야샹, 야샹" 하고 아키라의 흉내를 내며 놀린다. 그런 다에코 앞이기에, 마음껏 울 수 있는 것이다.

일요일 아침에는 일찍 일어난다. 창문 커튼 너머로 아침 햇살이 들이치면 야스는 바빠진다.

"미사코, 도시락. 주먹밥이랑 단무지만 있으면 되니까 만들어 놔라."

그렇게 말하고 집을 뛰어나가 자전거를 타고 가는 곳은 가나에 수산이다. 비토 사장한테 카메라를 빌리러 가는 것이다.

현관에 들어가서 인사부터 하고 용건을 말하는, 그런 느긋한 성격이 아니다.

"사장님, 사장님, 아침부터 죄송합니다! 카메라 좀 빌려 주십쇼!"

사무실 앞에서 버럭 소리를 지르면 잠시 뒤 2층 창이 열리고 잠이 덜 깬 사장이 "뭐야, 야스 자네, 또 카메라야?" 하며 얼굴을 내민다.

"죄송합니다, 오늘은 바다로 데리고 가려고요. 진짜로 늘 고맙습니다."

바닷바람은 카메라의 치명적인 적이다. 안 그래도 거칠고 손끝이 무딘 야스한테 카메라를 맡기면 불안하기가 짝이 없다.

그래도 빌려 주고 만다. "죄송합니다, 은혜는 안 잊겠습니다." 하고 두 손을 모으는 야스를 보면 저도 모르게 그만 알았다, 알았다, 하고 쓴웃음 지으며 끄덕이게 된다.

"야스, 자네도 카메라 사지 그래? 그게 편할 텐데."

"그럴 돈이 어디 있습니까?"

사장의 카메라는 아키라가 태어나기 전 해인 쇼와 36년에 출시된 '캐노넷'(캐논에서 1961년에 출시한 제품 옮긴이)이었다. 가격은 18,800엔. 국가 공무원의 평균월급이 25,000엔이 조금 넘으니 대단한 사치품이었다.

"할부로 사면 되지."

"어디요, 할부는 사내대장부답지 못합니다."

"그럼 중고는 어때?"

"남이 쓰던 물건은 싫습니다."

남의 카메라를 빌려 쓰는 주제에 이상한 고집을 부린다.

"그럼, 빌려 갑니다!"

야스는 카메라 케이스의 줄을 잡고 수통처럼 거칠게 어깨에 맸다.

"아, 아……."

"예? 하실 말씀이라도 있으십니까?"

"아니, 됐다…… 아무것도 아니다."

의기양양하게 자전거 페달을 밟으며 물러가는 야스의 등을 우거지상으로 지켜보던 사장의 얼굴은 이윽고 못 말린다, 하는 쓴웃음으로 바뀌고 만다.

집에서 바다까지는 보닛버스(엔진이 앞쪽에 있는 버스)로 30분 정도 걸린다.

사실 야스는 버스를 잘 못 탄다. 마루를 깐 바닥의 왁스 냄새가 괴롭다. 콧속이 근질근질해지면서 재채기가 나온다. 트럭 냄새와 비슷한 것 같으면서도 미묘하게 다른 그 부분이 체질에 영 안 맞는 것이리라.

미사코도 입덧을 할 때는 버스에 탈 때마다 속이 울렁거려서 혼이 났었다고 한다. 이렇게 시간이 지나고 나서야 밝히는 것이 미사코의 성격이다.

“얼른 차를 사야 되는데……”

차창을 열어 바깥바람을 안으로 들이며 야스는 중얼거렸다.

내 차가 있으면 어디든 가고 싶을 때 갈 수 있다. 버스 정류장에서 조바심치며 기다리지 않아도 되고, 설령 만원이라도 미사코와 아키라의 자리만큼은 목숨을 걸고서라도 차지하겠다며 기를 쓰고 버스에 올라타지 않아도 된다. 무엇보다, 미사코가 아키라에게 젖을 물릴 때 옆에 서서 가리지 않아도 된다.

“응? 차 사고 싶다.”

옆에 앉은 미사코에게 말하자 미사코는 품에 안은 아키라를 어르며 “욕심 부리면 끝이 없어요.” 하고 달래듯이 대꾸했다. “일요일에 버스 타고 놀러 갈 수 있는 것만으로도 충분한데.”

순간 뭉클해진 야스는 안 돼, 안 돼, 하며 허둥지둥 고개를 젓는다.

“등신, 그렇게 포부가 작아서 어쩌려고 그래. 아키라 교육에도 안 좋다. 고도성장 시대잖아. 소득증가. 인간이라면 위를 목표로 해야 살아가는 보람이 있는 거지. 그렇지, 아키라, 내 말이 맞지?”

미사코한테서 아키라를 받아 안았다.

아키라는 이가 난 입을 벌리고 으갸, 하고 웃는다.

“야샹, 빵빵.”

“그래, 빵빵, 차지, 차가 갖고 싶은 거지. 요놈이 뭘 아네. 역시 내 자식이다."

"야샹, 빵."

"이봐라, 뭘 좀 안다니까. 빵빵, 사 줄게, 아버지, 열심히 일할게."

번쩍 들어 올리며 놀다가 갑자기 코가 근질근질해지면서 크게 재채기를 하는 바람에 하마터면 아키라를 떨어뜨릴 뻔했다.

이래서 버스는 싫다.

바다는 좋다.

정말로 좋다.

모래사장에 펼친 돗자리에 앉아 멍하니 바다를 바라보며 미사코가 만든 주먹밥을 입에 넣으니 평소에는 그다지 믿지도 않는 신한테까지 순수하게 고마워하고 싶어진다.

바다가 있는 도시가 고향이라 다행이다. 신이나 운명을 원망하자고 마음만 먹으면 얼마든지 불평불만을 쏟아낼 수 있는 30년 인생에서 딱 하나 행운이었던 것을 고르라면, 주저 없이 그 점을 손꼽는다.

그리고 언젠가 아키라가 컸을 때도, 고향에 바다가 있다는 사실을 기뻐해 주면 좋겠다고 생각한다.

아키라는 돗자리에서 조금 떨어진 곳에서 작은 삽과 양동이를 들고 모래에다 장난을 치고 있다. 종종거리며 모래 위를 쏘다니는 걸음걸이가 세 살 생일을 앞두고 제법 어엿해졌다. 그런데 기저귀 떼기가 영 안 된다. 이 월령(月齡)에 아직 기저귀를 차는 것은 좀 늦된 감이 있는 모양이지만 미사코는 늘 "급할 거 없다, 급할 거 없다." 하고 말하는 데다 기저귀를 찬 엉덩이가 오리 엉덩이 같은 게 아주 귀엽기도 하고……뭐, 됐다, 하고 야스도 급한 성격을 죽이고 느긋하게 두고 보는 중이다.

"여보, 여기."

미사코가 보온병 뚜껑에 따른 차를 내밀었다. "어, 고맙다." 하고 받아서 뜨거운 차를 후후 분 다음 한 모금 마시니 뱃속이 화하니 따뜻해진다. 그 온기가 가슴으로 번지자 딱딱하게 경직되어 있던 뭔가가 풀리면서 평소에는 좀처럼 입 밖에 내지 못하던 말이 술술 나온다.

"저기, 미사코."

"응?"

"내, 뭔지는 몰라도 기쁘다. 이래 바다에 오니 너무너무 기쁘다."

"이번 주에는 일이 많이 바빴잖아요. 긴장이 풀려서 그런가 봐요."

"……그런 게 아니다. 더 깊숙한 곳에서부터 기쁘다. 이렇게 아키라를 보고 미사코를 보고 있으면 뭐라 해야 되나, 그……산다는 게 정말로 기쁘다고 해야 되나……."

미사코는 쿡, 하고 웃고는 옆으로 모으고 있던 두 다리를 앞으로 가지런히 내밀고 무릎을 구부려 두 팔로 안았다.

가녀린 어깨를 움츠리고 또 쿡쿡 웃더니 "나도 그런데." 하고 얼굴을 붉히며 말했다.

한가로운 파도소리에 둘러싸여 아키라가 모래 산을 만든다. 삽으로 모래를 퍼서 산꼭대기에 뿌리고 손바닥으로 꼭꼭 눌러 모양을 다듬는다. 지겹지도 않은지 몇 번이고, 몇 번이고 되풀이한다.

"어떻게 저래 손재주도 좋은지."

주먹밥을 입에 물고 차를 홀짝이며 야스는 감탄한 듯 말했다.

"세 살도 안 돼서 저래 산을 잘 만드는 애는 거의 없지 않나? 나중에 예술가 해도 되겠는데. 역시 내 아들이다."

이 정도 놀이는 두 살배기도 한다. 아키라보다 훨씬 큰 산을 만드는 아이도 있고 산에 터널 같은 것을 파는 아이도 있다. 지기 싫어하는 성격에 아들바보 성향까지 더해지니 아키라를 향한 기대감은 한없이 커져 가기만 하는 것이다.

하지만 야스가 괜히 지기 싫어 오기를 부리는 게 아니다. 단순한 아들바보도 아니다. 아키라가 다른 아이들보다 늦된다는 것을 알고 한동안 의기소침했다가 마음을 고쳐먹고 결연히 말하는 것이다. "대기만성이다!"

미사코는 배를 깎으며 "아키라도 큰일이네." 하고 말했다. "박사나 장관 정도 안 되면 아버지한테 칭찬 못 받겠는데."

"등신, 안 그렇다."

"정말요?"

미사코는 장난스럽게 웃더니 "우리 아들이잖아요, 아키라, 평범한 보통 남자애가 될 거 같은데." 하고 말을 이었다.

아니다, 하고 야스는 토라진 듯 얼굴을 홱 돌렸다. '역시 내 아들이다.' 하고 반복하는 것은 농담이라고 해야 하나, 쑥스러움이라고 해야 하나, 단순한 추임새 같은 것이다. 실은 늘 '역시 미사코 아들이다.' 하고 생각하고 있다. 미사코가 낳은 아이이기 때문에, 기대하고 있다.

"내가 공부를 잘 못해서 아키라도 그래 될지 몰라요."

"……당신은 고생을 많이 해서 학교 공부할 새가 없었잖아."

"평범한 인생도 괜찮아요?"

"사람은 건강하게 사는 게 최고다."

"그럼 다행이네. 나, 몸 하나는 튼튼하니까."

미사코는 기쁘게 웃었고, 야스는 외면한 채 말했다.

"당신 아들이니까……."

주먹밥을 입이 찢어져라 물고는 일부러 웅얼웅얼, "마음씨 고운 애가 될 거다." 하고 말을 이었다.

껍질을 깎아 여섯 조각을 낸 배는 거지반 야스의 배로 들어갔다. 늘 그렇다. 도시락이 됐든, 뭐가 됐든 미사코 자신은 거의 먹지 않으면서도 잔뜩 만든다. 쥐꼬리만 한 월급이라 생활이 그리 넉넉지 않은데도 저녁밥상에는 반찬이 몇 접시나 올라온다.

"한 그릇 더!" 하고 야스가 말하면 미사코는 기분이 좋아 어쩔 줄 모른다. "아, 맛있게 잘 먹었다, 배부르네." 하며 야스가 방바닥에 누워 배를 문지르면 아주 그냥 좋아서 덩실덩실 춤이라도 출 것 같다.

미사코는 밥 한 그릇 더 먹을 수 있는 환경에서 살지 못했다. 원폭으로 가족을 잃고 친척집을 전전하다 보니 언제나 거둬 준 어른들의 낯빛을 살피며 살아왔다. 무엇부터 먹을지 고민될 정도로 반찬이 잔뜩 얹힌 밥상이 어릴 때부터 미사코의 꿈이었다. 자신이 먹는 것이 아니라, 맛있게 먹어 주는 가족을 보고 싶다. 그것으로 충분하다. 미사코는 그런 사람이었다.

야스도 알고 있다. "오, 이거 맛있네." 하고 무뚝뚝하게 내뱉는 한마디가 미사코를 최고로 기쁘게 한다는 것을. 좀 더 다정하게 말해 주면 더 기뻐할 거라는 걸 알면서도 쑥스러워서 그렇게 하지 못하는 자신이 안타깝다.

배를 먹어 치운 야스는 "맛있었다." 하고 역시 무뚝뚝하게 말한 다음 하이라이트(담배 이름 옮긴이)를 빨았다. 바다에서 피우는 담배는 트럭을 운전하며 피우는 담배보다 맛이 훨씬 그윽하다.

아키라는 싫증내지도 않고 모래 산을 만들어 댄다. 축축한 모래가 드러난 부분에 엉덩이를 찰딱 붙이고 앉아 있는데 저대로 버스를 타고 좌석에 앉으면 차장이 싫은 내색을 할 것이다.

"차, 진짜로 사고 싶다……."

"사치라니까요, 우리 집에는. 주제파악, 주제파악. 응? 여보."

달래듯이 말하는 미사코를 조수석에 앉히고, 뒷좌석에는 아키라를 태워 시원하게 드라이브를 하면…… 분명 굉장히 즐겁겠지.

"다음에는 누구한테 차를 좀 빌려서 나올까?"

"익숙하지 않은 차는 위험하지 않아요?"

"등신, 나는 프로다."

짐하나 배달 때 모는 소형트럭이나 삼륜트럭에 비하면 자가용 운전은 훨씬 간단하다. 부웅, 하고 신나게 몰다가 끼이익 하며 커브를 돌고…… 핸들을 잡는 시늉을 하며 야스는 "아키라도 좋아할 거다, 진짜로." 하고 혼자 말하고는 제풀에 끄덕끄덕했다.

이 날도 많은 사진을 찍었다.

해안에서 찍는 사진은 오후 늦게, 저녁이 될락 말락 할 때가 좋다.

불어오던 바람이 잠든다. 그러잖아도 온화하던 바다가 파도 하나 없이 잔잔해지고, 수면이 오렌지색 햇빛을 반짝반짝 사방으로 튕겨낸다.

동쪽으로는 도시를 안는 형태로 곶이 뻗어 있지만 서쪽은 뻥 뚫려 있다. 덕분에 이 도시에서는 바다에 잠기는 석양을 볼 수 있다.

하지만 백 퍼센트 석양이 돼 버리면 해변에서 노는 미사코와 아키라의 얼굴에 그림자가 져서 못 쓴다. 오후 햇살이 석양으로 바뀔까 말까한 그 아슬아슬한 타이밍에 찍은 사진이 최고로 멋지다.

야스는 카메라를 들고 타이밍을 노린다. 미사코는 아키라를 안고 둔치를 걷고 있다. 좀 전까지 미사코의 머리를 흩날리던 바람도 멈췄다. 파도가 일지 않는 바다는 일요일의 조그만 행복을 음미하는 어머니와 자식을 축복하듯, 무수한 빛의 조각들을 실은 채 조용히, 조용히, 어디까지고 조용히 일렁이고 있다.

야스는 파인더 너머로 미사코와 아키라를 지그시 바라본다.

두 사람은 바다를 보며 뭐라고 재잘대고 있다. 아키라가 입을 오물조물하며 더 많이 이야기하고, 미사코는 '응?' 하는 얼굴로 고개를 살짝 기울여 아키라의 입가에 귀를 대고는 "그렇지." 하고 웃으며 고개를 몇 번이고 주억거린다.

그 모습을 보며 야스는 저도 모르게 가슴이 뜨거워졌다. 아니, 가슴 뜨거워지기야 두 사람을 보면 평소에도 늘 그렇지만 이날은 파인더가 눈물로 흐려질 정도였다. 가족 세 사람의 행복을 음미하는 기쁨이 너무도 강해서, 이루 말로 다 할 수 없는 슬픔으로 변해 버렸다.

서둘러 셔터를 눌렀다. 필름 감는 시간도 아까워하며 몇 장이고 사진을 찍었다. 카메라를 든 손이 흔들렸으니 보나마나 실패작이다. 그걸 알기에 또 몇 번이고 셔터를 눌렀다.

남기고 싶다. 언제까지고 사라지거나 엷어지지 않도록, 추억들을 사진에 새겨 두고 싶다. 오열을 참으며 초점을 맞추고 이를 악문 채 셔터를 누른다.

아키라가 야스를 의식했다.

"야샹, 야샹!" 하고 혀 짧은 소리로 부르며 손을 흔드는 바람에
……남은 필름은 모조리 실패작이 되고 말았다.

암전

쇼와 41년(1966년) 여름.

"어허, 뭐하는 거야. 그래 허릿심이 없어서 카트가 꼼짝이나 하겠어!"

지점의 플랫폼에서 화물분류를 하는 야마자키의 머리를 때린 야스는 "비켜 봐라." 하고 카트 뒤로 돌아갔다.

골판지상자를 수북이 쌓아 백 킬로그램 이상 나가는 카트를 움직이는 것은 뭐니 뭐니 해도 첫 힘에서 판가름이 난다. 팔뚝의 알통에 핏줄이 우르르 솟아오를 때까지 용을 쓰고, 숨을 참는 얼굴이 거의 보라색이 될 정도로 힘을 줘서 플랫폼의 콘크리트 바닥에 박히기라도 한 듯 무겁던 바퀴가 쑥 움직여 주면, 그때부터는 의외로 쉽게 앞으로 나아간다. 신입사원인 야마자키는 아직 그 요령을 터득하지 못했다.

사무실 2층에서 선잠을 자고 있던 구즈하라가 플랫폼에 나오자 야스는 곧바로 "어이, 구즈, 거들어라." 하고 지시한다. 대형면허를 따서

위풍당당 규슈 편 장거리 운전기사가 된 구즈하라지만 바쁠 때는 손을 빌릴 수밖에 없다. 최근 들어 취급 화물이 급격히 늘어났다. 플랫폼도 비좁아져서 사람 키보다 높이 쌓아올린 화물이 위험하기가 짝이 없다.

통로 쪽으로 튀어나온 상태로 쌓여 있던 화물에 카트 모서리가 부딪쳤다. "야! 야마자키! 거치적거리게 쌓아 놓지 말라고 했나, 안 했나!" 하고 버럭 호통을 친 야스는 기우뚱기우뚱 흔들리는 화물을 올려다보며 "플랫폼을 넓혀야지, 이래 갖고는 아무것도 안 된다……." 하고 중얼댔다.

전년 가을부터 시작해서 그후 57개월이나 이어지게 되는 이자나기 경기(올림픽 이후인 1965년부터 1970년까지 계속된 일본의 소비주도형 장기 호황기 옮긴이)는 아직 서막일 뿐이었다. 물류의 동맥은 철도 화물 편에서 점차 트럭으로 바뀌고 있었고, 그 급속한 변화에 현장은 술렁이고 있었다.

일도 바쁘지만 집에 돌아가서도 바쁘다. 미사코가 기다리고 있다. 아키라가 기다리고 있다. 아이들의 성장 속도는 빠르다. "순식간이다, 자식이 부모한테 매달리는 것도." 하고 하기모토 과장이나 가나에 수산의 비토 사장이 말할 때마다 이래선 안 된다, 느긋하게 정신줄 놓고 있으면 안 되지 안 돼, 하고 조급증을 내게 된다.

다섯 번째 앨범이 꽉 찼다. 아키라가 태어난 지 4년이 채 안 된 상태에서 다섯 권. 빌린 카메라로 찍었다고는 생각하기 힘든 속도다.

"이 상태로 가면 아키라가 어른이 될 때쯤에는 책장 하나가 꽉 차겠네."

자신이 생각해도 기가 막힌다. 그래도 자화자찬이 주특기인 만큼, "추억을 남겨 주는 게 부모의 도리지." 하며 당당하게 말한다.

"어른 될 때까지 계속 사진 찍으려고요?"

미사코는 재미있다는 듯 웃는다. "힘들겠다, 아키라. 모델이네." 하고 말을 걸면 아키라는 트럭 장난감을 잡고 바닥을 달리게 하면서 "엄마, 모델이 뭐야?" 하고 묻는다.

엄마, 아빠. 아키라는 세 살이 되고부터 단박에 단어가 늘어났고 말하는 목소리도 확실해졌다. 더는 야스를 '야샹'이라고 부르지 않았다. 그 성장하는 모습이 기쁘기도 하면서, 한편 섭섭하기도 하고…….

앨범의 대지(臺紙)에 사진을 얹어 위치를 정한 다음 삼각형의 작은 스티커를 네 귀퉁이에 붙인다. 사진 귀퉁이를 스티커의 주머니에 넣어 고정시키는 것이다. 다섯 번째 앨범의 마지막을 장식하는 것은 미사코의 독사진이다. 본인은 "필름 아깝게." 하며 싫어했지만 아랑곳하지 않고 셔터를 눌렀다. 살짝 수줍어하는, 예쁘게 웃는 얼굴이었다.

야스는 사진을 보며 혼자 얼굴을 붉힌다. 여배우 뺨치네, 하고 속으로 중얼대고는 더 얼굴을 붉힌다.

"미사코, 내일이라도 사진관 가서 새 앨범 사다 놔라."

"예, 예."

"이번에는 쪼매 더 두꺼운 게 좋겠다. 얇으면 금방 다 돼서."

"아주 백과사전 같은 걸로 사놓을게요."

미사코가 웬일로 농담을 하자 야스는 "깜짝이야, 진짜." 하고 덴푸쿠 트리오(1960~1970년도에 활약한 삼인조 개그 팀 옮긴이)의 흉내를 냈고, 두 사람은 함께 와하하 웃었다.

비 내리는 일요일이었다. 아침부터 쾌청해진다던 일기예보가 보기
좋게 빗나갔다.

"이러면 동물원은 무린데."

막 잠자리에서 일어난 멍한 머리로 야스는 중얼거렸다. 맑으면 동
물원에 가자고 아키라와 약속했는데 이런 날씨에는 무리였다.

솔직히 안도했다. 바쁜 날들이 이어지고 있었다. 새벽출근에 잔업
은 일상인데도 화물을 다 처리하지 못하고 있었다. 집하처에서 잡담
나눌 여유조차 없이 부랴부랴 화물을 쌓고, 부랴부랴 지점으로 돌아
가서 부랴부랴 플랫폼에 화물을 부리고, 부랴부랴 분류하고, 부랴부
랴 장거리 트럭에 싣고, 플랫폼에 쌓여 있는 배달화물을 부랴부랴
트럭에 싣고, 부랴부랴 전표를 확인하고, 부랴부랴 배달처로 가고, 짐
칸이 비면 또 부랴부랴 집하처로 가고……날마다 이런 연속이었다.

"집배 트럭 좀 늘려 주십시오. 이대로 가다가는 집배반 전부 쓰러집
니다."

과장한테 하소연했지만 지점으로서는 먼저 장거리 편 증편부터 하
고 싶다고 한다.

당연한 소리지만 장거리를 가는 대형 트럭을 늘린들 운전기사가 없
으면 아무 소용이 없다.

과장은 도리어 야스에게 하소연한다.

"야스도 장거리로 돌아오면 안 되겠나? 집하는 젊은 친구들도 할
수 있지만 장거리는 대형면허가 없으면 못 한다."

하지만 야스는 고개를 설레설레 젓는다. 미사코와 결혼할 때 결심
한 게 있다. 장거리 편은 밤일이다. 외박도 한다. 결혼을 했으니 단 하

룻밤도 내 집 외의 장소에서는 자고 싶지 않다며 월급이 깎일 것을 각오하고 장거리반에서 시내 집배반으로 옮겼다. 하물며 지금은 아키라도 있다. 가족과 지내지 못하는 밤이라니, 생각하고 싶지도 않다.

그랬는데, 이렇게 다시 눈을 붙이려고 이불 안에 들어가니 한숨이 절로 나온다. 인력부족 문제는 너무도 잘 알고 있다. 장거리 편에서 나는 사고에는 목숨이 달려 있다는 것도 잘 알고 있다. 운전기사들의 체력도 한계에 다가가고 있다. 그럼……역시 내가 장거리 편으로 갈 수밖에 없나…….

거기까지 생각했을 즈음 잠에 빠져들었다. 오늘은 그냥 아무데도 가지 않고 하루 종일 잠만 자면서 피곤을 풀 생각이었다.

하지만 동물원을 손꼽아 기다리던 아키라는 고분고분 넘어가 주지 않았다.

야스의 두 번째 잠은 아키라의 울음 소리와 "떼쓰는 거 아니다!" 하고 야단을 치는 미사코의 목소리에 깨졌다.

평소에는 말귀를 잘 알아듣는 아키라가 이날따라 유난히 보챘다. 비가 오니까 동물원은 가지 못한다는, 이 당연한 이유를 도무지 받아들이려 하지 않았다.

"기린 아저씨 볼 거야. 기린 아저씨, 볼 거야, 볼 거야, 볼 거야.……."

끈질기게 조르는 아키라를 미사코도 처음에는 쓴웃음을 섞어 가며 달랬다. 하지만 아무리 말을 해도 듣지를 않았다. 미사코도 점점 짜증이 나서 어조가 강해졌다. 이것도 좀처럼 없는 일이었다.

잠을 포기한 야스는 당황한 채 두 사람을 보며 우선 하핫, 하고 웃었다.

"어이, 왜들 그래. 일요일은 즐겁게 보내야지. 아키라, 아버지가 말 태워 줄게. 따그닥따그닥 자, 등에 타자."

이불 위에 엎드려서 꼬드겨 봤지만 아키라는 그저 동물원 타령만 하며 고집을 부렸다.

"그럼, 그래. 비행기다. 휘융, 휘융, 해 줄게."

이번에는 벌러덩 누워서 두 다리를 올렸다. "자, 이리 와야지? 타자, 아버지 무릎에 타자. 출발한다, 얼른얼른." 하고 구부린 다리를 흔들며 말했다.

그래도 아키라의 기분은 나아지지 않았다.

"……골치 아프네."

어쩔 수 없이 몸을 일으키고 책상다리를 한 야스는 "우선 밥부터 먹자." 하고 미사코에게 말했다.

그러자 미사코는 미안한 얼굴로 "빵도 괜찮아요?" 하고 물었다.

"빵? 일요일에 빵이라니……."

원래 야스는 빵보다 밥을 좋아한다. 더군다나 요즘에는 식당에 갈 여유조차 없어서 연일 빵과 우유로 점심을 대신하고 있다. 휴일만큼은 뜨거운 된장국에 밥을 먹고 싶었고, 그런 마음은 미사코도 잘 알고 있을 터다.

"미안해요. 밥을 한 줄 알았는데, 밥통 코드가 뽑혀 있어서……지금부터 지으면 근 한 시간은 걸리는데……."

결혼 후 처음 있는 일이었다.

뭔가가 이상했다. 평소와 달랐다. 이런 날은 아무것도 하지 않고 얌전히 지냈어야 했다. 훗날 야스는 수없이 생각했다.

달걀프라이 접시가 밥상에 얹히고, 토스트가 다 구워졌을 때까지도 아키라는 여전히 칭얼대고 있었다. 몸이 어디 안 좋은가 싶어서 이마에 손을 얹어 봤지만 열은 없었다. 배가 아픈 것 같지도 않았다.

미사코도 어딘가 좀 이상했다. 세 사람의 달걀프라이는 셋 다 노른자가 깨지거나 흰자가 탔다. 말 그대로 실패작이었다.

"기린 아저씨, 볼 거야. 동물원 갈 거야. 가고 싶어, 가고 싶어, 가고 싶어, 가고 싶어엇……."

집요하게 반복하는 아키라의 목소리가 귀에 거슬린다. 어중간하게 잠에서 깨는 바람에 머리가 무겁다. 징징대면서 졸라대는 아키라의 목소리를 듣고 있으니 일의 피로가 몸의 심에서 바깥으로 스멀스멀 스며 나와 온몸으로 번져 가는 것 같다.

"아키라, 그만 뚝. 아무리 졸라도 비가 오는데 어떻게 가나. 집에서 놀자, 어? 장난감차 갖고 와라. 아빠랑 트럭 놀이 하자."

차를 좋아하는 아이다. 야스는 그중에서도 트럭을 좋아하도록 일부러 유도하곤 했다.

하지만 장난감차 이야기를 꺼냈는데도 아키라는 들은 척도 하지 않는다.

"그럼 뭐하고 놀지? 어, 우리 아키라, 뭐하고 놀면 기분이 좋아지려나."

머리를 쓰다듬어 주려고 손을 뻗었더니 아키라는 도망치듯 얼굴을 홱 돌렸다.

제아무리 자식 사랑이 남다른 야스라지만, 역시 발끈했다.

"……네 맘대로 해라."

혀를 차고 토스트를 베어 문다.

"저기요." 미사코가 나무라듯이 말했다. "그렇게 내뱉듯이 말하지 말아요."

"지금 내 말투에 트집 잡는 거야?"

"그게 아니고……."

"트집 잡았잖아."

겨우 한 입 베어 먹은 토스트를 집어던지듯이 접시에 놓고는 "됐다." 하고 바닥에 누워 버렸다.

뭔가가 이상하다. 이상하게 짜증이 난다. 사이즈가 같은 다른 사람의 신발을 착각하고 신어 버렸을 때처럼, 모든 것이 미묘하게 겉돈다. 심장이 쿵쿵거린다. 피곤해서 심장에 무리가 왔나, 하며 한숨을 쉰다. 그것이 불길한 예감 때문에 가슴이 두근거린 것임을 눈치 챘더라면, 미묘한 위화감이 나쁜 예감임을 눈치 챘더라면……모든 것은 달라져 있었을지도 모른다.

오전 내내 갑갑한 기분으로 보냈다.

동물원에 갈 수 없다는 것을 겨우 이해한 아키라는 서운한 표정으로 혼자 장난감 트럭을 갖고 놀고 있다.

미사코는 이어폰으로 라디오를 들으며 얼마 전에 이웃사람한테 소개받은 부업을 계속한다. 크리스마스트리 세트에 넣는 유리구슬과 꼬마전구를 봉지에 넣는 부업이다. 품삯은 한 세트에 3엔인데 꼼꼼한 미사코는 봉지 주둥이를 정성껏 야무지게 접는 터라 보수가 형편없다.

야스는 팔꿈치를 괴고 누운 채 멍하니 그 모습을 바라본다. "좀 더 주무시지 그래요?" 하고 미사코가 권하기는 했지만 부업을 하고 있는 마누라 옆에서 이불 깔고 누워 있으면, 그야말로 시대극 속의 가난뱅이 집 꼴이다.

"아직 여름도 다 안 지나갔는데 참 성미도 급하네."

"수출용이라서······ 배편은 시간이 걸리잖아요, 일찌감치 보내야 된다네요."

"남의 나라 꼬맹이들 좋으라고 일하면서 내 아들한테는 트리도 못 사주다니, 한심한 이야기다."

"그런 말 말아요. 우리 올해는 크리스마스트리 사요, 네, 여보?"

미사코의 달래는 듯한 말에, 야스는 화풀이처럼 쏟아 버린 자신의 말이 한심하게 느껴졌다. "미안." 하고 사과하고는 몸을 돌려 미사코에게서 등을 지니 아키라가 가지고 노는 트럭이 눈에 들어왔다.

"······회사 가서 일이나 할까."

토요일 밤에 도착한 화물이 트럭에서 내려진 상태로 플랫폼에 그냥 쌓여 있을 것이다. 오늘 안에 분류해 두면 내일 일이 훨씬 편해진다.

벌떡 일어난 야스에게 미사코가 말을 걸었다.

"저기, 여보, 우리도 같이 가면 안 돼요? 데리고 가 주면 안 돼요?"

야스가 일하는 모습도 구경하고 싶고, 아키라한테도 보여 주고 싶다. 그렇게 말하며 미사코는 "부탁이에요." 하고 웃었다.

그런데 트럭을 너무너무 좋아해서 평소 같으면 폴짝폴짝 뛰며 기뻐했을 아키라가 "가게?" 하고 내키지 않은 듯 얼굴을 흐렸다. "플랫폼에 지붕 있어서 비와도 괜찮다." 하고 야스가 말을 해도, 우웅, 우웅, 하며 망설이는 표정으로 고개를 숙인 채 다다미를 손톱으로 긁는다.

점점 김새는 기분이 되어 가는 야스를 눈짓으로 달랜 미사코는 아키라 쪽으로 몸을 돌려 싱긋이 웃었다.

"엄마가 있잖아, 아빠 회사 한번 가 보고 싶었거든. 근데 엄마 혼자 가면 부끄럽잖아. 아키라, 엄마 데리고 안 가 줄래?"

그제야 겨우 아키라도 "그럼 갈게." 하며 얼굴을 들었다.

재빨리 외출 준비를 하며 야스는 미사코의 귀에 대고 말했다.

"당신은 참 마음도 고와." 놀리는 게 아니라 순수하게, 진심으로 그렇게 생각했다.

"꼬맹이잖아요……." 하며 수줍어하는 미사코에게 "아무리 그래도 진짜 마음이 곱다, 당신." 하고 곱씹듯 반복했다. 평소에는 쑥스러워서 못 하는 말이 오늘따라 입에서 술술 흘러나온다.

"내, 당신이랑 결혼하기를 잘했다고 생각한다. 진짜로 그래 생각한다." 이런 말까지도.

미사코는 "암만 아부해 봐야 나오는 것도 없어요." 하며 웃고는 "곧 헤어질 사람 같은 소리 하지 말아요." 하며 야스를 살짝 째려봤다.

회사까지는 작년에 중고로 산 스바루 360을 타고 갔다. 차 안에서는 아키라의 요청으로 이제 막 방송이 시작된 〈울트라맨〉 노래를 불렀다. 분위기에 쓸려 울부짖으며 거리를 돌아다니는 괴수 흉내를 낸답시고 한 손씩 번갈아 가며 핸들을 놓고 까불다 미사코한테 혼쭐이 났다.

그런 미사코가 요청한 노래는 올해 6월에 일본공연을 한 비틀즈의 곡이다. 엉망진창 영어로 부르는 야스의 노래에 맞추어 미사코는 기분 좋게 콧노래를 한다. 라디오에서 들은 '앤드 아이 러브 허'를 마음에 들어 했다. 살짝 코맹맹이 같은 폴의 목소리를 무척 좋아하는 미사코를 위해 야스는 한 손으로 코를 막고 부르다가 곡 마지막 부분에서 '앤드 아이 러브 허' 대신 '아이 러브 유'로 불렀지만 흙탕물 튀는 소리가 너무 커서 미사코에게는 들리지 않았다.

트럭이 끊임없이 들락날락하는 평일의 번잡한 모습이 거짓말처럼, 일요일의 지점은 쥐 죽은 듯 고요했다.

플랫폼에 세워진 트럭도 오늘 아침 하카타에서 도착한 한 대뿐. "딴 트럭은 다 어디 나갔나?" 하며 아키라는 조금 아쉬워했지만, 야스가 "타 볼래?" 하고 말하자 기쁜 얼굴로 끄덕였다.

4톤 트럭의 운전석은 어른도 사다리에 팔다리를 얹고 기어올라야 한다. 아키라에게는 커다랗고 힘든 정글짐 같은 것이다. 먼저 올라간 야스가 위에서 옷을 붙잡아 당겨 주고 밑에서는 미사코가 엉덩이를 밀어 주어 간신히 운전석에 들어간다.

올라가는 데 고생한 만큼, 운전석 창문으로 바라보는 조망은 널찍하니 기분이 좋다. 커다란 핸들을 "빵빵." 하며 돌리는 시늉을 하고, 미터기며 스위치가 잔뜩 붙어 있는 계기판을 하나하나 살펴보는 사이 아키라는 평소처럼 완전히 밝아졌다.

미사코도 올라타 가족 세 사람은 벤치시트에 나란히 앉았다.

대형 트럭에 처음 타 보는 미사코가 "트럭은 전망이 좋네." 하고 감탄한 듯 말했다.

"다음에 차 바꿀 때, 트럭으로 할까?"

야스가 웃으며 아키라의 어깨를 안았다.

"어이, 아키라. 크면 트럭 운전기사 될래?"

"나, 버스 운전기사."

"바보야, 트럭이 더 재미있어. 먼 데까지 갈 수도 있고, 정해진 길로 꼭 안 가도 되고. 약속시간까지 짐 전달하는 것만 잘 지키면 그다음에는 전부 내 마음이다. 남자다운 직업 같지 않나? 커다란 트럭을 내 팔 하나로 굴리잖아. 운전기사는 남자 중의 남자 직업이지."

꿈이 있었다. 아키라가 어른이 되어 정말로 트럭 운전기사가 되어 준다면 지금 회사를 그만두고 트럭을 한 대 사서 다양한 회사의 다양한 일들을 받아 일본 전국을 돌고 싶다. 집은 없어도 좋다. 아키라와 번갈아 운전을 하고, 조수석에는 늘 미사코가 앉아 있고…… 그런 인생을 보낼 수만 있다면 얼마나 행복할까…….

트럭에서 내린 야스는 윗도리를 벗고 러닝셔츠 차림이 되어 혀를 끌끌 차며 플랫폼에 쌓인 화물을 올려다봤다.

여전히 화물은 플랫폼의 넓이에 비해 지나치게 많다. 어제 저녁 짐 정리를 담당한 것은 신입인 야마자키가 분명했다. 화물을 쌓아 놓은 산이 너무도 불안해 보이는 게 위험스럽다.

"위험하니까 당신이랑 애는 사무실에서 텔레비전이나 보고 있어."

그렇게 말을 했는데도 미사코는 아키라의 손을 잡고 플랫폼으로 나왔다.

"수건 가지고 왔어요." 하고 말하는 미사코에게 목장갑을 낀 손을 크게 내저으며 "그런 거 필요 없다!" 하고 대꾸했다. "괜한 짓 할 거 없다. 안으로 들어오지 마라!"

이제부터는 일에 몰입해야 한다. 조금이라도 방심했다가는 큰 부상을 입는 위험한 일이다.

토요일 심야에 도착한 화물분류에 들어갔다. 서른이 넘어서면서 팔이며 등짝의 근육이 조금 줄어들고 대신 배에는 살짝 군살이 붙었다. 그래도 아직 젊은 녀석들한테는 지지 않는다. 골판지 상자를 들어 보기만 해도 무게를 대강 알아맞히고, 상자나 끈의 어디어디를 두 손으로 들면 균형이 잡히는지 순식간에 간파한다. 제대로 하자면 둘이 달려들어야 운반할 수 있는 화물을, 벨트의 버클에 상자 모서리를 얹거나 배로 받치거나 팔 윗부분으로 끌어안거나 해서 혼자 운반한다. 이 요령을 야마자키에게 가르쳐 주려면 앞으로 2, 3년은 머리를 쳐 가며 훈련시키는 수밖에 없을 것이다.

셔츠는 눈 깜짝 할 사이에 땀으로 젖었다. 힘을 준 얼굴은 시뻘겋게 달아오르고, 두 팔에는 팽팽한 핏줄이 솟아올랐다.

처음에는 시야 한쪽에 미사코와 아키라를 담아 두고 자신이 시키는 대로 플랫폼 구석에 있는지 확인하던 야스였지만, 대형 나무상자에 들어 있는 화물 몇 개를 운반하는 사이 문득 두 사람의 존재가 의식에서 사라졌다.

"아빠!"

아키라의 목소리에 정신을 차렸다.

"수건, 줄게!"

아키라는 미사코한테서 받은 수건을 뱅뱅 돌리며 뛰어왔다. 그 수건 끝자락이 쌓아올린 나무상자의 꺼칠하게 갈라진 부분에 걸렸다. 화물의 산이 기우뚱, 하고 흔들린다.

"위험해!"

야스의 고함 소리와, 아키라에게 달려가는 미사코의 놀란 비명 소리를 삼키며 산이 무너져 내렸다.

별이 됐나?

야스는 밤하늘에 대고 묻는다. 너무 멀잖아, 그런 데로 가 버리면, 하고 중얼댄다.

꽃이 됐나?

누군가 화병에 꽂아 준 코스모스를 바라보며, 꽃은 시들어 버리잖아, 등신, 하고 한숨을 쉰다.

바람이 됐나?

창을 열어 향 냄새 자욱한 방의 공기를 환기시키면서, 그냥 스치고 지나가 버리기만 하면 재미없잖아, 하고 콧물을 훌쩍인다.

그 뒤로 벌써 며칠이 지났을까.

삼 인 가족은, 두 사람이 되었다. 자그마한 한 사람을 지키기 위해, 마음씨 고운 한 사람이 목숨을 바쳤다.

미사코가 아키라 위로 몸을 덮지 않았다면 분명 아키라는 죽었을 것이다. 무너져 내린 화물 아래 깔린 미사코의 시체는 의사도 놀랄 정도로 깨끗했다. 내장파열, 두개골 골절, 뇌좌상……. 그런 무시무시한 것들과는 관계 없이, 미사코는 잠자는 듯한 얼굴로 가 버린 것이다.

창을 닫는다. 아담한 새 불단 안에 미사코가 있다. 아니, 이런 데 있을 리가 없지. 바다가 보이는 무덤에서 야스의 어머니와 함께 잠들어 있다. 아니, 거기도 아니다.

여기다. 분명 여기에 있다. 있어 주지 않으면 안 된다. 있기를 바란다. 있어 줘. 여기, 여기, 여기…….

야스는 자신의 가슴을 주먹으로 친다. 수없이. 신음소리가 나올 정
도로 세차게. 그러다 결국 밥상 위의 컵에 따라놓은 술을, 또 들이킨다.

휘청거리는 다리로 옆방에 갔다. 아키라가 자고 있다. 처음에는 "엄
마는? 엄마, 어딨어? 엄마, 아직 안 와?" 하고 연방 물어 댔는데 이제
죽음의 의미를 이해했는지, 어린 것 나름대로 쓸쓸함을 끌어안는 방
법을 익혔는지, 요즘에는 '엄마'를 입에 올리는 일이 많이 줄었다.

그 대신 매일 밤 오줌을 지린다. "아키라 혼내면 안 된다." 하고 '저
녁뜸'의 다에코가 말하지만, 야스도 그럴 생각은 없다. 아이가 밤에
지리는 오줌은 눈물이라고 생각한다.

아키라 옆에 드러누웠다. 자는 얼굴을 물끄러미 바라보다 뺨을 살
며시 쓰다듬고, 그러다 참지 못하고 꼭 끌어안았다.

여기에 있다.

미사코는 별도 꽃도 바람도 되지 않았고, 여기 이렇게, 아키라와 함
께 있다.

그렇게 믿고 싶었다.

바다에 내리는 눈

"야스, 차 한잔 하고 안 갈래?"

성묘하고 돌아가는데 경내 청소를 하던 쇼운이 불렀다. "춥지? 과자랑 주스도 있으니까, 고타츠(상처럼 생긴 나무틀 안에 온열장치를 넣고 이불을 뒤집어씌운 난방기구 옮긴이) 안에서 몸 좀 녹이면서 마시고 가라." 야스의 손을 잡고 있는 아키라에게 하는 말이다.

아키라는 와! 하고 눈을 반짝이며 야스를 올려다봤다. 할 수 없네, 하고 야스도 쓴웃음을 지으며 끄덕였다.

손을 놓자 아키라는 공양간(절 부엌)을 향해 굵은 자갈을 차며 달려간다. 원하는 것은 과자도 주스도 아니다. 하물며 고타츠에 들어가고 싶을 정도로 추웠던 것도 아니다.

공양간에는 쇼운의 부인인 유키에 아줌마가 있다. 쇼운의 어머니, 가이운 주지스님의 부인인 요리코 할머니도 있다. 두 사람과 함께 노는 것이 아키라에게는 성묘의 가장 큰 즐거움인 것이다.

"하여간에 어리광쟁이라……."

야스는 본당의 툇마루에 걸터앉아 담배를 물었다. 쇼운은 대빗자루를 손에 든 채 옆에 앉아 "아키라가 우리 어머니랑 마누라랑 놀아 주는 거지." 하고 웃는다. 쇼운과 유키에 부부 사이에는 아이가 없다. 아키라의 외로움과 유키에의 외로움은 같은 형태인 것이다.

"그나저나……참 세월 빠르다, 야스야. 엊그제 3주기였던 것 같은데, 해가 바뀌면 아키라도 벌써 초등학생이네……."

쇼와 44년(1969년)의 이른 봄. 입춘이 지났지만 추운 날이 이어지고 있었다.

"책가방 샀다." 야스는 불쑥 내뱉었다. "아직 벽장에 넣어 놨는데 다음에 성묘 올 때는 책가방 메고 오라고."

"미사코가 기뻐할 거다……."

야스는 말없이 끄덕인 뒤 매운 담배 연기에 눈을 깜박였다.

다음 주에는 책상도 도착한다. 회사 동료들과 '저녁뜸'의 단골들이 야스에게는 말도 않고 십시일반 돈을 모아 백화점에 주문했다. 가나에 수산의 비토 사장은 입학 축하선물로 중고 카메라를 선물하여 아키라를 기쁘게 했고, 가이운 주지스님과 쇼운은 입학식 때 입을 블레이저코트를 선물하려는 눈치였다. 얼마 전 성묘 왔을 때 유키에가 아키라의 키를 재 가는 걸 보고 그러리라 짐작했다.

모든 이들에게 신세를 지고 있다. 늘 고맙게 생각한다. 그래서 늘, 가슴 깊은 곳에 아릿한 무언가가 있다.

"어이, 땡중. 아키라한테는 뭐라고 말을 해야 되나……."

토해낸 담배 연기와 함께 불쑥 내뱉은 그 말 한마디만으로도, 쇼운에게는 뜻이 전달됐다. 미사코의 3주기를 지낸 작년 가을부터 그 말은 몇 번이나 야스가 입에 올린 것이기도 했다.

아키라는 아직 미사코가 죽은 이유를 모른다. 너무 어릴 때 일어난 사고라 기억에 남아 있지 않은 것이다.

"엄마는 사고로 죽었다." 물어볼 때마다 야스는 늘 그렇게 대답해 왔다. 주위 사람들에게도 쓸데없는 소리는 하지 말라고 입단속을 해 뒀다.

하지만 언제까지고 속일 수는 없는 법이다.

"초등학교에 입학할 때가, 하나의 경계선이 되는 거 같은데. 땡중, 어떻게 생각해?"

쇼운은 "으음……." 하고 팔짱을 끼며 고개를 갸웃한다. "아직 이른 거 같기도 한데."

"등신아, 아키라를 다른 1학년생들하고 같이 취급하지 마라. 아키라는 신동이다, 이놈아."

상담을 할 때도 팔불출의 아들자랑은 절대 빠지지 않는다. 쇼운은 참 나, 하고 쓴웃음을 짓더니 "야스야, 이거는 도박이다." 하고 말했다.

"한마디로 말해서, 미사코는 아키라를 살리기 위해 죽은 거잖아. 아키라는 미사코가 희생해 준 덕분에 지금껏 건강하게 살고 있는 거란 말이지. 그렇잖아?"

"야, 잡설이 길다."

"시끄럽다, 들어 봐라. 그 이야기를 들으면 아키라가 무슨 생각을 하겠냐는 말이다."

"감동하겠지. 역시 우리 엄마다, 내 목숨을 구해 줬네, 일본 최고의 엄마다, 이러겠지……."

"그게 다면 좋겠지만."

"어?"

"아키라는 이래 생각할지도 모른다. 나 때문에 엄마가 죽었다, 이러면서……자신을 원망할지도 모른다. 그러면 아키라가 가엾잖아."

안다, 하고 담배를 마당에 내던진 채 입을 꾹 다문 야스를 내버려두고 쇼운은 툇마루에서 마당으로 내려갔다. "아직은 좀 이르다 싶다." 하고 야스를 돌아보지 않은 채 말한 다음 담배꽁초를 줍고 마당 청소를 마저 하기 시작한다.

야스는 툇마루에 벌러덩 누워서 천장널의 옹이를 노려보며 담배를 피운다. 쇼운이 무슨 말을 하려는지는 잘 알고 있다. 가이운 주지스님이나 '저녁뜸'의 다에코와 상담해 봐도 아마 같은 말을 할 것이다. 머리로는 알고 있다. 그래도 가슴속에 뭔가 석연치 않은 것이 남는다.

"재미있었어?" 하고 묻자 아키라는 "응." 하고 씩씩하게 대답한다. 유키에 아줌마, 요리코 할머니와 실컷 놀고 보시로 들어온 코코넛 쿠키까지 선물 받은 아키라는 기분이 썩 좋아 보인다.

생글생글 웃으며 스바루 360의 조수석에 앉는 아키라를 보고 있으니 야스도 기분이 좋아진다. 아키라가 손짓발짓을 해 가며 떠들어대는 유키에 아줌마 이야기에 "그래? 그래?" 하며 맞장구를 칠 때마다 가슴속이 유탄포(자리 따위에 넣는 난방기구 옮긴이)를 넣은 이불처럼 따뜻해진다.

수다를 떠는 데는 차가 최고라고 생각한다. 나란히 앉아서 같은 풍경을 보며 이야기하는 것이 좋다. 미사코가 살아 있을 때도 그랬듯, 야스는 아키라와 정면으로 마주하면 아무래도 쑥스러워서 견디질 못한다.

"아빠."

"어?"

"바로 집에 갈 거야?"

야스는 힐끗 아키라를 보고 아항, 하며 웃음을 지은 뒤 "곧바로 갈 거다." 하고 일부러 과장되게 대답했다. "얼른 가서 저녁 준비해야지. 오늘은 목욕탕 가면 머리도 감아야 되고."

"……머리 감아야 해?"

"당연하지. 어제도 그제도 안 감았잖아. 머리가 지저분하면 아무리 멋진 남자라도 말짱 도루묵이다."

왼팔을 뻗어 아키라의 뺨을 쿡쿡 찔러 줬다. 아키라는 머리 감기를 싫어한다. 하기는 그건 아키라의 잘못이 아니다. 머리를 감겨 주는 야스의 솜씨가 거친 데다 샴푸 대신 비누를 써 버리질 않나……아키라가 항의를 해도 야스는 "그럼 너 혼자 감아 보든가." 하고 웃을 뿐이다. 작은 입술을 삐죽 내밀고 화낼 때의 아키라 얼굴, 이것 역시 야스가 사족을 못 쓰는 것들 중 하나이다 보니 도무지 답이 없다.

갑자기 풀이 죽어 조용해진 아키라의 뺨을 또 쿡 찌르고 야스는 말했다.

"모처럼 나왔는데, 잠깐 어디 들렀다가 갈까?"

"진짜? 어디 갈 건데?"

아키라는 눈을 동그랗게 떴다. 이런 때 표정은 미사코를 쏙 빼닮

왔다.

"어디가 좋아?"

대강 대답을 짐작하고 물었더니 아니나 다를까 주저 없이, "바다!" 하고 대답한다. 이 역시 미사코를 닮았다.

미사코가 마음에 들어 했던, 늘 가는 해안에 차를 세웠다. 먼저 아키라를 차에서 내리게 한 야스는 뛰어가는 아키라의 등에 대고 "조심해서 뛰어, 넘어진다." 하고 말한 다음 대시보드의 상자에 손을 뻗었다.

교통안전 부적을 대신한 작은 사진이 들어 있다.

가끔 바다나 좀 볼래, 하고 미사코의 웃는 얼굴에 대고 말을 걸면 쑥스러워서 졸도할 것만 같았다. 그래서 괜히 기왕 왔으니까 데리고 가 줄게, 특별 서비스다, 하고 퉁명스럽게 말하며 점퍼 주머니에 넣었다.

아키라는 수풀과 모래톱 사이에 굴러다니는 토관에 오도카니 앉아 바다를 보고 있다.

하늘이 흐리다. 파도도 하얗게 일고 있다. 내일부터 날이 궂어질지도 모르겠다.

"안 춥나?"

"괜찮아."

"괜찮기는…… 춥지, 감기 걸린다."

점퍼를 벗어 아키라의 등에 걸쳐 줬다. 주머니 속의 미사코 사진도 아키라의 체온을 느껴 줄지도 모른다. 어때, 아키라 많이 컸지, 하는 소리가 튀어나올 것 같아서 입을 꾹 다물었다.

찢어진 구름 사이로 비친 햇빛이 수많은 갈래로 나뉘어 바다며 산이며 거리로 쏟아지고 있다. 그중 한 줄기를 손가락으로 가리키며 아키라는 말했다.

"아빠, 저기 저 반짝이는 부분에서 천사가 내려온다는 게 진짜야?"

"천사? 그게 무슨 소리야?"

"하라 선생님이 그랬어. 빛줄기가 내려가는 곳은 누가 죽은 집이고, 천사가 빛으로 된 길을 따라 내려와서 맞이해 갖고 천국까지 데려다 준다고."

유치원의 하라 선생은 아키라를 무척 예뻐한다. 어미 잃은 아이를 불쌍하게 여겨서 그러는지, 가끔 그런 종교 냄새 나는 이야기를 해 주기도 한다.

미사코가 죽은 이유는 절대 말하지 못하게 입단속해 두었지만 무심코 입을 잘못 놀려서…… 이런 경우도 있을 수 있다. 앉으나 서나 그 걱정뿐인 야스로서는 솔직히 그런 이야기를 아이에게 들려 주는 선생이 그다지 마음에 들지 않았다.

"바보 같은 소리." 야스는 무뚝뚝하게 말했다. "그거는 천둥신의 오줌이다. 천둥신이 노상방뇨를 하면 저렇게 빛줄기가 되는 거야."

아키라는 우후후, 하고 웃었다.

말없이 바다를 보고 있으니 아무래도 미사코를 떠올리게 된다. 미사코가 살아 있었다면 아키라의 초등학교 입학을 누구보다 손꼽아 기다리고, 누구보다 기뻐했을 것이다. 죽은 지 2년 반이 조금 못 되는 시간. 아직도 웃는 얼굴이 생생히 떠올라 가슴이 저릿하고 눈물이 나올 것만 같다.

누군가의 죽음을 슬퍼할 수 있다는 것은 행복한 일이라고, 3주기

법요 때 가이운 주지스님이 말했다. 정말 고통스러운 것은 슬퍼하지도 못한 채 그저 후회만 하며 자신을 책망할 뿐인 날들이라고.

"야스야, 너는 이제 하나 행복해진 거야. 미사코도 그걸 가장 기뻐해 줄 거다." 오랜 세월 독경으로 단련된 주지스님의 두꺼운 목소리가 진심으로 가슴에 스며들었다.

아닌 게 아니라 1주기 때만 해도 슬퍼하는 것조차 하지 못했다. 미사코의 목숨을 앗아간 그날을 돌이켜 생각하면 후회되는 것이 한둘이 아니었다. 모든 돌아가는 상황이 나빴던 것이라고, 그것은 운명이었다고 아무리 주위에서 달래도 도저히 받아들일 수가 없어 깨끗이 떨쳐낼 수가 없었다.

작업을 시작하기 전에 수건을 받았더라면……무너져서 미사코를 삼켜 버린 그 나무 상자 더미부터 먼저 치워 뒀더라면……일요일에 회사 갈 생각만 안 했더라면……토요일 중에 작업을 마쳤더라면……일요일에 비만 안 내렸더라면……동물원이 아니라 백화점에 가자고 아키라와 약속했더라면…….

그 무렵, 술기운과 함께 북받쳐 오르는 후회는 마지막에 반드시, "나 같은 등신이랑 결혼만 안 했으면 아직 살아 있었을 텐데." 하는 중얼거림으로 이어졌다. 취기가 심할 때는 그 단계를 벗어나 "나 같은 등신은 태어나지 말았어야 했다."가 되어 버렸다.

하지만 아무리 고주망태로 취했어도 꼭 하나 정해 둔 게 있었다. 후회는 절대로 '수건을 받았더라면'보다 더 이전으로 거슬러 올라가서는 안 된다. 여기서 멈춰야만 한다. 그러지 않으면 '아키라가 수건을 들고 뛰어오지만 않았더라면'이라는 후회가 가슴에 솟아올라온다.

그리고 그렇게 되면 아키라의 티없이 맑은 얼굴을 똑바로 볼 수 없게 되어 버리니까…….

그런 날들을 지나 지금, 이제 간신히 미사코의 죽음을 '슬프다'고만 생각할 수 있게 되었다.

하지만 언젠가는 아키라에게도 어머니가 죽은 이유를 이야기해 줘야만 한다.

아키라의 재채기를 계기로 바다에서 철수했다. 점퍼 주머니 속에서 미사코도 분명 추워 했을 것이다.

"다음에는 좀 따뜻할 때 오자."

차에 타고 나서 이야기하자 아키라도 코와 볼이 빨갛게 얼어서는 "그래." 하며 웃는다.

아기 때는 걸핏하면 열이 나고 배탈이 나던 아키라가, 요즘에는 감기도 잘 안 걸린다. 홍역이랑 볼거리도 지나갔고 엉덩이의 몽고반점도 꽤 연해졌고, 이제 슬슬 이갈이도 시작될 것이다.

"아키라도 다 컸네."

땅거미 지는 거리를 달리며 야스는 아키라의 머리를 쓰다듬었다.

아키라는 간지러운 듯 어깨를 움츠렸다가 문득 생각났다는 듯 말했다.

"내일, 엄마 사진 유치원에 갖고 가도 돼?"

"…… 왜?"

"그림 그리기. 아빠랑, 엄마랑, 내 그림. 다른 애들도 다 그려. 졸업식 때 나눠 준다고."

유치원에 다니는 동안 아이들은 많은 그림을 그린다. 그 도화지를 선생이 철해서 한 사람씩 작품집으로 만든 다음 졸업식 때 선물로 주는 모양이다. 표지 그림은 친구들 모두 같은 주제로 가족……부모 형제가 나란히 있는 그림을 그리는 것이라고 한다.

"다른 애들도 사진 갖고 가나?"

"으으응, 다른 애들은 사진 없어도 그릴 수 있는데 뭐. 나도 아빠 얼굴은 그릴 수 있는데 엄마 얼굴은 사진 안 보면 잘 못 그리겠어서."

"……어쩔 수 없지. 엄마는 천국에 갔는데. 아빠랑 아키라 두 사람 그림만 그리면 돼. 죽은 사람까지 그리려면 조상에 조상까지 싹 다 그려야 되겠네."

발끈해서 야스는 말했다.

하지만 아키라는 조금 난처한 듯 모호하게 끄덕이더니 "하라 선생 님이 그리라고 했는데." 하고 말했다. "엄마도 넣어 주세요, 하고."

"……그런 말을 해? 그 뚱뚱보 선생이."

하라 선생의 둥글 넙적하게 살찐 얼굴을 떠올리고, 참 쓸데없는 짓 도 한다, 하고 생각하는 야스 얼굴 미간에 주름이 잡혔다.

"갖고 가도 되나?"

야스는 말없이 점퍼 주머니에 손을 넣었다가 떼밀듯이 아키라에게 사진을 건네줬다.

다음날 아침, 야스는 평소대로 아키라를 자전거에 태워 유치원에 보낸 다음 회사로 갔다. 어젯밤에는 하라 선생에게 뭐라고 한마디 잔 소리를 해 줄 생각이었지만 결국 아무 말도 하지 않았다.

아키라는 어젯밤 잠자리에 들어가서까지 미사코의 사진을 보고 있었다. "잘 그릴 수 있을까?" 하며 사진 속 미사코를 손가락으로 수없이 따라 그렸다. 목소리는 불안하게 들렸지만 얼굴은 소풍 전날 밤처럼 기대로 두근두근하고 있었다. 유치원에 뛰어 들어갔을 때도 모래밭에 있던 하라 선생을 보자마자 "선생님, 사진 갖고 왔어요!" 하고 들뜬 목소리로 말했다.

회사에 도착한 야스가 맨 처음 간 곳은 사무실이 아닌 플랫폼이다. 이 역시 평소 하는 일이다.

미사코 사고가 있고 석 달 뒤, 플랫폼은 곱절에 가까운 면적으로 확장되었다. 지점장이 본사와 담판을 지어 장거리용 트럭 살 돈을 플랫폼 확장공사로 돌린 것이다.

미사코가 죽음을 맞이한 장소는 지금은 두툼한 철골 기둥이 세워졌다. 'H' 형태를 한 기둥의 우묵하게 들어간 부분에, 작은 지장보살의 목각 인형이 서 있다. 가나에 수산의 사장이 돈을 내고, 약사원의 가이운 주지스님이 조각해 줬다. 온화하게 웃는, 상냥해 보이는 지장보살이다. 보살님께 바친 찻종의 물을 갈고, 오늘 하루도 아무도 다치지 않게 해 달라고 기도한다. 그것이 다른 누구에게도 대신하지 못하게 하는, 야스의 아침 첫 일과였다.

오후 5시가 되어 작업이 끝났으면 그대로 철수한다. 짐 분류나 집배가 남아 있을 때도 우선 회사를 나와 자전거를 타고 아키라를 데리러 유치원에 간다. 아직은 혼자 집을 지키라고 내버려 둘 수 없다. 잔업이 끝날 때까지 아키라를 돌봐주는 것은 '저녁뜸'의 다에코다.

오늘도 오후에 "야스, 미안한데 오사카 편이 늦네, 오늘 밤 좀 부탁해." 하는 하기모토 과장의 한마디에 잔업이 결정됐다.

오후 5시, 야스는 자전거에 올라타고 서둘러 유치원으로 달려간다. 아키라는 '엄마' 그림을 잘 그렸을까? 어젯밤의 아키라처럼 기대와 불안이 한데 섞인 심정으로 자전거 페달을 밟았다.

유치원에 도착해 고학년 교실에 얼굴을 내밀었다.

"아키라, 아빠 왔다!"

냉큼 달려와야 할 아키라가 보이지 않았다.

대신 하라 선생이 송구하기 짝이 없다는 얼굴로 야스를 맞이했다.

아키라는 원장실에 있었다. 소파 위에서 양 무릎을 끌어안고 흐느껴 울고 있었다.

"아키라, 아빠가 데리러 오셨네." 하고 원장이 말을 해도 고개를 푹 숙인 채 오열하는 울음 소리는 더 커지기만 했다.

문간에서 멍하니 서 있는 야스에게, 하라 선생 대신 원장이 자초지종을 설명했다.

친구와 싸움을 했다고 한다.

원인은 아키라가 들고 온 미사코의 사진이었다. 다른 아이들은 사진 없이 아빠 엄마의 그림을 그리는데 아키라만 사진을 보면서 그렸다. 그러자 한 아이가 "비겁하다!" 하고 말을 꺼냈다.

하라 선생은 얼른 사정을 설명했다. 친구들 중에는 아는 친구도 있겠지만 아키라의 어머니는 돌아가셨기 때문에 얼굴을 기억하지 못해서, 그래서 특별히…….

야스는 말없이 하라 선생을 돌아봤다. 노려보는 눈초리가 되었다. 하라 선생은 뚱뚱한 몸을 움츠리고는 고개를 숙였다.

원장은 이야기를 계속했다.

불평을 한 아이는 이해를 했지만, 이번에는 주위 아이들이 '죽은 엄마'에 관심을 갖게 되어 "아키라, 사진 좀 보여 줘." "사진 좀 보자." 하고 말을 꺼냈다. 아키라는 보여 주기 싫어했지만 반에서 가장 장난꾸러기인 미치로가 기회를 봤다가 슬며시 사진에 손을 뻗었다. 아키라는 서둘러 사진을 빼앗으려 했고, 미치로는 돌려 주지 않으려고 용을 쓰다가…… 사진이 정확히 두 쪽으로 찢어졌다.

야스는 아키라를 봤다. 아키라는 여전히 울고 있다. 얼굴을 들려고 하지 않는다.

"아키라가 화가 나서 미치로를 덮쳤습니다." 하고 원장은 말했다. 그렇게 된 거구나, 하고 끄덕인 야스는 원장 쪽으로 방향을 바꾸어 말했다.

"잘했네요."

"예?"

"역시 아키라 아닙니까, 그런 때 화를 안 내면 내 아들도 아닙니다."

"아니, 하지만…… 그래도 폭력은 좀……."

"싸움이랑 폭력은 다릅니다."

단호하게 말한 다음 이번에는 하라 선생에게 "그래서 아키라가 싸움에 이겼습니까?" 하고 물었다.

하라 선생은 살짝 고개를 끄덕이고 말했다.

"미치로가 책상에 머리를 부딪쳐서 혹이 생겼어요."

야스는 잘했다, 하고 어퍼컷 포즈를 잡았다가 원장의 시선을 느끼고 서둘러 주먹을 내렸다.

하지만 이야기는 거기서 끝이 아니었다.

"싸움이 끝난 뒤, 찢어진 사진을 유리테이프로 붙여서 계속 그림을 그리게 했습니다. 미치로는 이마를 찬 수건으로 식히게 하고, 혹시 몰라서 어머니를 마중 나오게 했습니다."

얼마 뒤, 미치로의 어머니가 안색이 변해서 찾아왔다.

"뭡니까? 행패라도 부렸습니까?"

"아니, 저, 그런 게⋯⋯."

"왜 저를 안 불렀습니까? 어떤 엄만지 몰라도 내가 있었으면 어, 아주 혼쭐을 내줬을 건데."

그래서 부르지 않았습니다, 하는 표정으로 원장은 하라 선생의 이야기를 이어받았다.

"그 어머님이 딱히 아키라한테 뭐라고 하시지는 않았습니다. 미치로는 개구쟁이라 싸움으로 다치는 건 늘 있는 일이라서요."

그냥 제 자식이 걱정돼서 달려온 것이다. "엄마!" 하고 뛰어오는 미치로를 안고 "괜찮아? 이마 안 아프니?" 하고 머리를 다정하게 쓰다듬었다.

그 모습을 본 아키라가 울기 시작했다.

울면서 그리던 그림을 반으로 찢어 버리고 테이프로 붙인 미사코의 사진도 갈기갈기 찢어 버렸다.

"바로 새 도화지를 가져다 줬지만, 아무리 달래도 그리려고 하질 않았어요. 원장실에 데리고 와서 조금 안정을 찾게 하려고 했는데 막무가내라 도무지⋯⋯."

원장은 여기, 하면서 셔츠 소맷자락을 걷어 야스에게 보여 줬다.

팔에 작은 멍이 들어 있었다. 아키라가 깨문 자국이었다.

야스는 한숨을 크게 쉬고 엉덩방아를 찧듯 소파에 앉았다.

"이게 아키라가 그린 그림입니다." 하고 하라 선생이 찢어진 도화지를 보여 줬다.

아키라가 있었다. 오른쪽에. 아키라의 어깨를 감싸 안는 자세로 야스도 있었다.

하지만 왼쪽에서 웃고 있어야 할 미사코는 얼굴 윤곽밖에 없었다.

2인용 자전거를 타고 집으로 돌아간다. 자전거 페달을 밟으며 야스는 "꼭 잡아라." 하고 거듭 아키라에게 말을 건다. 한 손을 뒤로 돌려 아키라의 어깨를 치며 "꼭 안 붙들면 떨어진다." 하고 다시 당부한다. 대답은 없다. 유치원을 나올 때는 울음을 그친 상태였지만 눈물의 여운 때문에 딸꾹질이 이어진다.

"사진은……뭐, 괜찮다."

아키라가 갈기갈기 찢어 버린 미사코의 사진은 원장이 비닐봉지에 넣어서 돌려줬다. 찢어진 조각들을 이어붙인다고 원래대로 돌아올지는 알 수 없다. 그렇다고 이대로 버릴 수도 없다. 며칠이 걸리더라도 어쨌든 붙여 보자고 마음먹었다.

"힘내라, 아키라. 싸움에서 이겼잖아. 대단하다."

딸꾹질 소리밖에 돌아오지 않는다.

"……아빠 얼굴이랑 똑같더라. 너 그림에 소질 있는 거 아냐? 만화가 해라, 만화가. 데즈카 오사무(일본의 유명 만화가. 〈우주소년 아톰〉 등의 작품이 있다ᐨ옮긴이) 같은 만화가가 돼서 재미있는 이야기 잔뜩 그려 봐라."

여전히 대답은 없다.

야스는 한숨을 삼키고 빽빽해진 페달을 밟았다.

집에 도착해 자전거를 세웠다. 갓이 깨진 외등 전구의 불빛이 평소보다 더 춥게 느껴진다.

"우선 밥부터 먹자, 응? 배가 든든해지면 기운이 날 거다."

아키라의 어깨를 안고 계단을 올라가려는데 마침 집에서 나온 1층의 사에키 아주머니가 "어, 아키라, 지금 오나?" 하고 말을 걸었다. 수건 덮인 대야를 든 걸 보니 목욕탕에 가는 길인 모양이었다.

"아키라, 아줌마랑 같이 목욕 갈래?"

평소에는 얼른 "응!" 하고 대답하는 아키라가 오늘은 풀이 죽은 채 딸꾹질만 했다.

무슨 일이야? 하고 사에키 아주머니는 눈으로 야스에게 물었다. 마흔이 넘은 이 아주머니는 조금 오지랖 넓은 면이 있기는 하지만 여러모로 아키라의 뒤치다꺼리를 해 주고 있다.

쓴웃음으로 슬쩍 넘어가려 했는데 아주머니는 이 때문에 오히려 뭔가 눈치를 채고는 "가자, 아키라. 커피우유 사 줄게." 하고 약간 강제로 아키라의 손을 끌었다.

야스는 갈아입을 옷을 집에서 얼른 가지고 나와 죄송합니다, 하고 아주머니에게 고개를 숙인 다음 부리나케 회사로 돌아갔다. 플랫폼에서 짐 분류를 하고 있던 젊은 직원들에게 "조만간 밥이라도 쏠게." 하고 고개를 숙이고 잔업을 맡긴 뒤 다시 자전거를 타고 집으로 향했다.

빽빽해진 페달의 삐걱대는 소리는 갈 때보다 돌아올 때가 더 귀에 거슬린다. 오르막길이 많은 탓인가. 곱아드는 손으로 핸들을 꽉 붙잡고 안장에서 엉덩이를 든 자세로 자전거 페달을 밟고 있으니 차가운 밤바람과 뜨거워진 숨이 가슴속에서 한데 뒤엉켜 명치가 꽉 죄여 온다.

야스도 알고 있다.

아키라는 늘 외로워했다. 부모와 함께 가는 소풍날에도, 운동회 날에도, 음악회 날에도……. 약사원의 유키에와 '저녁뜸'의 다에코가 일정을 조절해서 번갈아 가며 함께 따라가 주기는 하지만, 두 사람은 '어머니'가 아니다. 주위 친구들이 '어머니' '엄마' 하며 어리광 섞인 목소리로 어머니를 부르며 달라붙는 모습을 보며 '엄마'라고는 차마 부르지 못하고, 그렇다고 친구들 앞에서 '아줌마'라고 부르기도 창피하니까 할 말이 있을 때는 말없이 유키에나 다에코의 소맷자락을 잡아당긴다. 그런 아키라의 외로움은 야스도 아플 만큼 잘 알고 있다. 알지만 아무것도 해 줄 수 없다.

정말?

자신의 그림자를 밟듯 자전거 페달을 밟으며 불현듯 생각한다.

정말, 아무것도 해 줄 수 없는 걸까?

두툼한 구름이 내려앉은 밤하늘을 올려다본다. 달도 별도 보이지 않는다. 그게 차라리 낫다.

재혼.

단어의 소리만, 머릿속에 떠올랐다. 한자로 바꾸기가 두렵다. 재혼하면 아키라한테 '어머니'가 생긴다. 간단한 논리다. 하지만 그렇게 되면 아키라의 진짜 '어머니'는 어떻게 되나?

다시 도로로 시선을 내려 더욱 힘껏 페달을 밟았다. 자신의 그림자를 있는 힘껏 밟아 주고 싶었다.

집에 도착하니 잠시 뒤 아키라와 사에키 아주머니가 목욕탕에서 돌아왔다. 두 사람 모두 얼굴이 굳어 있었다.

"잠깐 이리 와 봐라."

야스를 복도로 불러낸 아주머니는 몸 어디가 아픈지 때때로 인상을 쓰며 숨을 참았다.

탕에 들어가 있는데, 아키라가 갑자기 달려들어 안겼다. 아기처럼 아주머니의 젖에 힘껏 달라붙었다.

"여기, 물렸어."

아주머니는 자신의 오른쪽 가슴을 가리키며 "피가 나올 정도로." 하고 덧붙이더니 한숨을 쉬었다.

"……죄송합니다."

야스는 어깨를 움츠리고 머리를 조아린다. 죄송한 마음보다 당혹스러운 마음이 더 크다. 그리고 당혹감을 밀쳐내듯, 가슴속에서 견딜 수 없는 감정이 솟아오른다.

"몸을 씻을 때도 어찌 그러는지, 원. 내 등에 찰싹 달라붙어서 떨어지질 않더라. 그만하라고 해도 말도 안 듣고, 나중에는 호작질하느라 비누를 물어뜯는 시늉까지 하더라니까……."

호작질. 장난친다는 뜻의 사투리가 작은 가시가 되어 귀가 아닌 가슴을 찌른다. 아주머니가 어이없어 할 정도로 까불며 깔깔깔 웃는 아키라의 얼굴을 떠올리자니 절로 신음 소리가 흘러나올 것 같았다.

이번에는 말없이, 아까보다 더 깊이 머리를 조아렸다.

"무슨 일 있었나?" 아주머니가 묻는다. "오늘 아키라, 이상하네. 진짜로."

"……죄송합니다, 정말로 죄송합니다."

"응, 야스, 무슨 일 있지? 상담이라면 얼마든지 해 줄게, 말해 봐라. 자식 키우는 거는 역시 여자가 잘 안다니까."

"아키라는 잘 타이르겠습니다. 내일 사과드리러 보내겠습니다."

"그걸 말하는 게 아니잖아. 응, 진짜로 괜찮으니까 무슨 일이든지 상담을 해 봐라. 이래봬도 자식을 둘이나 키웠으니 야스보다는 경험이 많다."

천천히 고개를 든 야스는 쓸쓸한 표정으로 웃으며 "제가 부몹니다." 하고 말했다.

아주머니는 머쓱한 표정으로 "그래, 뭐, 됐다." 하고 외면하듯 자신의 집으로 휙 들어가 버렸다.

야스는 그 등에다 대고 살짝 고개를 숙인 뒤 힘차게 집의 현관문을 열었다.

"어이, 아키라!"

최대한 밝은 목소리로 "레슬링, 레슬링 하자!" 하며 텔레비전을 보고 있던 아키라를 두 손으로 안아들었다.

아키라는 싫다며 발버둥을 친다. 그 바람에 뺨과 턱에 발차기가 몇 번 들어왔다.

야스는 그저 웃고 있었다.

그날 밤, 아키라는 이불에 지도를 그렸다. 유치원의 고학년반에 들어간 된 뒤로는 처음 있는 일이었다.

다음날 밤에도, 그 다음날 밤에도……그것은 계속되었다. 울상을 지은 채 "잘못했어요, 잘못했어요." 하고 반복하는 아키라를 야스는 결코 나무라지 않았다.

한밤중에 이불을 더듬다가 젖어 있는 것을 확인하면 하이고, 하고 한숨을 섞어 가며 아키라를 흔들어 깨운다. "팬티랑 파자마 갈아입고 아빠 이불에 들어가라." 하고 부드러운 목소리로 말한 다음 아키라가 다시 잠들기를 기다렸다가 젖은 이불을 부엌 싱크대에서 빤다. 그러고는 아침까지 밥상 앞에 앉아 꾸벅꾸벅 졸면서 잘게 찢어진 미사코의 사진을 도화지에 풀로 붙여 나간다.

젖은 이불은 자전거 짐칸에 묶어 회사까지 가지고 가서 출발을 기다리는 트럭의 포장 위에 펼쳐 볕에 말린다. 그런데 꼭 이럴 때면 날이 궂다. 한겨울을 떠올리게 하는 구름이 햇살을 가로막아 이불이 좀체 마르지 않는다.

나흘째 되는 날, 하는 수 없이 장거리 편 운전기사가 잠시 잘 때 쓰는 이불을 들고 집에 돌아갔다. 하지만 그날 밤 역시 아키라는 오줌을 지렸다.

금요일 아침, 수면부족으로 벌겋게 핏발 선 눈을 하고 자전거 페달을 밟으며 아키라에게 말했다.

"오늘밤에는 야쿠신네에 자러 갈까? 회사에서 유키에 아줌마한테 전화해 둘게."

"……그래도 돼?"

"어, 당연히 되지! 유키에 아줌마가 맛있는 밥 지어서 기다리고 있을 거야."

"그럼……갈게."

아마도 오늘밤에는 오줌을 지리지 않을 것이다. 그걸 알기에 괴롭다.

저녁, 과장에게 머리를 숙여 일을 일찌감치 마친 야스는 우선 집에 돌아가 스바루 360을 타고 유치원까지 아키라를 데리러 갔다. 중간에 주류 판매장에 들러 일급 청주 한 되짜리를 샀다. 오늘밤에는 야스도 약사원에 머문다. 긴 밤이 될 것이다.

"아버님이랑 한잔 하고 싶어서." 낮에 전화를 받은 쇼운에게 그렇게 말했다. 가이운 주지스님과 오랜만에 술잔을 나누며 꾸지람을 듣건, 기막히다는 소리를 듣건, 가슴속에 쌓인 이야기들을 토해내고 싶었다.

술을 사고 나오면서 해지는 하늘을 올려다봤다. 바람이 세차고 차갑다. 오늘밤에는 눈이 올지도 모른다고 라디오 일기예보에서 말했었다.

"조금 춥기는 한 것 같은데 본당에서 마실까?" 하고 말한 시점에, 가이운 주지스님은 모든 것을 간파했는지도 모른다.

둘이 석유난로를 사이에 두고 마셨다. 된장과 소금을 안주로 해서 찻잔으로 마셨다. 아직 초저녁인데 한 되들이 병이 거의 비었다.

같은 속도로 찻잔의 술을 마시면서도 가이운 주지스님은 침착하니, 술기운이라고는 느껴지지 않는다. 늘 그렇다. 환갑을 넘긴 지가 한참이건만 야스와 쇼운이 둘이서 달려들어도 먼저 술에 취해 나동그라지는 것은 언제나 젊은 두 사람이었다.

오늘밤도 역시, 그리고 평소보다 훨씬 어이없이, 야스는 잔뜩 취해버렸다.

"저기, 스님……저기, 제 이야기 듣고 계십니까……."

책상다리 한 몸을 흔들흔들 하며 혀 꼬인 목소리로 되풀이하는 야스에게 가이운 주지스님은 "어, 듣고 있다." 하고 무뚝뚝하게 대꾸할 뿐이었다.

"어떻게 해야 좋을지, 음, 어떻게 해 줘야 아키라가 기뻐할지, 가르쳐 주십쇼, 스님……."

"모른다."

찻잔의 술을 꿀꺽 삼키고 스님은 말한다.

"중 아닙니까, 그렇게 무책임한 소리가 어디 있습니까?"

"멍청한 놈, 자기 일을 남한테 상담하는 놈이 무책임하지."

늘 이런 식이다. 이 역시 야스도 잘 알고 있다. 알지만 이런 때 함께 술을 마시고 싶은 상대는 스님밖에 없다.

"아키라는 엄마가 있었으면 하는지, 아빠 하나만으로는 외로운 건지…… 그래도 이제 엄마는 없는데, 성불해 버렸는데…… 그렇잖습니까? 엄마를 그리워해 봐야 어떻게 할 방법이 없잖습니까?"

"어, 어떻게 할 방법이 없지."

"그러면 어떻게 하면 좋습니까?"

"몰라."

"……작작 좀 해라, 땡중 같으니라고."

으름장을 놓으며 말해도, 스님은 젓가락 끝에 묻힌 된장만 핥을 뿐 상대를 하지 않는다. 대신 일광보살과 월광보살을 좌우로 거느린 본존의 약사여래가 야스를 빤히 응시한다.

마셔라, 오늘밤에는 내킬 때까지 마셔라. 취한 야스의 눈에는 그렇게 말하는 것처럼 보인다.

두 병째 술은 스님이 공양간에서 가지고 왔다.

“으스스하다 했더니 밖에 눈 온다. 쌓일지도 모르겠네.”

아무려나 좋은 이야기를 할 때만, 스님의 말투나 표정은 사근사근해진다. 무시하고 딴전을 피우는 야스의 찻잔에 술을 차란차란하게 따르고, 자, 마셔라, 하며 씁쓸한 웃음까지 띤다.

마실 겁니다, 하고 스님을 째려보며 야스는 한 모금 홀짝였다. 생각보다 독한 술이었다. 목구멍에 흘러들기 전에 숨이 콱 막혀 재채기를 하니 이때만 노렸다는 듯 스님은 처음으로 야스의 이야기에 대답해 줬다.

“야스야…… 재혼 생각하고 있나?”

재채기가 멈추지 않는 야스는 목을 잡고 가슴을 손으로 치며 잠깐만요, 하고 눈물이 어른어른한 눈으로 말했다.

하지만 스님은 알 바 아니라는 얼굴로 말을 잇는다.

“그래, 생각하고 있었구나. 어어, 뭐, 그것도 하나의 방법이지…….”

멋대로 결정하지 말라고 되받아치고 싶지만 마음이 급하면 급할수록 재채기는 심해진다.

“꼭 어린애 같네.” 하며 스님이 웃었을 때, 장지문이 열리며 쇼운이 얼굴을 내밀었다.

“아키라, 잠들었다. 우리 마누라랑 같이 누웠네. 오늘밤에는 따뜻할 거야.”

간신히 재채기가 사그라진 야스는 쉰 목소리로 “고맙다.” 하고 쇼운에게 인사했다.

“아니다, 마누라도 좋아해. 아키라를 얼마나 좋아하는데.”

"……미안하다, 진짜로."

쇼운은 찻잔을 손에 들고 스님과 야스 사이에 앉아 "그건 그렇고 방금 복도에까지 들리던데." 하며 스님을 노려봤다. "아버지는 뭘 혼자 멋대로 그런 소리를 하십니까?"

스님은 "늙어서 그런다 왜? 무슨 말을 했는지도 까먹었다." 하고 시침을 뚝 뗀다.

쇼운은 혀를 차며 스님에게서 야스 쪽으로 눈을 돌려 "나도 한잔 하자." 하고 술병에 손을 뻗었다.

그러자 스님은 "잠깐만." 하고 쇼운을 제지하더니 "아키라 깨워서 데리고 와라." 하고 말했다.

"벌써 잠들었습니다."

"됐으니까 깨워라. 잠깐 드라이브할 거니까 넌 술 마시지 말고."

"예?"

"얼른 안 깨워 오나!"

스님의 호통 소리가 본당에 쩌렁쩌렁 울려 퍼졌다.

쇼운의 차를 타고 바다로 향했다. 막 잠든 때 억지로 깬 데다 안겨 있던 유키에 아줌마와도 떨어져 버린 아키라는 처음 한동안은 많이 보챘지만 차가 흔들리는 사이 다시 꾸벅꾸벅 졸기 시작했다.

눈이 상당히 많이 내리고 있다. 와이퍼가 감당하지 못할 정도의 눈이다. 억수같이 퍼붓는 비처럼 눈이 내린다. 이른 봄에 내리는 눈은 늘 수분을 잔뜩 품고 있는데 오늘밤에는 한겨울처럼 포슬포슬한 눈이다. 어지간히 강한 한랭전선이 내려온 모양이다.

해안으로 나가 잠시 달리니 조수석에 앉은 가이운 스님이 "이쯤이면 됐다." 하고 말했다. 기나가시(아래옷을 입지 않은 남자의 평소 복장─옮긴이)에 솜을 넣은 한텐(일본전통의 짧은 겉옷─옮긴이)만 걸친 스님은 재채기 한번 하지 않고 태연한 얼굴로 차에서 내려 우산도 없이 도로의 가드레일 겸 둑의 계단을 나막신을 신은 채 올라갔다. 바닥에는 벌써 눈이 살짝 쌓여 있다. 계단 역시 밤눈에 보기에도 하얗게 물들어 있다. "아버지, 미끄러집니다, 위험해요." 하고 말한 쇼운이야말로 쫓아가려고 걸음을 내딛자마자 주르륵, 하고 발이 미끄러져 넘어질 뻔했다.

야스는 거지반 잠든 아키라를 안고 유키에가 내준 담요로 등을 덮어 차 바깥으로 나갔다. 스님은 이미 방파제 위에 서서 한텐의 어깨에 쌓인 눈을 털고 있다. 쇼운이 우산을 씌우자, 필요 없다, 하고 무뚝뚝하게 거절하고는 야스를 돌아보며 "근사한 파도가 밀려오고 있네." 하고 웃었다.

굳이 말 안 해 줘도 안다. 쿵, 쿵. 바다 전체가 큰북이라도 된 것처럼 파도소리가 들린다. 날뛰고 있다. 둑 앞에는 테트라포트(삼발이. 파도의 힘을 소멸, 감소시키기 위해 방파제 앞에 설치하는 정사면체의 콘크리트 구조물─옮긴이)가 쌓여 있어 설마 파도에 쓸려갈 일은 없겠지만 계단을 다 올라가 보니 테트라포트에 부딪쳐 부서지는 파도의 물보라가 뺨까지 닿았다.

"아버지, 춥습니다. 차에 들어가시죠." 쇼운이 몸을 덜덜 떨며 말했다. "아키라 감기 걸리면 어쩌려고 그러십니까?"

하지만 스님은 아랑곳하지 않고 야스에게 말했다.

"야스, 아키라 담요 치워라."

무슨 소리를 하나 싶어 야스가 아키라를 가슴에 더 꼭 붙여 안자 스님은 손을 쓱 뻗어 아키라의 등을 덮은 담요를 훌렁 벗겨 버렸다.

잠을 깬 아키라가 얼어붙을 것 같은 추위에 몸을 한껏 웅크리는 게 느껴졌다.

"아키라, 춥나?"

스님이 말을 건다. "춥지? 아버지한테 더 꼭 안아 달라 해라."

자다가 깬 아키라한테 어디까지 말이 전달되었는지는 모르겠지만 야스는 두 팔로 아키라를 꽉 끌어안았다. 등이 조금이라도 더 따뜻 해지도록 두 손을 활짝 펴서 덮었지만 다 가려 주지는 못했다.

"아빠…… 추워…… ."

야스의 가슴에 뺨을 꼭 붙인 아키라가 웅얼웅얼 말한다. 야스는 허 둥지둥 "어어, 그래, 그래." 하며 더 꼭 안았지만 오히려 파자마와 카디 건의 등짝이 젖혀서 엉덩이 바로 위쪽이 바람에 그대로 노출됐다.

"어디야, 여기…… 아빠…… 나, 추워."

난감한 야스가 돌아보자 스님은 만족스러운 듯 웃고 있었다. 쇼운 이 당황해 쩔쩔 매며 옆에서 뭐라고 말을 걸자 얼굴은 돌아보지도 않 고 탁, 하고 머리를 때리더니 기나가시의 소맷자락에서 커다란 염주 를 꺼냈다.

스님은 염주를 오른손의 손바닥에 걸더니 "흡!" 하는 기합 소리와 함께 아키라 쪽으로 내밀고 말했다.

"아키라, 이게 아버지의 온기다. 아버지가 안아주면 몸 앞쪽은 따뜻 해진다. 그래도 등은 추워. 그렇지?"

아키라는 응, 응, 하며 야스의 품에 뺨을 비비듯 끄덕였다.

"엄마가 있으면 등 쪽에서도 안아주지. 그럼 등도 안 춥겠지. 아버지도 있고 엄마도 있는 친구들은 그렇게 몸도 마음도 따뜻하게 데워져. 그런데 아키라, 너한테는 엄마가 없어. 그러니까 등은 계속 추울 거다. 아버지가 아무리 열심히 안아줘도, 등까지 다 안아줄 수는 없으니까. 그 추위를 짊어지는 일이, 아키라 너한테는 살아가는 일이다."

아직 초등학교에 들어가지도 않은 아키라가 말뜻을 온전히 알아들었을 리는 없었다. 하지만 아키라는 말없이 듣고 있었다.

"등이 추운 채로 산다는 거는 힘든 일이다. 외롭다. 슬프고 억울하지." 스님의 말장단에 맞추듯, 아키라의 어깨가 작게 흔들렸다. 야스의 가슴에 눈물이 스몄다.

스님의 오른손이 움직인다. 염주를 걸친 손바닥이 아키라의 등에 포개졌다.

"아키라, 따뜻하나?"

가이운 주지스님이 물었다. 아키라의 등에 댄 손이 모두 다 덮어 주고 있는 것은 아니다. 그래도 아키라는 "조금……." 하고 대답했다.

"아직, 조금 춥나?"

"……응."

"솔직해서 좋네."

스님은 만족스럽게 웃더니 옆에 있는 쇼운에게 "너도 대 줘라." 하고 말했다.

야스의 손, 주지스님의 손, 쇼운의 손…… 세 사람의 손이 합쳐지니 아키라의 등도 쏙 덮어진다.

"지금은 어떻노, 따뜻하지?"

주지스님이 말한다. "이래도 추울 때는 유키에 아줌마도 있고 요리코 할머니도 있다. 그래도 모자라면 다에코 아줌마를 불러오면 된다." 스님은 천천히, 박자를 맞추어 아키라의 등을 두드린다.

"아키라, 넌 엄마가 없다. 그래도 등이 너무 추워서 못 견딜 때는 이렇게 우리가 다 같이 따뜻하게 해 줄게. 네가 감기에 안 걸리게, 다 같이 등을 데워 줄게. 오래오래 언제까지고 그렇게 해 줄게. 잘 들어라. '외롭다(사비시이 옮긴이)'는 말은 '춥다(사무시이 옮긴이)'라는 말에서 온 단어란다. '사무시이'가 '사비시이', '사미시이' 이렇게 변한 거지. 그러니까 등이 춥지 않은 넌 외롭지 않다. 응, 너한테는 엄마가 없는 대신 등을 데워 주는 사람들이 잔뜩 있으니까. 그걸 잊어버리지 마라, 알았지? 아키라야……."

코를 홀쩍였다.

흐흑, 흐흑, 흐느꼈다.

아키라가 아니라 야스였다.

스님은 어이없다는 얼굴로 야스를 보며 "아키라, 잔다." 하고 말했다. "기분 좋게 새근새근 자고 있다."

정말이었다. 스님 위치에서는 자는 얼굴이 보일 리 없는데 스님은 정확히 알고 있었다. 등이 따뜻해진 아키라는 웃음을 띠운 채 쿨쿨 자고 있었다.

"스님, 방금, 참 좋았습니다, 눈물이 나서, 나서…… '외롭다'는 말이 '춥다'는 말에서 왔다는 건 처음 알았어요……."

감동에 복받친 야스에게 스님은 무뚝뚝하게 "나도." 하고 말했다.

"예?"

“입에서 나오는 대로 말해 본 거뿐이다.”

스님은 무뚝뚝하게 웃었다.

쇼운에게 아키라를 맡겨 차로 돌려보냈다. 가이운 스님이 “넌 잠깐 여기 더 있어라.” 하고 야스에게 말했기 때문이다. 아키라에게 말할 때 와는 백팔십도 변해서 목소리가 엄했다.

“……아이고, 무서워라. 야쿠신네 소나무에 매달려고요?”

농담이라도 하지 않으면 견디기 힘든, 팽팽하게 긴장된 공기였다.

“가지 부러진다, 그거는 내가 봐 주지.”

스님은 어둠에 녹아든 바다를 노려보며 말했다. 진지했다. “마음 같 아서는 밤새도록 매달아 놓고 싶지만.” 하고 말을 잇더니 “이런 멍청한 놈을 매달아 봤자 소나무한테 미안하기만 하지.” 하고 웃지도 않고 말 한다.

“야스, 재혼할 생각을 하는 거냐?”

“뭐……딱히 상대는 없는데요……그래도 역시 아키라한테 엄마가 있는 게 좋지 않겠나 싶어서…….”

“도망치는 거냐?”

“예?”

“아키라 뒷바라지를 그 여자한테 떠넘기고 도망칠 생각이야?”

허둥지둥 고개를 저었다. 하지만 소리 내어 ‘아닙니다.’라고는 말하 지 못한다. 머리 한쪽 구석에 그런 생각이 전혀 없었다……라고는 할 수 없었다.

스님은 한텐에 묻은 눈을 손으로 털더니 그제야 처음으로 추운 듯 어깨를 움츠리며 "멍청한 놈." 하고 중얼대듯 말했다.

"……어디가 멍청합니까?"

"전부 다."

그렇게 뭉뚱그리면 어쩌라는 건가. 차갑게 내쳐진 야스는 어쩔 줄 몰라 고개를 숙인 채 발밑에 쌓인 눈을 가볍게 찼다.

"재혼을 하려면, 반하고 나서 해라. 반하고, 또 반하고 어떻게 할 수가 없을 정도로 반한 다음에 결혼하는 거지, 안 그러냐?"

스님은 또, "네가 외로운 걸, 아키라가 외로워 한다는 말로 돌리지 마라." 하고 덧붙였다.

야스는 입을 다문다. 외롭다……? 그런 생각은 해 본 적이 없는데. 하지만 이 역시 소리 내어 말하지는 못했다.

스님은 염주를 건 오른손을 주먹 쥐고 허공에 내밀었다. 주먹 앞에는 어두운 바다와 줄기차게 내리는 눈이 있다.

"야스야, 잘 봐라."

"……아무것도 안 보입니다."

"보이는 걸 보는 거는 원숭이도 할 수 있다. 안 보이는 걸 보는 게 인간이지."

하는 수 없이 바다를 바라봤다.

"바다에 눈이 쌓여 있나?"

"예?"

"됐으니까 자세히 봐라. 바다에 내린 눈이 쌓여 있나?"

쌓일 리가 없다. 하늘에서 떨어진 눈은 바다에 흡수되듯 사라져 간다.

"바다가 돼라."

스님은 말했다. 조용한 목소리였지만 호통 치는 큰 목소리보다 훨씬 더 귀 깊숙한 곳까지 파고들었다.

"알겠나, 야스야. 넌 바다가 되는 거다. 바다가 돼야 한다."

"……무슨 소린지 모르겠습니다, 스님."

"눈은 슬픔이다. 슬픈 일이 이렇게 자꾸자꾸 내린다, 그렇게 생각해 봐라. 땅에서는 자꾸 슬픈 일이 쌓여 가겠지. 색도 새하얗게 변하고. 눈이 녹고 나면 땅은 질퍽질퍽해진다. 너는 땅이 되면 안 된다. 바다다. 눈이 아무리 내려도 그걸 묵묵하게, 모른 체 삼키는 바다가 돼야 된다."

야스는 말없이 바다를 바라봤다. 미간에는 힘이 들어가고, 눈은 노려보는 눈빛이 되었다.

"아키라가 슬퍼할 때 너까지 같이 슬퍼하면 안 된다. 아키라가 울고 있으면 넌 웃어야지. 울고 싶어도 웃어라. 둘밖에 없는 가족이 둘이 같이 울고 있으면 어찌 되겠노. 위로해 주고 격려해 줄 사람은 아무도 없다."

스님이 바다에 불쑥 내민 주먹은 희미하게 떨리고 있었다. 추위 때문이 아니었다.

"알겠나, 야스야…… 바다가 돼라."

야스도 가슴이 뜨거워진다.

"웃어라, 야스."

아하하하하, 하고 웃었다. 웃었더니, 빗장이라도 풀린 듯 눈에서 눈물이 주르륵 흘러내렸다.

파도가 다가왔다가는 돌아간다. 눈은 여전히 줄기차게 내리고 있지만, 바다는 그 모두를 삼킨 채 어디까지나 조용히 밤을 끌어안고 있었다.

"멍청한 놈, 웃다가 울기는. 왜 울어, 이 멍청한 놈……."

바다를 바라보는 스님의 두툼한 눈썹은 떨어지는 눈을 맞아 어느새 하얗게 물들어 있었다.

떡잎의 계절

'저녁뜸'의 다에코는 야스가 평소처럼 바에 자리를 잡고 앉자 "오늘은 내가 쏠게." 하고 말했다.

"경정(競艇)에서 대박이라도 터뜨렸나?"

"무슨 소리야! 정이잖아, 정!"

"…… 무슨 일인지 몰라도 괜히 기분 나쁜데."

고개를 갸웃대는 야스는 무시한 채 다에코는 늘 마시는 2급 청주가 아닌, 주류 판매장에서 들여온 지 얼마 안 된 특급 청주의 마개를 딴다. 야스는 얼결에 의자에서 엉덩이를 떼고 "어이, 누부야, 이거는 안 되지. 이런 술을 마시면 도로 속에 탈난다." 하고 말했다.

"좋은 술을 조금만 마시는 게 진짜 술꾼이다."

다에코는 기분 좋아 죽겠다는 얼굴로 웃었다.

"진짜로 무슨 일이야?"

"오늘 가다랑어 좋은 게 들어왔어. 다타키(가다랑어를 겉만 익혀서

식힌 다음 썰어 고명과 소스를 끼얹은 음식 ^{옮긴이})로 해 봤는데 맛 좀 볼
래?”

대답도 하기 전에 “자, 여기.” 하고 지나치게 상냥한 목소리로 다타
키 접시를 내왔다.

“…… 대접이 성대해서 몸둘 바를 모르겠네. 진짜, 무슨 일 있나?”

다에코는 우후훗, 하고 웃더니 그제야 내막을 밝혔다.

“야스야, 이거 봐봐.”

바 아래쪽에서 종이 하나를 꺼냈다.

도화지에 수채물감으로 그린 여자의 얼굴이 있다.

“아키라가 그려 줬다. 이거, 나란다, 내 얼굴.”

그러고 보니 통통한 뺨이며 커다란 눈이 다에코와 닮았다.

“아키라가 이걸 언제 갖다 줬는데?”

“오늘 저녁에. 재료 장만하고 있는데 자전거 타고 놀러와서 ‘아줌마,
이거 선물!’ 하면서…… 주스도 안 마시고 그냥 가 버렸는데, 그런 점
이 참 좋다. 아키라답고.”

아하, 하고 야스도 무릎을 쳤다. 어제 일요일은 어머니 날이었다. 아
키라는 저녁식사 후 작은방에 틀어박혀 그림을 그리고 있었다. 깜박
했던 학교 숙제를 급히 하고 있나 했더니…… 그런 거였구나.

다에코는 미지근한 술을 넣은 병을 야스 앞에 놓고 “많이 컸다, 아
키라도.” 하고 새삼스레 말했다.

아닌 게 아니라 많이 컸다.

초등학교 5학년. 아키라는 이제 만 열 살. 야스는 서른아홉 살이었다.

어머니 날 선물은 다에코만 받은 것은 아니었다.

약사원의 유키에도, 요리코 할머니도, 각각 그림을 받고 아주 기뻐했다.

"두 사람 다 액자에 넣어서 걸어 놨다."

전화로 소식을 알린 쇼운은 못 말려, 하고 웃는다.

"아키라는 저기, 심성도 참 곱고 성실해서 크면 여자한테 인기 많을 거야."

모르는 소리 한다. 아키라를 얕보고 있다.

야스는 알고 있다. 아키라는 이미 학교 여학생들한테 인기 최고다. 같은 반뿐이 아니라 같은 5학년 다른 반 학생들은 물론이요, 바로 며칠 전에는 수학여행에서 돌아온 6학년 여학생들까지 기념품으로 사 온 열쇠고리를 아키라에게 선물해 줬다고 한다.

전화를 끊은 뒤 야스는 텔레비전을 보고 있던 아키라에게 말을 걸었다.

"어이, 아키라. 쇼운 아저씨가 너 칭찬하네. 심성이 곱고 성실하고 착하다고."

돌아본 아키라는 "진짜?" 하며 기쁜 얼굴로 웃었다. 구김살 없고 환하고 선한 웃음이다. 무엇보다 웃으면 눈꼬리가 처지는 게 미사코를 꼭 닮았다.

"아키라 넌 누가 좋은데? 아직도 같은 반 게이 짱이랑 사이가 좋나?"

"사이좋게는 지내는데 애인 이런 거는 아냐."

"쪼그만 게 못 하는 소리가 없네."

팔꿈치로 쿡쿡 찔렀다. "어이, 어이, 이 바람둥이." 하며 야스가 놀리자 "그런 거 아니라고 했잖아." 하고 입술을 삐죽 내밀며 저도 팔꿈치로 쿡쿡 찌른다.

"부끄러워 할 거 없다. 아빠도 젊을 때는 인기 많았다니까."

"부끄러워하는 거 아니라니까……."

"그거 아나? 여자랑 사귈 때는, 처음에는 무뚝뚝하게 나가는 게 좋다. 처음부터 헤벌레해서 쫓아다니면 금방 질린다니까. 처음에는 쿨하고 도도하게 나가야 되는 거야. 넌 얼굴이 실실 웃고 있어서 안 된다. 좀 야물딱지게 해 봐라. 스가와라 분타(일본 배우. 영화 〈의리 없는 전쟁〉의 주인공 옮긴이)라고 좋은 모델 있잖아. 보고 배워라."

쇼와 48년. 이 해 1월 영화 〈의리 없는 전쟁〉이 공개됐다. 야스는 영화가 개봉되자마자 아키라를 데리고 보러 갔다. 다에코한테 "초등학생에게 야쿠자 영화를 보여 주면 어떻게 해!" 하고 야단을 맞았지만.

오야코다카(부모와 자식이 둘 다 매인 경우. 둘 다 뛰어남을 의미한다. 시모자와 칸의 소설 제목에서 유래 옮긴이)가 바로 이런 것 아니겠는가. 야스는 아키라를 볼 때마다 생각한다.

"아니다, 그건 아니지, 야스."

'저녁뜸'의 바에 앉아 침을 튀기며 조잘대는 인간들 말에 따르면 이것이야말로 '솔개가 매를 낳았다'에 해당된다고 한다.

"아키라는 성실해." "아키라는 예의가 바른 애야." "아키라는 공부를 잘해." "아키라는 다정해." "좌우지간 아키라는 진짜 괜찮은 애야." "참 기특하기도 하지? 아버지가 멍청하다 보니까 그만큼 더 야물딱진 거야."

5학년 1학기에 아키라는 학급위원이 되었다. 3학년 때부터 3년 연속, 1학기 위원을 맡게 된 셈이다.

"옛날로 치면 반장이잖아. 1학기 때부터 반장을 한다는 거는, 남학생들 중에 가장 잘났다, 이 말이잖아? 아키라는 참 대단하다. 야스랑은 전혀 딴판이야."

쇼운이 '저녁뜸'에서 한잔 걸치는 밤이면 야스가 설 자리는 더욱 좁아진다. 어른이 되고 나서 알게 된 사람들에게는 "등신, 나도 초등학교 때는 신동이었다." 하고 허세를 부리며 머리를 한 대 치면 그만인데 죽마고우인 쇼운한테는 그게 통하지 않는다.

"야스는 반장이라고는 해 본 적도 없는데. 반장을 울려서 집에 보낸 적은 천지로 있어도."

"…… 시끄럽다."

"다 돌아가면서 닭장 당번을 하는데, 야스 혼자만 그걸 안 했었잖아."

왜, 왜, 하며 사람들이 궁금해 하자 쇼운은 기다렸다는 듯이 가슴을 쫙 편다.

"야스가 닭장 당번을 하면 교장선생님이 변소 구멍에 빠져서 똥범벅이 되거든."

"어?" "무슨 말이고, 그게?" "어떻게 된 건데?" "똥이랑 닭이 무슨 관계가 있는데?"

"야스 이 등신이, 교장선생님이 직원용 변소에 들어가 있는데 닭을 위로 던져 넣었거든, 똥 누고 있는데 머리 위에서 닭이 떨어지면 혼비백산을 하겠나, 안 하겠나?"

오오, 혼비백산하지. 다들 눈빛을 교환하며 끄덕끄덕한다.

"그래서 교장선생님이 엉덩이를 내놓은 채로 훌러덩 뒤로 자빠지면서 그대로 똥통에 풍덩……."

야스는 그런 악동이었다.

온 가게 사람들로부터 기가 막힌다는 시선을 한몸에 받자 발끈 성을 내며 사람들 머리를 일일이 한 대씩 치면서 도는, 그런 어른이기도 하다.

"뭐, 어쨌거나…… 아키라는 좋은 애다. 좋은 애로 자랐다. 잘됐지. 응, 그게 기쁘다. 진짜로……."

술기운이 돌고 나면 쇼운은 꼭 그런 말을 반복한다.

그저 아키라를 칭찬하고 있는 것만은 아니다. 야스는 알고 있다. "좋은 애다, 아키라는 좋은 애야." 하고 혀 꼬인 소리로 반복하는 말에는 드러내놓고 말할 수 없는 복잡한 씁쓸함이 녹아 있다는 것을.

쇼운과 유키에 부부 사이에는 아직 아이가 없었다. 아니, 마흔을 눈앞에 둔 두 사람에게 그것은 이제 '아직'이라고는 표현할 수 없는 이야기가 되었다.

쇼운은 가이운 스님의 외아들이다. 그런 쇼운에게 아이가 없다는 것은 요컨대 약사원의 후계자가 사라진다는 것을 의미했다. 헤이안 시대(794년~1192년)에 생겼다는 말도 있는 빈고 시 최고의 고찰(古刹)의 운명은 이제 어떻게 될 것인지.

"어이, 야스, 어때?…… 역시 아들이 좋나, 어? 좋겠지. 어, 아들이랑 캐치볼 하는 거, 그게 아버지들의 소원이잖아……."

쇼운이 바에 반쯤 엎드려서 초점 잃은 눈으로 웃는다. 이 정도가 되면 이제 말이 안 통한다. "내일도 아침부터 일해야 되잖아. 얼른 안 들어가면 또 스님한테 혼난다." 하고 말해도 도통 말을 듣지 않고 고

집을 부리며 기어이 술을 들이킨다.

"어때서, 난 어차피 땡중인데, 땡중은 술마시는 재주밖에 없다. 아들이랑 캐치볼도 할 수 있는 야스 너랑은 다르단 말이야."

못 말리겠네, 하며 야스가 한숨을 쉬며 외면해도 술주정은 끝이 없다.

"그게 아니지. 야스는 캐치볼을 해 주는 아버지가 아닌데." "그래, 캐치볼 하려고 아키라랑 정면으로 마주 보면 부끄러움 타는데." "세월이 아무리 지나도 한번 부끄럼쟁이는 끝까지 부끄럼쟁이다, 야스." "아들한테 수줍음을 타는 아버지가 어딨어?" 이렇게 옆에서 깐족대는 인간들 때문에 상황이 자꾸 더 복잡해져 버린다.

쇼운은 흐음, 하고 끄덕이고는 "호강에 받친 놈……." 하며 또 야스를 째려보는 것이다.

야스가 '저녁뜸'을 나서는 때는 늘 저녁 8시. 오래 앉아 있지는 않는다. 많이도 안 마신다. 집에서 아키라가 기다리고 있다. 일주일에 한번 코에 바람 넣기. 아키라는 "알았어. 천천히 마시고 와." 하며 감동적인 말을 해 주지만, 야스는 둘째치고 다에코가 봐 주질 않는다.

8시 전이 되면 손님들 주문은 뒷전으로 하고 내일 아침에 먹을 반찬을 만들어서 나무 도시락 통에 채워 넣는다. 손님의 생선회는 잘라서 그냥 죽 늘어놓지만 아키라의 아침밥은 이개비(도시락 따위에 넣는 초록색 장식^{옮긴이})에 파슬리까지 얹어 색색으로 장식한다. 당근은 별모양, 하트모양으로 잘라 넣는 게, 아주 지극정성이다.

이날 밤에도 도시락을 만든 다에코는 뚜껑에 고무줄을 채우며 말했다.

"시간 다 됐다. 야스는 집에 가라."

"아직 괜찮다, 한 잔만 더……."

"쓸데없는 소리 말고 얼른얼른 가라."

"아니, 그래도……."

술을 더 마시고 싶다기보다는 쇼운이 마음에 걸렸다. 주정 상대가 야스한테서 건설하청업을 하는 주 씨한테로 옮겨 갔다. 아이가 다섯인 주 씨에게 "능력도 없으면서 다섯이나 낳아서 어쩌려고 그래, 바보같이." "드리프터즈(음악, 코미디를 주로 하는 5인조 그룹 ─옮긴이)라도 만들려고? 딸내미들은 전부 다카기 부(드리프터즈의 멤버로 데뷔 당시에는 다카키 도모유키라는 예명으로 활동하다가 뚱뚱하다 해서 이 이름으로 바꾸었다 ─옮긴이)지만." 이렇게 아주 멋대로 입을 놀렸다.

"야스는 가 봐라. 뒤처리는 내가 할 테니까 이제 그만 집에 가 봐라."

다에코가 눈짓을 하며 그렇게 말을 하는데 더는 버틸 도리가 없다. 천 엔짜리 한 장으로 차고 넘치는 계산을 마치고 밖에 나오니 다에코도 도시락을 들고 따라 나와 배웅을 해 줬다.

"땡중 저거, 괜찮겠나……."

"쇼운도 요새 술버릇이 안 좋아져서 큰일이다."

그보다, 하며 다에코는 목소리를 낮추어 말을 이었다.

"쇼운도 쇼운이지만, 그보다 야쿠신네 유키에 씨, 어떻게 안 되겠나?"

"뭐가 어떻게 안 돼……?"

"그 사람, 아키라가 놀러 가면 과자를 배가 터지도록 먹인다. 보시로 들어온 거고 뭐고 간에 쉴 틈을 안 주고 내준다던데. 자꾸 그러다가는 충치 생기지. 모처럼 늘씬한 체형인데 그러다 비만아 되지 않겠나? 애가 착해서 '맛있다, 맛있다' 하면서 다 받아먹는 모양이던데, 나는 그냥 가엾다…….”

다에코는 열을 내며 말한다.

약사원의 유키에와 다에코는 아키라를 두고 서로 경쟁하는 라이벌 관계다.

“남 흉보는 건 안 좋아하지만.” 하고 전제를 달아 놓고, 결국 유키에의 흉을 보고 만다.

“역시 말이다. 유키에 씨는 높으신 절 댁 마나님이라 그런지, 사람이 너무 뭘 모른다. 과자를 주면 아키라가 좋아하지만 내가 볼 때 결국 그거는 자기만족이지. 진짜로 아키라를 생각한다면 과자를 안 주는 게 애정 아냐?”

다른 일로는 쩨쩨하게 잔소리 많은 사람이 아니다. 판잣집을 겨우 면한 작은 술집이라지만 여자 혼자 힘으로 가게를 꾸려온 여장부다. 술 마시고 주정부리는 인간들에게 버럭 호통을 치는 불 같은 데도 있고, 시원시원하기로는 어시장에서도 알아주는 사람이다.

그런 다에코가 아키라 일에는 이성적이지가 못하다. 유키에를 향한 경쟁심을 그대로 드러내 버린다.

적당히 상대하고 돌아서려는 야스에게, “잠깐만, 야스야! 이거 아키라한테 선물.” 하며 조리복의 주머니를 뒤진다.

봉지에 든 가면 라이더 카드 석 장이 나왔다. '가면 라이더 스낵'을 사면 끼워 주는 카드로 아키라네 학교에서도 남학생들은 다들 열심히 이 카드를 모으고 있다.

“봐라, 이게 유키에 씨랑 나랑 다른 점이야. 카드는 줘도 과자는 안

주잖아. 아키라 건강을 생각하면 이래야 된다니까."

과자는 먹지 않고 덤만 모으는 게 좋은 건지 나쁜 건지, 야스는 헷갈린다. 하지만 이런 때는 고분고분 받아야지, 안 그러면 이야기가 복잡해진다.

약사원의 유키에가 "다에코는 아키라가 몇 시간씩 텔레비전 보는 거 아무 생각 없이 그냥 두더라? 눈 나빠지면 어쩌려고. 진짜 그 사람은 그런 세심한 데 신경을 못 쓰는 사람이라니까." 하고 투덜댔다고는 말 못한다, 절대로.

안주로 나온 달콤한 가면 라이더 스낵을 보고 말을 잃을 내일 손님을 동정하며 야스는 "그럼, 다음에." 하고 자전거에 걸터앉는다. 집에서 기다리는 아키라의 얼굴을 떠올리며 인기 폭발이네, 하고 웃는다.

그러는 야스도 자전거 페달을 밟는 사이 한시라도 빨리 아키라에게 '다녀왔다!'를 하고 싶어져 페달을 밟는 발에 점점 힘이 들어간다. 하여간에 아키라는 인기 폭발 소년이다.

"야스, 넌 행복한 놈이다. 알고 있나, 네가 얼마나 행복한지."

오늘밤도 쇼운은 '저녁뜸'에서 행패를 부리고 있었다. 낮에는 법요에 나갔다 왔고, 내일도 아침부터 불단에 개안공양(불교신앙의 대상에 생명력을 불어넣는 의식 옮긴이)을 해야 하면서 바 구석자리에 떡하니 자리 잡고 앉아서는 컵에 따른 술을 벌컥벌컥 들이킨다.

"어, 이놈, 야스! 듣고 있나!"

야스의 머리를 딱, 하고 친다.

맨 정신에는 절대 하지 않을 짓을 술김에 아무렇지 않게 해 버린다.

술버릇이 나쁘다.

"듣고 있다, 듣고 있다, 듣고 있다고. 술 좀 그만 마셔라. 중이 대가리를 삶은 문어처럼 벌겋게 해 갖고 있으면 신도들한테 본보기가 못 되잖아."

야스는 머리를 문지르며 못 말리겠네, 하고 한숨을 쉰다. '저녁뜸'에 들르는 게 일주일에 한 번 있는 즐거움인데 꼭 이렇게 쇼운이 떡 하니 기다리고 앉아서는 꼭 이렇게 시비를 붙인다.

매일 밤마다 오는 눈치다.

"유키에가 기다리잖아. 이런 데서 횡설수설 주정이나 부리지 말고 얼른 집에 가."

"언제 가든 내 마음이지."

"그럼 입 다물고 술이나 마시든가."

"입을 다물든 떠들든 내 마음이다, 등신. 네가 더 시끄럽다."

또 머리를 딱, 친다. 평소 같으면 이 정도까지 당하고서 참을 야스가 아니다.

하지만 야스도 안다. 다에코가 굳이 눈짓을 해 주지 않아도 다 안다. 쇼운은 단순한 술주정을 부리는 게 아니다. 밑바닥에 슬픔이 있다. 외로움도 있다. 견딜 수 없는 마음을 술로 달래려 하지만 달래지질 않아서, 그래서 주정을 부리는 것이다.

"야, 야스야. 아키라는 잘 있나? 공부는 열심히 하나? 급식은 안 남기고?"

"어, 잘 있다, 잘 있다. 어제도 반에서 야구 했는데 홈런 쳤다더라."

"그래, 잘했네."

쇼운의 얼굴이 환해진다. 하지만 한 번 웃는 표정을 지은 만큼, 그 뒤의 한숨 소리는 더 깊어진다.

야스는 알고 있다. 쇼운의 슬픔과 외로움과 견디기 힘든 심정의 정체를. 알고 있지만 어떻게 해 줄 수가 없다.

하다 못해 이렇게 말했다.

"땡중, 너, 다음에 아키라 야구 훈련 좀 시켜 줄래?"

하지만 쇼운의 반응은 심드렁했다. 그뿐이 아니라 "네가 아버지잖아, 네가 훈련시키면 돼지." 하며 토라진 듯 얼굴을 돌려 버렸다.

"네가 야구를 더 잘하잖아. 부탁한다." 기왕 이렇게 된 거, 아부로 밀어붙일 생각이었다. "목탁 두드리기로 단련된 황금의 오른팔, 구경 좀 시켜 주라."

"…… 야스 너, 날 무시하는 거냐?"

"무시하기는 누가 무시해. 야구공에 바늘땀이 몇 개 있는지 아나? 백팔 개다. 번뇌의 숫자. 역시 야구랑 중은 인연이 있는 거지."

"무시하고 있는 거 맞잖아."

"왜 그렇게 사물을 삐딱하게 보노."

어? 하며 야스는 쇼운의 어깨를 두드려 줬다. 바 안쪽의 다에코는 뭔가 하고 싶은 말이 있다는 얼굴이었지만 나한테 맡겨라, 하고 눈짓을 해 줬다.

"아들이 있으면 캐치볼 하고 싶다고 했잖아, 땡중. 아키라를 빌려 줄 테니까 기분 풀릴 때까지 실컷 캐치볼 해라."

스스로 생각해도 얄미울 정도로 멋진 대사라고 만족감에 젖어 계속 말을 잇는다.

"아키라도 좋아할 거다, 캐치볼 해 줘라. 부탁이다."

머리도 숙였다. "기운내서 힘 좀 써 줘." 하며 내장 꼬치구이 접시까지 쇼운 앞으로 내밀었다. 지극정성을 다한다는 게 이런 게 아닐까. 야스는 자신의 우정에 가슴이 뜨거워져 쇼운의 어깨를 다시 한 번 두드리려 했다.

그러나 한 발 앞서 쇼운의 손바닥이 야스의 머리를 갈겼다.

무심히 외면한 채 있는 힘껏.

돌대가리에는 자신 있었지만 야스는 눈앞이 캄캄해졌다. 별이 반짝였다. 끙끙대는 소리와 함께 머리를 부여안고 바에 엎드렸다. "야이! 땡중아!" 하고 머리를 들었을 때, 쇼운은 이미 가게를 나가려는 참이었다.

"거기 서라, 이놈! 내가 본때를 보여 주겠다!"

야스는 서둘러 일어나 옆자리 손님의 맥주병을 손에 들었다.

"그만 못 하나!"

다에코가 버럭 호통을 쳤다. 뻑뻑한 미닫이문이 우르르 떨릴 정도의 목소리에 야스는 물론이고 쇼운까지 그대로 부동자세가 되어 버렸다.

"너까지 얼어 있을 거는 없다!" 하고 다에코는 쇼운에게 윽박지른 뒤 얼른 가라, 하고 손짓으로 내쫓았다.

풀이 확 죽어서 자전거 페달을 밟으며 돌아가는 길, 경사도 그리 급하지 않은 오르막길이 평소보다 버겁게 느껴진다.

"야스, 넌 어떻게 그렇게 뭘 모르나?" 다에코가 매섭게 말했다. 정말

한심하다는 듯, "나이를 몇 살을 먹어도 바보는 바보네." 하고도 말했다.

"…… 뭐야."

야스는 혀를 차며 중얼대고는 계속해서 페달을 힘없이 밟는다. 뻑뻑해진 끼익끼익 소리가 마치 자전거가 흐느껴 우는 소리처럼 들린다.

다 좋으라고 한 소리다. 자식이 없는 쇼운의 외로움을 조금이라도 달래 주려고 한 소리다. 뭘 잘못했지? 뭐가 잘못됐지? 다에코는 말해 주지 않았다. 그런 것도 모른다면 구제불능이라는 듯이.

의기소침해서 집에 도착하니 자전거 세우는 곳에 사람 그림자가 보였다. 외등 불빛 아래 배트를 휘두르고 있는 남자아이는 아키라였다.

"어? 아빠, 벌써 왔어?"

가쁜 숨을 쉬며 묻는 아키라의 눈길을 피해 야스는 어색하게 고개를 숙이고 만다. 반은 늘 그렇듯 쑥스러워서, 나머지 반은, 꾸지람을 듣고 의기소침해진 얼굴을 보여 주고 싶지 않아서.

"저녁은 먹었나?"

"응, 맛있었어."

아키라는 해맑게 대답한다.

잔업이 있는 날이나 '저녁뜸'에 가는 날은 아침에 출근 준비를 하며 반찬을 만들어 둔다. 오늘은 소시지 양배추 볶음과 반찬가게에서 산 감자샐러드 그리고 두부 된장국. 아키라는 학교에서 돌아오면 쌀을 씻어 밥을 올려놓고 혼자 목욕탕에 다녀온다. 목욕탕에서 돌아오면 마침 밥이 다 될 시간이다. "나, 반찬도 만들 수 있어." 하고 늘 말하지만, 역시 지지고 끓이고 하는 건 불을 다루는 일이라 6학년 올라가면 하라고 타이르고 있다.

"조금 남았는데 아빠도 먹을래?"

"어……뭐, 됐다. '저녁뜸'에서 먹고 왔어. 그보다 뭐해? 목욕까지 다 해놓고 땀 흘리면 쓰나."

"응, 근데 좀 있으면 시합이라서. 특훈해야지."

특훈이라는 말에 쇼운이 떠올라서 야스는 또 고개를 숙이고 말았다.

스윙은 매일 밤 50회로 아키라 스스로 정한 목표다. 저녁에는 벽에다 공을 던지며 피칭 연습도 했다고 한다.

평소에는 5학년 각 반의 대항전 형태로 시합을 하는데 2주 후 주말에는 처음으로 다른 초등학교와 시합을 하기로 했다. 총 여섯 반인 5학년이 선발팀을 만들었고, 아키라도 그 멤버로 뽑혔다. 그런데 5학년 1반 팀에서는 에이스에 4번 타자지만, 선발팀에 가면 좌익수에 7번으로 밀린다는 것이다.

그러니 특훈만이 살 길이다.

"아직 완전히 결정 난 건 아냐. 그러니까 열심히 해야지."

아키라는 스윙을 계속하며 말한다.

좌우지간 성실한 애다. 공부든, 운동이든. 한결같고 열심히 하며, 노력을 게을리하지 않는다.

제 자식이지만 솔직히 감탄스럽다. 그리고 더 솔직히 말하자면 "가끔은 코에 바람도 좀 넣어야지." 하는 돼먹잖은 핑계를 대며 아키라를 혼자 두고 '저녁뜸'에 가는 자신이, 좀 한심하게 느껴진다.

"아키라……뭐 좀 거들어 줄까?"

양심의 가책을 느끼며 야스가 그렇게 묻자 "스윙에 도움은 필요 없는 거 같은데." 하며 아키라는 웃었다.

"그럼 캐치볼이라도 할래?"

"어두운데 위험해. 그리고 글러브도 하나밖에 없잖아."

아키라의 말이 옳다. 야구 용품을 사 주기는 했는데 자신의 글러브는 사지 않았다. 가끔 수비 연습 때문에 공을 쳐 줄 때는 있지만 캐치볼은 아직 한 번도 한 적이 없다.

아버지와 아들이 마주 서서 캐치볼이라, 근사한 광경이라고 생각한다. 생각하기 때문에, 상상만으로도 등짝이 근질근질해져서 '등신, 등신, 등신, 등신!' 하고 하늘에 대고 소리치고 싶어진다.

아키라는 들고 있던 배트를 내리고 "근데 웬 일이야?" 하며 웃었다. "캐치볼 한 번도 한 적 없잖아."

"어, 그냥…… 가끔은 좋지 않나, 생각했는데…… 됐다, 됐다, 이제 이 이야기는 끝. 없던 얘기로 하기."

대답 아닌 대답을 고개를 갸웃갸웃하면서 받아넘긴 아키라는 "아, 맞다." 하고 말했다. "유키에 아줌마한테 들었는데, 쇼운 아저씨, 고시엔(고교야구 전국대회가 개최되는 야구장 옮긴이)에 간 적 있다고 하던데 진짜야?"

"갔다, 이래 말했나?"

"으으응, 갔다, 이랬는데."

그렇다면 맞는 말이다. '출전했다'고 했다면 엄밀히 거짓말이 된다.

유명 사찰의 후계자이지만 고시엔을 향한 동경을 도저히 버릴 수 없어 고교야구 명문인 빈고 상업고등학교에 진학한 쇼운은 꿈을 반만 이루었다.

3학년 여름, 빈고 상고는 고시엔에 출전했다. 하지만 정작 쇼운은 엔트리에 들어가지 못한 채 알프스 스탠드(고시엔의 내야 스탠드. 한 만화가가 신문 연재 때 흰 셔츠를 입고 앉아 있는 학생들을 보고 알프스 스탠드라고 한 데서 유래됨 ^{옮긴이})에서 응원하게 되었다.

"빈고 상고 야구부에는 현내의 선수들이 죄다 몰려들거든. 쇼운 정도 실력으로는 볼 보이만 돼도 재수가 좋았지."

3년 동안, 연습시합까지 합쳐서 단 한 번도 시합에 나가지 못했다.

"근데도 안 그만뒀어?"

아키라가 신기하다는 듯이 물었다.

"어차피 야구부 그만둬 봐야 중대가리잖아. 수업 마치고 절 청소나 하는 것보다는 나았으니까."

야스는 농담조로 대답한 뒤 "여자 친구도 없었고, 야구밖에 할 게 없었다. 쓸쓸한 청춘이었지." 하고 웃으며 덧붙였다.

아키라는 그런 태도를 나무라듯 야스를 가볍게 째려보고 "쇼운 아저씨, 성실한 사람이네." 하고 혼자 *끄덕끄덕*했다.

아닌 게 아니라 그렇다. 원래 그런 성격인지, 가이운 스님께 엄한 교육을 받은 덕도 있는지 쇼운은 무엇을 하든 착실하고 *끈기* 있게 노력한다. 설령 뜻대로 되지 않더라도 중간에 포기하는 일은 결코 없다. 성실하고, 약지 못하고…… 그러니 '아들과 캐치볼을 하고 싶다'는 말도 술김에 하는 농지거리가 아닐 것이다.

"고시엔에서 빈고 상고 우승했어?"

"아니……1차전에서 졌다. 니시테쓰(사이타마에 연고지를 둔 프로 야구 구단. 니시테쓰 라이온스. 현재는 세이부 라이온스로 바뀌었다 ^{옮긴이})에 입단한 도요타가 대표로 개막전 선수선언을 했고, 한신에 들어간 모토야시키가 있던 아시야 고등학교가 우승했다.”

1차전에서 패배가 결정됐을 때, 쇼운은 스탠드에 앉아 시합에 나간 선수들 이상으로 아쉬워하며 울었다.

결국 고시엔의 흙은 밟아 보지 못했다.

시합에 진 선수들이 고시엔의 흙을 가지고 돌아가는 일은 수 년 전부터 관례가 되어 있었는데, 쇼운은 정규 멤버가 ‘네 흙도 가지고 왔다.’ 하며 내민 흙을 그라운드에 서지 않은 자신은 받을 자격이 없다며 완강히 거부했다.

성실하며 약지 못한 남자다, 정말로.

아키라의 특훈은 다음날에도 계속됐다. 목표는 당연히 선발 투수 자리인데, 아무래도 상당히 어려워 보였다.

시합을 일주일 앞둔 날 밤, 야스가 직접 만든 카레라이스를 저녁으로 먹으며 아키라는 처음으로 푸념하는 듯한 말을 꺼냈다.

“2반의 후지이로 결정될 거 같아. 제구력은 내가 더 나은 것 같은데, 후지이는 주장인 데다 덩치가 크고, 공도 빠르고……커브도 던질 줄 알아.”

투수가 안 되면 외야로 갈 수밖에 없다고 한다. 인기 포지션인 3루수나 유격수는 이미 아키라보다 잘하는 두 사람이 차지하고 있었고, 1루수나 2루수 포지션도 아키라가 말하는 것으로 봐서는 불리한 모양이다.

“좌익수를 하면 정규 멤버로 넣어 준다고 후지이가 말하기는 하던데……난 외야수는 해 본 적도 없고……외야 플라이 연습은 혼자서는 못하고…….”

내야 땅볼이라면 벽이나 담장에 공을 던지며 연습할 수 있다. 하지만 외야 플라이는 넓은 장소에서 누가 공을 쳐 줘야만 된다.

“친구한테 쳐 달라고 하면 되지. 어차피 저녁에는 운동장에서 연습하잖아?”

야스가 말하자 아키라는 카레를 입에 넣은 채 “그건 안돼.” 하고 대꾸했다.

“왜?”

“그건……외야 연습하는 걸 누가 보면, 그때는 투수 절대 안 시켜 주잖아.”

“투수는 후지이가 한다며? 어차피 안 되는데. 일찌감치 포기하고 외야 특훈으로 빠지는 게 이득인 거 같은데?”

야스는 그릇에 담긴 완두콩을 숟가락으로 떠서 아키라의 카레에 얹는다. 메밀국수집 카레처럼 완두콩을 빠뜨리지 않는 것, 이것이 야스만의 스타일이다.

하지만 아키라는 모처럼 올려 준 완두콩을 숟가락으로 한 알 한 알 긁어내듯이 접시 구석으로 치워 간다.

“지금 뭐하는 거야? 완두콩도 채소야. 안 챙겨 먹으면 대변 안 나온다.”

“안 나와도 돼.”

“어?”

“……잘 먹었습니다.”

입술이 툭 튀어나와 있었다. 일어서서 아직 반도 넘게 남은 카레 접시를 부엌으로 들고 가는 동작만 봐도 화난 티가 났다.

아키라의 불편한 심기는 다음날 아침이 되어도 풀리지 않았다. 아침 인사도, 학교 다녀오겠다는 인사도 없이 집을 나가 버렸다. 어떻게 된 영문인지 깜깜절벽인 야스는 어제 먹고 남은 카레에 완두콩을 산더미처럼 쌓아 입에 넣으며 "이게 말로만 듣던 예민한 나이라는 건가……." 하며 고개를 갸웃할 뿐이었다.

그날 밤에도 아키라의 기분은 저기압 상태였다. 모처럼 잔업 없이 귀가했는데 건성으로 "일찍 왔네." 하고 야스를 맞이하고는 "난 저녁 먹었어." 하고 미안한 기색도 없이 말하더니 혼자서 냉큼 '세토 탕'에 가 버렸다.

집에 남은 야스도 이쯤 되자 고개만 갸웃하고 있을 수는 없었다. 양배추 채를 곁들인 반찬 가게의 크로켓과 히야얏코(찬 날두부를 양념간장에 찍어 먹는 음식 옮긴이), 된장국 식단의 저녁을 부랴부랴 배에 집어넣고 아키라를 쫓아 집을 나섰다.

4학년 가을 무렵까지는 항상 둘이서 '세토 탕'에 갔었다. 잔업이 있는 날은 먼저 가라고 해도 아키라는 저녁을 먹은 뒤 야스가 돌아오기만을 기다렸다. 기다리다 지쳐서 그만 잠들어 있는 경우도 있었는데 그런 때 아키라의 잠든 얼굴은, 남이야 팔불출이라고 하건 비웃건 야스한테는 천사처럼 보였다.

그런데 반년쯤 전부터 상황이 바뀌었다. 아키라는 혼자서 목욕을 하게 됐다. 5학년이 된 뒤로는 잔업이 없는 날에도 야스가 웬만큼 조르지 않는 이상 시차를 두고 혼자서 가 버린다.

예민한 나이가 되었다는 사실을 머리로는 알고 있지만 마음이 받아들이지 않는다. '세토 탕' 카운터에 앉은 여주인에게 "저기, 아키라 거기, 털이 나기 시작한 거 같던데 어때?" 하고 슬쩍 물었다가 "아직 깜깜 멀었네, 풋고추처럼 귀엽더라." 하고 무안을 당한 적도 있다.

'세토 탕'에 뛰어가 보니 아키라는 머리를 감고 있었다. 허리에 수건을 만 야스는 가만히 아키라 뒤쪽으로 가서 대야에 든 따뜻한 물을 머리에 왈칵 들이부었다.

으악! 하는 비명과 함께 아키라는 의자에서 펄쩍 일어났다.

이런 상황에서는 쓸데없는 장난은 하지 않는 게 낫다. 알면서도 그만 저도 모르게 하게 된다.

아키라는 화가 단단히 나 버렸다. 탕에 둘이 나란히 들어가 야스가 "미안하다고 했지. 웬만하면 화 풀어라." 하고 아무리 말을 해도 대답은커녕 눈도 마주치지 않는다.

"목욕 끝나면 과일우유 사 준다니까." 초등학교 저학년 때 같았으면 이 한마디에 금세 기분이 풀렸을 텐데.

"그럼 가면 라이더 스낵 사 줄까? 특별출혈 대 서비스다." 이 역시, 실패.

"이번주 일요일에 중화요리 먹으러 갈까? '대성정' 만두, 아키라한테도 한 접시 시켜 줄게." 한순간 어깨가 움찔하는 것처럼 보였지만 반응은 그게 끝이었다.

탕 속의 물을 손가락으로 얼굴에 튀겨도 아키라는 말없이 손등으로 물을 훔칠 뿐이었다.

하이고, 하고 야스는 한숨을 쉬었다. 짚이는 것은 하나밖에 없다.

"……야구부 투수가 못 된 게 그리 섭섭하나? 도리가 없잖아. 실력의 세곈데."

아키라는 대답은 하지 않았지만 뭔가 인정할 수 없다는 듯, 대꾸하려는 기색이 느껴졌다.

"외야 연습, 하고 있나?"

아키라는 턱을 물에 담근 채 고개를 젓는다.

아하, 하고 야스는 고개를 끄덕였다. 이제야 알았다. 그렇구나, 싶어서 아키라가 안쓰럽게 느껴지기도 했다.

"미안하다. 일에 매달리느라 아들을 내팽개치고 있었네. 그래, 내일은 일찌감치 일 접고 들어와서 연습 상대해 주지."

아버지 하나에 아들 하나다. 일은 잔뜩 밀려 있지만 그 정도는 해도 될 것이고, 해야만 할 것이다. 캐치볼은 쑥스럽지만 공 쳐 주는 일이야 '호랑이는 제 새끼를 벼랑에 떨어뜨려 본다'는 느낌이라 나쁘지 않다.

야스는 기세 좋게 탕에서 나가 "내일 천 번을 때려 주지!" 하며 엉덩이를 팡팡 쳐 기합을 넣었다.

하지만 아키라는 무뚝뚝하게 "아빠하고는 상관없는 일이야." 하고 말했다. "나, 쇼운 아저씨랑 연습할 거니까."

외야로 공을 쳐 줄 상대가 아니라, 투수 연습 상대가 필요하단다.

"그러니까 한마디로 말이다……."

이야기를 꺼내기 전에 한숨부터 나온다. 이해가 가지 않는다. 영문을 알 수 없다. 심지어는 전화기 너머에 있는 쇼운한테 화가 났다.

"야, 너, 인기 많아서 좋겠다? 다음에 시의원 선거에 함 나가 봐라. 애들한테 선거권이 있으면 바로 당선이다."

"……지금 무슨 소리를 하는 거야? 아키라가 뭘 어쨌는데."

"그게 말이다, 네가 야구 코치를 해 줬으면 좋겠단다."

분한 마음이 목소리에 배어 나온다. 수화기를 든 손에 무심코 힘이 들어가 버린다. 홧김에 사무실 안을 쫙 노려보자 '개인전화엄금'이 입버릇인 지점장이 떨떠름한 얼굴로 딴전을 피우고 있었다.

아키라는 이번 시합에서 역시 선발투수를 노리고 있다고 했다. 에이스인 후지이한테 이길 승산이 없으면서도, 외야로 나갈 바에야 대기 투수라도 좋다는 말까지 했다.

야스는 그 이유를 이해할 수 없었다. 이해할 수 없기 때문에 외야 연습 이야기를 해서 아키라를 화나게 하고 말았다.

"화낼 일이 아니다, 어 땡중. 우선 시합에 나가는 게 장땡이지. 투수가 안 되면 외야로라도 시합에 나가고 봐야 될 거 아냐. 그게 이치에 맞잖아? 화내는 게 이상하지, 진짜 남의 집 자식 같았으면 머리를 한 대 갈겼을 텐데……야, 땡중, 듣고 있나? 사람이 이야기를 하고 있는데…… 땡중아? 여보세요? 야, 땡중, 대답 좀 해 봐라, 멍청아!"

호통을 치자 대꾸 없이 조용하던 쇼운이 그제야 가라앉은 목소리로 뭐라 웅얼웅얼 대꾸했다.

"안 들린다, 크게 말해 봐라."

"……장하다고."

"뭐?"

"아키라……진짜로 장하다, 멋진 애다……내, 너무 감동해서……."

울음 섞인 목소리였다.

야스는 아차, 하고 수화기를 든 채 하늘을 보았다가 눈을 감고 한숨을 쉬었다.

야구는 시합에 나가는 게 장땡이라니……. 고등학교 때, 벤치 신세인 후보 선수로조차 뽑히지 않았는데도 끝까지 애쓴 쇼운한테 이 말은 통하지 않는다.

"야스, 넌 잘못 생각하고 있는 거야. 아키라가 너보다 훨씬 야구의 본질을 잘 알고 있다."

설교조였다. 아니, 그것은 됨됨이가 좋은 아들을 둔 아버지의 말투였던 걸까.

"사람은 초지일관하는 게 가장 중요하다." 쇼운은 단호하게 말한다. "아키라는 의지를 꺾지 않고 열심히 애쓰고 있는데 아버지라는 사람이 쉽게 포기하면 어쩌자는 거야."

"등신." 야스는 곧바로 무시한다. "원래 초심은 시합에 나가는 거잖아. 아키라가 시합에 나가려면 어째야 좋을지를 생각하는 게 아버지의 의무지."

"야스야, 그건 타협이라고 하는 거지. 사람은 타협을 하면 안 된다."

"타협이 아니라 작전이지."

자신이 정말 하고 싶은 말과는 미묘하게 뉘앙스가 다르다는 느낌이 들었지만 워낙에 책을 많이 읽지 않는 야스이다 보니, 이런 때 제대로 된 표현을 찾지 못한다. 하지만 틀렸다고는 생각하지 않는다. 투수로는 시합에 나가지 못하지만 외야로 빠지면 선발이 보장된다. 그런데도 계속 투수를 고집하는 것은 초지일관인지 뭔지가 아니라…….

"고집 부린다고 뭐가 되는데."

오, 좋은데, 자신이 뱉은 한마디에 저도 모르게 웃음이 번진다. '작전'보다 훨씬 마음에 닿는 단어였다.

하지만 쇼운은 "남자는 고집이 중요해." 하며 물러서질 않는다. "지금 외야로 빠지면 아키라는 어른이 돼서도 조금만 힘든 일이 있으면 바로 샛길로 도망가게 될 거다."

"웬 호들갑이고, 등신."

"……뭐, 아키라가 그렇게 말하니 내가 나설 수밖에 없겠네."

쇼운은 기쁜 목소리로 말한다. 꿈에 그리던 '아들'과 하는 캐치볼……그것도 '아들'의 간곡한 요청으로 하는 캐치볼.

"저녁에 아키라 학교에 가 봐야겠다. 어차피 운동장에서 연습하고 있겠지? 야스 넌 오늘 잔업이야? 혹시 잔업이면, 아키라 저녁은 내가 밖에서 먹여도 되고……아, 그래, 우리 집에 데리고 와서 유키에가 만든 거 먹이는 것도 괜찮겠네."

의욕이 충만하다. 낡은 공은 표면이 미끌미끌해서 던지기 힘들 거라면서 새 연식볼을 들고 가겠다는 말까지 했다. 이 상태로 봐서는 '오늘부터 시합 때까지는 야쿠신네에서 합숙훈련이다.' 하는 말까지 나올 판이다.

"만년후보끼리, 잘들 해 봐라!"

야스는 버럭 고함을 지름과 동시에 수화기를 던지듯 내렸다.

사흘간 특훈이 이어졌다.

"아빠, 나, 커브 던질 수 있게 됐어!"

사흘째 밤, 어지간히도 기뻤는지 아키라는 오른손에 공을 쥔 채 땀에 흠뻑 젖어서 집으로 돌아왔다.

부엌에서 된장국 육수를 뽑고 있던 야스는 솥에서 꺼낸 마른 멸치를 먹으며 말했다.

"지구의 중력 때문에 떨어진 거 아닌가?"

"무슨 소리야, 굽었다니까. 부우웅 하고."

"소변 커브, 소변 커브. 쇼운 같은 비실비실한 놈한테 배운 커브가 보나마나지."

섭섭한 마음에 그리 말해 봤지만 아키라는 들은 척도 하지 않는다. 아, 네네, 하고 웃으며 흘려들을 뿐이다. 뭔가 자신을 상대도 해 주지 않는 것만 같아서 야스는 한층 더 심기가 불편해졌다.

"아빠, 밥 먹기 전에 목욕 갔다 와도 돼?"

"이제 다 됐는데."

"응, 근데……쇼운 아저씨, 밖에서 기다리는데."

쇼운의 집에는 근사한 노송나무 욕조가 있다. 하지만 오늘밤에는 아키라와 함께 공중목욕탕에 가서 커브를 던질 때 손목 비트는 방법을 연습시킨다고 한다. 탕 속에서 몸을 데워 근육을 푼 다음 연습하는 게 효과적이라서 그렇다는데, 그런 것쯤 다 핑계라는 것 정도는 야스도 알고 있다.

"야구를 누가 탕 안에서 하나. 들판에서 하는 게 야구지. 탕 안에서 하는 건 수구잖아."

스스로 생각해도 아이 같다. "아빠도 같이 갈래?" 하고 권하니 "안 간다!" 하고 외면해 버리는 것까지.

그래도 아키라가 가자고 계속 조르면 갈 생각이었다. '도리가 없네. 가 줘야지 어쩌겠어.' 하고 비싸게 굴며 가스풍로의 불을 끌 준비는 되어 있었다.

하지만 아키라는 깔끔하게 "그럼, 갔다 올게." 하고 장롱에서 갈아입을 속옷을 꺼내더니 종종걸음으로 집을 나가 버렸다.

혼자 부엌에 남은 야스는 마른 멸치를 하나 입에 물었다가, 나머지를 한목에 입에 털어넣었다. 육수를 뽑아낸 마른멸치는 아무리 씹어도 맛이 나지 않았다.

아키라가 놓고 간 공을 들었다. 어슴푸레하게 기억하고 있는 커브 그립으로 공을 쥐고 손목을 비튼다.

뚜둑, 하는 소리와 함께 손목 근육에 경련이 왔다.

다음날도 아키라는 쇼운을 코치로 커브볼을 연습했다. 어제보다 더 굽게 됐고, 5구 중 1구는 스트라이크존에 들어가게 되었다.

"그래서 어쩌려고 그래. 삼진으로 잡기는커녕 맨 포볼뿐이다."

야스는 어이가 없어서 말했지만 아키라는 자신만만하게 "시합은 모레잖아, 내일도 특훈할 거야. 그때까지 될 거야." 하고 대꾸한다.

내일은 토요일이라 오전 수업을 마치면 곧장 쇼운과 특훈에 들어간다. 점심은 유키에가 특제 도시락을 만들어 준다는 모양이다. 모레는 시합 전에 운동장에 모여 선발 선수를 결정하는 최종 테스트를 한다고 한다.

"애들은 내가 커브볼 던질 수 있게 된 걸 몰라. 깜짝 놀랄 거야."

"후지이도 커브볼 던지잖아. 하루이를 배워서 이길 턱이 없지."

무뚝뚝하게 말했다. 반은 질투, 나머지 반은 어제 저녁에 근육이 꼬인 손목의 통증이 사라지지 않은 탓이었다. 오늘은 거의 일도 못했다. 오른손을 쓰지 않고서야 화물분류는 불가능하다. 더군다나 부자연스러운 균형으로 힘을 준 탓에 저녁에는 허리에까지 둔한 통증이 느껴지기 시작했다.

"아빠, 뭔가 계속 기분이 안 좋아 보이는데?"

"딱히."

"쇼운 아저씨도 신경 쓰더라. 아빠가 화 안 내더냐고 하면서."

그런 말을 아이한테 쫑알쫑알 일러바치다니 그게 더 화가 난다.

"오늘밤에는 '저녁뜸' 안 가?"

"어어, 그냥 잘 거다."

"쇼운 아저씨, 가는 길에 잠깐 들른다던데 아빠는 진짜 안 갈 거야?"

"쇼운, 쇼운, 그만 좀 해라. 속이 헤까닥 뒤집힐 것 같다."

내뱉듯이 말했을 때, 아키라가 오른팔의 팔꿈치를 왼손으로 주무르고 있다는 것을 깨달았다.

"무슨 일이고? 학교에서 점심 때 예방주사라도 맞았나?"

아키라는 "으으응, 그게 아이고……." 하고 대답한 뒤 얄궂게 머뭇거리면서 "팔꿈치가 조금 아파서." 하고 털어놨다.

"야, 아키라, 아프다니 어떻게 아픈데? 병원 갈래? 어? 어떤 식으로 아픈데?"

"그냥 조금 아픈 거야."

"……커브볼이고 뭐고 신이 나서 던져 대니까 팔꿈치가 남아 나나."

안색이 바뀐 야스에게 아키라는 괜찮다, 괜찮다, 하며 웃을 뿐이었다.

불안감이라고 할 정도로 뚜렷한 느낌은 아니었다. 그냥 자신의 오른쪽 손목에 파스를 붙이며 커브볼이 확실히 팔에 부담이 되긴 되는구나, 하고 생각했다.

다음날 아침, 야스는 회사에 도착하기가 무섭게 얼굴을 찌푸리는 지점장을 무시하고 약사원에 전화를 걸었다.

"야, 이놈 땡중아, 너, 남의 자식이라고 마음대로 부려먹나, 어?"

그럴 생각이 아니었는데 목소리를 들으니 저도 모르게 시비조로 말을 하게 된다.

댓바람에 험악한 소리를 들은 쇼운도 발끈해서는 "무슨 소리야?" 하고 받아친다.

"커브, 이제 던지게 하지 마라."

팔꿈치가 안 좋은 모양이라고, 그 한마디만 하면 될 것을 저도 모르게 그만 "네 코치는 받아 봐야 소변 커브밖에 더 던지나." 하고 말해 버린다.

"비딱하게 구는 것도 어지간히 해라."

"비딱하긴 누가 비딱해, 등신."

"아키라가 제법 소질이 있다. 커브도 잘 굽고 남은 거는 제구력만 갖추면 된다. 야스 너도 오늘 일찍 마치지? 연습 보러 안 올래? 마누라한테 네 도시락도 싸놓으라고 할게."

순간, 마음이 움직였다. 그렇기에 더욱, "등신 아냐? 그럴 시간이 어딨어!" 하고 냉큼 받아친 다음 "어쨌든 커브는 던지게 하지 마라. 남자는 강속구로 정면승부를 해야지." 하고 못을 박은 다음 수화기를 던지듯이 내렸다.

역시 팔꿈치 이야기를 한마디 했어야 했나? 사무실을 나와 플랫폼에서 화물분류를 하며 문득 생각했다. 플랫폼의 지장보살님께 무심코 눈이 간다. 미사코의 웃는 얼굴과 많이 닮았다고 다들 이야기하는 지장보살님의 온화한 웃음이, 오늘은 이상하게 쓸쓸해 보인다.

아무래도 안정이 안 된다. "아직 잔소리 다 못했다……." 하고 자신에게 변명을 하며 약사원에 전화를 건 것은 점심때가 지났을 때였다. 가이운 스님이 전화를 받아 "두 사람 벌써 나갔는데." 하고 말했다.

오늘 해야 할 작업은 끝냈다. 아키라가 특훈을 하는 장소도 알고 있다. 지금 바로 가면 시간에 맞출 수 있는데…… 하고 생각은 하면서도 웬지 호들갑 떠는 것도 같고, 분하기도 하고 해서 결국 저들끼리 알아서 하든 말든 내버려두고 저녁에 출발하는 오사카 편 운전기사를 꼬드겨 파친코를 하러 갔다.

가게 방송으로 야스의 이름이 호명된 것은 오후 3시쯤이었다. 잔업 중이던 지점장으로부터 연락이 왔다.

아키라가 병원에 실려 갔다고 했다.

시민병원의 현관에 서 있던 쇼운은 소형트럭에서 뛰어내린 야스를 울상으로 맞이하더니 눈이 마주치자 그 자리에 무릎을 꿇고 앉아 "미안! 야스야, 미안하다!" 하고 사과했다.

"……아키라는."

"지금 마누라랑 같이 약 타려고 기다리고 있다."

"골절 상태는 좀 어떤데? 입원이나 수술은 안 해도 돼?"

"어, 그게…… 나도 병원에 들쳐 업고 올 때는 뼈가 부러졌을지도 모르겠다 했는데……팔꿈치 관절을 다쳐서 염증이 생긴 거뿐이란다."

무릎을 꿇은 채 대답한 쇼운은 한시름 놓는 야스를 힐끔힐끔 올려다보며 "그래도……." 하고 신음하듯 말을 이었다.

적어도 사나흘은 팔꿈치에 부담 가는 운동은 못한다고 의사가 말했다. 다시 말해서 내일 시합은, 설령 외야로라도 나갈 수 없다.

"미안하다, 야스야……용서해라……내, 아무 눈치도 못 채고 혼자 신바람이 나서 커브볼을 엄청 던지게 했다……."

야스는 눈치 채고 있었다.

그런데도 아무것도 하지 못했다.

현관을 들락날락하는 사람들이 어리둥절한 얼굴로 이쪽을 본다. 경비원을 데리고 오는 오지랖 넓은 인간도 있을지 모른다.

"됐다, 일어나라."

서서 마주하니 쇼운이 얼마나 기가 죽었는지를 새삼 알 수 있다.

야스는 미간에 주름을 잡고 한숨을 쉬었다. 시합을 고대하던 아키라의 얼굴을 떠올리니 미간의 주름은 더 깊어진다.

"야스야……미안하다, 내가 잘못했다……."

아니다. 정말로 잘못한 것은 자신이라는 것을 야스는 알고 있다. 알고 있기에 더욱, 다짜고짜 쇼운을 후려갈겼다.

쇼운은 바닥으로 쓰러졌다. 그때 삼각건으로 오른팔을 고정시킨 아키라가 현관으로 나왔다.

"아빠! 그만해!"

아키라는 쇼운을 향해 달려가 감싸듯이 야스 앞을 막아섰다.

"왜 이러는데 아빠!"

"비켜라, 이 땡중 놈, 내 오늘 요절을 내줄 거다."

아키라는 비키지 않는다. 쇼운을 감싸며 야스를 무섭게 노려본다.

잠시 침묵이 이어진 뒤, 야스는 쥐고 있던 주먹을 풀고 훗, 하고 힘 없이 웃고는 걸음을 돌려 소형트럭으로 돌아갔다.

"아버지란 사람이 삐치면 어쩌누. 진짜 너란 인간은……."

기막히다는 표정의 다에코는 "자, 햇콩이다." 하며 깍지 콩이 든 그릇을 내민 다음 완전히 풀 죽어 버린 야스의 이마를 콕 찔렀다.

"아키라가 애인지, 네가 애인지 모르겠다."

"…… 시끄럽다."

"거봐라, 그렇게 걸핏하면 화를 내니 애 같다고 하는 거지. 어쩔 건 데? 야쿠신네에 전화할 거면 빨리 해라. 전화 빌려 줄게."

"누가 그런 데 전화를 해."

야스는 얼굴을 홱 돌린 채 차가운 청주를 들이켰다.

"아키라, 오늘밤에는 야쿠신네에서 잘 거지? 쇼운한테 뺏겨 버렸네. 가만 생각해 보면 쇼운이 훨씬 아버지답다."

일부러 심기를 건드리듯, 다에코는 웃는다. 흥, 하고 야스가 불쾌하게 콧방귀를 끼자 더 크게 웃으며 오늘밤 안주거리 장만을 계속한다.

문도 안 연 '저녁뜸'을 찾아가서 다에코한테 억지를 부려 문을 열게 한 뒤 자리를 잡고 앉은 것이었다. 집에 혼자 있는 게 견딜 수가 없었 다. 말상대가 없으면 낮에 자신이 한 행동이 후회되어 가슴이 꽉 죄 온다. 쇼운을 감싸느라 야스를 노려보던 아키라의 모습이 생생하게 되살아난다.

"왜 그런 건데……."

집어든 깍지 콩을 그릇에 툭, 떨어뜨리며 야스는 중얼댄다. "쇼운 때문에 다쳤는데 아키라는 왜 화를 안 내는 건데……." 하고 말을 잇자 다에코는 "그게 아키라의 좋은 점이다. 심성이 곱잖아." 하고 대답한 다음 "얏짱이랑은 천지 차이지." 하고 덧붙인다. 가슴을 콕콕 찌르는 말의 연발이었지만 야스를 바라보는 눈은 웃고 있다. 그래서 오히려 야스의 후회와 외로움은 더 진해진다.

"내가 대신 전화 넣어 줄까? 대신 사과해 줄 수도 있는데."

"등신 같은 소리……사과는 쇼운이 해야지."

"벌써 사과했잖아? 무릎까지 꿇고. 애초에 당사자인 아키라가 화를 안 내는데 네가 왜 화를 내. 이치에 안 맞잖아."

자식 대신 화를 내는 것도 부모의 의무지, 하고 튀어나오려는 말을 술로 목구멍 깊이 밀어넣고 야스는 또 땅이 꺼져라 한숨을 쉬었다.

다에코는 안주를 다 장만하자 "알아서 마셔." 하고 한 되들이 병을 야스 앞에 놓은 다음 바깥으로 나가더니 가게 앞 청소를 시작했다. 미닫이문을 열었을 때, 석양빛이 반사되어 눈을 슴벅거렸다. 절 생활은 아침이 이른 만큼 밤도 빨리 찾아온다. 약사원에서는 이제 슬슬 저녁식사를 할 시간일 것이다. 아키라가 거기서 자게 된 것은 예정 밖의 일이기는 하지만 유키에는 분명 솜씨를 발휘해 아키라가 좋아하는 반찬으로 식탁을 가득 채웠을 것이다.

야스도 집에 가면 어젯밤에 장만해 둔, 밀가루 옷을 입힌 돼지고기가 냉장고에 들어 있다. 원래대로라면 지금쯤 갓 튀겨낸 돈가스가 밥상 한가운데를 장식하고 있을 터였다. 내일 시합에 '이기기를,' 후지이와 에이스 경쟁에서 '이기기를'……작으나마 아버지의 마음을 담은 정성인 것이다.

빈 컵에 술을 따라 턱을 괸 자세로 마셨다. 두 사람뿐인 가족은 괴롭다. 감정이 어긋나고 말았을 때, 사이에서 중재해 줄 이가 없다.

평소에는 절대 떠올리지 말자고 스스로 당부하던 것인데, 술기운을 핑계 삼아 가슴속 뚜껑을 살며시 열었다.

미사코가 있다. 갓 태어난 아키라를 안고 행복이 가득한 웃는 얼굴로 야스를 바라본다.

당신은 참 약지를 못해.

그리운 목소리가 가슴 저 안에서 들려온다.

여차하면 고집부터 부리고.

그렇지? 아빠 참 딱하다, 맞지? 하며 안고 있는 아키라를 흔드니 아키라도 기분 좋게 웃는다.

야스는 코를 훌쩍이고 술을 들이켰다.

미닫이문이 열렸다. 급히 문 쪽으로 등을 돌린 야스에게 다에코가 "얏짱, 내가 좋은 거 보여 줄게." 하고 말했다.

"……뭔데."

"좀 돌아봐라."

"됐다, 귀찮다."

"그러지 말고."

다에코는 웃으며 말하고는 "얏짱이 원래 울보라는 거, 내가 모르는 것도 아니고." 하고 덧붙였다.

다에코가 손에 들고 있는 것은 작은 화분이었다.

"자, 이거 좀 봐라."

화분을 야스 쪽으로 기울이니 '싹'보다는 크지만 '줄기'라고 하기에는 시원찮은 작은 초록색 식물이 보였다.

"나팔꽃이야."

해마다 원래는 나팔꽃 시장에서 꽃망울이 맺힌 화분을 사오는데, 가끔은 씨앗 단계에서부터 키워 보자는 생각이 들었다고 한다.

"왠지, 아키라가 커 가는 걸 옆에서 보고 있으니까 꽃이 피는 장면만 보고 즐기는 거는 좀 반칙이라는 생각이 들어서. 역시 내 손으로 씨를 뿌리고 물도 주고, 정성을 다하면서 키워 가는 게 더 즐겁지 않겠나."

묻지도 않았는데 주절주절 말을 마친 다에코는 화분을 바에 놓고 야스 옆자리에 앉아 깍지 콩 하나를 입에 넣었다.

야스는 눈에 고인 눈물을 슬쩍 훔치고 화분을 물끄러미 바라본다.

"지금 나와 있는 거는 본잎이야. 이거 전까지는 작은 떡잎이었는데. 이거 봐라, 여기 뿌리 부분에 있지? 이젠 거의 다 시들었지만."

"떡잎, 이라……."

"생물이란 놈은 참 재밌다. 뱀처럼 탈피하는 놈도 있고, 털갈이해서 색이 변하는 놈도 있고. 인간도 그래. 젖니랑 영구치가 있잖아."

떡잎도 마찬가지다. 나팔꽃이 커 가기 위해서는 반드시 이 떡잎 시기를 지나야만 한다. 하지만 떡잎은 나팔꽃의 생장을 마지막까지 지켜보지는 못한다. 꽃이 피기 전에 자취를 감추고 마는 것, 그것이 떡잎의 숙명이다.

"가엾지 않아?"

"과장하기는, 누부도 참."

어이없어서 웃기는 했지만 다시 생각해 보니 떡잎의 쓸쓸함이 가슴으로 스멀스멀 다가온다.

그런 가슴속을 꿰뚫어봤는지 다에코는 야스한테서 슬쩍 눈을 돌리고는 웃음을 띠우며 중얼대듯 말했다.

"부모자식 간에도, 떡잎 같은 시기가 있는지도 모르겠다……응, 얏짱, 그래 생각 안 하나?"

야스는 말없이 술을 홀짝인다. 다에코도 더는 아무 말도 하지 않았다.

부모의 기억이 없는 야스는 자식의 성장을 지켜보는 부모의 마음을 예습하지 못했다. 그저 좋기만 한지, 좋은 가운데 미묘한 쓸쓸함이 숨어 있는지, 자신의 부모의 모습을 떠올리며 아아, 그랬던 거구나, 하고 확인할 수가 없다.

부모로서 모든 것이 처음. 그리고 모든 것이 처음이자 마지막 체험이 되고 만다.

"저기, 다에코 누부야……."

컵에 남은 술을 깨작깨작 홀짝이며 야스는 말했다.

"미사코도 기왕이면 하나 더 낳을 때까지 조금만 더 오래 살아 줬으면 좋았을 텐데……."

"자식이 둘이나 되면 지금보다 훨씬 힘들었을 텐데."

다에코는 담담히 받아친 다음 "게다가," 하고 덧붙였다. "둘이 있었으면 미사코에 대한 미련도 두 배가 되는 거 아냐."

"그건 그런데, 부모 하나에 자식 하나라니 진짜로 쓸쓸하다."

초등학교 5학년인 아들과 함께하는 것은 일생에 단 한 번뿐. 극단적으로 말해 버리자면, 오늘의 아키라와 만나는 것은 오늘 하루밖에 없다. 그렇게 생각하니 현재 삶의 모든 것이 더할 나위 없이 소중하다는 무게감을 갖기 시작했고, 그렇기에 오히려 반대로 어디서부터 손을 대야 좋을지 알 수가 없어진다.

"나가시소멘(굵은 대나무를 쪼개어 계단처럼 연결한 다음 물을 흘려보내면서 그 위에 국수를 같이 흘려보내 먹는 것 옮긴이) 같은 거지." 하고 야스는 말했다.

"어?"

"국수가 대나무 홈을 따라 흘러가잖아. 젓가락으로 얼른 집어야 되거든. 안 집으면 흘러가 버리니까……그래 생각하면 할수록, 얼른 젓가락 뻗어야지, 하면서 앗, 앗, 앗, 하고 마음만 급한 사이에 흘러가 버린다."

다에코는, "참 비유를 해도 희한한 비유를 한다." 하고 재미있다는 듯 웃으면서도 "뭐, 무슨 말을 하고 싶은지는 알겠다." 하고 끄덕였다.

"누부야."

"응?"

"누부는 남편이랑 사이에 애가 생겼더라면, 헤어졌겠나?"

다에코는 그 말에는 대답하지 않고 나팔꽃 본잎의 끝을 손가락으로 가볍게 찔렀다.

야스도 "……미안." 하고 숨소리뿐인 목소리로 말하고 술 컵을 비웠다. 그때 가게 전화가 울렸다.

예예, 하며 바 안으로 들어가 수화기를 든 다에코는 짧게 통화를 하더니 웃는 얼굴로 야스를 돌아보며 수화기를 내밀었다.

쇼운이었다. 낮의 일을 다시 한 번 사과한 다음 스키야키(일본식 전골요리 옮긴이) 준비가 다됐는데 먹으러 오지 않겠느냐고 한다. 맞았는데도 원망하는 말 한마디 하지 않는다. 과연 쇼운답다.

"등신, 중이 어떻게 절에서 고기를 먹을 생각을 다 하는 거야? 하여간에 진짜 땡중이라니까."

야스는 다에코의 눈길을 피하듯 외면하고 일부러 쩝쩝 소리를 내 깍지콩을 먹으며 말했다.

"난 안 먹어. 아키라가 스키야키 해 달라고 했어."

"아, 그러냐? 너희들은 아키라가 죽으라고 하면 죽나. 의리 한번 끝내 주네."

"……아키라가 왜 스키야키 해 달라고 했는지는 아나?"

"내가 어떻게 알아?"

"야스 너 먹이려고 그랬다. '아빠는 스키야키 좋아하는데.' 이러더라……."

"장난하나."

"속상한 것도 풀 겸 다같이 모여서 스키야키 먹자, 이런 뜻 아니겠나. 속도 깊지, 참. 마음에 걸린 거다. 야스 너 혼자 있는 게. 아키라는 심성이 곱고 착하다."

순간 가슴이 먹먹해졌다.

눈꺼풀 안이 뜨거워졌다.

그렇기에 더욱 버럭 소리를 질렀다. "난 오늘 돈가스 먹을 거다!"

아키라에게 돈가스를 먹이고 싶었다. '내일 시합, 힘내라.' 하고 말해 주고 싶었다. 아키라가 선발투수 자리만 노리지 않는다면 외야로 선발출장하는 것은 충분히 가능했다. 응원도 갈 생각이었다. 상대 투수가 데드볼이라도 던질라치면 운동장에 당장 뛰어들어 멱살을 잡을 각오도 되어 있었다. 그랬는데, 투수에 미련을 못 버리고 벼락치기로 커브볼 훈련을 하다가 팔꿈치에 부상을 입고 외야로도 시합에 못 나가게 되었으니…….

"내 아들, 등신이잖아."

"야스 너, 그런 소리 마라."

"뭐 어때, 진짜 등신인데. 등신, 등신, 구제불능의 등신……."

수화기를 야스한테서 낚아챈 다에코가 대신 말했다.

"금방 갈 테니까 기다려라."

다행이다. 다에코 덕분에, 야스는 화장실로 뛰어들어 마음 놓고 울 수 있었다.

다에코는 전화로 택시를 불렀다. "웬 사치고, 버스 타고 갈 거다." 하고 야스가 눈물 흔적이 남은 얼굴로 말하자 완성된 술안주를 재빨리 찬합에 넣으며 "어디 들렀다 가야 돼서." 하고 다에코가 대꾸한다.

"들러?"

"집에 들러서 돈가스 갖고 가라. 장만은 다 해 놨지? 유키에 씨한테 튀겨 달라 해서 아키라 먹이면 된다."

"…… 스키야키에 돈가스까지 먹으면 배탈 난다."

야스는 훌쩍훌쩍 콧물소리를 내며 말한다. 어째서 이런 때마다 비딱하게 굴게 되는지, 스스로도 이해가 안 된다.

예예, 알겠습니다, 하고 가볍게 흘려들은 다에코는 찬합을 보자기로 싸더니 가스 밸브를 잠그고 조리복을 벗었다.

"얏짱, 문 닫는 거 좀 도와줘."

"뭐고, 누부도 가게?"

"가면 안 되나?"

"……안 되는 게 아니라."

"유키에 씨만 혼자 멋지게 활약하도록 놔 둘 수는 없지. 내 요리도 아키라한테 먹일 거다."

야스는 쓴웃음과 함께 바 위의 나팔꽃을 바라봤다. 시들어서 오그라든 떡잎이 갑자기 사랑스럽게 느껴졌다. 아키라에게 진정한 떡잎은 미사코인지도 모른다. 꽃이 피는 것을 지켜볼 수 없는 떡잎. 코에서 또 훌쩍, 하고 소리가 났다.

"저기, 누부야. 나는 오래 살 거다. 아키라 옆에서 안 떨어질 거다. 아무리 날 미워해도 찰싹 달라붙어서 절대 안 떨어질 거다."

끝까지 지켜봐야만 한다. 아키라가 성장해 가는 순간순간들을 똑똑히 눈에 아로새겨 둬야만 한다.

그리고 어느 날엔가, 천국에서 미사코와 재회했을 때, 이야기보따리를 우르르 풀어낼 것이다. 아키라가 어떤 식으로 컸고, 어떤 어른이 되었는지. 미사코는 분명 기쁘게 웃으며 들어줄 것이다.

"야, 얏짱, 코 풀어라."

다에코는 티슈를 건네며 "술만 취하면 운다는 거는 나이를 먹었다는 증거다." 하며 놀리듯 웃었다.

택시가 가게 앞에 서서 짧게 경적을 울린다. 야스는 문 옆에 둔 나팔꽃 화분을 돌아보며 후훗, 울다 웃는 얼굴을 한 뒤 택시에 올라탔다.

아키라는 오른손잡이인데 오른손을 삼각건으로 고정한 상태다. 당연히 젓가락질을 못 한다. 젓가락은 들지 못하지만 식탁에는 맛있는 음식이 다리가 휘어질 정도로 잔뜩 있다.

그렇다면…….

오른쪽에서 유키에가 달걀을 잔뜩 끼얹은 스키야키 고기를 젓가락으로 집어 "응, 아키라, 아, 해 봐." 하고 말한다.

왼쪽에서는 '저녁뜸'의 간판요리인 수제 고모쿠마메(대두, 우무, 표고버섯, 무 등을 조린 음식─옮긴이)를 숟가락에 뜬 다에코가 "아키라, 채소도 먹어야 된다. 콩이 몸에 좋다. 그래, 아, 해 봐." 하고 말한다.

맞은편에서는 요리코 할머니까지 "아키라, 채소절임 먹을래? 채소절임?" 하며 그릇을 손에 들고 차례를 기다리고 있고, 그런 광경을 가이운 스님과 쇼운이 반야탕을 홀짝이며 싱글벙글 바라본다.

"못 말린다, 못 말려……."

야스가 툴툴거려도 아무도 상대해 주지 않는다.

야스는 자작한 술을 들이키고는 부루퉁한 표정으로 얼굴을 휙 돌린다. 삐친 것이다. 질투하고 있는 것이다. 하지만……기분이 좋아 어쩔 줄을 모른다.

평소의 두 사람뿐인 식탁에는 없는 떠들썩함과 온기가 이곳에는 가득하다. 아키라는 진심으로 사랑받고 있다. 미사코의 몫까지 다들 아키라를 사랑해 주고 있다. 그것이 기뻐서, 기뻐서……어딘가 쓸쓸해서…….

"아키라, 자, 고기 좀 더 먹자.""고기만 먹으면 살찐다. 채소 먹어라, 두부, 자자.""아들은 고기를 좋아하지, 그렇지, 아키라?""아키라는 옛날부터 콩을 좋아했다 그렇지?""진짜? 아닌데, 고기를 더 좋아했잖아.""채소절임은 안 먹나, 채소절임?""아키라, 콩.""아키라, 고기.""채소절임, 맛있다, 채소절임."…….

세 사람의 쟁탈전에서 슬쩍 몸을 빼듯, 아키라의 경쾌한 목소리가 울린다.

"나, 돈가스 먹고 싶다."

야스는 컵에 든 술을 들이켠다. 컵이 빈 뒤에도 한동안 천장을 노려본다.

얼굴을 제자리로 돌린 야스는 "너희들, 싹 다, 떡잎이다." 하며 웃었다. "결국에는 아버지한테 돌아온다. 부모자식 간이니까, 우리. 단 둘뿐인 부모자식……."

기분 좋게 웃던 얼굴은 이윽고, 구겨진 우는 얼굴로 바뀌었다.

감추면
꽃이 되고

졸업식이 오려면 아직 멀었는데 아키라는 친구와 함께 이발소에 가서 머리를 까까머리로 밀어 버렸다.

"아직 길어. 중학교는 1센티미터보다 길면 혼난단 말이야."

입학식 직전에 한 번 더 머리를 깎으러 갈 것이라고 한다. 품이 두 번 들어간다. 돈도 두 번 들어간다. 하지만 지금 미리 까까머리로 깎지 않으면 입학식 때 머리바닥이 파래서 촌스럽다고 한다.

"남자가 멋은 부려서 뭐에 쓰게. 남자는 속이 중요하지." 하고 야스가 어이없는 얼굴로 말해도 "속이 좋아도 겉이 안 좋으면 전달이 안 되잖아?" 하며 억지소리 같은 말로 가볍게 받아친다.

"멋이 어쩌고, 외모가 어쩌고, 그래 여자한테 신경 쓰다가는 코피 터진다."

"여자랑은 상관없다니까. 남자들 가운데에서 폼 안 나는 게 싫다는 거야."

자신을 부르는 호칭이 어느새 '보쿠('나'라는 뜻의 1인칭 표현으로 남자들이 흔히 쓴다)'에서 '오레('나'라는 뜻의 1인칭 표현으로 남자들이 가까운 사이나 아랫사람과 대화할 때 주로 쓴다)'로 바뀌었다. 지금은 아직 변성기도 오지 않은 성미 급한 '오레'이긴 하지만 언젠가, 그리 멀지 않은 때 '오레'의 느낌도 잘 어울리게 될 것이다. 목소리가 두꺼워지고, 낮아지고, 여드름이 생기고, 수염이 찔끔찔끔 나기 시작하고, 거기에도 털이…….

아직 저학년일 때 "잠지에 털 나면 바로 아버지한테 말해 줘야 된다, 팥밥 해 줄 테니까." 하고 약속했다. 그 약속을 아키라는 기억하고 있는지 어떤지, 확인해 보기도 괜히 민망한, 벌써 그런 나이가 되었다.

"진짜로 눈 깜짝할 사이에 지나간다. 애가 애로 있는 거는."

작업하다 이제 막 아버지가 된 젊은 친구들을 보면 야스는 꼭 그렇게 말한다. "핥고 빨고 귀여워해 주는 것도 지금뿐이다. 술 마시고 파친코 한다고 딴 데 새지 말고 후딱 집에 들어가라." 하며 머리를 친다.

그것은 야스도 마찬가지다.

마흔 살이 되었다.

부지런히 모은 돈을 보증금으로 걸고 집 근처에 작은 중고 독채를 사서 새해가 되자마자 이사를 했다. 아키라는 그토록 바라던 욕실이 있어서 만족하는 모양이었지만 야스는 코딱지만 한 자신의 집 욕실이 그리 마음에 들지 않았다. '세토 탕'에서 동료들과 시끌벅적하게 떠들면서 한바탕 목욕을 할 때에는 못 보고 지나치던 것을, 혼자서 거울을 보다 깨달은 것이다.

팔과 가슴의 근육이 빠지고 배에는 지방이 붙고……바로 며칠 전에는 흰머리도 발견했다.

인생의 전환점이 코앞인 것인지, 이미 지난 것인지, 어쨌거나 중년이다. 아키라가 제 구실을 할 수 있게 될 때까지 조금 더 힘내야 하는데, 그런 것들은 이미 미래의 꿈이라고는 부를 수 없는 나이가 되어버린 것이다.

그 소문을 야스에게 처음 전해 준 이는 '저녁뜸'의 단골 중 하나인 도장공(塗裝工) 슌 짱이었다.

듣는 순간, 야스는 슌 짱의 머리를 한 대 갈겼다. 그것만으로는 성이 차지 않아 가슴팍을 찌르고, 그 바람에 비틀하는 순간 장딴지에 로킥을 날렸다.

무지막지하게 화가 났다. 젊을 때의 혈기가 돌아오기라도 한 것처럼 분노로 몸까지 떨렸다.

슌 짱이 걸음아 날 살려라 내뺀 뒤에도 분노는 사그라지지 않았다. 어디서 허튼 수작질이고, 하며 침을 바닥에 내뱉는다. 그런 일이 있을 리가 있나, 어깨를 으쓱하고 혀를 찼다.

그런데 다음날에는 세토 베이커리의 도쿠 씨가 소형트럭으로 배달 중인 야스를 붙들고 "어이, 야스, 그 소리 들었나?" 하고 또 그 소문 이야기를 했다.

다에코한테 아이가 있다는 것 같다.

남편과 이혼할 때 헤어지고 다시는 안 봤다는 것 같다.

일주일 전, 비호쿠 토건의 히데 씨가 경정에서 대박을 치고 술집 순회를 돌며 술을 마신 끝에 문 닫기 직전의 '저녁뜸'에 들어가려고 했다. 포렴은 걸려 있었지만 손님의 기척은 없었다. 다에코를 놀래 주려고 미닫이문을 빠끔히 열었더니 다에코는 문 쪽에 등을 보인 채 가게 전화로 통화를 하고 있었다.

"이제 와서 그런 말을 하면 곤란하죠. 그애도 난감할 거고…… 평생 다시는 안 볼 거였으니까……."

다에코의 목소리는 울먹이고 있었다.

"난 그애를 낳기만 했을 뿐이에요. 키우지는 못했어요. 그건 당신이 잘 알잖아요."

이번에는 울면서 화를 냈다.

히데 씨는 무슨 상황인지 이해가 되지 않았지만 어쨌든 여기서 모습을 드러내면 안 되겠다는 생각이 들어서 슬며시 그 자리를 떴다고 한다.

"야스 자네도 못 들어 봤나, 애 이야기."

도쿠 씨가 묻자 야스는 "아니요…… 아무것도." 하며 한숨을 쉬었다. 어릴 때부터 누나동생이나 다름없이 지내 왔다. 서로 비밀이라고는 없다고 믿어 왔다.

"야스 자네도 모른다는 거지. 이거 아무래도 복잡한 이야기가 될 거 같은데……."

가장 오래된 단골인 도쿠 씨는 팔짱을 긴 채 무거운 목소리로 말했다.

다에코는 스물다섯에 농촌의 유서 있는 집안으로 시집갔다가 스물일곱에 이혼하고 빈고 시로 돌아왔다. 고작 2년간의 짧은 결혼생활 이야기는 전혀 하지 않는다. 시어머니와 관계가 좋지 않아 마지막에는 쫓

겨나듯이 이혼했다던가, 5년 전에 돌아가신 다에코의 어머니가 아주 옛날, 그런 말을 얼핏 한 것 같기도 하고, 아닌 것 같기도 하고…….

바 오른쪽 옆에 앉은 도쿠 씨가 진심으로 한심하다는 듯 한숨을 쉰다.

"뭐야, 야스, 아무 짝에도 소용이 없네……그러면서 소꿉동무라 할 수 있나?"

"말이 소꿉동무지, 나이가 열두 살이나 차이가 나는데요, 뭘. 자세한 속사정까지는 모릅니다."

다에코가 시영주택으로 돌아왔을 때, 야스는 열다섯 살이었다. '소박데기'라고 뒤에서 흉을 보던 이웃 아저씨를 통나무를 들고 쫓아간 적은 있지만 정작 이혼 경위는 도저히 본인한테 물어볼 수가 없었다.

"자식 낳고 바로 헤어졌다 치면 다에코 누부 지금, 쉰 넘었지?" 왼쪽 옆자리의 쇼운이 손가락을 꼽아 계산한다. "그렇다는 말은, 자식이 지금 스물네댓 살은 됐다는 이야긴가."

확실히 그렇다. 이미 다 큰 어른이다.

"아키라를 예뻐한 것도……자식이 있어서 그랬던 건가……."

도쿠 씨가 말하자 평소에는 아키라를 두고 다에코와 경쟁하고 있는 쇼운도 "아키라가 크는 모습을 그 사람은 무슨 생각을 하면서 보고 있었을까?" 하며 안타까운 표정으로 고개를 끄덕인다.

야스는 말없이 술을 홀짝였다. 머리를 까까머리로 밀어 버린 아키라가 "다에코 아줌마한테 보여 주고 올게!" 하고 문도 열지 않은 '저녁뜸'으로 간 것이 그저께였다. 돌아오더니 "아줌마가 내 머리를 쓰다듬으면서 울더라." 하고 이상하다는 듯이 말했다. 야스도 그때는 "웬 유난이람." 하고 웃어넘겼지만 지금은 눈물이 글썽한 다에코의 모습을 떠올리니 제 가슴까지 뜨거워진다.

"그나저나 익숙한 가게가 아니라 안정이 안 되네."

쇼운이 엉덩이를 꿈지럭거리며 말한다. 처음 온 술집이었다. 아무래도 이런 이야기를 '저녁뜸'에서 할 수는 없는 법이니까.

"역시, 본인한테 직접 물어보는 게 좋겠지. 안 그러면 우리 '저녁뜸'에 마음 편하게 못 가게 되잖아."

도쿠 씨의 말에 야스는 바의 한 곳을 노려보며 대꾸했다.

"……제가, 물어보겠습니다."

하지만 야스는 뭔가 껄끄러운 질문을 할 때 우선 주변에서부터 조금씩 접근해 가는 식으로 꾀를 부릴 줄 아는 사람이 아니다.

시간을 들여 빙빙 둘러서, 조금씩 핵심으로 다가가는 느긋한 성격도 아니고, 머리 구조가 복잡하게 만들어져 있지도 않다.

"남자는 한 방에 승부를 봐야지."

3차로 간 술집에서 마침내 결심을 했다.

한번 결심을 하고 나면, 일사천리다.

"야스야, 이래 취해 가지고 괜찮겠나? 너, 완전 술에 절었다."

걱정스런 얼굴의 쇼운에게 말없이 영수증을 건네고, 바에 엎드린 채 곯아떨어진 도쿠 씨의 어깨에 벗어 놓은 점퍼를 덮어 준 다음 가게를 나왔다. 취했다. 그건 뭐, 틀림이 없다. 이렇게까지 취하지 않으면 못 물어본다.

가게 밖으로 나와 "우윽……." 하고 신음하며 밤하늘을 올려다봤다. 봄날의 으스름달이 세 개, 네 개로 보인다.

골목길은 출렁출렁 파도를 치며 오른쪽 왼쪽으로 구불구불 사행을 하고, 길 저 앞은 아예 야마타노오로치(일본 건국 신화에 나오는 머리 여덟, 꼬리 여덟의 전설의 큰 뱀 ^{옮긴이})처럼 길이 몇 갈래로 찢어져 있다.

"……다에코 누부야."

걸으며 중얼거렸다. 철들 무렵부터 수없이 불러온 이름이지만 이렇게 쓸쓸한 기분으로 불러보기는 처음이었다.

"누부야……왜 아무 말도 안 했나?……아무 말도 안 하고 십 년 이십 년……어떤 기분으로 살았을지, 누부……."

쓸쓸함은 섭섭함으로 변했다가, 다시 쓸쓸함으로 돌아온다.

비틀비틀 걷는다. 다리가 꼬여서 넘어질 듯 휘청거리며 걷는다.

'저녁뜸'의 불빛이 보이기 시작했다. 작전상으로는, 쇼운이 가게에 전화를 걸어서 가게에 있는 단골들을 적당한 핑계로 바깥으로 끌어내기로 되어 있다. 손발이 착착 맞아떨어졌는지 가게 앞에서 보니 손님 기척은 없었다.

야스는 한 번 심호흡을 한 다음 힘차게 문을 열었다.

"나 왔다!" 울고 싶은 기분으로, 엄청나게 명랑한 목소리를 냈다.

다에코 혼자였다.

"누부야, 술 줘, 술!"

바 안에 있던 다에코는 야스의 얼굴을 보자 닭똥 같은 눈물을 뚝뚝 흘렸다.

자식 문제 때문이 아니었다.

"야, 얏짱, 어떻게 해, 아키라, 이를 어째……."

생각지도 못한 카운터펀치였다.

왜 여기서 아키라의 이름이 나오는지. 왜 다에코는 울면서 아키라 이야기를 하는지. 다에코의 아이 이름이 아키라? 술 취한 머리가 어지럽게 엉키고 폭주해 뭐가 뭔지 영문을 알 수 없었다.

"미안, 누부야……물 좀 줘, 물."

"뭐야, 너, 왜 이렇게 취했어. 어디서 마셨어?"

"나도 다 사정이 있다. 됐고, 물 줘."

다에코가 싱크대의 물을 컵에 따르려는 것을 제지하고 "주전자에 넣어 줘." 하고 말했다. 정신을 바짝 차리려면 이 방법밖에 없다.

물이 가득 든 주전자를 들고 밖에 나가서 머리 위로 차가운 물을 끼얹었다. 물은 셔츠를 적시며 등과 배를 따라 떨어진다. 몸을 부르르 떨면서 주전자가 빌 때까지 물을 계속 부었다. 온몸이 얼어서 몸이 폭삭 쪼그라든 것 같았지만 덕분에 술은 꽤 깼다.

젖은 김에 셔츠로 얼굴과 머리를 닦으며 가게로 돌아오니 다에코는 "감기 걸려도 난 몰라. 이쪽으로 와." 하고 난로 앞 의자에 야스를 앉히고 벽장에서 수건을 있는 대로 죄다 꺼내 왔다.

"하여간 택도 없는 짓을 하고……이제 젊을 때랑은 다르다. 야스 너한테 만에 하나, 무슨 일이라도 생기면 아키라는 어떻게 하라고 그래. 좀 사람이 생각을 하고……."

다에코는 말을 하다 말고 또 눈물을 글썽였다.

야스는 수건으로 쥐어뜯듯이 머리를 닦으며 "아키라가 대체 뭐가 어떻게 됐는데?" 하고 물었다. "왜 누부가 우는 거냐고?"

그러자 다에코는 "안 울고 배기나!" 하고 화난 듯이 받아치더니 야스 옆 의자에 앉아 난로에 손을 쬐었다.

저녁, 가게 문을 열기 전에 불쑥 아키라가 찾아왔다고 한다. "아줌마한테 물어볼 게 있는데." 하고 평소와는 달리, 뭔가 골똘한 표정으로 물었다.

"뭐? 뭐든지 물어봐." 하고 가벼운 어조로 다에코가 대답하자 아키라는 골똘한 표정으로 이렇게 말을 이은 것이다.

"우리 엄마……사고로 돌아가셨다던데, 무슨 사고였어요? 아줌마는 알죠? 가르쳐 줘요."

다에코는 손바닥을 난로 쪽으로 향했다가 뒤집었다가 하면서 "걱정 마라, 얏짱." 하고 중얼대듯 말했다. "너랑 한 약속은 지켰다……. 아무 말도 안 했다."

야스도 난롯불을 응시한 채 미안, 하고 숨소리만으로 말한다.

"아키라, 뿔내면서 돌아갔다."

"미안……진짜로."

"아아, 아키라한테 미움 받았어."

다에코는 섭섭한 표정으로 웃더니 "근데 말이다." 하고 정색하는 목소리를 냈다. "더는 안 통한다. 속여 넘기는 거는."

알고 있다.

어머니는 널 살리기 위해 대신 죽었다.

이 사실은 아무리 발버둥 쳐도 바꿀 수가 없다. 아무리 미뤄도, 언젠가는 아키라에게 말해야만 한다. 그 '언젠가'가, 마침내 '지금'이 되어 버린 것이다.

"어, 야스야……새삼스럽게 이런 말 하는 것도 그렇지만, 역시 빠른 시일 내에 말해 주는 게 좋을 거 같은데, 어떻게 생각해?"

야스도 말없이 끄덕였다. 아키라가 물어보지 않는다는 것을 핑계 삼아 계속 모른 척해 왔다. 그 값을 치러야 할 때가 돌아왔다. 지금.

초등학교 저학년일 때 몇 번인가 '슬슬 이야기를 해 볼까?' 싶은 기회는 있었다. 하지만 천진난만한 아키라의 얼굴을 보면 괴로운 사실을 전하기가 가엾어져서 그냥 나중에 하자며 번번이 도망쳐 왔다.

하지만 이제 야스는 생각한다. 어릴 때 말을 해 주는 편이, 물론 그 순간은 굉장한 충격을 받을 테고 슬프기도 할 테지만 의외로 순순히 사실을 받아들였을지도 모른다고. 오히려 사춘기가 되어 가는 지금 이 시기에 전하는 게, 아키라에게는 잔혹한 처사일지도 모른다고.

"얏짱, 네 입으로 분명하게 이야기하는 수밖에 없잖아? 잘못해서 다른 사람 입에서 불쑥 튀어나오기라도 하면, 후회해도 그땐 이미 늦는다. 사람 입에 자물쇠를 채울 수도 없는 노릇이고. 너희들도 그렇잖아?"

"뭐가?"

"나한테 자식이 있다는 거, 다 쑥덕대고 있잖아?"

다에코는 그렇게 말하더니, 말문이 막혀 있는 야스를 놀리듯이 "내 귀가 얼마나 밝은데." 하고 웃었다.

"바보다."

다에코는 난롯불에 손을 쬐며 "진짜 바보다." 하고 말했다.

누가? 하고 야스가 미처 묻기도 전에, 다에코는 바로 말을 잇는다.

다에코에게 자식이 있다는 소문은 사실이었다. 결혼 2년째에 야스코라는 딸을 낳았다. 주위의 진심 어린 축복을 받으며 태어난 아이가 아니었다고 한다.

결혼 1년째는 시아버지와 시어머니는 물론 친척들과 이웃사람들한테까지 "아직도 애가 안 들어섰나?" 하는 말을 귀에 못이 박히도록 들었다. 농사꾼 집안의 장남 며느리는 뒤를 이을 아들을 낳는 것이 의무라고.

겨우 임신을 해서 며느리 체면을 세운 것도 잠시였다. 태어날 아이가 아들이라고 멋대로 정해 두고 있던 시아버지와 시어머니는 야스코가 첫 울음을 터뜨리고 조산원의 간호사가 "건강한 따님입니다." 하고 알리는 순간, 노골적으로 낙담하고 실망하고, 어디 하소연할 데 없는 짜증을 다에코에게 가차 없이 쏟아냈다.

"임신 중에 몸 움직이는 일을 안 해서 딸내미가 됐다네. 편한 것만 찾는 색시는 딸밖에 못 낳는다는 거야. 포동포동 살찐 아들을 낳는 색시는 배가 산만큼 불러와도 밭에 나가서 일한다고."

"……그런 거야?"

"몰라, 나도. 그리고 시숙부님 말로는 색시한테 정이 얕으면 아들이 안 생긴다대. 딸은 돈이 들고, 실컷 돈 써서 키워도 딴 데 시집가 버리면 끝이라고……젖도 공짜로 나오는 게 아니다……그런 말까지 들었다……."

다에코는 담담히 엷은 웃음까지 띠며 말한다. 그 웃음 속에 비친 진한 괴로움과 섭섭함이 농촌의 낡은 인습과 인연이 없는 야스에게까지도 아프게 전해져 온다.

애초에 부모와 친척들의 반대를 무릅쓰고 강행한 결혼이었다. 고등학교를 졸업하고 오사카에서 일하던 다에코한테 남편이 첫눈에 반했다. 그는 전쟁터에서 돌아온 후 오사카의 농학교에 다니던 중이었다. 새로운 농촌을 만들겠다며 의욕을 보이던 남편은 시골의 부모님이 추천하는 혼담을 모조리 거절하고 다에코를 데리고 귀향했지만, 고향의 삶에 어이없을 정도로 쉽사리 빨려들어 가고 말았다.

"이상과 현실은 다르더라……진짜로."

다에코는 난롯불을 바라보며 한숨을 내쉬었다.

"얏짱, 사람이라는 게 참 욕심이 많은 존재더라. 태어난 게 아들이었다면 처음부터 나도 뭐 도리 없겠구나 생각했을 거야. 그런데 태어났을 때 '필요 없는 자식'이란 식으로 말한 자식까지 뺏길 줄이야……진짜 사람은 욕심이 많아……."

딸은 시어머니에게 빼앗기고 말았다. 젖을 먹이는 것은 다에코지만 그 밖의 것들은 모조리 시어머니 혼자서 해결하려 했다. 혼자서 어르고 혼자서 밖으로 데리고 나가면서, 울거나 보채면 얼른 다에코를 불러서 역시 딸내미는 안 된다, 딸은 에미를 닮는다, 그러니 네가 잘못된 거다, 라며 심한 말을 퍼부었다.

야스는 말없이 주먹을 쥐었다. 젊을 때 같았으면 당장 박차고 일어나서 '그 할망구, 지금 어딨어!' 하며 호통을 쳤을 테지만, 지금은 그렇게까지 무모한 뜨거움이 없다. 기껏 주먹 쥐는 게 전부일 뿐, 그 주먹을 휘두를 곳조차 알지 못한다.

"난 진짜 낳기만 했어. 그거 말고는 아무것도 할 수가 없었어."

"……그게 좋았어? 누부는"

"좋을 것도 나쁠 것도 없다. 그저 며느리일 뿐인데 뭐. 넌 잘 모르겠지만, 며느리는 그 집 거고, 자식도 그 집 거, 그리고 집은 시아버지랑 시어머니 거……우리 집에는 그래도 시아버지, 시어머니뿐이었지만 여기에 시숙부며 시숙모, 시누이까지 있으면, 진짜 목매달고 죽고 싶은 심경일 거야."

그냥 겁주려고 하는 말이 아닐 것이다. 다에코의 얼굴은 진심으로 몸서리난다는 듯 일그러져 있었다. 이혼한 지 25년이 지났는데도 얼굴이 일그러지다니, 그만큼 상처받은 것이리라.

야스코를 낳은 뒤로도 다에코를 찌르는 듯한 날카로운 눈빛들은 여전했다.

이번에는 반드시 아들을 낳아야 된다, 이번에는 반드시 아들을 낳아야 된다, 이번에는 반드시 아들을 낳아야 된다…….

"하루는 밭에서 일을 하고 있는데 시숙부님이 와서 그러는 거야. '하나 낳아 봤으니까 가랑이 사이가 널찍해졌겠네. 지금 당장 아들 낳아도 쑥 나올 것 같은데.' 이렇게……."

다에코의 목소리가 떨렸다. 그에 장단을 맞추듯, 난로 안의 불꽃도 흔들렸다.

"나……그길로 헤어지자는 마음이 생겼어."

다에코는 얼굴을 일그러뜨린 채 말했다.

혼자서 집을 나왔다. 야스코를 데리고 가고 싶다는 소망은 이루어지지 않았다.

그렇게 말한 뒤 곧바로 다에코는 자신의 말을 부정하며 고개를 젓는다.

"그건 그냥 다 핑계야. 사실은 야스코를 버린 거야. 응, 버린 거지,

나 좋자고.”

“왜 그런 말을…….”

“괜찮다, 야스. 조용히 듣기나 해라.”

남편은 말렸다. 어떻게든 마음을 바꿔먹게 하려고 설득했다. 하지만 그것은 다에코를 향한 애정에서 나온 말이 아니었다.

“전부 체면 때문이었다. 색시가 도망을 가다니 집안의 수치다, 친척들 혼담에도 지장을 준다…… 결국에는 이런 말을 하더라. 집은 나가도 상관없는데 호적은 더럽히지 말아 달라고…… 더럽히느니 더럽히지 않느니, 그런 말을 하는 사람이 아니었는데. 오사카에 있을 때는 말이야…….”

그러나 단 하나, 남편의 말 중에 가슴 아프게 하는 것이 있었다.

야스코가 불쌍하지도 않느냐.

불쌍하다고 생각한다. 그런 생각 하지 않을 수가 없다.

그렇기에 다에코는 오히려 남편에게 머리를 깊숙이 조아리며 부탁했다.

“하루라도 빨리 새 신부를 얻어요. 야스코가 철들기 전에, 새 엄마를 데리고 와 주세요…… 그런 말을 할 처지는 아니지만 그것 말고는 아무것도 할 수 없었어…… 난 이기적이고 못된 엄마야…….”

난로의 기름이 떨어졌는지 오렌지색이었던 불꽃이 어둑해지면서 까물까물 흔들리기 시작했다.

다에코는 코를 훌쩍이다 애써 웃으며 “야스코한테도 그 편이 나았어.” 하고 말했다.

이혼하고 얼마 뒤, 남편은 친척의 중매로 재혼을 했다. 새 아내는 이웃 동네 출신으로 친정도 농가였기 때문에 지역의 관습이나 풍습을 쉬이 받아들여 시아버지 시어머니에게서도 사랑받았다.

"야스코가 세 살이 됐을 때, 그 부인한테서 편지가 한 번 왔었어. 좋은 사람이더라. 야스코는 무럭무럭 잘 자란다, 제 딸처럼 사랑하고 있으니 걱정하지 마라, 그러더라……."

다에코는 답장을 보내지 않았다.

야스코와는 그것으로 인연이 끊겼다.

그대로 20년 넘는 세월이 흘렀다.

까맣게 잊고 있었다고, 다에코는 말했다.

그 말은 거짓말이라고, 야스는 생각한다.

"야스코랑 같이 돌아왔으면 너랑 이름 앞부분이 똑같아서 곤란하잖아." 그런 슬픈 농담은 하지 않아도 되는데.

아마도 다에코는 야스코를 '얏짱'이라고 부르면서 얼렀을 것이다. 고향에 돌아온 다에코가 야스를 '얏짱'이라고 불렀을 때의 기분을 생각하니, 가슴 밑바닥에서부터 신음이 올라올 것만 같다.

야스코는 친어머니의 존재를 모른 채 자랐다. 부모나 조부모가 야스코에게 언제 그 사실을 밝혔는지는 모른다.

"호적을 보면 알게 되겠지만…… 난 야스코가 묻기 전에는 말 안 해도 된다고 생각했어. 가능하다면 평생 야스코가 아무것도 모르고 사는 게 좋다고 생각했어. 진짜로. 보고 싶다는 생각도 안 했고, 다 잊어버리고 살았어. 진짜로…… 그냥 낳기만 했잖아. 정들 시간도 없이 헤어졌으니까……."

난로의 불길이 많이 어두워졌다. 기름은 이제 거의 남지 않았다.

“……감추면 꽃이 된다고 하잖아.”

다에코는 불쑥 한마디 하고는 “세상이라는 게 뭐든 진실을 밝힌다고 좋은 건 아니야.” 하고 중얼거렸다.

야스는 말없이 끄덕였다. 아키라를 떠올린다. 감추면 꽃이 되고. 옛날 훌륭하신 분이 했던 말이라는 것밖에 모르지만, 옳은 말이다.

열흘쯤 전, 헤어진 남편한테서 이십 몇 년 만에 편지가 왔다. 야스코의 혼담이 성사되었음을 알리는 편지였다. 결혼하기 전에 한 번이라도 좋으니까 낳아 주신 어머니를 만나고 싶어 한다고, 야스코가 원하고 있다는 내용이었다.

답장을 쓰지 않았더니 남편이 물어물어 ‘저녁뜸’의 전화번호를 알아내서 연락해 왔다. 비호쿠 토건의 히데 씨가 들은 것이 바로 그때의 통화내용이었다.

“……누부야, 안 만날 거야?”

“안 만날 거야.”

“왜?”

“난 걔 엄마가 아니니까. 낳기만 했다. 걔 엄마는 지금껏 길러 준 엄마밖에 없어. 안 그래? 안 그러면 내가 면목이 없잖아?”

다에코가 울음 섞인 목소리를 높였을 때, 난로의 불길이 꺼졌다.

“아빠, 빵 다 구워졌어.”

아키라가 토스터에서 꺼낸 빵을 야스는 “어어……고맙다.” 하고 접시를 내밀어 받는다. 눈이 마주칠 뻔한 순간, 어색하게 시선을 옆으로 피한다. 일어났을 때부터 쭉 이 모양이다.

아키라는 여느 때와 다름없이 아침부터 토스트를 석 장이나 먹고 우유를 꿀꺽꿀꺽 마신다. 미사코의 이야기는 전혀 꺼내지도 않고, 다에코한테 물어보러 갔다는 기색도 보이지 않는다. 그래서 야스는 더욱 숨 막히는 불편함에 싸이고 만다. 차라리 자신이 먼저 '너 어제 저녁에 '저녁뜸'에 갔었다며?' 하고 운을 떼 볼까도 했지만, 이야기가 더 진전되면 어떻게 해야 좋을지 판단이 안 돼 결국은 모른 체 있을 수밖에 없었다.

"아빠, 마가린 안 발라?"

"어?"

"토스트."

마가린도 바르지 않고 먹고 있었다.

"……기름은 안 먹는 편이 몸에 좋아."

퍼석퍼석한 토스트를 오기로 그냥 먹는다.

"아빠 무슨 일 있어? 아침부터 기운이 없어 보이는데."

"그런 거 없다. 자, 봐라."

야스는 팔을 구부려 자랑하는 알통을 만든 다음 와하하, 하고 웃는다. 시작은 좋았는데 웃음이 곧장 시들어 버린다.

아키라는 미심쩍다는 표정을 지었지만 시계 바늘을 보더니 "아, 큰일 났다." 하며 토스트를 허겁지겁 입에 집어넣었다.

오늘 아침부터는 평소보다 30분 일찍 학교에 간다고 한다. 반 학생 전원이 모여 졸업식 때 부를 '반딧불'(호타루노 히카리. 일본제국 해군이 〈고별행진곡〉이라는 제목으로 해군학교 졸업식 등에서 불렀고, 현재까지 일본 전역에서 졸업식 때 애창되는 곡이다. 스코틀랜드 민요인 〈올드 랭

사인〉이 원곡이며 우리나라에서는 〈석별의 정〉이라는 제목으로 불리고 있다 옮긴이))과 교가 연습을 한다는 것이다.

졸업식까지는 앞으로 일주일. 2, 3일 안에 길이 수선과 이름 자수를 끝낸 중학교 교복도 도착한다. 막 밀었을 때는 파랬던 까까머리도 꽤 자연스러워졌다.

"학교 다녀오겠습니다!"

아키라는 6년의 세월이 밴 책가방을 둘러메고 미사코의 불단에 서서 손을 모은 다음 집에서 뛰어나간다.

불단과 마주할 때도 딱히 유별난 모습은 보이지 않는다. 그래서 더욱 숨이 막힌다.

야스는 입에 든 토스트를 홍차로 목구멍에 밀어넣은 뒤 남은 토스트에 마가린을 바르며 후, 하고 한숨을 내쉬었다.

플랫폼에서 화물분류를 할 때도, 소형트럭으로 화물 집배를 할 때도, 아키라와 다에코 생각이 머리에서 떠나지 않았다.

감추면 꽃. 물론 다에코의 말도 이해가 간다. 하지만 그것이 정말 옳은 일일까? 생각하면 할수록 도무지 모르겠다.

막간을 이용해 플랫폼의 지장보살님께 귤을 바치고 손을 모았다. 당신 같으면 어찌 하겠수? 지장보살님은 그저 웃음만 지은 채 아무 대답도 해 주지 않는다. 당신이 꿈에 나타나 아키라한테 가르쳐 주면 좋을 텐데……. 자신이 생각해도 한심할 정도로 막무가내다 싶다.

저녁이 되어 마지막 집하에 나가려는데 사무실의 젊은 친구들이 부르러 왔다. "야스 선배, 전화 왔습니다."

막 시동을 건 트럭에서 내려와 사무실로 가는데 왠지 가슴이 두근 거렸다. 지금쯤이면 아키라는 이미 학교에서 돌아와 있을 텐데, 아키 라의 성격을 생각하면 '저녁뜸'에 찾아가 보는 것만으로 끝냈을 리는 없고, 오히려 다에코가 대충 얼버무린 만큼 더 진실을 알아내려 하고 있을 텐데……. 아니나 다를까, 전화는 약사원의 유키에한테서 온 것 이었다.

"야스, 미안, 근무 시간에……."

"아키라 때문에 전화했어?"

"어떻게 알았어?"

"……뭐, 나도 자식 가진 부모니까."

바로 좀 전에 아키라한테서 전화가 왔다고 한다. 쇼운과 가이운 스 님은 아침부터 법사가 있어 출타했다고 하자 아키라는 전화기로도 확실히 알 정도로 풀이 죽었다가 다시 기운을 내서 유키에에게 물어 봤다는 것이다.

"엄마 일……돌아가실 때 일, 아줌마가 아는 대로 뭐든 좋으니까 다 가르쳐 달라고 하면서……."

"가르쳐 줬나?"

저도 모르게 나무라는 목소리로 변했다.

유키에는 주눅이 든 와중에도 "가르쳐 주긴 뭘 가르쳐 줘!" 하고 받 아친다. "남이 해 줄 말이 아니잖아?"

"……미안, 괜히 신경 쓰게 해서."

"할머니도 바꿔 달라는 거를 놀라서 집에 없다고 거짓말했다."

이번에는 반대로 유키에가 따지는 투로 말했다.

“아키라 말이야, 밤에 다시 전화한다고 했어. 진짜로 오늘밤에 전화할 거 같아.”

유키에는 그렇게 말한 다음 “어떻게 할 거야?” 하고 야스에게 물었다.

“어떻게 하기는…….”

“우리 또 거짓말해야 하나? 솔직히, 어릴 때랑 달라. 이제 힘들어.”

끝까지 거짓말로 나갈 자신이 없다. 연기하는 걸 들키고 말고의 문제가 아니라, 아키라의 목소리를 듣고 있으면 견딜 수가 없다.

“게다가,” 하고 유키에는 말을 이었다.

“나는 맨 정신이니까 뭐, 어떻게든 대충 넘어갈 수 있어. 근데 오늘밤에는 시아버님이랑 그 사람이랑 둘이 술 마시고 들어올 거야…… 아버님은 둘째치고, 그 사람은 못 믿어. 요새 술 마시면 눈물이 많아져서.”

전화로 아키라의 목소리를 들으면 술 취한 머리와 가슴이 흔들려 그만 사실을 말해 버릴지도 모른다.

쇼운의 성격을 생각하면 그럴 가능성이 농후한데, 유키에도 그것을 억지로 말릴 마음은 없는 것 같았다.

“야스는 아직도 아키라한테 말 안 해 줄 생각이야? 계속 비밀로 하려고? 그럴 생각이면 오늘밤에 전화 못 하게 해야 돼.”

“어어…….”

“그래도 내일 전화하면 똑같지만. 그렇지?”

“……어어.”

“저기, 야스. 괜한 참견인지 모르겠지만 이제 한계 아냐? 아키라도 다음 달부터는 중학생이야. 이제 어린애가 아니란 말이지.”

“알아.”

“알면…… 그건 야스가 직접 이야기해 줘야지.”

마지막에는 가르치는 말투로 대화가 끝났다.

수화기를 내리니 다른 전화를 받고 있던 지점장이 “아, 지금 끊었네요.” 하고 전화 상대에게 대답하고 야스를 손으로 불렀다.

가나에 수산의 비토 사장이었다.

“어, 야스…… 저기 말이야. 일찌감치 알아두는 게 좋겠다 싶어서 …….”

“아키라 일입니까?”

비토 사장은 놀라서 말을 잃었다. 그것이 대답이 되었다.

아키라는 아무 말도 하지 않는다. 태도나 표정에서도 역시 아무런 티도 내지 않는다. 야스는 일을 일찌감치 마치고 돌아와서, 평소에는 손이 많이 가서 일요일에만 만드는 반찬인 양배추 롤을 만들었다. 그런데도 아키라는 크게 놀라지도 않고, 물론 뭔가 있구나, 하고 눈치 챈 기색도 없이 평소대로 밥 한 그릇을 더 먹고 평소대로 자신의 식기를 척척 정리했다.

야스도 통 이야기를 꺼내지 못한다. “학교, 어떠냐?” 하고 물어보면 “응, 딱히. 평범하지.” 하는 대답이 돌아오고, “그래, 평범한 게 최고지.” 하고 끄덕이고……. 그것으로 끝이다.

“졸업식 준비는 잘돼 가나?” “응.” “힘들겠네. 이제 일주일 남았지?” “힘들 것까지 뭐 있어.” “그래. 그럼 다행이고.” 도무지 이야기가 이어지질 않는다.

"낼모레면 중학생이네. 너도 많이 컸다." "그래도 키는 작은 편이니까 우유 더 마셔야 돼." "어, 많이 마셔라, 많이." 계속 이러고 있어 봐야 해결되는 건 아무것도 없다.

설거지를 끝낸 아키라가 부엌에서 나와서 "샤워, 어떻게 할 거야?" 하고 묻는다. 시계를 힐끔 보더니 "아빠, 먼저 들어가지?" 하고 덧붙인다.

야스가 욕실에 들어간 사이 약사원에 전화할 생각일 것이다. 가나에 수산의 사장은 무사히 잘 넘어갔지만 쇼운은 알 수 없다. 법요를 한 신자 집에서 술이라도 대접받았다면 유키에가 아무리 눈치를 줘봐야 소용없을 것이다.

"오늘은 안 씻으려고. 살짝 감기기운이 있어서……."

"샤워 안 한다고?"

야스는 아키라의 눈길을 외면한 채 말없이 끄덕였다. 이런 식으로 도망치면 어떡할 건데, 하고 자신을 나무라며.

"감기기운이라니, 아빠 열 있어?"

"어……조금, 아까부터."

이마에 손을 대는 시늉을 한 다음 콜록콜록 헛기침을 하고 내친김에 코도 훌쩍였다.

"괜찮아?"

아키라는 걱정스럽게 묻는다. "이불 깔까?" 하는 말까지 해 준다. 참 심성이 고운 애다, 하며 가슴이 뭉클한 다음 순간, 앗 잠깐만, 하고 깨닫는다. 잠자리에 들어가기를 기다렸다가 전화할 생각이라면 그냥 잘 수는 없는 노릇이다.

야스는 서둘러 말했다.

"괜찮다. 샤워 한 판 하고 나면 낫는다."

이야기는 어이없이 처음으로 돌아가 버린다.

"어떻게 할 건데?" 아키라는 또 시계에 눈길을 보냈다. "욕실, 먼저 들어갈 거야?"

"아니……자기 전에 할까 싶은데……."

절은 아침이 이른 만큼, 밤도 이르다. 열 시가 넘으면 쇼운은 코를 골며 쿨쿨 잠들어 있을 것이다.

아키라는 미련 없이 "그럼 나 먼저 들어갈게." 하고 말했다. 오늘밤은 포기한 건가 싶어 한숨 돌린 것도 잠시. "씻기 전에 특훈하고 올게." 하고 스윙하는 시늉을 한다. "지금부터 혼자 연습 안 해 놓으면 정규멤버 못 되거든."

중학교에서는 야구부에 들어가기로 결심했다. 후지이한테서 에이스 자리를 빼앗지 못하고 끝냈다는 섭섭한 마음에, 중학교에 들어가면 무조건 뛰어넘을 거라고 의욕이 넘쳐서 매일 저녁 스윙이며 쉐도우피칭 연습을 빠짐없이 하고는 있는데……. 어쩌면 연습하는 척 나가서 전화박스로 갈지도 모른다. 혹시 십 엔짜리 동전을 들고 있는 건 아니겠지? 여기서 가장 가까운 전화박스가 어디더라?

"어, 아키라……잠깐만."

불러 세우긴 했지만 아키라와 눈이 마주친 순간, 자신이 지독스레 한심해졌다.

도망치지 마라, 하고 겁쟁이 같은 자신을 질타했다.

부모잖아, 하고 머리를 주먹으로 한 방 쳤다.

"왜 그래? 아빠 두통 있어?"

"……아니다."

"몸 안 좋으면 그릇은 나중에 치울게. 일찍 잘 거지?"

착한 애다, 정말로. 심성이 곱고 꾸밈이 없고, 엄마가 없는 쓸쓸함을 감춘 채 언제나 생글생글 웃는……그런 아키라가 지금 엄마의 죽음의 경위를 알고 싶어 한다.

도망치지 마라, 등신아. 다시 한 번 자신을 질타한 다음 등을 꼿꼿이 폈다.

"어이, 아키라." 야스의 목소리가 떨린다.

"응?"

"같이 씻을까?"

"어?"

"중학교 들어가면 잠지에 털도 나고, 아버지랑도 이젠 같이 못 들어가잖아. 졸업 기념으로 같이 들어가자."

아키라는 얼굴을 빨갛게 물들인 채 "싫어. 혼자 천천히 할 거야." 하고 대꾸하고는 현관을 향해 걸음을 내디뎠다.

"어때서, 잠깐 있어 봐라. 같이 들어가자. 남자끼리, 알몸 대 알몸으로……이야기하고 싶다……네 엄마 이야기……."

먼저 옷을 벗은 야스가 욕조에 들어가 한숨 돌리고 있으니 아키라도 욕실에 들어왔다. 허리에 수건을 감고, 물속에서 훤히 보이는 야스의 하반신에서 눈을 돌린 채 "먼저 씻을게." 하고 불퉁한 동작으로 수도꼭지 앞 욕실의자에 앉는다. 평소 같으면 '남자끼리 뭘 부끄러워 하고 그래. 고추 덜렁 내놓고 하면 될 거를.' 하며 놀렸을 야스지만 아무래도 오늘밤만큼은 그런 농지거리를 할 수가 없다.

"저기, 아키라……."

생각보다 목소리가 많이 울린다.

아키라는 말없이 욕조의 물을 대야로 퍼서 어깨 위에 끼얹었었다.

"아키라 넌……어머니 기억 하나도 안 나나?"

"……응. 안겨 있었던 기억이 나는 거 같기도 한데 잘 모르겠어."

네 살 생일도 되기 전이었다. 무리도 아니다. 기억에 없으니 차라리 어머니가 없는 외로움을 견딜 수 있었을 거라는 생각도 든다.

"진짜 다정한 어머니였다. 널 눈에 넣어도 아프지 않을 정도로 사랑했지."

야스는 욕조 물로 몇 번이고 얼굴을 씻었다. 아키라는 말없이 몸을 씻는다. 제가 먼저 말을 걸지는 않는다. 가만히 기다리고 있다. 각오를 단단히 했는지, 불안으로 심장이 고동치고 있는지, 그마저도 야스로서는 알 길이 없다.

"'안녕, 아가야'라는 노래가 있었는데 나도 그렇고 네 엄마도 그 노래를 엄청 좋아해 갖고 널 어르면서 만날 불렀어."

한마디 툭 내뱉고 물속으로 들어갔다. 볼에 공기를 모아 머리를 물속에 넣은 뒤 눈을 감고 숨이 다될 때까지 보글보글 소리를 들었다.

물에서 얼굴을 내밀고 숨을 들이쉰 뒤 다시 들어간다. 귀가 먹먹하다. 콧구멍으로도 물이 들어가 눈 안이 따갑다. 몇 번 되풀이하는 사이 숨이 차서 물에 들어가 있는 시간이 짧아진다. 대체 뭐하는 짓인가 싶어서 제풀에 기가 막힌다. 한심해진다. 하지만 자신의 몸을 괴롭히고 싶다. 생각이 정리가 안 될 때는 쓸데없는 생각을 할 수 없을 때까지 몸을 괴롭혀서 지쳐 떨어지게 만든 다음, 그때 문득 나오는 말을 믿고 싶다.

"아빠, 뭐해?"

아키라가 몸을 씻으면서 이상하다는 듯 묻는다.

"너 몰라? 요새 유행하는 잠수 건강법이다."

숨을 헐떡이며 적당히 대답한 다음 다시 물속으로 머리를 넣는다. 한마디 말한 만큼 숨을 들이쉬는 타이밍이 어긋나는 바람에 금세 숨이 막혀 부랴부랴 얼굴을 들었다. 머리가 어찔어찔하다. 하아하아, 쌔액쌔액. 목구멍에서 소리가 나온다. 어깨로 숨을 쉬고 핏발 선 눈을 손가락으로 문지르고는 됐다, 그래, 이제 됐다, 하고 까닥까닥 끄덕이며 간신히 본론으로 돌아갔다.

"아키라……네 엄마는 진짜로, 진짜로 대단한 사람이었다……."

"응……."

"사고로 돌아가셨다고만 하고 지금까지 자세한 이야기는 안 했는데 가르쳐 줄게."

수건으로 몸을 문지르고 있던 아키라의 손이 움찔하며 동작을 멈췄다.

"엄마는……잘 들어라. 네 엄마는 진짜로 심성이 곱고 좋은 사람이고……항상 자기 일은 뒷전으로 돌리고 아빠랑 아키라 생각만 하는 사람이었다……그래서……그날도……."

야스는 또 물속으로 꾸르륵 들어갔다가 힘차게 얼굴을 들더니 내친 김에 욕조 안에서 떡하니 일어서서 말을 이었다.

"엄마가 아빠를 구해 준 거야."

야스를 돌아본 채 말을 잃은 아키라를 외면하고 욕조 바깥으로 나와 "엄마가 희생을 안 해 줬으면 아빠가 죽었을 거야." 하고 말하는 것과 동시에 아키라의 손에서 수건을 낚아챘다.

"아빠가 회사 플랫폼에서 너랑 엄마한테 멋진 모습 보여 주려고 화물분류를 하고 있었는데……화물이 무너져 가지고……엄마가 아빠를 밀쳐내고……대신 자기가……깔렸다…….."

야스는 아키라의 등 뒤로 돌아가 웅크리고 앉았다. 아키라는 아무 말도 하지 않는다. 돌아보지도 않는다. 함께 공중목욕탕에 다니던 때보다 썩 늠름해진 등이 경직되어 있었다.

"아빠 때문이다."

야스는 못을 박듯 말한 다음, 들고 있던 수건을 조그맣게 접어서 비누를 칠했다.

"아빠가……엄마를 죽게 만들었다……엄마는 이런 아빠를 구하려고……아빠 대신 몸을 던진 거다……."

수건을 아키라의 등에 댔다. 아키라는 움찔하고 어깨를 움츠렸지만 아랑곳하지 않고 수건으로 등을 문질렀다. 위에서 아래로, 아래에서 위로. 비누 거품으로 아키라의 등을 감쌌다가는 다시 닦아내며 혼잣말 하듯이 이야기를 계속한다.

"네 엄마도 참 바보다. 진짜로……아빠를 살리는 것보다 자기가 살아남는 게 아키라한테는 수 십 배는 행복한 일인데. 그런 것도 모르는 바보고, 어떻게 할 수 없을 정도로 마음이 고운 사람이고……네가 이렇게 큰 걸 보여 주고 싶었다. 바보 같은 엄마한테. 아키라의 줄업식 보여 주고 싶었다⋯⋯."

어깨에서부터 허리까지 수건으로 단숨에 문지른다.

"아빠는 너한테 사과해야 된다. 정말⋯⋯미안하다⋯⋯."

허리에서부터 어깨까지 수건을 올린다.

아키라는 대답이 없다. 힘을 넣어 수건을 상하로 문지른 탓에 등이 빨갛게 달아올랐는데도 아파하는 기색도 없이 그저 조용히, 고개를 숙인 채 야스의 이야기를 듣고 있었다.

"엄마는 아키라를 정말로 사랑했어. 그걸 잊어버리면 안 된다. 평생 잊어버리면 안 된다."

등에 욕조의 물을 끼얹었다. 비누 거품이 씻겨 내려간다.

"⋯⋯오늘밤 춥다. 어깨까지 푹 담가야지, 안 그러면 감기 든다."

그대로 욕실에서 나왔다. 세면대 거울에 비친 자신에게 헤헷, 하고 억지로 웃어 줬다.

어쩌라고, 이렇게 안 하고 뭘 어떻게 말하라고, 하며 얼굴을 찌푸리자 거울 속의 자신은 대답 대신 쓸쓸한 웃음으로 답해 줬다.

"야스 선배, 기분이 억수로 좋아 보이네요." "뭐 좋은 일이라도 있습니까?" "파친코라도 터졌습니까?"

플랫폼에서 화물분류를 하고 있는데 젊은 직원들이 자꾸 묻는다. 그럴 만도 하다. 평소에는 젊은 친구들의 콧노래를 들었다 하면 '정신 빼놓고 있다가는 크게 다친다!' 하며 머리를 치던 야스가 카라디오에서 설핏 들은 핑거 5의 '사랑의 다이얼 6700'을, 그중에서도 시작 부분인 '내일은 졸업식이니까 이게 마지막 찬스야' 하는 부분만 수없이 흥얼거리고 있으니.

이제 곧 졸업식이다. 회사에는 쉬겠다고 말해 뒀다. 백화점에서 돈 좀 쓴 양복도 오늘내일 안에는 수선이 다 될 것이고, 졸업식이 끝나면 아키라와 둘이서 약사원으로 가 미사코의 성묘를 마친 다음, 쇼운 일가와 함께 다같이 모여 케이크로 졸업을 축하하고 중학교 통학용 가방을 선물하기로 되어 있다.

내일은 졸업식이니까 이게 마지막 찬스야. 정말 마지막 찬스였다고 생각한다. 말하기를 잘했다. 그리고 말하지 않기를 잘했다.

어제는 욕실에서 나와 곧바로 잠자리에 들어갔다. 아키라는 늦게까지 깨어 있었던 모양이지만 야스는 말을 걸지 않았고, 아키라도 야스의 방을 들여다보러 오지는 않았다. 성미 급한 졸업선물로 다에코한테서 받은 단파(3MHz - 30MHz 사이의 주파수대인 단파를 수신할 수 있는 장치를 원거리 통신에 이용한다 ^{옮긴이}) 라디오로 최근 학교에서 유행하고 있다는 해외 단파방송을 듣고 있었을 것이다.

아침에도 대화는 없었다. 졸업식 합창 연습으로 바쁠 텐데도 아키라는 평소보다 늦잠을 자서 야스가 집을 나갈 때까지 자기 방에 있었다. "아빠, 먼저 나간다." 하고 현관에서 인사를 하니 "응." 하는 대답만 겨우……그것뿐. 배웅하러 나오지는 않았다. 결국 미사코 이야기를 한 뒤로 한 번도 얼굴을 마주하지 않은 셈이다.

그래도 후회는 없다. 자신이 한 일은 틀리지 않았다. 플랫폼의 지장보살님도 야스의 가슴속 고통을 감싸주듯 온화하게 웃고 있다.

그래서 야스는 상자를 카트로 옮기며 노래하는 것이다. "내일은 졸업식이니까 이게 마지막 찬스야." 그 부분만 몇 번이고, 몇 번이고, 몇 번이고.

저녁, 도쿄 편과 오사카 편 트럭을 보내고 한숨 돌렸을 즈음, 사무
실에서 플랫폼으로 나온 이시이 영업과장이 "여, 야스, 잠깐 괜찮겠
나." 하고 손짓을 했다.

손님이 와 있다는 것이다.

"저한테요?"

"'저녁뜸' 주인이랑 어릴 때부터 친구라 하면 자네밖에 없잖아."

"예?"

"'저녁뜸' 주인 일로 상담할 게 있다고. 멀리서 찾아온 거 같던데.
선물도 들고 있더라. 뭐 짚이는 데 없나?"

없다면 거짓말이다.

야스는 굳은 얼굴로 "남잡니까, 여잡니까?" 하고 물었다.

"둘 다."

남자와 여자 두 사람 일행이었다. 남자는 쉰이 넘었고, 여자는 이십
대 중반쯤. "얼굴이 많이 닮았던데 부녀지간인 거 같더라." 하고 과장
은 말하더니 "어, 근데 딸 쪽은 눈매가 '저녁뜸' 주인이랑 닮았더라
……." 하며 의외로 예리한 관찰력을 보여 준다.

야스는 열일을 제쳐두고 부랴부랴 사무실로 갔다.

예상, 아니 각오했던 대로 응접실 구석에 있는 이들은 다에코의 헤
어진 남편과 딸이었다. 야스를 보자 남편은 굉장히 죄송한 얼굴로 소
파에서 일어난다. 나쁜 인상의 사람은 아니다. 다만 약간 선이 가늘다
는 느낌도 든다. 고루한 사고방식의 부모님께 맞서지 못한 것도, 이렇

다면 어쩔 수 없나, 하는 생각도 들었다. 딸인 야스코 씨도 얌전해 보이는 사람이었다. 과장이 말한 대로 전체 외모는 아버지를 닮았지만 동그란 눈매는 다에코를 많이 닮았다. 이렇게 찾아올 정도이니 겉으로는 얌전해 보여도 심지는 강한지도 모르겠다. 그 부분 역시 분명 어머니를 닮은 것이리라.

형식적인 어색한 인사를 끝내자 남자가 먼저 입을 열었다.

"딸을 만나게 해 주시지 않겠습니까?"

결혼식은 다음주라고 했다. 날짜를 물어보니 아키라의 졸업식과 같은 날이었다.

"이제 시간이 없어요. 오늘밤에는 호텔을 예약해 이곳에 머물기로 했습니다……어떻게 부탁을 드려도 될까요?"

아버지의 말에 맞추어 야스코도 머리를 깊숙이 조아렸다.

가게에 들어서기 전에 걸음을 멈추고 심호흡을 한 번 하고 나니, 토해낸 숨을 대신해 가게 안의 시끌벅적한 소리가 온몸에 스며든다. 귀에 익은 목소리가 많이 섞여 있다. 그중에는 비호쿠 공무점의 히데 씨와 세토 베이커리의 도쿠 씨 목소리도 있다. 어쩌면 쇼운도 있을지 모른다.

야스는 몇 걸음 뒤로 물러나 입구에서 조금 떨어진 곳에 서 있는 야스코에게 "찜이 끝내 줍니다." 하고 말하며 긴장한 자신의 마음도 편해지도록 웃었다.

"찜이요?"

야스코는 눈을 동그랗게 뜨고 묻는다.

“예. 소 내장을 우무랑 두부하고 같이 된장 넣고 푹 쪄서 파를 얹은 거죠. 허름한 가게는 돼지 내장을 쓰는데 여기는 소를 쓰거든요. 소는 풀을 먹으니까 내장도 냄새가 안 나요. 먹어 본 적 없습니까?”

“……저는 가게에서 술을 마셔 본 적이 없어요. 저희 동네에는 그런 가게가 없거든요.”

“진짜 촌이네.”

“하지만 조용하고 좋은 곳입니다.”

약간 두둔하듯이 말한 야스코에게 야스는 압니다, 알아, 하고 소리 없이 웃으며 끄덕였다. 야스코가 시집가는 곳은 빈고 시보다 훨씬 큰 도시라고 했다. 아마도 젊은 시절의 다에코와는 반대의 의미에서, 하지만 비슷한 고생을 하게 될 것이다.

“뭐, 결혼하고 나서도 성급하게 행동하지 말고, 기죽지도 말고, 힘내요.”

야스의 말에 야스코는 순순히 “고맙습니다.” 하고 대꾸했다.

웃는 얼굴이 좋네, 하고 생각한다. 역 앞의 비즈니스호텔에서 기다리고 있는 아버지와 고향집에 남아 있는 새어머니는 분명 열심히, 올곧게 야스코를 키워 왔을 것이다.

“한 번 더 말해 두자면……인사는 못 할지도 모릅니다. 아무 말도 안 할지도 모르고, 눈도 안 마주칠지도 몰라요. 그래도 서로 원망하지 말기로 합시다.”

“예, 알겠습니다.”

야스코는 가만히 야스를 바라보며 입을 굳게 닫고 끄덕였다.

“좋아, 그럼 들어갑시다.”

야스는 기세 좋게 걸음을 돌려 성큼성큼 입구로 간 뒤 포렴을 펄러덕 젖힘과 동시에 문을 열었다.

아무 말도 하지 않았다. "어허, 야스, 예쁜 아가씨랑 같이 어쩐 일입니까?" 하고 입구 옆에 앉아 있던 조선소의 겐이 물어도 "술집 아가씨다."라고만 설명한 뒤 천지도 모르고 놀려대는 겐의 머리를 한 대 쳤다.

일곱 명밖에 앉지 못하는 가게는 이미 만석이었다. 바에는 히데 씨와 도쿠 씨 그리고 예상했던 대로 쇼운도 진을 치고 있었다. 그들 세 사람은 역시 눈치 빠르게 얼굴색을 확 바꾸었지만 야스는 모른 척하고, "어이, 자리 좀 비워 봐라." 하고 불퉁한 목소리로 말했다. "땡중, 구석으로 붙어라, 구석으로. 겐, 너희 젊은 것들은 일어나서 마셔."

한복판에 자리 두 개를 비웠다. 다에코와 정면으로 마주하는 위치였다.

정작 다에코는 "어서 오세요." 하고 형식적인 인사로 두 사람을 맞이한 뒤로는 어묵 솥을 긴 젓가락으로 뒤적거리거나 냉장고를 열어 생선을 꺼내고 하면서 부산스레 일만 하고 있다.

그래서 더 분명해졌다. 다에코도 눈치 챈 것이다.

틀림없다.

두 사람이 가게에 들어온 뒤 '어서 오세요.'가 나올 때까지 짧지만 시간이 있었다. 기본 안주인 두부된장 무침을 내줄 때도 "응, 이거, 받아라." 하고 두 개를 한꺼번에 야스에게 내줄 뿐, 야스코 쪽으로는 눈길도 주지 않았다.

그 태도가 요컨대 다에코의 대답인 것이다.

"얏짱, 뭐 마실래? 일단 맥주로 할래?"

"어어……그러지."

"일행 분도 같은 거면 되나?" 하고 다에코는 야스에게 묻는다.

"저기……저는……녹차로……."

옆에서 야스코가 입을 열자 다에코는 냉장고에서 맥주를 꺼내며 두 사람에게 등을 돌린 채 말했다.

"술집에 왔으면 술을 마셔야지. 로마에 가면 로마법을 따르라는 말도 있는데. 녹차에 밥이나 먹을 거면 그런 가게로 가든가."

매정하고 쌀쌀맞은 말투였다.

야스코는 기어들어가는 목소리로 겨우 "그럼, 저도 맥주……." 하는 말만 한 채 풀이 죽어 어깨를 움츠리고 고개를 숙여 버린다.

"로마에 가면 로마법을 따라야지. 그렇지. 그게 가장 중요하지, 사람은 어쨌거나."

다에코는 "어, 맞지." 하고 도쿠 씨에게 말했다. "그게 중요하다니까."

맥주를 내준 뒤로도 다에코는 야스와 야스코 쪽으로는 눈길도 주려 하지 않았다. 대신 도쿠 씨와 쇼운을 상대로 평소보다 훨씬 수다스럽게 이야기를 했다.

"나도 참 나 좋을 대로 살아왔다. 내가 좀 내 멋대로잖아. 진짜 내가 생각해도 어이가 없다." "말이다, 장사를 오래 유지하는 비결 하나 가르쳐 줄까? 첫째는 잊는 거야. 지나간 일들을 일일이 기억하고 있으면 이 장사 못 한다. 나는 뭐, 아무것도 기억 못 한다. 오늘이 가장 중요하고 그다음 중요한 건 내일 그리고 모레……어제, 그저께는 다 지나간 일이다. 안 돌아본다." "도쿠 씨, 마셔. 자, 내가 따라 줄게. 도쿠 씨, 딸, 몇 살 됐더라? 스무 살 정도? 용케 잘 키웠네. 하루하루 키우는 게 얼마나 힘든 일인지. 나중에 딸한테도 말해 줘." "쇼운 쨩, 넌 직업이 직업이라 가족 간에 사별하는 거 많이 봤지? 불효 중에 불효가 부모보다 먼저 죽는 거잖아. 순리를 거스르면 안 되지. 부모가 먼저 죽는 게 좋은 거야. 그다음은 자식이 행복하게 살면 그거로 된 거고. 부모는 그걸 보는 것만 해도 좋은 거야. 어, 자식이 행복하게 사는 모습을 지켜보고 싶다는 것도 부모의 욕심이라고 생각 안 하나? 못 보면 어때. 응, 행복해져라, 하면서 빌어 주는 거면 충분하지. 어, 쇼운 쨩, 그렇지?"

처음에는 말상대를 해 주던 두 사람도 이윽고 맞장구가 뜸해지면서 입을 다무는 시간이 길어졌다.

도쿠 씨는 힐끔힐끔 야스를 본다. 쇼운도 마찬가지다.

쇼운의 눈에 벌겋게 눈물이 고여 있는 것을 본 야스는 이제 복받쳐 오르는 감정을 참을 수가 없다.

등신……. 중얼거림을 맥주로 목구멍에 흘려보낸 뒤 코를 훌쩍인다. 누부는 등신이다. 어깨를 흔들며 말해 주고 싶다.

고개 숙인 야스코의 옆얼굴도 무언가를 꾹 참고 있는 것 같았다. 하고 싶은 말을 삼키고, 들고 싶은 시선을 억누르며, 지금 어머니와 딸은 처음으로 대화를 나누고 있는 것이라고 야스는 생각했다.

"고향은 멀리 있어 더욱 그리운 것……멀리 있는 거, 그게 좋다, 응……."

다에코의 목소리도 희미하게 떨리고 있었다.

"얏짱, 안주는 뭐로 할래?"

다에코가 여전히 외면한 채 물었다.

야스는 "아무 거나." 하고 대답한다. "자랑하는 요리, 다 내놔 봐라."

"……자랑이라고 해 봐야 술집 술안준데 뭐, 모처럼 미인 아가씨도 옆에 있는데 다른 가게에 데리고 가는 편이 낫지 않아?"

정말 고집불통이다. 하지만 그 고집을 부리는 방식이 야스의 가슴을 죄여 온다.

아니, 야스보다 먼저 쇼운의 가슴이 툭, 하고 감정의 매듭을 풀고 말았다.

"다에코 누부야, 먹게 해 줘라." 이미 울먹거리는 목소리다. "어? 어머니의 손맛이잖아. '저녁뜸'의 요리는 전부……어머니의 손맛이잖아."

다에코는 "입에 발린 소리 해 봐야 술값 안 깎아 준다." 하고 화난 듯 말하더니 "아 진짜, 그렇게 나오면 말린 오징어로 끝낼 수가 없잖아." 하고 뾰루퉁한 표정을 짓는다.

니쿠자가(소고기나 돼지고기, 감자, 양파, 우무 등을 넣고 간장, 설탕을 간으로 조린 음식_{옮긴이}), 유채꽃 무침, 문어, 고기 내장 찜, 그리고…… "딱 하나 남아 있던 거다." 하며 대합 장국을 후딱 만들어 그릇을 야스코 앞에 놓고는 도망치듯 쇼운의 앞에 섰다.

"대합은 말이다. 위 껍데기랑 아래 껍데기가 딱 맞는 건 자기 껍데기뿐이다. 다른 대합이랑은 안 맞는 거지. 그래서 혼례 축하연에 쓰는 거야. 부부가 끝까지 함께 살라는 의미로……어떤 고생을 하더라도 노력하고, 또 노력하고, 성급하게 생각하지 말고, 노력하고……어이, 쇼운 짱, 듣고 있어? 질질 짜지 마라! 어른이 되어서는!"

야스코는 천천히 숨을 내 쉰 다음 두 손으로 그릇을 잡았다. "잘 먹겠습니다." 하고 인사를 한 다음 눈을 감고 마치 혼례식 술잔을 비우듯이 국을 마셨다.

"맛있나?" 하고 다에코는 여전히 외면한 채 귀찮다는 듯 물었다.

야스코는 조용히 그릇을 놓고 "맛있습니다……." 하고 대답한 다음 다시 고개를 숙여 인사했다.

여기까지가 한계다. 이 상황까지 와서 잠자코 있을 야스가 아니다.

저도 모르게 일어서기는 했는데, 막상 뭘 어떻게 해야 좋을지 몰라 큰소리로 '기쁨도 슬픔도 몇 세월'을 부르기 시작했다. "야스 씨, 그게 언제 적 노랩니까?" 하고 아무것도 모른 채 찬물을 끼얹은 겐은 도쿠 씨한테 머리를 제대로 얻어맞았다.

밤 9시를 넘겼을 무렵, 야스코는 자리에서 일어났다. "잘 먹었습니다." 하고 머리를 숙이는 야스코에게 다에코는 설거지를 하면서 "예, 또 오세요." 하고 가볍게 대꾸한다. 야스는 이제 아무 말도 하지 않는다. 쇼운도, 도쿠 씨도, 이제야 야스코와 다에코가 사연 있는 사이라는 것을 눈치 챈 다른 사람들도, 내내 서로 엇갈린 곳을 보고 있는 두 사람을 말없이 번갈아 바라본다.

"바래다 주고 올게." 하며 야스는 야스코와 둘이 가게를 나섰지만 막상 무엇을 어떻게 이야기해야 좋을지 알 수가 없다. 그렇다고 침묵을 견딜 성격도 아니다. 다에코 대신 사과하는 것도 이상하고, 다에코의 태도를 변호하는 것은 더 이상하다.

"내일……돌아가십니까?"

고작 하는 말이 이렇다.

야스코는 뜻밖에 야무진 목소리로 "예." 하고 대답했다. 체념했거나 기가 죽었을 줄 알았는데, 오히려 가슴에 맺혀 있던 응어리가 시원하게 풀린 듯한 웃음까지 띠고 있었다.

"고마웠습니다."

"아니, 뭐, 그게……"

"정말 기뻤습니다."

그렇게 말하면 난감하다. 야스코는 고맙다는 인사를 더하고 싶은 분위기였다. 그것을 알아챈 야스는 서둘러 "선물로는 '빈고 모나카'라는 게 명물입니다." 하고 말했다가 등신, 등신, 하며 자신을 나무랐다. 그러자 괜히 더 조바심이 나서 "요 근처는 흉흉해서 말입니다. 얼마 전에도 양아치 하나가 사람을 찌르는 바람에 동네가 발칵 뒤집혀서는," 하며 횡설수설이다. 등신, 등신, 등신…….

그런 상태다 보니 호텔에 도착할 때까지 제대로 된 대화는 나누지 못했다.

현관 앞에서 걸음을 멈춘다. 야스코도 정면으로 야스를 향해 돌아섰다.

아무리 야스라도, 쑥스러워 하고만 있을 수는 없다. 밤하늘을 쨍하니 노려본 다음 야스코 쪽으로 시선을 돌리고 딱 한 마디만 했다.

"행복해져요. 부자가 안 돼도 좋고, 훌륭한 사람이 안 돼도 좋습니다. 오늘 하루도 행복했다고 생각할 수 있는 하루하루를 보내란 말입니다. 내일이 오는 거를 낙으로 삼을 수 있는 인생을 살아요. 부모가 자식한테 바라는 거는 다 똑같습니다. 그거뿐입니다."

그런 거지, 그렇지? 다시금 밤하늘을 올려다봤다. 별이 된 미사코가 꾸벅하고 끄덕이는 것이 분명히 보였다.

처음에는 '저녁뜸'으로 돌아갈 생각이었지만 오늘밤에는 다에코의 얼굴을 보지 않는 편이 낫겠다 싶기도 하고 다에코도 얼굴을 보여 주고 싶지 않을 거라고 생각해서 호텔에서 곧장 집으로 돌아갔다.

거실에는 이미 불이 꺼져 있었다. 아키라의 방도 캄캄했다.

"어이, 나 왔다." 하고 문 앞에서 말을 거니 아키라는 잠에 취한 목소리로 "이제 오……." 하고 말을 하려다 말고 갑자기 몸을 획 뒤집기라도 하듯 "나 자." 하고 말하는데, 처음과는 목소리가 달랐다.

"응? 무슨 일이고?"

"……잔다니까."

"일어나 있잖아. 잠깐 얼굴 좀 보여 봐."

문을 열고 방으로 들어갔다. 아키라가 머리까지 이불을 뒤집어쓰는 게 어둠 속에서도 기척으로 알 수 있었다. 대화를 거부하고 있다는 것을 깨닫고 나자 그제야 겨우, 다에코 일 때문에 잊어버리고 있던 어젯밤 일이 떠올랐다.

야스는 작게 신음한 뒤 이불 옆에 책상다리를 하고 앉았다. 방 불은 켜지 않는다. 그 편이 낫다. 다에코도 캄캄한 방에서 야스코 씨를 만났더라면, 말 대신 그저 꼬옥 끌어안았을지도 모른다.

"아키라……어젯밤에 한 이야기 말인데……아빠, 엄마한테 계속 빌고 있다. 고맙다고 인사도 하고 있고. 아빠 때문에 엄마가 죽었다. 엄마 덕분에 아빠는 살았고. 그게 반대였다면 얼마나 좋았을까…… 늘 그래 생각하고 있다."

거나하게 취한 머릿속 심이 멍하니 마비된다.

말뿐인 거짓 고백인데도 눈꺼풀 안이 뜨거워진다. 누군가의 목숨과 바꾼 인생을 산다는 것이 이토록 괴로운 것인가, 하는 생각이 든다. 이를 악문다. 가슴에 새긴다. 아키라한테 이런 기분을 맛보게 해서는 안 된다. '엄마가 내 대신 죽었기 때문에 내가 살아 있는 거네.' 이런 말 따위, 절대 하게 해서는 안 된다. 결단코. 하늘이 무너져도.

"아키라, 미안하다. 아빠가 죽었어야 했다. 엄마를 남겨 뒀어야 했다. 응……."

아키라는 대답이 없다.

"아빠한테 화내도 된다. 싫어해도 되고, 원망해도 된다. 그래도 나는 널 키울 거다. 널 버젓한 어른으로 못 키우면 엄마한테…… 왜 살아남 았느냐고…… 혼날 테니까……."

아키라는 여전히 말이 없었다.

"어, 아키라."

야스는 조용히 말한다. 어둠에 익숙해진 눈에 동그랗게 뭉쳐진 이불이 희끄무레하게 보인다.

"앞으로도 잘 커다오."

이 말 말고 뭐라고 해야 할지 알 수가 없다. '키운다'는 말은 갓난아이나 어린아이들한테나 쓰는 단어인지도 모른다. 아키라는 이제 곧 중학생이다. 이제부터는 저 스스로 '큰다.' 부모는 그것을 거드는 일밖에 할 수 없다.

"엄마는 영원히 널 지켜봐 줄 거야. 네가 어른이 되고 난 뒤에도 계속 지켜보고 싶어서 아빠를 살려 주고 자기가 죽었는지도 모른다

"……살아 있으면, 네가 커서 부모하고 떨어질 때 외롭잖아……근데 하늘 위에서는 영원히 아키라를 보고 있을 수 있으니까. 어, 그렇게 생각 안 하나……?"

아키라는 아직도 대답이 없다.

야스는 "미안." 하고 한숨 섞인 목소리로 말했다. "살아 있는 게 당연히 더 좋은 거지, 그래……."

살아 있다면…….

다에코와 야스코를 떠올린다.

살아 있기만 하다면 그런 식으로 재회할 수 있다. 설령 말을 나누지 않아도 눈빛을 주고받지 않아도, 아니, 재회조차 하지 못했다 하더라도, 어디서 건강하게 살고 있다고 생각할 수 있는, 단지 그것 하나만으로도 좋다.

아키라는 엄마와 만날 수가 없다. 아무리 원해도 아키라의 인생에 '엄마'의 자리는 텅 빈 채로 남아 있다.

미사코는 자신의 목숨과 아키라의 목숨을 맞바꿨다. 아키라는 살아 있는 대신 엄마와 영원히 만날 수 없게 되고 말았다.

"……너도 외롭지."

야스는 불쑥 중얼댔다. 생각하고 말고 할 새도 없이 멋대로 입술에서 떨어져 내린 말이었다.

"부모가 자식을 외롭게 하면 안 되지. 미안하게 됐다, 아키라……."

자신의 말이 가슴에 스며든다.

"아빠를……원망해라. 그게 아빠도 편하다. 원망하고, 또 원망하고, 엄마가 없는 건 아빠 탓이라고, 그렇게 생각해라……."

악역이 있는 편이 낫다. 가슴에 뻥 뚫린 구멍이 있는 것보다는 훨씬. 아키라가 본인을 탓하는 것보다는 훨씬.

"나는 잘 모르겠다……."

다에코는 아연실색한 표정을 지으며 작은 목소리로 말했다. "얏짱 혼자 악역이 돼야 할 이유는 없는 거 같은데, 아니야?"

그 옆에 있던 쇼운과 유키에도 응응, 하고 끄덕인다. 세 사람 모두 나들이옷을 입고 접이식 파이프 의자에 긴장한 자세로 앉아 있다.

"됐다."

야스는 넥타이 매듭을 꽉 조여 매고 등을 쫙 편다.

양복은 새로 장만했지만 넥타이는 가지고 있는 것으로 충분하다 생각했는데 착각이었다. 집에 있는 것은 12, 3년 전에 유행한 것들뿐이라 얄궂게 폭이 좁고 색감도 칙칙하게 변해 있었다.

그래도 가장 좋은 넥타이다. 아들의 졸업식. 부모에게는 일생일대의 영예로운 자리다.

"얏짱, 저기. 아키라다. 저기저기."

"어, 안다."

무대를 뚫어져라 보니 옆으로 쭉 늘어선 반 학생들 속에서 아키라가 보였다.

쇼운 부부도 "자자, 당신, 얼른 카메라 꺼내 봐." "난 준비 됐어. 카세트 버튼 누를 준비는 하고 있나?" 하며 부산을 떨기 시작한다. 사진이야 그렇다 쳐도 이름이 불리면 '옛!' 하고 대답하는 고작 그 한마디를 녹음하기 위해서 일부러 동자 스님의 독경 연습용 카세트테이프레코더를 들고 온 것이다. 아키라는 정말 행복한 아이다. 야스는 새삼 뼈

저리게 느낀다.

"둘이 사이는 괜찮아졌어?" 다에코가 물었다.

"뭐……조금씩."

아키라의 태도는 그날 이후 미묘하게 서먹하다. 말을 걸어도 딱 필요한 대답만 하고, 먼저 야스에게 말을 거는 일도 거의 없는데 목소리와 시선을 함께 두는 경우는 아예 한 번도 없다.

"저도 어떻게 해야 할지 헷갈리겠지."

"나도 그럴 거라 생각한다."

"뭐 그래도 부모자식은 부모자식이니까……."

그러니까, 하고 끄덕인다. "부모자식은 부모자식이지, 그래." 하고 앵무새처럼 되뇐 다음 야스는 다에코를 보며 웃었다. 다에코가 "여자 얼굴 보면서 히죽거리는 거 아냐. 징그럽다." 하고 외면을 해도 웃음을 지우지 않았다.

부모자식은 부모자식.

야스코는 오늘 결혼식을 올린다.

보호자석에서 무대를 보고 있을 때는 그나마 낫다. 문제는 식이 끝나고 각 반의 교실로 돌아가 초등학교 시절 최후의 '종업식'을 하고 졸업증서와 기념품을 받아 교실 밖으로 나올 때다. 그때 아키라가 구김살 없이 환하게 '아빠!' 하며 뛰어와 줄 것인가.

"다에코 누부야, 나 먼저 돌아갈란다."

계단 입구 앞 광장에서 아키라를 기다리는 사이 마음이 약해졌다. '종업식'에 가는 것도, "넌 카메라도 들고 있고, 괜히 우르르 몰려가서

교실 뒤에 서 있으면 다른 학생들한테도 피해 주는 거 아냐." 하고 일
방적으로 이유를 대서 쇼운과 유키에만 들어가게 했다.

"어, 누부야, 진짜 난 그냥 돌아갈란다⋯⋯ 회사일도 바쁘고⋯⋯."

"무슨 소리야? 몰래 도망가다니 그런 꼴사나운 행동은 네가 가장
싫어하는 거잖아."

다에코한테 꾸지람을 들어도 역시 영 불안하다. 찬바람이 쌩 불던
아키라의 태도나 표정이나 말 같은 것들만 자꾸 머릿속에 되살아난다.

"널 싫어해도, 그래도 좋은 거 아니야?"

"⋯⋯어째서?"

"그럼 묻자. 얏짱은 아키라한테 사랑 못 받으면 안 되나? 아키라가
얏짱을 좋아해 주니까 아키라를 사랑하는 거야? 참 계산적이네."

자극하는 듯한 다에코의 말에 발끈해서 "그런 거 아냐." 하고 받아
쳤다.

"그럼 여기 있어." 다에코는 웃는다. "아키라가 얏짱을 싫어하는 걸
깊이 음미하면 되는 거 아니야? 여간해서는 맛보기 힘든 일이라고 생
각하는데."

"⋯⋯그걸 말이라고 하나."

"근데 나는, 아키라가 그런 일로 얏짱을 싫어할 거라고는 생각 안
해. 엄마 대신이고 뭐고, 지금은 아빠가 있다, 그거 하나로 행복한 거
잖아. 아키라는 그걸 모르는 다른 애들이랑은 다르다."

그리고, 하며 다에코는 말을 이었다.

"그냥 왠지, 아키라는 알고 있을 거 같아⋯⋯진실은 모른다 해도
네가 거짓말하고 있다는 건 알고 있을 거 같은 생각이 들어." 야스는

말없이 끄덕였다.

"뭐, 감추면 꽃이 되는 거지. 말하는 쪽이나 듣는 쪽이나." 하고 다에코가 말했을 때 교사에서 종이 울렸다.

아이들이 계단 입구에서 나온다. 여자아이들 중에는 우는 아이도 있었지만 남자아이들은 천진난만하게 까불거나 잡기놀이도 하고, 졸업증명서가 든 봉투로 칼싸움을 시작하기도 하고…….

졸업의 감개무량함을 느끼기엔, 초등학교 6학년 남자아이들은 아직 너무 어리다. 그 어린 모습이 야스한테는 뭐라고 말할 수 없을 만큼 기쁘다. 책가방에 등이 푹 덮일 만큼 작은 몸으로 지금과는 반대로 교사에 뛰어 들어가던 1학년 때의 아키라가 마치 어제 일처럼 생생하게 떠오른다.

쇼운이 보였다. 아이들보다 한 발 앞서 밖으로 나와 아키라가 나오는 모습을 정면에서 찍으려고 카메라를 준비하고 있다.

"저 인간도 참 대견하다. 남의 집 애 사진 찍는 것이 뭐가 즐겁다고 저래 열심인지."

다에코는 네네, 하고 웃으며 흘려듣는다.

유키에가 보였다. 아키라, 이쪽, 이쪽, 하고 입구를 보며 손짓한다.

"아키라는 행복한 애네, 진짜." 하고 다에코가 말했다.

야스도 이번에는 괜히 비꼬지 않고 순순히 끄덕였다.

지금쯤 야스코도 결혼식을 올리고 있을 것이다. 술잔을 벌써 나누었을까? 키워 준 어머니는 신부복 차림의 딸을 보고 눈물짓고 있을까? 다에코는 결혼식 이야기는 한마디도 하지 않는다. 야스도 입을 떼지 않는다. 이것으로 충분하다. 양복 안주머니에 넣어 둔 미사코의 영정사진도 분명 평소보다 훨씬 부드러운 웃음을 지어 줄 것이다.

"얏짱, 아키라 나왔다."

"……어어."

"손, 안 흔들면 몰라."

우물쭈물 가슴 앞까지 손을 올리니 "그래 가지고 알아보겠나?" 하며 다에코가 손목을 붙들고 오른팔을 드높이 들어올렸다. 승리를 거둔 복서처럼.

유키에와 나란히 쇼운의 카메라 앞에 선 아키라를 향해, 손목을 잡힌 채로 오른손을 살짝 흔들었다.

아키라가 알아봤다. 순간 고개를 숙이고 옆을 보았다가, 그랬다가, 쑥스러운 표정으로 야스에게 눈길을 주고……달려온다.

적당한 타이밍에 다에코가 손목을 놓아 줬다. 야스는 풀려난 오른팔을 옆으로 크게 벌렸다. 왼팔도 마찬가지로 벌린 다음 허리를 숙이고 두 다리에 힘을 줬다. 아키라가 달려온다. 똑바로 정면을 향해 온다.

"으이샤!"

야스는 아키라를 두 팔로 받아 안았다.

주먹

병원에서 돌아온 야스가 "병문안 다녀왔다." 하고 말을 해도 아키라
는 텔레비전에서 눈도 떼지 않고 "응⋯⋯." 하는 심드렁한 대답만 할
뿐이었다.

"이제⋯⋯ 얼마 안 남은 거 같다."

한숨을 쉬며 야스는 작업복을 문 위 옷걸이에 건다. 일을 마치고
돌아오는 길에 시민병원에 들렀다. 우선 집에 돌아와 옷을 갈아입고
다시 나갈 수도 있었지만 격식을 갖춰서 얼굴을 내밀면 환자에게 쓸
데없는 불안감을 줄지도 모른다고 생각했기 때문이다.

"저녁 뭐 먹었어?"

"컵라면."

"⋯⋯ 채소를 먹어야지. 샐러드 만들어 줄 테니까 후딱 먹어라."

"됐어."

얼굴은 텔레비전을 향해 고정된 상태 그대로, 목소리도 입이 아니

라 목 안에서 나는 상태 그대로 그르렁, 하고 나온 듯한 울림이었다.

야스는 바지를 벗고 팬티바람으로 다시 한 번 한숨을 쉬었다.

예민한 나이니 어쩔 수 없다. 며칠 전에 다에코가 한 말을 지푸라기라도 잡는 심정으로 떠올린다. 뭐 앞으로 2, 3년은 이런 식일 거야, 하고 덧붙인 말은 애써 잊기로 했다.

"어이, 아키라, 씻었나?"

"씻었어."

"……머리는 감았고?"

"감았어."

성가셔 죽겠다는 듯 대꾸하고 텔레비전에 팔을 뻗더니 소리를 키운다. 교진 전의 야간경기 중계방송이었다.

"누가 이기고 있는데?"

"교진."

"몇 대 몇인데."

"5대 2."

도저히 대화가 이어지질 않는다.

중학교 2학년에 올라오고부터 아키라는 말이 없어졌다. 자신이 먼저 말을 거는 일은 거의 없고, 야스가 뭘 물어봐도 딱 필요한 말만 한다.

반항기다. 사춘기라는 놈이다. 이론적으로는 알겠는데, 부모로서 어떻게 대처해야 좋을지는 알 수가 없다.

이런 때야말로 힘이 되어 줬을 가이운 스님은 장마 전부터 시민병원에 입원했고, 아마도 병실에서 생을 마감하게 될 것 같다.

밤늦은 시각, 쇼운한테서 전화가 왔다.

"저녁에 문안 왔었다면서." 하고 지친 목소리로 인사를 한 뒤 한숨 섞인 목소리로 "아버지 보니까 이제 안 되겠다 싶지?" 하고 말을 이었다.

야스는 말없이 끄덕였다. 전화로는 무언의 동작이 전달되지 않지만, 오랜 세월 함께한 사이인 만큼 짧은 순간의 여백 하나로도 대부분은 이심전심이다.

"아까 의사가 추석까지는 못 버틸 거라고 말하더라."

8월 음력 추석까지 앞으로 보름. 처음 췌장에 생긴 암은 임파선을 타고 온몸으로 전이되어 이미 뇌에까지 파고든 상태라고 한다.

"앞으로는 고통뿐이래. 지금까지처럼 등이 아프네, 구역질이 나네, 그 정도로는 안 끝나. 의식도 엉망이 되어서 진짜로 괴롭다는 모양이더라."

그러니, 하고 의사는 쇼운에게 말했다. 정말 마지막 단계가 되면 고통을 없애 주는 방법도 생각하는 편이 좋을 것 같다고.

"그러니까, 마취 비슷한 걸 한다는 거야. 의식을 약으로 마비시켜서 아픔이고 뭐고 못 느끼게 한다는 거지."

쇼운은 그렇게 말한 다음 "산송장이 된다는 이야기지." 하며 힘없이 웃었다.

"어이, 땡중……의식이 마비되면 어떻게 되는데. 일어나고 말하고, 그런 건 가능하나?"

"가능할 리가 없지."

"……그렇지."

"잠자듯이 죽을 수 있다. 그게 아버지한테도 행복일 거야."

쇼운은 홀가분한 목소리로 말한다. 야스가 웃어 주길 바란 듯 "어릴 때 일 복수하려면 지금이 기회다."라고도 덧붙인다.

야스도 "대머리를 한 대 갈겨 줄까?" 하며 웃어 줬다.

어쨌거나 오랜 세월 함께해 온 사이다. 어릴 때부터 늘 붙어 다녔다. 쌍둥이 형제나 마찬가지로 자라왔다. 탑 앞에서 칼싸움을 하는 것도 함께, 공양으로 들어온 바나나를 슬쩍하는 것도 함께, 가이운 스님에게 혼이 나서 인왕상 앞 나무에 매달리는 것도 함께. 그런 두 사람이기에 "코를 비틀어 줄까?" "발바닥 간질이기는 어때?" "머리맡에서 술잔치를 하면 눈을 번쩍 뜰지도 모른다." "향냄새보다 술 냄새를 더 좋아한 스님이었으니까." 하며 실없이 웃을 수 있다. 웃으면서 나란히 눈을 붉힌다.

"그래서 말인데, 야스야……."

쇼운은 불현듯 말투를 바꾸었다. 야스도 웃는 얼굴을 싹 지우고 수화기를 바로 쥔다.

"난 최대한 끝까지 아버지가 분발하게 내버려두려고 생각 중이다. 아프고, 괴롭고, 살 희망도 없고……가엾은 짓인지도 모르지만, 그래도 최대한 끝까지 아버지 머리를 맑게 해 드리고 싶다."

야스도 같은 의견이었다. 늘 엄하고 무섭고, 몸의 심이 꼿꼿하게 긴장되어 있던 스님이었다. 마지막까지 그 모습 그대로 계셔 주셨으면 했다. 의식을 잃고 자신이 누구인지도 모르게 된 채 넋을 잃고 자다 심장이 멈추는, 그런 이별은 하고 싶지 않았다.

"어머니랑 마누라는 가엾다고 얼른 약을 처방해 달라고 하는데

……어, 야스, 넌 이해하지? 난 아무리 괴로워도, 하루라도 더 길게, 아버지가 아버지인 채로 있어 줬으면 좋겠다."

야스는 아무런 대답도 하지 않는다. 함께 삼재의 마지막 해를 맞이한 죽마고우 사이는 말을 주고받아야만 대화가 되는 것도 아니고, 말없이 있어야만 전해지는 것도 있다.

무엇보다, 부모 병구완이 어떤 것인지를 야스는 알지 못한다.

어머니는 철도 들기 전에 돌아가셨다. 재혼해서 먼 도시로 옮겨 간 아버지도, 외숙부 부부 밑으로 들어간 야스를 만나러 온 적은 한 번도 없었고, 지금은 어디에서 무엇을 하고 있는지, 살았는지 죽었는지조차 모른다. 키워 준 부모인 외숙부 부부는 이미 세상을 떠났지만 그 마지막도 사촌형제들이 돌봐줬다. 거기다 더 보태자면, 미사코는 이별을 각오할 틈조차 없이 별이 되고 말았다.

요컨대 야스는 가족 중 누가 '죽음'을 목전에 두고 있는 상황에 놓여 본 적이 없는 것이다. 유일하게 상상할 수 있는 것은 '만에 하나 아키라가…….' 뿐이었지만 물론 그런 건 상상할 수도 없는 일이다. 머리 한구석에 언뜻 스친 것만으로도 자신의 뺨을 있는 힘껏 갈기고 욕실로 뛰어들어 찬물을 몇 번이고 뒤집어쓰고 싶어진다.

야스는 말이 없어진 쇼운한테서 이야기를 이어받았다.

"땡중, 지금 기분이 어때? 역시 슬프지……."

"안 슬프다면 거짓말이겠지." 쇼운은 쓰게 웃는다. "그래도 소리 내서 엉엉 우는 슬픔이랑은 다르다."

마음의 반은 안도하고 있다고 한다.

희수(나이 일흔일곱)에는 미치지 못했지만 일흔 넘을 때까지 살았다. 신도들이 '스님, 스님.' 하며 따르고, 존경받아 온 생애였다.

"나이도 아쉬울 것도 없고, 딱히 후회되는 일도 없고……아버지는 좋은 인생을 살아왔다고 생각한다. 훌륭한 죽음이니까 아들이 징징 짤 일이 아니다."

쇼운은 자신에게 이야기하는 듯한 어조로 말을 잇는다.

"내 입으로 말하기는 그렇지만, 나도 이제 버젓한 중이잖아. 장수하셨지. 아들이 외우는 경문 소리 들으면서 극락으로 가시니 행복한 일이지. 그렇게 생각하면 마음이 놓인다."

"……그런 건가."

"그런 거다."

거짓말이나 허세를 부리고 있다고는 생각하지 않는다. 하지만 그래 그렇지, 하며 끄덕일 수도 없다. 나눗셈의 '우수리' 비슷한 게, 가슴 저 안쪽에 있다.

"뭐, 웃으면서 보내 드리자. 아버지도 그런 걸 더 기뻐하실 거야." 억지로 이야기를 정리하려는 것처럼 들리는 것도 같다.

야스가 그래, 하고 대답하자 쇼운은 "그래서 말인데, 의논할 게 하나 있다." 하며 다시 한 번 어조를 바꿨다.

"말은 이렇게 했지만, 진짜 마지막 순간에는 약을 써서 편하게 해 드릴 생각이다. 문제는 그 타이밍을 언제로 할 것인가, 그거야."

"어어……."

"야스, 같이 정하자. 나나 너나 그러자 싶은 때가 되면 의사선생한테 약을 놔달라고 말이다."

"아니, 어이, 기다려 봐라. 그런 일을 어떻게 내가……."

"네가 '이제 됐다 싶은데' 하고 말하고, 나도 그렇다 싶으면 그때는 아버지도 원망 안 하실 거다."

"안 된다! 그건 안 되지, 야! 넌 아들이지만 나는……."

당황한 야스의 말을 막고 쇼운은 "마찬가지다." 하고 말했다. "아버지한테는 야스 너도 아들이나 마찬가지다."

아무런 대답도 할 수 없었다.

"그러니까 야스야, 한번 아키라 좀 데리고 병원에 와라. 아버지가 아직 의식이 있을 때 만나게 해 드리고 싶다."

가이운 스님에게 야스는 아들과 마찬가지 존재. 그렇다면 아키라도 손자나 마찬가지인 셈이다.

아키라는 야구부 연습에 한창이었다.

여름방학이 시작되고 얼마 뒤에 열린 시 대회를 마지막으로 3학년이 은퇴를 했기 때문에 아키라 같은 2학년이 팀의 중심이 됐다. 다음 공식 시합은 10월에 있을 신인대회로 아직 두 달 넘게 남아 있는데도 오후 1시부터 6시까지 하는 정규 야구부 활동 시간뿐 아니라 오전 중에도 연습을 하고 있다. 토요일이고 일요일이고 없다. 추석 연휴에도 연습을 계속한다고 한다.

"의욕이 너무 넘치는 거 아냐?"

쇼운의 전화를 받은 다음날 아침, 야스는 아키라에게 말했다. 서론은 생략하고 '가이운 할아버지한테 병문안 갔다 오자.' 하고 말할 게 아니라 은근히 이야기를 끌고 갈 생각이었다. 딱 잘라서 대놓고 '이거 해라, 저거 해라.' 하고 말하면 홱 외면을 해 버린다. 그런 경우가 6월

쯤부터 꽤 많아졌다.

"너무 넘치고 그런 거 없는데."

아키라는 두 공기째 밥을 푸면서 굵은 목소리로 말한다.

"이번 주 토요일에도 연습하나?"

"어."

"비오면 어떻게 할 건데?"

"체육관 뒤에서 연습해."

"……고생이 많네."

이렇게 감탄하고 있을 때가 아니다.

야스는 헛기침을 한 다음, "가이운 할아버지가 아키라 널 보고 싶어 한다." 하고 말했다.

아키라는 입에 넣었던 밥을 제대로 씹지도 않고 삼킨 뒤 "아, 맞다." 하고 가볍게 대꾸했다. "상태 어떠시대? 이제 가망 없지?"

"가망 없다, 고 해야 하나……."

워낙 노골적인 표현에 순간 울컥했지만 달리 표현 방법이 없다고 생각을 고쳐먹고, "가망 없지, 그래." 하고 말을 이었다.

"뭐, 이제 그럴 만한 나이지, 할아버지도."

아키라는 시원스레 이야기한다. 슬픔도, 괴로움도, 영원한 이별이 눈앞으로 다가왔다는 각오도 느껴지지 않는다.

"이제 마지막이 될지도 모른다, 병문안 갔다 오자."

"……시민병원, 멀잖아. 연습 끝나고 가면 면회시간에 안 맞을 텐데?"

"그러니까 연습에서 좀 일찍 빠져나와서 갔다 오자는 말이다. 오전 중이라도 괜찮고, 일요일도 괜찮다. 하루 정도는 상관없잖아. 좀 쉬어도."

아키라는 못마땅한 동작으로 된장국을 밥에 붓더니 "그거는 안 되는데." 하고 말했다.

"……뭐 때문에?"

이쯤 되자 야스도 목소리를 높이며 아키라를 노려봤다. "너 어릴 때 할아버지한테 그래 귀여움을 받았는데." 하고 말을 이은 뒤 "다 잊어버렸나?" 하고 나무라듯 묻자 아키라는 딱히 주눅 든 기색도 없이 "잘 기억도 안 나는데." 하고 대꾸한다.

"기억 안 나도 갔다 오자."

"연습 못 쉬어."

"지금 무슨 소리를 하나? 할아버지랑 연습 중에 뭐가 더 중요한데?"

아키라는 말없이 된장국에 만 밥을 푹푹 떠서 입에 그러넣더니 아직 밥이 입 안에 남아 있는 상태로 자리에서 일어났다.

"병문안 갔다 오자."

자신의 식기를 부엌으로 가져가는 아키라에게 명령조로 말했다.

"여름방학 때는 못 쉰단 말이야. 2학기 되면 갈게."

부엌에서 들려온 아키라의 목소리에 야스는 얼굴을 일그러뜨렸다. 화가 난다기보다는 슬픔이 더 강하게 밀려왔다. 물론, 가이운 스님은 쇼운처럼 아키라를 물고 빨고 할 만큼 귀여워해 주지는 않았다. 전형적인 옛날 사람답게 말도 없고, 술이라도 들어가면 모를까 좀체 웃지도 않았으니 어린아이가 볼 때는 다가가기 힘든 면도 있었을 것이다.

그래도 스님은 아키라를 갓난아기 때부터 지켜봐 줬다. 같은 핏줄의 '할아버지'가 없는 아키라에게 스님은 분명 '할아버지'였다.

부엌에서 설거지 소리가 들려왔다.

야스는 손에 들고 있던 밥그릇을 테이블에 도로 내려놓고 말했다.

"어이, 아키라. 오늘, 병원 갔다 오자. 알았지? 안 가면……아버지, 진짜로 화낼 거다."

물소리가 멎더니, "아버지 마음대로 정하지 마." 불끈 성내는 목소리가 돌아온다. "연습 있다니까."

"그 따위 거, 쉬어라."

"못 쉰다니까. 우리가 그렇게 개인적인 이유로 쉴 거 다 쉬면 1학년들이 뭘 보고 배우겠어."

"시건방진 소리 하지 마라!"

호통소리와 동시에 테이블에 주먹을 내리찍었다. 대답 대신 잠시 뒤 아키라의 방 문이 거칠게 닫히는 소리가 들려왔다.

최근 들어 이런 식으로 부자 간의 대화가 끝나 버리는 일이 늘어났다.

젊은 직원들이 카트에 화물을 다 싣기만 기다렸다가 야스는 "카트 내가 밀까?" 하고 작업복 소매를 걷어붙였다.

마음이 언짢아서 기분이 확 가라앉을 때는 카트를 미는 게 최고다. 아무 생각 없이 육체노동을 하고 있으면 머릿속을 채운 답답한 생각들을 잊을 수 있다.

"무겁습니다. 제가 앞쪽을 맡겠습니다."

화물분류를 담당하는 가장 어린 친구 미요시가 걱정스런 얼굴로 말한다. "등신, 이 정도도 혼자서 못 밀면 어떡하라고." 하며 머리를 한 대 쳐 주고 미끄럼방지용 고무도트가 붙은 목장갑을 꼈다.

하지만 미요시는 여전히 불안한 얼굴로 "그럼 짐을 조금 줄이시지요." 하고 말한다. "세 명이서 밀 생각이었습니다. 욕심 부리느라 너무 많이 쌓았어요."

아닌 게 아니라 카트에 실린 짐은 평소보다 많다. 2백 킬로그램이 넘을 것 같다. 하지만 젊은 시절, 미사코가 살아 있던 무렵에는 3백 킬로그램 이상의 카트도 거뜬히 밀었다. 마흔이 넘으면서 젊은 친구들의 화물분류 감독 역을 주요 업무로 하고 있는 지금도 그 무렵의 기술과 힘은 그다지 떨어지지 않았을 것이다.

아직 가능하다. 아직은 할 수 있다. 못 하면 곤란하다.

야스는 카트의 손잡이를 두 손으로 잡은 뒤 허리를 잔뜩 낮추고 다리를 앞뒤로 두며 힘을 줬다.

"흡!"

기합을 넣어 카트를 민다. 처음에는 무거워도 한번 바퀴가 움직여 주기만 하면 그다음부터는 의외로 쉽게 간다……그래야 하는데. 카트는 느릿느릿 나아갈 뿐이다. 그나마 방향도 일직선이 아니라 갈지자로 휘청휘청 가 버린다.

"야스 선배님, 위험합니다. 그만 교대하시죠." "허리 다치면 큰일 납니다." "야스 선배, 무리하지 마소."

젊은 직원들의 목소리를 무시하고 몇 미터 나아가긴 했지만 트럭 짐칸 쪽으로 도무지 커브를 꺾지 못해 쩔쩔 매다 결국엔 카트 꼭대기의 화물이 흔들흔들 흔들리기 시작했다.

젊은 직원 두 명이 부랴부랴 거들자 카트는 금세 커브를 틀었다.

야스는 손잡이를 놓고 어깨로 숨을 몰아쉬며 목장갑을 벗어던졌다.

무릎에 힘이 빠진다. 허리가 둔하게 아파 온다.

"……배달 갔다 온다."

걸음을 돌려 걷기 시작하니 장딴지 근육이 경련을 일으키는 것만 같았다.

카트를 밀지 못한 분한 마음을 떨쳐내기 위해 야스는 소형트럭으로 국도를 쌩쌩 달렸다.

화물을 소형트럭으로 배달하는 곳도 옛날에 비하면 꽤 줄었다. 대량 취급이 늘어나서 2톤이나 4톤 트럭으로 집배하는 것이 당연해졌다. 하지만 차가 너무 크면 화물에 진심을 담을 수 없다는 것이 야스의 신조였다. 단위를 '킬로그램'으로 세는 동안에는 화물의 얼굴이 보이지만 '톤'으로 세게 되면 어디까지나 그냥 무게가 되어 버린다. 미요시 같은 젊은 직원들은 "둘 다 무게는 무겐데요." 하며 웃어넘기지만.

그래도 어쨌든 야스의 배달은 지금도 오직 소형트럭뿐. 설령 몇 번을 왕복한다 하더라도 몸에 밴 '착착 얹고, 착착 옮기고'의 리듬을 잃고 싶지는 않다. 지점장이나 영업과장도 잔소리는 못 한다. 장거리 편과 시내집배 화물의 흐름에 빠삭한 플랫폼의 화물분류 감독은 노장인 야스 말고는 아무도 대신할 수 없으니까.

소량 배달을 몇 건 마치니 짐칸이 가벼워졌다는 것이 액셀러레이터나 핸들을 통해서도 전해져 왔다.

이거지, 이거. 이 느낌이 좋다니까…….

국철 건널목 앞에서 국도가 정체되어 있으면 좁은 샛길로 싹 빠진다.

쓸데없이 덩치만 큰 것들은 이럴 때 융통성이 없다니까…….

빈약한 엔진을 덜덜덜 울리는 구식 소형트럭이 사랑스럽게 느껴진 것은 요 1, 2년 새의 일이다. 백발이 눈에 띄게 늘어난 것과 그 시기가 꼭 들어맞는다.

샛길을 요령껏 활용한 보람이 있어서 예정보다 일찍 짐칸을 비웠다.

소형트럭의 장점은 어디 들르기가 쉽다는 점도 있다.

중학교로 향했다.

운동장에서 야구부가 연습을 하고 있을 텐데, 시민병원까지는 근한 시간이면 왕복할 수 있다.

'병문안 갔다 오라'는 발상부터가 애초에 좋지 못했다. '병문안에 데리고 간다'면, 버스를 갈아타지 않아도 이렇게 일이 비는 시간에 아키라를 '착착 얹고 착착 옮겨서' 갈 수 있다. 귀찮아하던 아키라도 이렇게 데리러 오고 데려다 준다면 불평은 하지 않을 것이다.

자신의 아이디어에 혼자 감탄하며 운동장 옆길에 트럭을 세웠다.

소형트럭의 창을 열고 운동장을 보니 아키라는 타격연습을 하고 있었다.

팔불출 눈이기는 하지만 남색 모자가 퍽 잘 어울린다. 8번, 2루수라는 위태로운 위치이기는 해도 어떻게 새 팀에서 정규 멤버 자리도 확보했고, 매일 밤마다 스윙 연습을 한 효과인지 가끔 날카로운 타구도 날린다.

다음 선수와 교대해 타석에서 물러난 아키라를 향해 어이, 하고 창밖으로 손을 흔들어 봤지만 아키라는 반응이 없었다.

밖에 내려서 불러 볼까, 하고 차에서 내려 두 팔을 크게 흔들려는

찰나에, 아키라는 파울볼에 대비해 백네트 뒤에서 진치고 있던 1학년생 하나를 손짓으로 불렀다.

모자를 벗고 직립부동자세가 된 1학년에게 뭐라고 말을 한 다음 수비 연습이라도 하듯 공을 엉뚱한 방향으로 친다. 운동장 끝까지 굴러간 타구를 전속력으로 달려 주우러 간 1학년생은 아키라한테 돌아오더니 가쁜 숨을 가라앉힐 새도 없이 승마용 말처럼 엉덩이를 내밀고 자세를 잡았다.

아키라는 그 엉덩이를 향해 배트를 휘두른다.

소리는 들리지 않는다.

목소리도 들리지 않는다.

1학년생의 몸이 용수철처럼 늘어나서 두 손으로 엉덩이를 잡은 채 몇 걸음인가 비틀비틀 걷다가 쓰러지는 모습이 보인다.

운동장으로 달려가 교사 뒤쪽으로 아키라를 데리고 갔다. 친구들이 보는 앞에서 야단치는 것은 바람직하지 않다는 것을 생각할 정도의 여유는 아직 있었다.

하지만 아키라는 "뭐 하러 왔어?" 하고 골을 내더니 "대망신이네……." 하며 외면한다.

"……항상 그런 짓 하나, 1학년한테?"

"뺀들거리잖아. 목소리도 제대로 안 내고. 공이 날아올 때까지 손장난이나 하고."

"뺀들거리면 배트로 엉덩이를 때려도 되나?"

"나 선배야. 다 그렇게 해. 나만 그런 거 아니라니까."

"……그거는 약한 애를 괴롭히는 거잖아."

"선배니까 어쩔 수 없어. 나도 1학년 때는 만날 엉덩이 두드려 맞고 엉덩이에 멍들어서 의자에 제대로 앉지도 못할 때도 있었어."

몰랐다. 엉덩이 아픈 것을 숨기고 평소처럼 행동했을 아키라를 떠올리니 가슴 저 안이 욱신거리는 듯 아파온다.

그렇다 해도…….

"네가 당했으니까 후배도 당해라 이 말이냐? 그런 고약한 심보가 어디 있냐."

"……야구부 전통이야."

"등신, 그런 전통, 네 대에서 끊으면 되지. 후배는 선배들한테 불평 같은 거 못한다, 그 말이지? 맞서지도 못하는 상대를 배트로 때리다니 그거는 비겁한 짓이다……."

거친 아버지다. 입도 걸고, 논리적이지 못한 만큼 툭하면 손부터 올라간다. 훌륭한 아버지라고는 생각하지 않는다. 하지만 약한 자를 괴롭히는 비겁한 짓만큼은 하지 않았다. 아키라도 그렇게 키우지 않았다고 생각했다. 그것은 아키라한테도 틀림없이 전해졌을 것이라고 믿고 있었다.

"저기, 아키라……뺀들거리는 후배한테 기합 주는 거는 좋다. 그것도 선배의 임무지. 그래도, 엉덩이를 배트로 때리는 건 안 된다. 바로 얼마 전까지 초등학생이었던 후배잖아. 불쌍하지도 않나?"

아키라는 외면을 한 채 어이없다는 듯 웃었다.

"말은 멋지네. 그럼 엉덩이 두들겨 맞은 우리만 손해잖아."

그 한마디를 들은 직후, 야스는 주먹으로 아키라의 왼쪽 뺨을 후려

쳤다.

한심하다. 한심하기 짝이 없다.

가이운 스님의 잠든 얼굴을 바라보며 야스는 한숨을 푹푹 내쉬었다.

"뭐, 아키라도 그럴 나이지."

쇼운이 불쑥 한마디 한다.

지금의 야스에게는 뭘 안다고 지껄이는 거야, 하고 받아칠 기운도 없다. 쇼운이 내준 물양갱의 짜릿한 차가움이 입 안과 가슴에까지 번져 간다.

넋두리할 생각은 없었는데 가이운 스님의 병실에서 대기하고 있는 쇼운의 얼굴을 보는 순간, 말이 절로 흘러나왔다. 쇼운은 말없이 들어줬다. 병실 바깥에서 이야기하자고 하지 않은 것은, 어쩌면 쇼운도 이제 의자에서 일어날 기운이 없었던 때문인지도 모른다.

스님은 어제 밤새도록 허리와 등의 통증으로 괴로워했다고 한다. 지금은 수면제로 간신히 잠들었지만 약 기운이 떨어지면 또 극심한 통증에 몸부림칠 것이다. 쇼운도 한숨도 자지 못했다. 내내 아버지의 등을 문지르고 손을 잡아 주고, 소리 없이 경전을 외우고 있었다.

"저녁에는 마누라랑 교대해. '저녁뜸'에서 한잔 할까?"

"등신, 일찍 이불 뒤집어쓰고 잠이나 자라." 쇼우의 말이 허세인지 배려인지 모르지만, 야스로서는 이렇게 대꾸할 수밖에는 없었다.

"어젯밤에 생각했다. 이제 진짜로 슬슬 다 됐는지도 모른다. 아버지도 힘들 거고, 우리도……이런 말하면 벌 받을지도 모르지만 이제 체력도 한계다……."

약으로 의식을 마비시키면 스님은 통증과 고통에서 해방된다. 하지만 누구에게도 이별을 고하지 못하고 잠든 채 가 버린다.

"아키라를 만나게 해 드리고 싶었는데, 좀 어려울 것 같다……."

야스는 입술을 깨물고 고개를 숙였다.

"뭐, 그야 할 수 없지. 인연이 없었던 거 아니겠나." 털털하게 말해 주는 쇼운을 보니 더 괴롭고 섭섭하다.

"……야스 너, 아키라 때린 거 후회하나?"

하지 않는다고 말하면 거짓말이다. 최소한 손바닥으로 쳤더라면 나을 뻔했다. 주먹을 쥐고 때린 순간의, 주먹이 볼에 파고드는 감각이 아직도 오른쪽 어깨에 묵직하니 얹혀 있다.

"후회 안 해도 된다."

쇼운은 단호하게 말하더니 "부모한테 맞는 것도 자식의 권리잖아." 하고 웃는다. 때려 줄 부모가 없었던 야스를 위해.

우울한 상태로 회사에 돌아가 저녁 화물분류를 마친 야스는 미사코의 지장보살님 앞에서 평소보다 오래 합장을 했다.

둘밖에 없는 가족은 힘드네, 하고 새삼 생각한다. 야스한테 혼난 아키라를 위로해 줄 사람도 없고, 아키라의 외면을 받는 야스를 괜찮다, 괜찮다, 하며 달래 줄 사람도 없다. 둘뿐인 가족 사이가 틀어져 버리면 거기에는 '외톨이' 두 사람만 남는다.

들어가는 길에 '저녁뜸'에 들러서 낮에 벌어진 일을 이야기하니 다에코는 논쟁거리도 되지 않는다는 듯 말했다. "얏짱, 네가 나빠!" 아키라를 때려서 나쁜 게 아니라, 이렇게 맥주를 마시면서 투덜대는 게 나쁘다는 것이다.

"안 그래, 맞잖아? 넌 이래 술 마시면서 넋두리라도 할 수 있지. 아키라는 그러지도 못하잖아? 아버지한테 맞았다고 친구한테 말을 하겠나? 나 같으면 말 안 한다. 부끄러워서."

아키라도 아마 그럴 것이다.

"얏짱, 상상을 해 봐라. 아키라가 방에 틀어박혀서 너한테 맞은 볼을 비비고……기는 팍 죽고……이야기할 상대도 없고……불쌍하다고 생각하지 않나?"

그렇게 생각한다. 하지만 그때 거기서 때리지 않았다면 부모도 아니라고도 생각한다.

자신이 뱉은 말에 감정이 격해진 다에코는 눈물을 머금으며 "오늘은 그냥 집에 가라." 하고 말했다. "오늘 마실 술값으로 아키라한테 줄 케이크라도 사서 가라. 알았지?"

"……아키라를 너무 오냐오냐 해 주는 거 아냐?"

"무슨 소리야? 자식이라면 껌벅 죽어서 오냐오냐 해 줘야 부모지, 안 그래 주는 부모는 부모가 아니다."

이치상 그게 옳은 말인지 어떤지는 잘 모른다. 하지만 이렇게 된 이상 아무리 졸라 봐야 다에코는 술을 내주지 않을 것이다. 괜히 꾸물대다가는 '나가라!' 하며 호통칠 게 뻔하다.

하는 수 없이 맥주 한 잔으로 끝내고 가게를 나와 양과자점에서 케이크 두 개를 샀다. 사과하는 게 아니다, 화해하고 싶은 것도 아니고, 어쩌다 보니 케이크가 사고 싶어진 거뿐이다……하고 스스로에게 변명하며 자전거 페달을 밟아 집으로 돌아갔다.

"……나 왔다."

현관에서 인사를 했을 때, 기다렸다는 듯이 전화가 울렸다.

야구부 1학년생의 부모였다.

댓바람부터 노발대발 불벼락이 떨어졌다.

한 어머니의 찢어지는 목소리. 울먹이는 소리도 섞여 있었다.

'기합'이라는 말도 하고, '폭력'이라고도 하고, '고문 선생'이며 '병원'에 '경찰'에다 '생활지도 선생님' 같은 단어가 앞뒤 맥락도 없이 가시처럼 귀에 꽂혔다.

혼란스러운 머리로 야스는 그저 "아아……아아……." 하고만 되풀이하다 서서히 이야기가 이해되기 시작하면서부터는 "죄송합니다, 죄송합니다."로 바뀌어 버렸다.

낮에 아키라가 1학년 학생의 엉덩이를 배트로 때린 일 때문이었다. 전화를 건 사람은 그 1학년 학생, 야마모토라는 학생의 어머니였다. 눈치를 보니 야마모토가 집에 돌아가서 엉덩이가 아프다는 말을 꺼내자 놀란 그 어머니가 병원에 데리고 간 모양이었다.

엉덩이는 멍들어 있었다. 병원에서 엑스레이를 찍었다. 골절이나 금은 가지 않았지만 타박상과 내출혈로 전치 일주일이 나왔다.

"바로 사죄 드리러 찾아뵙겠습니다……."

현관 신발장 위에 놓아둔 케이크 상자가 눈에 들어왔다. 우선 저걸 병문안에 가져갈까, 하는 생각이 들었지만 그런 눈 가리고 아웅하는 수작이 통할 성싶지 않았다.

"아버님 혼자 오시게요?"

"예?"

"아드님이 반성하고 제대로 사과하는 게 도리 아닙니까?"

아닌 게 아니라 그 말이 옳았다.

"아버님, 어머님, 그리고 아드님 셋이서 머리를 숙이지 않으면 도저히 진정이 안 될 것 같습니다."

"……아, 그게…… 저희는, 애 엄마가 없습니다…… 죄송합니다……."

야스가 신음하듯 말하자 야마모토의 어머니는 순간 말을 머뭇거리다가 "밤늦게 오시는 것도 실례니까, 남편이 회사에서 돌아오면 의논해 보겠습니다." 하고 도망치듯 전화를 끊어 버렸다.

수화기를 내려놓는다. 한숨을 쉬고 아키라의 방으로 간다.

문을 열었다. 아키라는 책상에 앉아 턱을 괸 채 여름방학 숙제를 하고 있었다.

"……야마모토, 다친 모양이다. 아나?"

대답이 없었다. 턱을 괸 왼손에 가려 옆얼굴의 표정도 보이지 않았다.

"아키라, 당장 아버지랑 같이 야마모토 집에 사과하러 가자."

"그런 거 안 해도 돼."

아키라는 턱을 괸 채 웅얼대는 목소리로 말했다.

"네가 다치게 했잖아. 사과하는 게 맞지."

야스는 말했다. 목소리가 떨렸다. 감정을 애써 억제하고 웃으며 말하려 했던 탓이다.

"싸우다가 다친 거하고는 다르다. 야마모토는 선배한테 대들 수가 없잖아. 그런 상대를 혼내서 다치게 한 거잖아……."

"나만 그런 거 아닌데 뭐. 배트로 엉덩이 때리는 거."

"야마모토를 다치게 한 건 바로 너잖아."

"멍 하나 든 거 갖고. 그건 다친 축에도 못 껴. 병원 가는 게 등신이지, 그런 일로 머리를 숙였다가는 우리 2학년들 모양이 안 산단 말이야."

저도 모르게 성이 확 치밀어 오르는 것을 애써 참았다. 움켜쥐고 있던 주먹을 풀자, 분노 대신 한심함이 가슴에 솟아났다.

이렇게 키우지 않았는데.

텔레비전 드라마에서 자주 듣는, 그래서 늘 웃으며 흘려 버릴 수 있었던 대사가 설마 자신에게 닥칠 줄은 생각지도 못했다.

야스는 책상다리를 하고 바닥에 털썩 앉았다.

"저기, 아키라……."

중얼거리듯 말하고 눈을 감는다.

"선배도 있고 후배도 있고, 뭐 이래저래 많이 있겠지만……자식이 엉덩이에 멍이 들어서 집에 들어오면, 부모는 마음이 아프다……사랑하는 내 새끼가……어머니를 위해서, 그냥 사과해 버려라."

한 호흡 두었다가 아키라의 목소리가 돌아왔다.

"자식한테 멍이 생기면 부모 마음이 아프다고?"

"……당연한 소리잖아."

"그럼 이거는?" 말과 동시에 아키라는 괴고 있던 손을 떼고 야스를 돌아봤다.

왼쪽 뺨이 보라색으로 부풀어 있었다.

숨을 삼키는 야스에게 아키라는 힐난하는 듯한 어조로 말을 잇는다.

"어떻게 설명할 건데? 부모가 때려서 멍든 걸, 부모가 마음 아파한다고? 희한한 이야기라고 생각 안 해?"

훗, 하고 코웃음을 친 아키라는 "아버지가 나한테 사과하는 게 먼저 아니야?" 하고 말한다.

야스는 얼굴을 일그러뜨린 채 말했다.

"……사과 안 한다, 나는."

아키라도 야스의 대답을 예상하고 있었는지 담백하게 말했다. "그럼 나도 야마모토한테 사과할 필요 없잖아?"

"……아키라."

"응?"

"너, 언제부터 그렇게 시시한 남자가 됐냐? 아버지가 잘못한 건가? 아버지가 잘못 키워서 네가 그래 된 거냐?"

그럴지도 모른다. 토라진 듯 입을 다물어 버린 아키라를 대신해 스스로 생각한다. 부모로서 부족한 부분이며 잘못된 부분은 많이 있을 것이다. 자식은 부모를 선택할 수 없다. 텔레비전 드라마에서 물리도록 들었던 말이 또 떠오른다.

"아키라……아프냐, 멍."

"응, 아퍼."

아버지 주먹도 아프다.

텔레비전 드라마의 상투적인 대사가 떠올랐지만, 그건 어쩐지 억지 소리 같기도 하고, 변명 같기도 하고, 비겁하다는 생각도 들었다.

야스는 책상다리를 한 무릎 위에 주먹을 얹고 깊은 한숨을 쉬었다. 오랜 세월의 육체노동으로 단련된 커다란 감자 같은 주먹이다. 이 억센 주먹 하나만 있으면 아들을 키워 낼 수 있다고 생각했었다. 하지만 아키라에게 정말로 필요했던 것은 뺨을 다정히 어루만져 주는 어머니의 부드러운 손바닥이었는지도 모른다.

이를 악물고 오른손 주먹을 움켜쥐었다.

"아버지는 사과 안 한다." 신음 소리로 말한다. "무슨 일이 있어도 사과는 안 하겠지만……대신……."

자신의 오른쪽 뺨을 후려쳤다. 빠직하는 소리가 방 안에 울려 퍼질 정도로 있는 힘껏 세게.

한 대로는 안 된다. 두 대, 세 대……뺨만으로는 모자라서 네 대째는 정면으로 스트레이트 펀치를 먹이고, 다섯 대째는 턱에 어퍼컷. 왼손도 썼다. 뺨을 좌우에서 때리고 때리고 또 때린다.

입 안이 찢어졌다. 코피도 나왔다. 그래도 야스는 계속해서 때렸다. "아프다, 아프다. 맞는 거는. 진짜로 아프다……." 하고 금방이라도 울 듯한 목소리로 말하며 제 손으로 자신을 때리는 것 말고는 야스가 할 수 있는 게 없었다.

아키라가 의자에서 엉덩이를 뗐다.

"아버지……그만해. 다쳤잖아……이제 그만해……."

야스는 헤헷, 하고 웃고는 또 한 대, 오른쪽 뺨에 주먹을 날렸다.

그때 현관 벨이 울렸다.

호통을 칠 것은 각오하고 있었다. 무릎을 꿇으라고 하면 꿇을 생각이었고 맞아도 좋았다. 그 편이 오히려 마음이 편해질 거라고도 생각하고 있었다.

하지만 양복을 말끔하게 차려입고 은테 안경을 걸친 야마모토의 아버지는 야스가 평소 접하고 있는 사람들과는 다른 종류의 사람이었다. 처음에는 현관에 나온 야스의 퉁퉁 부은 얼굴을 보고 주춤했지만 곧바로 마음을 가라앉히고 냉정하기 짝이 없는 표정과 어조로 이렇게 말한 것이다.

"아드님, 야구부를 그만뒀으면 합니다."

야마모토는 아키라 때문에 겁이 나서 내일부터 연습에 참가하고 싶지 않다고 했다. 그렇다면 아키라가 야구부에서 나가는 것이 이치상 맞지 않나, 하는 것이 그쪽 아버지의 논리였다.

야스는 아무 말도 할 수가 없었다. '아연실색' '망연자실'이란 바로 이런 것을 두고 하는 말인가, 처음으로 실감했다. 현관에 나오기 전에 서둘러 티슈를 박아 넣은 코 안이 근질근질한다. 우선 멈췄던 코피가 또 터진 모양이다.

"퇴단 신고서, 당장 써 주시겠습니까? 우리 애도 그걸 보지 못하면 오늘밤에는 잠을 못 잔다고 합니다."

"……정말로 죄송합니다. 저도 잘 말을 해 보겠습니다……."

"원래 같으면 위자료를 받아도 이상할 게 없는 일이지요. 퇴단해 주십시오. 그게 합의 조건입니다."

"……합의?"

"그렇습니다. 마누라는 뭐, 경찰에 고소한다고 성화입니다. 성의 정도는 확실하게 보여 주셔야지요."

그렇지요? 하고 그 아버지가 못을 박았을 때, 아키라가 자신의 방에서 나왔다.

됐다, 넌 저리로 가 있어라, 하는 야스의 눈짓을 무시한 채 아키라는 그 아버지와 마주 서서 머리를 꾸벅 조아렸다.

"……죄송합니다."

울음을 터뜨릴 듯한 목소리로 사과했다.

하지만 그 아버지는 눈썹 하나 까딱하지 않고 "퇴단 신고서, 써와라." 하고 말했다.

"……죄송합니다……잘못했습니다……죄송합니다……."

"사과해도 소용없다. 얼른 퇴단 신고서나 써라."

아키라는 고개를 절레절레 젓는다. 죄송합니다, 죄송합니다, 하고 오열 섞인 목소리로 반복했다.

그 아버지는 아키라의 사죄를 냉정하게 무시했다.

"이제 와서 아무리 사과해 봐야 돌이킬 수 있나. 얼른 방에 들어가서 퇴단 신고서나 써서 가져와라. 내일 학교에 내고 올 테니까."

아키라는 오열을 필사적으로 참고 있다. 이를 악물고 있어 목구멍에서 간신히 흘러나오는 신음 소리에는 슬픔과 후회와 분함이 어려 있었다.

야스는 아키라의 어깨를 가볍게 두드렸다.

"이제 후배를 배트로 기합 주는 건 안 할 거지? 이제 걱정 없지?"

아키라는 말없이 끄덕였지만 그쪽 아버지는 그것만으로는 화를 가라앉히지 못했다. "그런 말을 누가 믿나? 보나마나 또 하겠지, 이런 애는……." 하고 험악한 얼굴로 아키라를 노려봤다.

아키라는 어깨를 움츠리고 머리를 푹 숙인 채 오열로 턱을 떨고 있었다.

야스는 작게 끄덕이고는 다시 한 번 아키라의 어깨를 쳤다.

"넌 방에 들어가 있어라."

"얼른 퇴단 신고서 써라." 옆에서 끼어드는 그 아버지의 말에는 전혀 개의치 않고 또 한마디를 덧붙였다.

"텔레비전이라도 보고 있어라."

"……어?"

"나머지는 아버지한테 맡기고 넌 놀면 된다."

아키라의 어깨를 푸욱 밀고 내친 김에 머리도 쓰다듬어 준 다음 그 아버지 쪽으로 다시 몸을 돌린다.

야스의 낯빛이 변해 있었다. 눈빛이 갑자기 날카로워졌다.

그 아버지는 순간 주춤했지만 곧바로 자세를 바로잡고 "애를 그래 오냐오냐 하시면 어쩝니까?" 하고 말했다.

"당신, 등신이야?"

"예?"

"부모가 자식을 오냐오냐 안 해 주면 누가 오냐오냐 해 주는데, 등신."

"……저, 저기……지금 무슨……."

"얼른 가라, 이놈. 이야기 끝났다. 아키라는 사과했고, 당신 자식 다친 거는 딱히 큰 것도 아니었고. 그거면 됐잖아. 만사해결이네. 근데 또 무슨 불만이 있어?"

그 아버지는 당황해 입술을 와들와들 떨었다. 아키라도 놀란 토끼눈으로 두 사람을 번갈아 봤다.

"아키라는 내일도 야구부 연습에 갈 거다."

"아니, 그런, 당신……."

"당신 자식이 그래 중하면 상자에 넣어서 연습에 데리고 가든가!"

현관 창문이 들들 울릴 정도의 목소리였다.

야스의 호통에 그 아버지는 갑자기 동요했다. 눈이 허공을 오락가락하고 주눅이 든 상황에서도 열심히, 상기된 목소리로 "저희는 피해잡니다." 하고 말한다.

"피해자, 피해자, 그게 벼슬이야?" 하고 야스는 말한다.

그 아버지와는 반대로 야스는 다리에 힘을 주고 딱 버티고 서서는 가슴을 쫙 폈다.

"……학교에 상담을 요청할 수도 있습니다."

"어, 얼마든지 해라."

가볍게 대꾸한 야스는 거기서 조금 더 가벼운 어조로 "난 항상 아키라 편이다. 두 사람 상대할 생각하고 싸움해라." 하고 말을 이었다.

"…… 부모의 책임이라는 말도 모르십니까?"

"책임?"

야스는 콧구멍을 막아 놓았던 화장지를 뽑아 화장지에 물든 피를 힐끗 보고는 다시 콧구멍에 꽂는다. 후훗, 하고 웃는다. 이제부터 할 이야기에 미리 쑥스러워지고 말았다.

"책임보다 사랑이 더 중요하지." 단호히 말한 뒤, 역시 벌겋게 달아올랐다.

"그런…… 당신, 그래도……."

"나도 부모입니다. 워낙에 덜 떨어진 부모라, 아들도 고생이 많습니다. 고생이 많아요. 내가 남 앞에 나서지 않아도 되도록 이제 다음부터는 후배한테 기합 같은 건 안 준다고 합니다. 그걸 믿어 주십시오. 부탁드립니다."

머리를 깊숙이 조아렸다가 그 자세 그대로 그 아버지를 빤히 올려다보며 "그럼, 시간도 늦었는데 결론 난 걸로 해도 좋겠지요?" 하고 말한다.

"아니, 저기, 잠깐……."

"좋겠지요!"

대답 따위 기다릴쏘냐. 인사한 자세 그대로 두 팔을 벌려 "이야압!" 하고 소리 내며 짜악! 하고 손뼉을 친 뒤, 한 건 낙착.

막무가내다.

자신도 잘 알고 있다.

야마모토의 아버지가 허둥대며 돌아간 뒤로도 야스와 아키라는 한동안 현관 앞에 우두커니 서 있었다.

아무 말도 않고 있는 아키라에게 야스는 돌아보지 않고 말했다.

"……이런 등신 같은 부모가 있으면 아들도 고생이 많을 거라고, 야마모토 부모님도 널 동정해 줄 거다."

야스가 하핫, 하고 웃자 멈췄던 아키라의 오열 소리가 또 들려오기 시작했다.

다음날, 야스가 직장에서 돌아오니 시퍼런 까까머리를 한 아키라가 쑥스러운 얼굴로 저녁 식사 준비를 하고 있었다. 원래 조금 더 길었는데 거의 하나도 남기지 않고 싹 밀어 버린 것이다.

"어떻게 된 거야?"

놀라서 물으니 "연습 전에 이발소에 갔다 왔어." 하고 늘 그렇듯 무뚝뚝하게 대답한다. 그 무뚝뚝함 때문에 오히려 아키라의 마음이 전해졌다.

"……야마모토, 연습에 왔나?"

"응."

"고문 선생님이 뭐라고 하시대?"

"딱히 별 말은 없었는데, 야마모토한테는 사과했다."

"그래? 뭐, 그래도……엄연히 선배와 후배는 구분을 해야지. 너무 꾸벅꾸벅하지는 마라. 알았지?"

그만 그런 말을 하고 말았다. 제가 한 말이지만, 참 시답잖은 부모다. 야마모토의 부모보다 훨씬 많이 아들을 싸고도는지도 모르겠다.

그래도 "만약에 야마모토네 부모님이 뭐라고 잔소리를 하거든 바로 아버지한테 말해라." 하고 덧붙였다. 거기다 또 한마디. "아버지랑 넌 단 둘밖에 없는 가족이잖아." 쑥스러움을 무릅쓰고 말했다.

아키라는 프라이팬을 흔들어 콩나물과 햄을 볶으며 "응……." 하고 성가신 듯 대꾸한다. 초등학교 때 같은 구김살 없는 대답은 이제 못할 것이다. 앞으로 부자 간의 거리는 점점 더 많이 벌어질 것이다.

"오늘도 덥더라. 맥주, 맥주." 하고 일부러 혼잣말을 하고 냉장고 문을 여니 작은 그릇에 넣어 랩으로 감싼 깍지 콩이 놓여 있다.

"깍지 콩, 네가 사다 놨나?"

나직이 중얼대는 목소리로 "싸서." 하고 짧게 말하는 아키라의 뒷모습을 쓴웃음을 지으며 바라봤다. 머리가 정말 파랗다. 연습 중에는 늘 야구 모자를 쓰다 보니 의외로 머리바닥은 볕에 그을리지 않은 것이리라.

손바닥을 펴서 탁, 하고 뒤통수를 가볍게 쳤다. 갑작스런 행동에 아키라는 어깨를 움찔하며 프라이팬을 놓칠 뻔했다.

"무슨 짓이야? 위험하잖아." 하고 돌아보며 입술을 삐죽 내민 아키라에게 야스는 말했다.

"저녁에 회사에 전화 왔던데……가이운 할아버지……오늘밤이 고비란다."

가이운 스님의 상태가 급변한 것은 오후에 들어서고부터였다. 오전 중에는 웬일로 허리와 등에 통증이 없고 식욕도 있어서 점심으로 우동을 한 입 먹기도 했다. 밤새껏 곁을 지키고 있던 요리코 씨에게 "나 같은 못된 중이랑 부부로 잘도 살아 줬다." 하고 말했다. 스스로 예감이 있었는지도 모른다. 그 뒤 갑자기 혈압이 내려가면서 혼수상태에 빠져 버린 것이다.

"아키라……같이 병원 안 가 볼래?"

야스는 냉장고에서 꺼낸 깍지 콩을 한 꼬투리 먹고 말했다. "이제 대화는 못 하겠지만 마지막으로 얼굴 좀 안 보여 줄래?" 하고 말을 잇자 아키라는 울음을 터뜨릴 듯한 표정을 지었다.

"등신, 아직 울기는 이르다."

"그래도……미안……."

"왜 네가 사과를 하나?"

"……지금까지 문안 안 간 거."

"후회되나?"

아키라는 말없이 끄덕이고 콧물을 훌쩍였다.

야스는 후후, 하고 웃는다. 그거면 된 거다, 하며 조그맣게 몇 번이고 끄덕였다.

"후회는 나쁜 게 아니다. 한 번의 후회도 없는 인생 같은 건 없다."

"응……."

"옷 갈아입고 와라. 교복이면 된다."

아키라가 제 방으로 들어간 뒤, 야스는 부엌 싱크대에서 세수를 했다. 콸콸콸 힘차게 물을 틀어 놓고 물이 사방으로 튀거나 말거나 거친 동작으로 씻었다.

만약 의식이 있을 때 아키라를 볼 수 있었다면, 가이운 스님은 무슨 말을 했을까? 아키라의 마음에 평생 새겨질 말을 남겨 줬을지도 모르고, 아니면 의외로 별것도 아닌 말을 했을지도 모른다. 그 대답은 이제 누구도 알 수 없다.

스님의 마지막 말을 듣지 못한 것을, 언젠가 아키라는 새삼 후회하게 될까? 그것도 좋을지도 모른다. 인생에는 어쩔 수 없는 지나침이나 엇갈림도 있고, 한 발 늦거나 조금 앞서가 버리는 경우도 있다. 사람이 살아간다는 것은 그런 것이다. 어쩌면 가이운 스님은 아키라가 병문안을 오지 않을 것을 알고 있었고, 후회의 쓸쓸한 맛을 가르쳐 주고 싶었던 건지도 모른다.

"스님, 스님 설법은 사람을 현혹시키는 게 참 많았지요……."

중얼거리고는 다시 얼굴을 씻는다.

땀이 눈에 스며들어 영 성가시다.

가이운 스님은 산소호흡기를 단 채 의식 없이 자고 있었다. 유키에가 "아버님, 야스랑 아키라 왔습니다." 하고 귓가에 대고 말을 해 보지만 반응은 없었다.

산소흡입만으로 생명의 끈을 이어 놓은 상태였다. 코에 삽입된 튜브를 빼면 그대로 임종이 될 것이고, 혈압이 내려가는 모양새로 보아 아침까지도 버티지 못할 거 같다.

요리코 씨가 머리맡 장소를 아키라에게 양보했다. "아키라, 할아버지 손, 문질러 드려라." 하는 말에 아키라는 피골만 남은 스님의 손을 두 손으로 감싸 쥐고 천천히 문질러 갔다. 그 모습을 본 요리코 씨는 "다행이다. 할아버지, 다행이다……." 하고 울며 되풀이한다.

야스는 유키에를 손짓으로 불러 작은 목소리로 물었다.

"저기, 쇼운은 어딨는데?"

"……아직 절에 있어."

"어?"

"본존님 앞에서 어제 저녁부터 계속 근행(시간을 정하여 부처 앞에서 독경하거나 예배하는 일 옮긴이) 중이야. 목욕재계도 한다 하고, 호마의식[본존 앞에 단을 쌓고 화로를 마련해 호마목(護摩木)을 태우며 재앙과 악업을 없애줄 것을 기도하는 의식 옮긴이]도 할 거 같던데 어쩌고 있는지."

"뭐 하는 짓이람, 이래 중대한 때."

혀를 차는 야스에게 유키에는 "중대한 때니까 그러고 싶은 거라고 생각해." 하고 달래듯이 말했다. "성에 찰 때까지 근행하고 나면 병원에 온다고 했어."

"그래도, 얼른얼른 안 하면……."

"때를 놓치면, 그건 그럴 인연이니까, 하더라."

야스는 안타까움에 낮게 신음한 뒤 목소리를 더 낮춰서 "왜 등신짓을 하게 놔두는 거야? 아버지 임종이잖아." 하고 말했다. "당장 전화해서 얼른 오라고 해."

하지만 유키에는 쓸쓸한 얼굴로 웃고는 고개를 저었다.

"나는 그 사람 심정이 이해돼."

조용한 말투였지만 더는 같은 말을 못하게 하는 강한 울림이 있었다.

야스는 저도 모르게 유키에한테서 눈을 돌리고 어깨 힘을 뺀 뒤 한숨을 쉬었다.

"……나는 잘 모르겠다. 부모 임종을 겪은 적이 없어서. 아들 심정이 어떤지, 아무것도 모른다……."

쇼운이 부러웠다. 가이운 스님도 부러웠다. "그 사람, 야스 몫까지 본 존님한테 빌고 온다고 했어." 하고 유키에는 중얼거리듯 한마디 했다.

쇼운이 병실에 도착한 것은 그 뒤 한 시간쯤 지났을 때였다. 볼은 벌겋고, 코끝에는 검댕이 묻어 있고, 물집같이 작게 부풀어 오른 부위가 얼굴 여기저기에 보였다. 온 마음을 다해 호마의식을 한 것이리라. "많이 늦었지……." 하고 유키에에게 말하는 목소리도 잠겨 있었다.

야스를 보자 말없이 한 번 크게 끄덕였다. 눈은 벌겋게 핏발이 서 있었지만 눈빛은 모든 감정의 고양을 맛본 듯 가뜬해 보였다.

쇼운이 오기만 기다렸다는 듯, 의사가 간호사를 데리고 들어왔다.

"지금은 연명조치를 해 놓은 상태입니다. 이대로 혈압이 내려가서 심정지 상태가 되더라도 심장 마사지를 하는 방법이 있긴 합니다만

……."

의사의 말에 쇼운은 조용히 대답했다.

"고맙습니다. 그래도 이제 무리한 처치는 하지 말아 주십시오. 아버지 애 많이 써 왔습니다. 마지막은 조용히 극락왕생하실 수 있도록 ……부탁드립니다."

의사가 "알겠습니다." 하고 끄덕이자 쇼운은 요리코 씨 쪽으로 자세를 돌려 "어머니, 그래도 되겠죠? 이제 아버지 편안하게 해 드립시다." 하며 두 손으로 어깨를 안았다. 요리코 씨가 울면서 끄덕이자 이번에는 유키에의 어깨를 안고 같은 말을 반복했다.

그런 다음 야스를 다시 바라본다.

야스도 쇼운을 가만히 바라본다.

"야스야……나는 이제 아버지를 보내 드릴 각오가 돼 있다. 너만 괜찮으면 이제 됐다고 생각한다. 어때, 야스. 넌 아직 미련이 남나?"

야스는 외면했다. 입술을 삐죽 내밀고 아이처럼 뾰로통하게.

"땡중 네 맘대로 해라. 내가 아들이냐?"

"……마찬가지다."

"아니다, 등신. 난 남이다, 남."

얼굴을 돌린 앞쪽에 가이운 스님의 잠든 얼굴이 보였다. 스님의 손을 계속 문지르고 있는 아키라도 보인다.

야스는 눈을 활짝 뜨고 스님을 바라보며 잠시 숨을 참았다가 천천히 토해냈다.

"아키라, 이제 됐다."

돌아본 아키라에게 "마지막은 가족들끼리 있어야지." 하고 말한 뒤 쇼운의 얼굴은 보지도 않고 "우리는 밑에 가서 주스나 마시고 있을 게." 하고 말을 이은 다음 그대로 복도로 나가 버렸다.

어둑한 로비의 의자에 나란히 앉아 멍하니 '비상구'의 불빛을 바라봤다. 앉기 전에 "주스, 사올까?" 하고 야스가 물었지만 아키라는 말없이 고개를 저었다. 야스도 그래, 하고 끄덕인 뒤로는 지금까지 쭉 긴 침묵이 이어지고 있었다.

원래는 이런 적막함을 영 못 견디기 때문에 괜히 밉살스런 소리를 하기도 하고 시답잖은 농담을 하기도 했지만 지금은 이상하게도 마음이 평온했다. 침묵이 힘들지 않다. 아니 차라리 아늑한 느낌까지 들었다.

이 아늑한 기분에 싸인 채, 가볍게 훌쩍 던지듯 아키라에게 말을 걸었다.

"가이운 할아버지 손, 잘 잡아 줬다. 따뜻하대?"

"……응."

"할아버지도 마지막에 널 만날 수 있어서 기뻐했을 거다. 그렇지, 오길 잘했지?"

"아버지는 괜찮아? 손, 안 잡아드렸잖아."

"나는 됐다. 어릴 때부터 할아버지한테는 셀 수도 없이 많이 주먹세례를 받았으니까. 기억하고 있으니까 된 거다."

자신의 오른손으로 주먹을 만든다. 젊은 시절 가이운 스님의 주먹에 대면, 분명 지금 자신의 주먹이 훨씬 클 것이다. 그래도 "평생, 존경스럽고 두려운 존재다……." 하고 중얼대고 나니 가슴이 조용히 뜨거워진다.

“아버지, 아까 쇼운 아저씨, 멋있었지?”

“어어, 평생에 한 번 있는 일이잖아. 아버지와 아들이 풀어야 할 숙제지. 아키라도 아버지 죽을 때는 깔끔하게 정해라. 그래 안 하면 나도 성불 못 한다.”

알겠지, 하며 얼굴을 들여다보니 아키라는 고개를 숙이고 작은 소리로 말했다.

“……아직 깜깜 먼 얘기다. 그런 거 모른다.”

“깜깜 멀었을까?”

“응……아주, 아주 깜깜 먼…….”

“그럼 아버지, 백 살까지는 살아야 되는데.”

“살면 되지.”

무뚝뚝하게 말하고는 고개를 숙인 채 옆을 본다.

갑자기 쑥스러워진 야스가 코끝을 손가락으로 문지르고 고개를 갸웃했을 때, 로비에 유키에가 내려왔다. 이제 막, 가이운 스님이 숨을 거뒀다고 한다.

야스는 아키라를 재촉하며 천천히 일어섰다.

나중에 야스는 수없이 떠올린다.

가이운 스님에게 이별을 고하기 위해 아키라와 둘이서 병원 복도를 걷던 광경을 음미하듯 회상한다.

나란히 걸었다. 실제로는 결코 긴 거리가 아니었을 텐데도 기억 속의 복도는 끝도 없이 똑바로 이어져 있었다.

말없이 걸었다. 분명 유키에가 앞서 걷고 있었는데, 신기하게도 유키에의 뒷모습은 떠오르지 않는다. 어두운 복도를 단 둘이서, 나란히 말없이 걷고 있었다.

"어떻게 표현해야 좋을지……."

그날 밤 일을 떠올리고 누군가에게 이야기할 때마다, 야스는 쑥스러운 듯 고개를 비딱하게 꼰 채 먼 곳을 바라보는 눈빛을 하게 된다.

"나란히 걷는 거, 그게 참 좋더라고."

아키라가 어릴 때와는 다르다. 그때는 마주보고, 달려오는 아키라를 품에 꼭 안는 순간이 무엇보다 사랑스러웠다.

"그래도 이제 아키라도 중학생이라 그런지, 눈 똑바로 뜨고 아버지랑 정면으로 마주 보는 거는 안 해 준다. 아버지랑 아들이란 거는 그런 거겠지. 난 그날 밤에, 이제 아키라랑 마주 보는 일은 점점 줄어들겠구나, 했다. 속내를 말하자면 섭섭하다. 그래도 아버지랑 아들이 어깨를 나란히 해서 걷는 것도, 이것도 또 참, 어, 뭐라고 말을 해야 되나, 뭐라 해야 되나, 절절히 사무친다, 응……."

영화 〈쇼와 잔협전(昭和殘俠傳)〉 시리즈다. 요컨대 질 것을 알고도 싸우러 가는 다카쿠라 켄과 이케베 료가 끝없이 퍼붓는 눈 속을 나란히 서서 묵묵히 걸어가는 그 명장면인 것이다.

"스님이 돌아가시고, 땡중이 어엿한 주지 스님이 됐지. 그날, 나랑 아키라도 뭐, 한 걸음 앞으로 나아간 거다. 우리의 기념일이다."

기쁜 듯 이야기한다. 그리운 듯 이야기한다. 상대가 "야스, 진짜 내 그 이야기 백 번은 들었다." 하고 우는 소리를 해도 되풀이하고 또 되풀이하고, 나이 든 얼굴을 자글자글 주름을 잡아 가며 계속 이야기한다.

아주 한참 뒤의 이야기다. 아들과 나란히 걷는 길이 영원히 계속될 리가 없다는 것을 깨달은 뒤의……일이다.

"그날 밤은 진짜로, 뭐라 해야 되나. 그 진짜, 진짜로……이렇게 걸었다. 아키라랑 둘이서 이렇게……."

술에 취하면 눈물짓는 일이 늘어난 그런 나이가 된 뒤의……이야기다.

카운트 다운

아키라가 야스의 키를 넘어선 것은 고등학교 1학년 겨울이었다.

"5밀리미터다. 겨우 5밀리미터라니까……."

집게손가락과 엄지손가락으로 만든 조그만 틈을 보여 주며 "뻐길 정도는 아니단 말이지. 내 말이 틀렸나?" 하고 인정할 수 없다는 듯이 말하자 다에코는 "뭘 그래 씩씩거리며 화를 내나." 하며 웃었다.

"화는 누가 냈다고."

술을 들이킨다.

정말로 화내고 있는 것이 아니다.

"요즘 애들은 영양이 좋아서 아버지 키 넘어서는 거는 당연한 일이지. 못 넘어서고 있으면 남들이 내가 제대로 못 먹인다고 생각할 거 아냐."

예, 예, 하고 가볍게 받아넘긴 다에코는 "근데……." 하고 말을 이었다. "이제부터는 빠를 거야. 눈 깜짝할 사이에 아키라가 내려다볼 거 같은 데, 그렇지?"

"무슨 소리. 키는 저한테 져도 아직 몸집이 다르다. 오랜 세월 카트를 밀면서 단련해 온 몸이란 말이지."

팔을 구부려 알통을 만든다. 실제로 야스의 낡은 양복을 아키라한테 입혀 봤는데 아직 어깨나 팔뚝은 헐렁했다.

"팔씨름하면 누가 이겨?"

"당연히 나지. 두 손으로 달려들어도 못 이긴다."

"진짜?"

다에코는 장난스럽게 웃다가 문득 진지한 얼굴로 돌아와 말했다.

"근데……진짜로 이제부터는 빠를 건데, 그렇지? 다카 씨랑 도오루 짱도 2학년 올라가고부터는 순식간이라고 그랬었지."

두 사람 모두 '저녁뜸'의 단골로 이번 3월에 자식들이 고등학교를 졸업한다. 다카 씨의 아들은 오사카에 있는 회사에 취직했고, 도오루 짱의 딸은 하카타에 있는 전문대학 시험을 쳤는데 혹시 떨어지면 바로 하카타에 있는 재수학원에 다닐 것이라고 한다.

아키라도…….

다에코는 급하지도 않은 설거지를 시작해 싱크대의 물소리에 묻으려는 듯 말했다.

"아키라, 도쿄에 가고 싶다던데."

"……들었나?"

"저번 주 저녁에 여기 왔었어. 다에코 아줌마도 아버지 설득 좀 해 달라면서."

야스는 말없이 술잔에 술을 따랐다.

아키라가 현 내에서도 일류 학교인 빈고 히가시 고등학교에 입학했을 때, 야스는 기뻐 어쩔 줄을 몰랐다. 입이 걸은 작자들이 "솔개가 매를 낳았다는 거는 이걸 두고 하는 소리지." 하며 놀려도 그래, 그래, 하며 기분 좋게 웃었다.

그런 야스에게 맨 처음 현실의 혹독함을 알려 준 것이 회사 지점장이었다.

입학축하 선물을 내민 지점장은 "나도 그렇지만 야스도 앞으로 큰일이네." 하고 말했다. "앞으로 7, 8년은 이것저것 돈 나갈 일이 많을 거다."

처음에는 무슨 말을 하는지 못 알아들었다. 어리둥절한 얼굴로 "하아……." 하고 끄덕이자 지점장은 쓴웃음을 짓고는 "국립이면 그나마 나은데 사립으로 가게 되면 진짜 큰일이야." 하고 말을 이었다.

"……대학 말입니까?"

"그래. 지금은 아직 멀었다 싶겠지만 곧바로 수험생 된다. 설마 히가시 고등학교까지만 보내고 취직시킬 거는 아니지?"

그 말을 듣고서야 겨우 깨달았다. 빈고 시내에 대학은 사립인 여자전문대학뿐이었다. 열차나 버스로 통학할 수 있는 범위까지 넓혀 봐도, 굳이 학비를 써 가면서까지 보내고 싶은 대학은 하나도 없었다.

"자식이 히가시 고등학교에 합격했다는 건 다시 말해서, 3년 뒤에는 집을 떠난다는 말이지."

그것이 지방도시에서 자식을 키우는 부모의 현실이었다. 지점장의 자식들도 그랬다. 장남은 도쿄의 사립대에 다니고, 차남은 히로시마의 재수학원에 다니는데 이번 봄부터 삼수를 하고 있다고 한다. 학비도 학비지만 생활비 보내는 게 상당히 부담된다고 한다.

"자식이 재수를 하면 진짜 두 손 두 발 다 든다. 예정이 1년 늘어난다는 거잖아. 앞으로는 돈 드는 일밖에 없다. 지금부터라도 안 늦었으니까 학자금 적금이라도 들어 놓는 편이 좋아. 사립은 돈 엄청 들어간다."

야스의 표정은 순식간에 굳어졌다.

돈이 문제가 아니다. 그런 문제야 어떻게든 해결할 수 있다.

아키라가 집을 떠난다. 태어나고 자란 고향을 떠난다. 지금까지 한 번도 생각해 본 적 없었다고 하면 거짓말이다. 하지만 그 상상은 스스로 생각해도 어이없을 정도로 현실감이 없었다. 느긋했다. 아마도 겁이 나기도 했던 것 같다. 아키라와 둘이 사는 삶이 언젠가 끝난다는 사실을 외면해 왔다.

하지만 언제까지나 그렇게 있을 수는 없다. 이론적으로는 잘 알고 있다. 정말로.

"왜 그렇게 성이 났는데?"

다에코가 물었다.

"성이 나긴 누가 났다고 그래."

불퉁하게 대답한 야스는 눈을 피해 메뉴판을 멍하니 바라보며 "성 날 리가 있나……." 하고 중얼거리듯 말을 이었다.

"아키라한테 다 들었다. 진로 상담 좀 하려고 할 때마다 아버지가 술 취한 척하거나 화장실에 가 버린다더라."

"아직 1학년이잖아. 진로 이야기는 이르지."

"일러서 뭐가 나쁜데? 지금부터 확실하게 목표를 정해 놓고 열심히 하는 편이 훨씬 좋지."

"목표라……."

아키라가 도쿄에 가고 싶어 한다는 사실은 석 달 전쯤, 10월에 친 전국모의고사 때 알았다. 고등학교에 입학하고 처음 치른 전국모의고사였다. 제3지망까지 넣을 수 있는 지망학교로 아키라는 모두 도쿄에 있는 대학을 선택했다. "어차피 아직 1학년인데 뭐, 폼 나고 좋네. 폼 나고." 하고 웃었지만 이제 와 돌이켜 생각하면 어딘가 변명 같았다고도 생각한다.

꿈을 상당히 높게 잡은 제1지망과 제2지망의 판정 결과는 참담했지만, 제3지망은 합격 커트라인을 넘어섰다. 그래서 자신감을 가졌는지 아키라가 "역시 도쿄 쪽 대학으로 할까……." 하는 말을 꺼낸 것이다.

'할까……'가 '가고 싶다'로 바뀐 것은 겨울방학쯤이었다.

"어디를 가든 하숙하는 건 마찬가지잖아. 히로시마든 오사카든 하카타든 도쿄든 다 똑같아. 도쿄가 물가가 비쌀지도 모르지만 아르바이트 할게."

물가야 아무려나 상관없다.

같은 현 내인 히로시마 시와 도쿄를 같이 취급해 버리는 발상에 야스는 발끈 화가 났다.

빈고에서 히로시마 시내까지는 국철로 1시간 반에서 2시간 조금 못 걸린다. 차로 가도 비슷하다. 물론 날마다 가기에는 무리가 있지만 마음만 먹으면 바로 찾아갈 수가 있다. 오사카도, 재래선과 신칸센을 갈아타면 세 시간 정도 걸린다. 일찍 마치는 토요일에 일을 마치자마자 바로 출발하면 저녁 정도는 충분히 같이 먹을 수 있다. 돈 생각만 안 한다면 주말마다 얼굴을 볼 수도 있는 것이다.

하지만 도쿄는 이야기가 달라진다. 멀다. 어쨌거나 너무 멀다.

머리로는 알고 있다.

"얏짱, 그래 심각하게 생각 안 해도 되지 않을까? 도쿄라고 해 봐야 오사카랑 다를 거 없어. 신칸센 타고 세 시간 조금 넘게 걸리는 것뿐인데."

다에코가 말하지 않아도 그 정도쯤 처음부터 알고 있다. 알지만 받아들일 수가 없어서 난감해 하고 있는 것이다.

"나는 아키라 심정이 이해되는데. 어차피 빈고 밖으로 나갈 거면 어정쩡하게 히로시마나 하카타나 오사카 같은 데 가는 것보다 차라리 도쿄로 나가고 싶지. 누구든 그렇잖아. 얏짱도 젊을 때는 안 그랬나?"

"……딱히."

외면했다.

취직할 때 도회지로 나갈 생각을 하지 않은 것은 아니다. 태어나고 자란 곳이기는 하지만 부모형제도 없는 빈고에 남아야 할 이유 따위 딱히 없었다.

그래도 고향에서 취직하고 빈고 밖으로는 나가지 않았다. 마침 취직할 데가 있었다는 이유 때문만은 아니었다고 생각한다. 그렇다고 '그럼 왜?' 하고 누가 물어본다면 뭐라고 잘 대답할 수도 없다.

"다에코 누부는?"

반대로 되물었다. "누부는 왜 빈고로 돌아왔는데?" 이혼한 뒤 곧장 다른 도시로 옮겨 갔어도 좋았을 것이다. 그랬다면 '소박데기'라고 뒤에서 흉보는 소리는 듣지 않았을 것이다.

"왜였을까?" 하고 다에코는 쓴웃음을 지었다.

"어머니를 돌봐야 해서?"

"뭐, 그것도 이유는 이유지만……어차피 시영주택이었다. 어머니랑 같이 나왔어도 됐는데……진짜 왜 내가 빈고로 돌아왔을까…….'

어물쩍 넘어가려는 것은 아닌 것 같았다. 다에코는 진지한 얼굴로 고개를 갸웃하고 먼 곳을 바라보며 "잘 모르겠네……." 하고 한숨을 쉬었다.

야스도 말없이 술을 홀짝인다.

고향이니까. 결국 마지막에는 그 한마디로밖에 설명이 안 되는 것인지도 모른다.

"뭐, 나야 이제 가게 접어도 빈고 바깥으로 나갈 기력도 없다. 여기에 뼈를 묻을 각오는 돼 있지."

다에코는 그렇게 말하고 먼 곳을 바라본 채 "얏짱은 어쩔 건데?" 하고 물었다.

"응?" 하고 대꾸한 것을 끝으로 잠시 침묵이 이어졌다.

납덩이같이 묵직한 감정을 애써 감추고 있는 것이 아니라, 뻥, 하고 뭔가 쏙 빠진 듯한 침묵이었다. "뭐 해?" 하고 다에코가 말을 걸지 않았다면 그 침묵은 언제까지고 이어졌을지도 모른다.

뒤통수를 맞은 듯한 기분이었다.

자신이 이 도시가 아닌 다른 곳에서 산다는 생각 따위 '혹시나' 하는 전제로조차도 생각해 본 적이 없었다.

"……일 그만두고 딴데 이사해 봐야 취직이 되나."

야스는 이미 마흔 넷이다. 눈에 띄는 자격증이나 특기라고 해 봐야 대형1종 운전면허와 지게차 운전자격 정도이고, 공업고등학교를 졸업한 학력도 전직에 유리할 것 같지도 않았고, 무엇보다 근속연수 25년을 넘긴 현재의 회사를 그만둘 생각 따위, 이 역시도 '혹시나'의 범위에서조차 해 본 적 없으니까.

그런데 다에코는 질색한 얼굴로 "누가 회사를 그만두라고 말하나." 하고 말했다. "전근이라는 것도 있잖아."

"그건 뭐, 그런데……우리는 정사원이라도 본사에서 채용한 영업이랑은 다르다. 빈고 지점에서 움직이는 경우는 없어."

"부탁해 보지?"

"어?"

"얏짱은 여기 지점에서 가장 오래된 고참이잖아? 삼륜트럭 시절부터 현장을 도맡아 왔는데, 더 좋은 자리로 옮기는 건 무리라도 몸만 도쿄로 가는 건 불가능하지는 않을 것 같은데."

야스는 숨을 삼켰다. 가슴이 두근두근 뛰고 얼굴이 확 달아오르고 머리가 어찔한 것이……아무래도 술기운이 대번에 오른 모양이었다.

"저기, 누부야……미안한데, 나 오늘은 그만 가 볼게……."

일어서니 의자가 바닥으로 홱 뒤집혔다.

바에 손을 짚었다가 간장 종지에 손가락을 담가 버렸다.

"괜찮나? 다리 풀린 거 같은데."

"……어, 괜찮다……." 대답은 그렇게 했지만 문을 열다 실패하고 문에 이마를 찍었다.

도쿄.

전근.

가슴속에 떠오르는 두 단어를 안 돼, 안 돼, 하고 고개를 저으며 억지로 밀어넣었을 때, 쓰레기통에 걸려 고꾸라질 뻔했다.

그날 밤 이후, 야스의 가슴속에는 판도라의 상자가 생겼다. 결코 열어서는 안 된다고 자신에게 맹세했다.

아들과 떨어지고 싶지 않아서 전근 신청을 하다니 비상식적인 이야기다. 회사원으로서도, 아버지로서도.

아들과 떨어져서 사는 아버지는 세상에 셀 수도 없을 만큼 많이 있고, 아내를 먼저 떠나보내고 혼자 사는 아버지도 얼마든지 있다. 다들 외로움 속에서도 혼자 분발하고 있는 것이다. 저만 유난히 '못 한다'고 말하다니, 아무리 그래도 한심한 노릇 아닌가.

무엇보다 일에 가정사를 끌어들이다니 야스의 상식으로는 결코 용서할 수 없는 이야기다.

아버지의 임종에 가지 말라는 소리는 물론 하지 않는다. 자식 생일에 일을 팽개치고 뛰어가는 것도, 자신의 경우를 돌아봤을 때, 뭐, 용서할 수 있다. 하지만 카트도 제대로 밀지 못하는 젊은 직원이 "오늘은 자식 수업참관일입니다." "아들이랑 숙박 예정으로 해수욕장에 가려고요." 하며 태연한 얼굴로 휴가신청서를 내는 모습을 보면 시절이 그런 시절인 줄은 알지만 저도 모르게 혀를 차고 만다.

그러니까……하고, 판도라 상자를 덮고 있는 뚜껑의 무게감을 확인하듯 생각한다.

괜찮다. 다에코가 한 이야기는 어디까지나 '그럴 수도 있다'는 것이며, 그날 밤에는 갑작스러운 말이라 동요했을 뿐이며, 냉정히 다시 생각해 보면 애초에 검토할 가치가 없는 이야기였으며, 굳이 판도라 상자니 뭐니 하지 않아도 괜찮다, 괜찮다, 괜찮다…….

다행히 야스에게는 아직 시간이 충분했다. '도쿄에 있는 대학에 가고 싶다'는 아키라의 말도, 1학년일 때는 그저 '꿈'에 머물고 있었다.

바쁜 직장일이며 정신없는 일상생활에 묻혀 판도라 상자는 서서히 의식에서 멀어져 갔다.

2학년 1학기. 아키라는 진로 지망서에 도쿄의 사립대학 세 곳을 기입했다. 여름방학에 본 전국 모의고사에서는 세 학교 모두 합격권 내에 들어가 있었다. 그때를 경계로, 아키라의 말이 미묘하게 바뀌었다.

'도쿄에 가고 싶다'에서, '도쿄 가도 되지?'로.

카운트다운의 날들이 시작되었다.

2학년 2학기 말에 진로를 상담하는 삼자 면담이 있었다.

"그렇게 일찍 안 정해도 될 건데, 아직 1년이나 남았잖아."

근무를 빠져야만 하는 야스가 못마땅한 듯 말하자 아키라는 오히려 야스의 느긋함을 나무라듯, "아버지는 뭘 모르네." 하고 한숨을 섞어 가며 말했다.

3학년부터는 반이 진로별로 나뉜다. 공통1차 시험을 치는 국공립대학 문과계열과 이과계열, 3교과 입시대책 중심의 사립 반도 영어에 중점을 두는 문과계열과 수학만 죽어라 파는 이과계열로 나뉜다. 이번 삼자대면에서 이야기한 결론은 내년의 반 배정에 그대로 반영된다고 한다.

"고등학교 3학년은 수험을 위해서 존재하는 거나 마찬가지네. 세상 야박스럽네."

"어쩔 수 없는 거지. 다들 현역으로 합격하고 싶어 하니까."

'재수'는 '기본.' 이 말은 도쿄나 오사카만의 이야기였다. '고등학교 시절에는 수험은 생각하지 말고 동아리활동이나 친구 교제에 모든 걸 걸고, 수험대비는 학원에서 한다.' 이런 근사한 이야기는 지방도시에서는 통하지 않는다.

하숙을 해 가며 도시의 재수학원에 다니면 그만큼 부모의 경제적 부담이 커진다. 재학생일 때는 가고 싶은 대학에 원서를 넣어도, 재수를 하고 나면 국립인 히로시마 대학밖에 원서를 넣지 못한다. 친구들 대부분은 부모한테서 그런 말을 듣고 있다고 한다.

"그러니까 진지하게 도쿄나 오사카에 가려고 마음먹었으면 학생일 때……."

하던 말을 삼키고 아키라는 야스의 얼굴을 들여다봤다. "아버지," 하며 말투를 바꾸더니 "도쿄 쪽 대학, 진짜로 괜찮지?" 하고 다짐을 받는다.

야스는 고개를 숙인 채 책상다리를 하고 있던 무릎을 달달달 떨면서 텔레비전에 눈을 줬다. 늘 이렇다. 수험과 관련된 화제만 나오면 반드시 도망쳐 버린다. 다음에 하자, 서두를 거 없다, 아직 시간 있다……하지만 이제 더는 그런 핑계가 통하지 않는다.

"저번에도 말한 것 같은데 학교 다닐 때만 그렇게 할게. 만약 재수하게 되면 히로시마……국립이 돈도 덜 들고, 그쪽으로 할게. 약속해.

도쿄 쪽 대학, 원서 넣어도 되지?"

언제부터였을까. 수험 이야기를 할 때 아키라의 말투와 표정이 갑자기 어른스러워졌다. 여행을 떠날 준비는 착착 진행되고 있는 것이다.

3학년이 된 아키라는 사립 문과계열 반을 선택했다.

원하는 곳은 3교과 입시의 사립이었지만 국립도 고려해 5교과 7과목의 공통 1차 공부도 병행한다고 한다.

"도쿄에 있는 국립이라면, 그게 도쿄대학이랑 하토쓰바시 같은 그런 거잖아."

우리 아들이 언제 이렇게까지 수재가 되었나, 하며 태평하게 감탄하는 야스에게 아키라는 쓴 웃음을 지으며 말했다.

"나도 그렇게 뻔뻔하지는 않아. 국립은 히로시마 대학으로 하고, 대신 사립은 도쿄 쪽으로만 넣을게. 가능하다면 열심히 해서 와세다 시험쳐 보고 싶어."

그것이 아키라 나름의 배려였다.

야스도 안다.

알기 때문에 "와세다 하면 사각모지, 소케이전(早慶戰. 와세다 대학과 게이오 대학의 스포츠 대항전. 우리의 연고전과 비슷하다 옮긴이)이지. 도시의 서북(와세다 대학 교가)이지. 〈인생극장〉(아이치 현 출신으로 와세다에 입학한 작가 오자키 시로의 자전적 대하소설. 영화화되기도 했다 옮긴이)에도 나오잖아. 〈비샤카쿠〉(〈인생극장〉을 영화화한 작품 중 하나 옮긴이)랑 기라 쓰네(〈인생극장〉에 등장하는 주인공)지. 그리고 이쓰키 히로유키의 소설 〈청춘의 문〉(〈인생극장〉을 모델로 같은 와세다 대학 후배인 이쓰키 히로유키가 쓴 자전적 소설 ^{옮긴이})도 와세다고, 맞다, 그래. 요시나가 사유리도 와세다 출신이네." 하고 알고 있는 모든 것을 종알종알 나열한 다음 "좋네, 좋아. 네가 와세다에 들어가면 나도 목에 힘 좀 주고 다니겠다." 하고 웃는다.

오히려 아키라가 난처해하며 "아직 C판정이다. 떨어질지도 모르는데……." 하고 고개를 숙이면 야스는 "무슨 마음 약한 소리를 하나. 와세다잖아. 와세다. 정신집중해서 열심히 못 하나!" 하며 독려한다.

가슴 저 안이 따끔따끔하다.

결단코 마음에도 없는 소리를 하고 있는 것은 아니다.

히로시마 대학과 와세다 대학 두 곳에 합격한다면 아키라는 와세다를 선택할 것이다. 그거면 됐다. 도쿄에 가는 것이 꿈이라면 아들이 그 꿈을 이루는 것이 아버지에게는 무엇보다 기쁜 일이다. 실수로라도 '히로시마 대학에 붙고, 와세다에는 떨어진다'는 생각 따위 하고 싶지도 않고, 둘 다 합격했을 때 '히로시마로 안 할래?' 같은 소리를 꺼내는 이기적이고 한심한 부모는 되고 싶지 않다.

와세다에 시험치는 게 좋다. 합격하는 게 좋다. 입학하는 게 좋다. 학비와 용돈은 히로시마 대학에 다니는 것보다 더 들긴 하겠지만 술을 끊어서라도, 부끄럽지 않을 만큼은 해 주고 싶다.

그래도 가슴 저 안이 따끔따끔해진다.

속수무책으로 따끔따끔해진다.

아키라가 3학년에 올라가 본격적으로 수험공부를 시작했을 때부터 야스는 눈에 띄게 주량이 늘어났다.

쇼운은 가르치듯 말했다.

"야스야, 너도 이제 어지간히 하고 애를 자립시켜야 된다. 자식은 언젠가는 부모 곁을 떠난다. 그게 이치잖아. 네가 우물쭈물하고 있으면 아키라가 집을 떠나고 싶어도 못 떠나게 된다는 말이다."

유키에도 "뭐, 야스의 기분을 모르는 건 아니지만……." 하고 전제를 두면서도 "앞으로 살 사람들은 젊을 때 한 번은 대도시에 나가 봐야지." 하고 말한다.

"그래그래, 진짜로 빈고에서 한 발짝도 밖에 안 나가 보면 인간은 결국 우물 안 개구리밖에 안 된다. 어이, 야스야 이거는 그런 거다. 아키라를 연수 보낸다는 생각으로 보내면 된다니까. 응?"

"4년이라 해 봐야 눈 깜짝할 사이다. 외롭다고 생각할 새도 없을 거야."

쇼운도 유키에도 열심히 야스를 격려해 주고 위로해 준다.

"아키라가 야스 너처럼 공부를 못 하는 학생이었다면 좋았을 텐데. 뭐, 이게 다 매를 낳은 솔개의 기분 좋은 고민이라 보면 안 되겠나."

와하하핫, 하고 웃는 쇼운한테 딴 마음이 있는 것은 아니다. 진심으로 솔직하게 충고해 주고 있다는 점은 안다.

"여보, 우리도 아키라가 도쿄에 있을 때 언제 한번 도쿄 구경이나 했으면 좋겠다. 도쿄타워에도 올라가 보고 싶고, 아키라가 얼른 도쿄에 익숙해져서 우리 관광 가이드를 해 줘야 할 텐데."

유키에의 밝고 대범한 인품이 어렸을 때부터 아키라에게 얼마나 큰 힘이 되어 주었는지, 누구보다도 야스가 사무치게 알고 있다.

그래서 더욱 아키라의 진학 이야기가 나올 때마다 말수가 극단적으로 적어지고 만다. "뭐야, 야스야, 벌써부터 그렇게 외로워 해서 어떡하려고 그러나." 하고 쇼운이 놀려도 말없이 컵에 든 청주를 들이킬 뿐이었다.

쇼운과 유키에는 중요한 것을 잊고 있다. 두 사람이 워낙에 선량한 사람들인 탓일까. 아니면 두 사람한테는 아이가 없는 탓일까.

야스가 입을 꾹 다물어 버린 이유를 얼른 눈치 챈 것은 다에코뿐이었다.

"아키라도 한번 도시로 나가 버리면, 이제 빈고에는 다시는 안 돌아올지도 모르겠네……."

야스 역시 마음 한구석으로 그렇게 생각하고 있었다.

"일어나 봐요, 아배. 여기서 자면 감기 걸리잖아……얼른 일어나서 이불에 들어가요."

아키라가 흔드는 바람에 깜박 졸고 있었음을 깨달았다. 바닥에 누워 야구중계를 보면서 반주를 하는 사이 깜박 잠이 든 것이다.

"어……미안……일어날게."

대답은 했지만 머리가 멍하다. 어중간하게 취한 데다 술이 깰 정도로 자지는 않은 탓인지 뭔가 기분이 나쁘다.

아키라도 약간 심기가 안 좋은 표정으로 "정신 차리세요." 하고 말했다. "요새 술이 약해진 거 같은데 아니야?"

그런지도 모른다.

"아, 그래도 꽤 마셨는데……."

밥상 옆의 한 되들이 병을 들어 남은 양을 확인한 아키라는 하이고, 하며 한숨을 쉬었다.

"술이 약해진 게 아니라 아배, 너무 마신다. 반주는 맥주로 해야지, 그러다 진짜로 병나요."

건강을 걱정해 주고 있다는 거, 머리로는 안다. 하지만 술기운이 남은 머리의 심에 안개 낀 듯 갑갑한 감정이 들러붙는다. 언제부턴가 아키라가 입에 올리게 된 '아배'라는 호칭의 울림이 얄궂게 귀에 거슬린다.

"……지금 몇 시고."

"11시 넘었어."

"아직도 공부하나?"

"당연하지. 지금부터가 능률이 오르는 시간인데."

아키라는 부엌에 가서 끓일 물을 올리고 인스턴트커피 병을 찬장에서 꺼냈다.

야스도 그제야 몸을 일으키고 후우, 하고 숨을 내쉬었다. 땀에 젖어 있었다. 이제 5월인데 무더운 여름밤이 이어진다.

"아키라……물 좀 갖다 줘."

"직접 갖고 가."

"무슨 소리고, 갖고 와라."

아키라는 혀를 차고 컵에 수돗물을 받아 가지고 왔다.

"저기, 아배요……진짜로 정신 똑바로 챙겨야 해. 자기 일은 자기가 알아서 해야지, 앞으로 어쩌려고 그래?"

앞으로, 라는 한마디에 왈칵 성이 났다. 물의 미지근한 온도와 표백제 냄새가 마음에 안 든다. 속이 울렁울렁한다. 머리도 아프다.

"제발, 부탁이야." 하고 말하는 아키라의 얼굴에, 야스는 저도 모르게 컵의 물을 뿌렸다.

"무슨 짓이야!"

아키라의 낯빛이 변했다.

"시끄럽다!"

호통으로 되받아친 야스는 컵을 든 오른손을 치켜들었다가 그래도 이것만은 곤란하다고 마음을 고쳐먹고 컵을 밥상에 얹었다. 그 정도 이성은 있었다. 그 시점까지는.

"언제부터 그렇게 잘났었나."

"어?"

"언제부터 부모한테 설교할 정도로 잘났었나, 이 말이다."

"……설교 안 했어."

"했다!"

책상다리를 하고 있던 다리를 풀어 밥상 다리를 걷어찼다. 밥상은 맥없이 벽까지 밀려갔고 컵은 넘어져 바닥에 굴러 떨어졌다.

"위험하단 말이야. 하지 마. 그만 자, 진짜."

"그게 설교 아니고 뭐야! 시건방진 소리 하지 마라! 이 대가리에 피도 안 마른 놈아!"

신문을 와락 움켜쥐어 아키라에게 집어던졌다. 자신의 호통소리가 귀에 날아들어 머릿속을 엉망진창으로 휘젓는다. 뿔뿔이 흩어진 신문을 보니 더 짜증이 난다.

"아배, 취했다. 오늘은……."

아키라가 말한다. 당황해서 애써 달래려고 하고 있다. 그 마음이 전달되기에 더욱 성이 난다.

"어이, 야 이놈아······." 벌겋게 핏발 선 눈으로 아키라를 노려봤다. "날 '아배'라고 부르는 건 백 년은 이르다. 어디서 버젓이 어른 행세야."

"······알았어. 그럼 '아버지'라고 하면 되지? 아버지, 얼른 자라."

역시 아키라의 말투에도 가시가 돋쳐 있었다. 신문을 정리하는 손길에서 지긋지긋하다는 기분이 빤히 보였다.

"안 빌 거냐? 이놈."

"왜?" 아키라는 이상하다는 듯, 불만스럽다는 듯, 입술을 삐죽 내민다. "내가 방금 뭘 잘못했는데? 왜 빌어야 되는데?"

"······다 필요 없고 무조건 빌어라. 손 짚고, 나한테 머리 숙여라."

"왜 그런 짓을 해야 되는데."

모른다. 야스도 모르는 것이다.

"안 빌면······진짜로 안 빌 거 같으면······도쿄에 안 보내 준다!"

그런 말을 할 생각이 아니었다. 정말이다.

아키라는 순간 놀란 토끼 눈으로 멍하니 있었다. 고등학교에 입학한 뒤 갑자기 어른스러워지고, 매일 아침 거울 앞에서 몇 분이나 들여 머리를 만지게 된 아키라였지만 저리 눈을 동그랗게 뜨고 있으니 어릴 적 얼굴이 보인다.

"······방금, 뭐라고 했어?"

어릴 적의 아키라가 묻는다. '아빠, 아빠.' 하며 들러붙던 시절의, 훌쩍 목말을 태울 수 있던 시절의 아키라다.

야스는 휙, 하고 얼굴을 돌렸다. 책상다리를 한 무릎이 덜덜 떨린다. 이이서 혀를 차고 음, 하고 소리를 낸 다음 파자마 바지자락 아래로 보이는 장딴지를 긁어 댄다.

짜증스럽다. 자신이 허튼소리를 했다는 건 알지만, 그렇기에 더욱, 허튼소리를 해 버리는 자신에게 화가 난다.

"저기……아버지…….."

"시끄럽다! 얼른 빌어라! 부모님을 바보 취급해서 죄송합니다, 하고 빌어!"

왜 이런 말을 해 버리는 걸까?

"얼른 안 빌면 진짜로, 진짜로……도쿄고 뭐고 안 보낸다!"

왜 호통을 치고 마는 걸까?

"넌 너 혼자 컸다는 얼굴로 불평불만을 늘어놓는데, 잘난 척 그만 하란 말이다!"

왜, 왜, 왜?

야스는 바닥에 나동그라진 컵을 들고 병의 술을 콸콸 따라서 한 입에 털어넣었다.

"술, 이제 그만 마셔. 뭐하는 거야."

"부모한테 명령하는 거냐…….."

목소리가 탁해진다. 몸이 출렁, 하고 크게 흔들린다. 술을 들이킨다. 가슴속에서 잇달아 솟아오르는 '왜'를 애써 억누르며 연거푸 술을 마신다.

아키라는 정리한 신문을 꼼꼼히 접어서 밥상 위에 놓았다. 부모한테 막무가내로 달려드는 아이가 아니다. 불량소년이다, 가정 폭력이다, 하는 것들과는 전혀 상관없는 순순하고 얌전한 성격이다. 평소에는 야스의 자랑인 아들의 됨됨이가 지금은 공연히 화가 난다.

"잘난 놈은 싸움 같은 거 안 한다, 그 말이지……엄청 여유롭네. 어린 게 벌써 영감처럼."

흥, 하며 코웃음을 치고 밥상 위의 신문을 홱 쳐서 떨어뜨렸다. 발끈해서 돌아보는 아키라에게 말했다.

"도쿄에 가든지 말든지 네 마음대로 해라. 대신, 돈은 못 대 준다."

웃어라.

자신에게 명령했다. 당장 웃으며 '등신, 농담이다, 농담.' 하고 말한다면, 돌이킬 수 있다. '진짜 오늘 술을 잘못 마셨는가 보다. 그만 자야겠다.' 하고 말한 다음 그대로 방에 가서 이불 속에 들어가면 어색한 것 없이 끝날 것이다.

얼른, 웃어라.

와하핫, 하고 가볍게, 쾌활하게, 취한 척 몸을 흔들면서.

그러지 못했다.

야스도 아키라도 입을 다물어 버렸다. 시간은 결코 길지 않았지만 집 안의 공기를 꽉 짜부라뜨린 듯한 깊고도 진한 침묵이었다.

"아버지……방금 그 말, 진심이야?"

늦지 않았다. 아직은 늦지 않았다.

야스는 얼굴을 팩, 돌리고 말았다.

얼른. 아직 늦지 않았다. 얼른. 이때를 놓치면, 시간이 지나면 지날수록 취소하기 힘들어진다.

머리로는 알고 있다.

하지만 머리로 잘 알고 있는 만큼이나 반대로 이성을 따르는 것이 이상하게 분하다.

비딱하게 나갔다. 오기를 부렸다.

"당연히 진심이지, 등신."

"……정말로, 진짜로 진심이야?"

"자기 멋대로 구는 아들한테 왜 부모 등골을 파먹도록 놔두냔 말이지. 마음대로 하는 건 좋다. 도쿄 가고 싶으면 가라. 대신, 나는 이제 모른다. 도둑놈한테 돈까지 쥐여 보낼 정도로 마음 좋은 사람이 아니다."

다 뱉어낸 뒤 아차, 말이 지나쳤다, 하고 생각했다.

하지만 이미 엎질러진 물. 이제 멈출 수 없다. 울음을 그칠 기회를 놓쳐 버린 어린아이가 어찌할 바를 모르다 땅바닥에 벌렁 드러누워서 팔다리를 바동거리며 악악 울어대는 것이나 같은 이치다.

"얼른 도쿄로 가라, 이놈. 가고 싶지? 대학수험이고 뭐고, 잘난 체 그럴듯한 소리 안 갖다 붙여도 된다. 당장 가라. 가출하면 되잖아. 그 정도 근성도 없이 무슨 도쿄고 무슨 와세다야. 등신, 웃기고 있다……."

아키라는 말이 없었다. 말없이 자신의 방으로 돌아갔다.

그리고 다음날 밤 9시가 될 때까지도 집에 돌아오지 않았다.

밤 10시가 넘어서자 야스도 걱정이 되어 고등학교 학급명부를 찾으러 아키라의 방에 들어갔다.

방은 깨끗하게 정리되어 있었다. 아니, 지나칠 정도로 깨끗하게 정돈되어 있다. 책상 위의 책장에 꽂혀 있던 참고서와 문제집이 몽땅 사라지고 없다. 교과서도 없다.

등줄기가 오싹해졌다.

가출.

도쿄.

두 개의 단어가 머릿속을 뱅뱅 돈다.

현관 벨소리가 울렸다. 짧은 순간 안도했다. 아니 잠깐, 아키라라면 열쇠로 열고 들어올 텐데, 하고 깨달았다.

경직된 얼굴로 "거기, 누구요?" 하고 시비조로 물어보니 "나야……." 하는 목소리가 바깥에서 들려왔다.

"……땡중?"

"어, 잠깐 열어 봐라."

쇼운의 목소리도 험악했다. 현관에서 마주할 때의 얼굴도, 당장 달려들 것처럼 분노로 가득해 있었다.

"내가 여기 왜 왔는지는 알고 있지?"

야스는 말없이 끄덕였다. 쇼운의 얼굴을 본 순간 모든 것이 이해되었다. 머릿속을 뱅뱅 돌던 두 개의 단어가 싹 사라졌다. 그것만으로 충분했다.

"미안한데 2, 3일, 야쿠신네에서 좀 돌봐줘라. 지금은 머리에 피가 올라서 그러니까 차분해질 때까지 뒤치다꺼리 좀 해 주면 안 되겠나?"

"너 좋을 대로 다하겠다 이 말이지?"

"……어?"

"어이, 야스야. 부모는 말을 해도 될 게 있고 안 될 게 있다. 나이를 그래 먹어 갖고 그 정도도 모르나?"

"아니, 그거는……."

변명을 제지하고 쇼운은 단호하게 말했다.

"아키라는 이제 여기 안 돌아올 거라고 하더라. 고등학교 졸업할 때까지 우리 집에서 하숙시킬 생각이다. 됐지?"

"자, 잠깐, 이놈아, 어이……."

"본심을 말하자면 우리가 양자로 들이고 싶은 심정이다. 진짜로 나랑 유키에 아들로 삼아서 도쿄로 보내 주고 싶다."

쇼운은 그 말만 하더니 "그럼 있어라." 하고 물러났다. 야스는 당황해서 맨발로 쫓아 나갔다. 쇼운은 돌아보지도 않고 차에 올라타더니 그대로 떠나 버렸다.

사흘이 지났다.

아키라는 아직 돌아오지 않는다.

일주일이 지나도 약사원에 머물고 있다.

열흘, 2주일, 3주일……한 달이 지났다.

아키라의 가출은 여전히 계속되고 있다. 갈아입을 옷처럼 필요한 물건은 저녁에 야스가 일하고 있는 사이 집에 돌아와서 가방에 담아 다시 약사원으로 간다. 라디오카세트가 방에서 사라졌다. 20개가 넘던 카세트테이프도 반 가까이 사라졌다. 아끼던 『내일의 조』 만화책이 책장에서 사라졌다. 그것을 보았을 때는 야스도 장기전이 되겠구나, 하며 각오를 다졌다.

쇼운한테서도 연락이 없다. '저녁뜸'에도 들르지 않는다고 한다.

"숨어서 뭘 하는 거야, 그 등신이."

컵에 따른 청주를 들이키며 욕을 하는 야스에게 다에코는 쌀쌀맞게 "절교당한 거 아니야?" 하고 말한다. 쌀쌀맞기도 할뿐더러 상냥함이라고는 요만치도 없다. 다에코 역시 화가 난 것이다.

"나도 출입금지시키고 싶은 심정인데."

"그거는, 그날 밤에는 술을 잘못 먹어서 그런 거다. 맨정신이었으면 그런 소리를 했겠어?"

"입 밖에는 안 내도, 그게 네 본심이었던 게지. 아무리 술에 취해도 속에 없는 소리는 못하잖아. 안 그렇나?"

말문이 막힌 야스를 더욱 몰아붙이듯 이렇게 말을 잇는다.

"그렇게 아키라가 걱정되면 먼저 야쿠신네에 전화하면 되잖아? 쓸데없는 오기 부리지 말고."

"……오기 부리는 게 아냐."

"그게 오기라고 하는 거다."

"그만해라. 술 한 잔 더……."

"샐러드 먹었나? 접시 비우기 전에는 술 못 줘."

눈앞에는 양상추와 토마토가 수북이 쌓인 접시가 있다. 채소를 제대로 먹지 않는 야스를 위해 다에코가 강제로 놓아 준 것이다.

아키라가 집을 나간 지 한 달. 그것은 야스가 혼자 살기 시작한 지 한 달이 되었다는 뜻이기도 하다.

장마가 시작되고 얼마 지났을 때, 직장에서 돌아오니 밥상 위에 봉투가 있었다. 아키라가 저녁에 두고 간 전국 모의고사 결과였다.

제1지망, 와세다 법학부 ─ 합격판정은 커트라인인 C.

제2지망, 와세다 제1문학부 ─ 유망권내인 B.

제3지망, 히로시마 대학 교육학부 — 합격 거의 확실인 A.

컴퓨터로 인쇄된 네모난 문자를 한동안 물끄러미 바라보던 야스는 한숨과 함께 종이를 다시 봉투에 넣었다.

모의고사는 5월 중순이 지났을 때 치렀다. 이미 아키라가 집을 나간 뒤의 일이다. 그래도 제3지망으로는 가까운 국립대학을 선택했다. 그 마음 때문에 쑥스럽기도 하고, 기쁘기도 하고, 오히려 외로움이 더 해지는 것 같기도 하고…….

오늘 아침까지만 해도 발 디딜 틈이 없을 정도로 어질러져 있던 거실이 지금은 깨끗하게 정돈되어 있다. 늘 그렇듯, 아키라가 청소를 해 준 것이다. 메모 같은 것은 없다. 이 역시 늘 그렇다.

거실에 팽개쳐 두었던 술병은 부엌에 있었다. 술로 끈적끈적하던 컵도 씻어서 식기건조대에 엎어 놓았다. 빈 컵라면 용기는 쓰레기통에 들어 있고, 오징어채와 가키노타네(감씨 모양의 짭짤한 과자) 봉지도 버려져 있었다.

냉장고를 여니 토마토 주스며 팩에 든 샐러드, 크로켓이 들어 있었다.

하지만 야스는 음식은 건드리지 않고 문을 닫은 다음 술병과 컵을 들고 거실로 돌아왔다. 작업복도 갈아입지 않고 바닥에 책상다리를 하고 앉아 술을 마시기 시작했다. 텔레비전을 켜긴 했지만 야구 중계가 비로 중단되었기에 바로 꺼 버렸고, 이후로는 조용히 그저 입을 꾹 다물고 술만 마셔댔다.

오늘도 밤이 길다. 방에 이불 깔기가 귀찮아서 거실에서 방석을 베개로 하고 자는 일이 늘었다. 목욕물을 끓이는 것도 이틀에 한 번

……최근에는 사흘에 한 번이 됐다.

술을 홀짝인다. 멍하니 불단을 바라본다.

"응……어떡해야 되나?"

액자 속의 미사코는 웃음만 지은 채 아무 대답이 없다.

"당신은 언제나 젊네. 나는 이제 중년 아저씬데……."

눈에 눈물이 고였다. 눈물이 참 많아졌다. 혼자서 술을 홀짝일 수밖에 없는 긴 밤에는 유난히 더.

"데리러 가면 해결될 일이잖아. 뭘 그렇게 오기를 부려."

다에코가 딱 질린다는 얼굴로 말했다.

"오기가 아니라니까."

야스는 생오이에 쌈장을 묻혀 딱, 하고 소리 내며 베어 먹었다.

다에코는 씻은 오이를 또 하나 통째로 접시에 얹었다.

야스는 질린다는 얼굴로 젓가락 끝에 묻힌 쌈장만 쓱 핥았다. 오이 두 개에 토마토 하나, 소금에 버무린 가지까지 다 먹어야 술을 내준다. "내가 귀뚜라미, 베짱이야." 하고 불평을 해 보지만 다에코는 들은 척도 하지 않는다.

"얏짱, 거울은 보고 살아? 얼굴빛이 영 안 좋아. 여드름도 잔뜩 났고……밥은 저녁마다 잘 챙겨 먹고 있어?"

"술도 쌀이다."

"바보 같은 소리 하지 말고. 쓰러지고 나면 진짜 늦는다."

괜찮다, 하고 웃자마자 피곤이 녹아든 한숨이 새어나온다.

아키라가 집을 나간 지 두 달.

눅눅한 장마가 이제 겨우 걷혔나 했더니 30도를 가뿐히 넘는 더위가 찾아왔다. 정말이지 지쳐 버렸다. 일을 마치고 집에 돌아가도 낮에는 창문을 닫아 두기 때문에 거실은 사우나처럼 푹푹 찐다. 이런 주제에 한겨울이 되면 이번에는 싸늘하게 식어 있는 집에 돌아가게 되겠지. 혼자 산다는 것은 그런 일상을 보낸다는 뜻이다.

"그나저나 얏짱, 진짜로 슬슬 데리러 가야지……아키라가 가엾지도 않아? 아무리 어릴 때부터 가족이나 다름없이 지내 왔다고 해도 남의 집 밥을 얻어먹는 게 마음이 편하겠나……."

"돌아오고 싶으면 제 놈이 돌아오면 되지. 난 이제 됐다. 혼자 사는 것도 익숙해지니 속 편하네."

오기만은 아니었다.

혼자 사는 것에 익숙해져야 한다고 생각하고 있었다. 내년 4월부터 있을 일의 리허설이라고 자신을 타이르고 있었다. 아키라가 안심하고 상경해서 면학에 힘쓰고 청춘을 구가할 수 있도록 '아버지 걱정은 할 거 없다. 열심히 지내다 와라.' 하며 보내 줘야…….

결의 하나는 훌륭하다.

문제는 그 결의에 행동이 따라가지 못하는 것뿐이다.

학교가 여름방학에 들어가자 그제서야 아키라가 집으로 돌아왔다.

야스가 사과한 것은 아니다. 아키라가 잘못했다고 빌지도 않았다.

돌아오는 사람이나 맞이하는 사람이나 어쩔 수 없이, 그렇게 됐다.

장마가 끝날 무렵 더위에 나가떨어진 야스가 더위를 먹고 쓰러져 버린 것이다.

"당연하지. 밥도 제대로 안 먹고 술만 마셔댔으니."

왕진 의사를 데려온 다에코는 눈에 핏대를 세우고 화를 내며 말했다. "선생님, 말한테 놓는 큼지막한 주사기로 해 주세요." 간단한 진찰을 마친 의사가 "영양실조 되기 일보 직전이네요." 하고 말하자, "진짜로 한심하다. 이 나이를 해가지고 한심해 죽겠다……." 하며 끝내 눈물을 보였다.

아키라를 약사원에서 데리고 온 것도 다에코였다.

아니, 더 정확하게 이야기하자면 이랬다.

쇼운이 털어놓았다.

"아키라도 2, 3일 있다가 집에 갈 생각이었다. 나나 유키에도 그럴 생각이었고. 근데 다에코가……."

이건 기회다, 하고 말을 꺼냈다. 야스가 혼자서 잘 지낼 수 있을지 실험해 보는 '시험 기간'이라고.

"근데 겨우 한 달만에 네 낯빛이 점점 나빠져서 다에코 누부도 걱정이 되어서 '시험 기간'은 실패로 끝났다. 이래 된 거다."

어쨌든 아키라를 집에 돌려보내자, 하는 쪽으로 이야기가 정리됐다. 그런데 이번에는 아키라가 "아직 안 갈 거예요." 하고 말을 꺼냈다.

"야스야, 그거 아나? 아키라는 널 믿고 있었다. 아버지는 괜찮다. 지금은 아직 익숙해지지 않아서 저렇지, 분명히 혼자서도 야무지게 잘 지낼 거다, 이랬다."

야스는 말없이 힘없는 한숨을 토해낸다.

"그런데……이제 아키라도 망설이지 않겠나. 이래 한심한 아버지를 남겨 놓고 도쿄에 갈 수 있는 애가 아니란 말이다."

평소 같으면 머리를 한 대 칠 상황이지만 그럴 기운조차 지금은 없다.

한심하다. 다에코나 쇼운이 말해 주지 않아도, 사무치게 느끼고 있다.

집에 돌아온 며칠 뒤, 아키라는 전국 모의고사를 쳤다. 제1지망은 히로시마 대학이었다.

더위로 쓰러진 몸은 회사를 사흘 쉬고 회복됐지만 더 큰것을 잃은 상태였다. 돌이킬 방법도 없었다.

"한마디로 신뢰라는 거지."

쇼운은 회복 축하 선물로 사온 과일 바구니를 앞에 두고 위엄 있게 말했다. 가이운 스님이 돌아가신 지도 4년. 처음에는 오랜 신도들한테서 '관록이 모자란다.' '독경에 깊이가 없다.' 하는 말을 귀가 따갑도록 들었지만 최근에는 그럭저럭 명사찰 약사원의 주인으로서 무게감을 갖추었다.

"아키라는 야스를 신뢰했었다. 넌 그걸 배신해 버린 거다."

한마디, 한마디가 얄궂게 설교조로 들리는 것은, 일주일에 한 번 있는 강좌로 단련해 온 덕분일까.

"……일부러 배신한 것도 아닌데."

야스가 찌푸린 얼굴로 받아쳐도 "넌 아무 노력도 안 했잖아!" 하고 가차 없이 입을 막아 버린다.

"어, 야스야. 어떻게 할 작정이야? 이대로 갔다가는 아키라는 도쿄고 오사카고 못 나가게 된다."

"가지 말란 말은 안 했다."

"말하고 있는 거나 마찬가지잖아. 아키라는 혼자 남으면 술밖에 안 마시는 아버지를 남겨 놓고 매정하게 가 버리는 아들이 아니잖아."

"……각오가 덜돼 있어서 그런 거지."

"응?"

"진심으로 도쿄에 가고 싶으면 매달리는 부모를 걷어차고서라도 가는 게 맞는 거지. 그걸 못할 정도의 각오 같으면 어차피 거기까지가 다다."

불퉁한 얼굴로 말했다. 흥, 하고 콧방귀도 뀄다.

항상 이렇게 되어 버린다. 아키라와 싸운 밤도 마찬가지다. 아무런 발전이 없다.

쇼운도 지긋지긋한 얼굴로 말했다.

"덜돼 있는 건, 부모의 각오 쪽 아냐?"

"……뭘 안다고 떠들어. 자식도 없는 주제에."

"야스야, 잘못된 생각이다."

"뭐가."

"너한테는 자식이 있다. 훌륭한 아들이지. 근데 넌 아직 부모가 덜 됐다."

"등신, 갓난쟁이 때부터 키워 왔다. 부모가 할 도리는 확실하게 다 해 왔다."

"그럼 보금자리를 떠날 때까지도 끝까지 지켜봐야지!"

한쪽 무릎을 세우고 앉은 쇼운은 염주를 쥔 주먹을 야스 눈앞으로 불쑥 내밀며 호통을 쳤다.

가이운 스님의 모습이 겹쳐졌다.

부모라는 건, 수지 안 맞는 장사다.

"어, 그래 생각 안 하나? 힘들게 자식 키워 봤자 별거 없다. 마지막에는 자식한테 버림받는다. 날 버리는 자식을 죽자 사자 키워 왔다고 생각하면 진짜 내가 불쌍해진다."

부모라는 건, 외로운 노릇이다.

"아키라가 말이다. 밤중에 라면을 끓이는 거야. 달걀 넣고, 파 썰고, 그것만 해도 제법 착실한 성격이지. 내가 끓여 준다고 했더니 아버지는 라면에 마늘을 넣어서 숨 쉴 때 냄새가 난다고 하대……등신이지, 스태미나에는 마늘이 최곤데."

부모라는 건, 슬픈 노릇이다.

"야, 이것들아, 감기 걸린 놈들은 내 옆에 오지 마라. 마지막 전력을 다해야 되는 중요한 시기다. 네 녀석들 감기가 아키라한테 옮으면 큰일이다. 등신한테 옮은 감기는 덧난다고 한다잖아."

부모라는 것은, 어리석은 노릇이다.

"됐다! 어이, 우리 아키라가 와세다 A 판정이다. 이제 다 됐다. 히로시마 대학이고 와세다 대학이고 다 붙는다, 붙어. 코딱지만 파고 있어도 합격이다. 뭐? 히로시마? 도쿄? 등신 아니야? 도시 중의 도시 도쿄에서 한바탕 발칵 뒤집어 줘야 생활비 보내는 보람이 있지. 아무렴, 도쿄지, 도쿄. 같은 일본인데 뭐. 같은 본토잖아. 도쿄가 좋다. 남자는 도쿄지. 등짝을 두들겨 줬다. 아키라가 도쿄 안 간다 하면 내가 하와이로 간다고. 무슨 말인지 잘 모르겠다고? 나도 잘 모르겠다. 좋다, 좋다. 아키라가 울면서 고맙다 했다, 그거면 좋다……."

부모라는 건, 애쓰는 노릇이다.

"아무것도 걱정할 거 없다. 괜찮다, 나는 혼자서 잘 살 거다. 얼마 전에는 다림질도 했다. 어, 이 셔츠가 어때서? 등짝에 눌은 자국이 포인트다, 포인트. 와하하하, 하하하하."

부모라는 건.

"새해 첫 참배 갔다 왔다. 부적을 잔뜩 사서 에마(소원을 빌거나 이루어졌을 때 절이나 신사에 바치는 말 그림이 그려진 액자. 여기에 소원의 내용과 이름을 기입한다 ^{옮긴이})에 소원도 쓰고 왔다. 응. 그래. 와세다 대학 합격하게 해 달라고 기도하고 왔지. 어, 네놈들, 아키라한테는 절대 비밀이다. 내 덕분에 합격했다고 하면 아키라 실망한다. 그놈이 얼마나 자존심이 센 놈인데……."

부모라는 건.

부모라는 건.

부모라서, 다행이다.

2월, 아키라는 와세다 대학 입학시험을 쳤다. 법학부와 제1문학부와 교육학부. "세 군데나 넣는데 어디 한 군데는 안 걸리겠나." 하고 야스는 웃으며 보내 줬다.

1월 공통1차 시험은 8백 점을 넘겼다. 1차 시험과 2차 시험의 득점 배분을 보아 히로시마 대학 교육학부는 우선 틀림없이 합격할 것이다.

와세다에 합격하면 발표 후에 치는 히로시마 대학의 2차 시험은 치지 않는다. 아키라가 아니라 야스가 정했다. "괜찮겠어?" 하고 놀라서 묻는 아키라에게 "쓸데없이 돈을 왜 자꾸 쓰려고." 하고 말해 줬다.

각오는 되어 있다. 와세다와 히로시마 대학을 저울질해 본들 결국은 아키라가 원하는 쪽으로 보내는 수밖에 없으니 대답은 처음부터 나와 있는 것이다.

아키라가 수험을 위해 도쿄로 출발하기 전날 밤, 야스는 아키라를 불단 앞에 앉혔다. "어머니한테 야무지게 인사해라." 하고 시킨 뒤 아키라가 얌전히 정좌하고 향에 불을 붙이는 모습을 지켜보고 나니 그만 쑥스러워져서 얼른 욕실로 들어갔다.

욕실에서 나오자 여전히 불단 앞에 정좌하고 앉은 아키라가 공손히 절을 했다.

"……아버지."

"뭐고, 그런 절은 딸이 시집갈 때나 하는 거다."

와하하 하고 웃었지만 아키라는 진지한 얼굴로 야스를 빤히 바라보며 "와세다에 시험치게 해 줘서, 고맙……습니다." 하고 머리를 숙였다.

영 어색하다. 이런 일은 정말이지 어색해서, 어색해서……야스는 밥상에 놓여 있던 술 컵을 들어 반 가까이 남아 있던 술을 선 채로 단숨에 들이켰다.

빈 컵을 아키라에게 주고 병의 술을 아주 조금 따른 다음 마셔라, 하고 턱짓을 했다.

부모자식 간에 술잔을 나누는 첫술이었다.

"미성년자한테 술이나 먹이고. 난 진짜 마지막까지 등신 같은 아버지지."

쑥스러움을 감추려고 그렇게 말하며 웃자, 아키라는 조그맣게 고개를 젓고 컵을 비웠다.

"잘 마시네."

"……누구 아들인데."

"등신."

얼굴을 홱, 돌려 버리자 불단 속에서 웃고 있는 미사코의 얼굴이 눈앞에 있었다. 평소보다 더 기뻐 보이는 얼굴로 웃어 주고 있었다.

팥밥은 유키에가 지었다.

통 도미는 다에코가 준비했다.

쇼운은 아키라와 악수를 나누더니 "잘했다, 애썼다……." 하고 사나이 울음을 터뜨렸다.

"아직 건배도 안 했는데 벌써 울면 어쩌누, 당신." 하며 쇼운의 어깨를 찌르는 유키에도 이미 눈은 빨갛게 물들어 있다.

다에코는 먼저 거실에 들어가려다가 "어?" 하고 입구에서 걸음을 멈췄다. "어, 아키라……아버지는?"

축하연 준비는 다 되어 있었다. 밥상 한복판에는 백숙 뚝배기가 탁상풍로에 얹혀 있어 이제 불만 붙이면 되는 상태였다.

그런데 야스가 없다.

"아까 전화했더라." 아키라가 난처한 얼굴로 말했다. "오늘 저녁에는 잔업 마치고 회사 젊은 직원들하고 술 마시러 간다고……."

"어어?"

"오랜만에 진탕 마실 거라서 오늘밤에는 회사 숙직실에서 자고 간다고……."

“자, 잠깐만, 어이.” 하고 쇼운은 전화기에 손을 뻗었다. “무슨 생각을 하고 있는 거야, 그 멍청한 놈이.” 하며 수화기를 들어올렸는데 다에코가 눈짓으로 제지했다.

처음에는 못마땅한 얼굴이었던 쇼운이었지만 유키에가 쓴웃음을 지으며 끄덕이는 것을 보자 후, 하고 한숨을 내쉬며 수화기를 내려놓았다.

“자! 축하 파티다, 축하! 성격이 배배 꼬인 부끄럼쟁이는 마음대로 하라고 내버려 두고 건배하자!”

다에코가 ‘저녁뜸’에서 손님들을 독려하듯이 말하자 유키에도 “아키라, 앉아라. 아줌마가 콜라 따라 줄게.” 하고 부랴부랴 부엌으로 갔다.

“아키라……아버지는 걱정할 거 없다. 우리가 옆에 있잖아. 맡겨라. 넌 그저 도쿄에서 열심히 잘 지내라.”

“예…….”

“그나저나 진짜, 네 아버지라는 사람은, 참말로…….”

새로운 눈물이 다시 뺨을 타고 흐른다. 아키라가 “아저씨, 이거.” 하고 내민 전보에 적힌 〈사쿠라사쿠〉[입시 합격을 알리는 합격 전보에서 자주 쓰는 말. 사쿠라사쿠(벚꽃이 피다), 불합격하면 사쿠라치루(벚꽃이 지다)라고 쓴다 옮긴이]가 흔들린다. 쇼운은 꾸벅하고 끄덕이고 “오늘밤에는 아저씨도 달린다.” 하고 가슴을 폈다. “오늘밤만큼은 아키라는 내 아들이다, 응.”

어깨를 안아 주자 아키라는 간지러운 듯 웃었다.

아키라가 와세다 법학부에 합격한 뒤로 야스의 귀가는 날마다 늦다. 대학입학 절차 때문에 아키라가 상경할 때도 "난 잘 모르니까." 하고 봉투에 든 돈만 건네줬을 뿐이다. "하숙집도 나 혼자 마음대로 정하고 와도 돼?" 하고 아키라가 묻자 "네가 살 집이잖아. 네가 정해야지." 하고 무뚝뚝하게 대답했다. 4월 1일 입학식도 "올해 첫 분기 시작날에 회사를 어떻게 쉬나, 등신." 하고 한마디로 끝냈다.

"야스 선배, 회사 일은 걱정 안 해도 됩니다. 다녀오십시오. 장한 아들 아닙니까."

지점장이 말을 해도 헛수고.

"얏짱, 하숙집 주인한테 인사 정도는 해야 아키라도 모양이 나지."

다에코가 말을 해도 헛수고.

"어이, 야스야, 섭섭한 건 알겠지만 애처럼 삐친다고 될 일이야?"

쇼운이 말을 해도, 말없이 머리를 한 대 치고 끝.

삐친 게 아니다.

마음속으로 결심하고 있었다.

"아키라, 난 도쿄에는 한 번도 안 갈 거다. 너 혼자 분발해서 어엿한 남자가 되어서 빈고로 돌아와라."

도쿄는 아키라의 도시다.

"알겠나, 네가 좋아서 도쿄 가는 거니까. 시답잖게 짜는 소리 하지 마라. 길바닥에서 죽어도 좋다. 아버지가 도쿄에 갈 때는, 네 뼈를 가지러 갈 때뿐이다. 그래 알고 단단히 각오하고 갔다 와라."

같은 각오는 야스 자신도 하고 있다.

하숙집의 호출 전화번호를 아키라가 가르쳐 줘도 읽고 있던 신문 한쪽 구석에 건성으로 메모하고는 "내가 먼저 전화할 일은 없을 거다

······." 하고 중얼거렸다. "이쪽에서 전화가 갈 때는 내가 뒈졌을 때다. 쇼운이랑 다에코 아줌마한테만 가르쳐 주면 된다."

살림살이를 장만하는 돈도, 매달 보내는 생활비도, 남들 이하로밖에 못 해 준다.

하지만 최소한······.

"알겠나, 나는 너한테 거치적거리는 것만은 안 할 거다. 내 걱정은 안 해도 된다. 너는 너대로 열심히 살다 와라. 너한테 짐이 될 거 같으면······차라리 목을 맬 거다."

진심으로 한 각오였다.

아키라가 자신의 집에서 보내는 마지막 밤, 야스는 일을 일찌감치 마치고 저녁으로 카레라이스를 만들었다.

"평소에 먹지도 않는 거 먹었다가 내일 아침에 배탈이라도 나면 큰일이잖아. 뭐, 평범한 게 좋은 거다. 평범한 게."

입으로는 그렇게 말했지만, 사실 특별한 저녁밥이었다.

지극히 평범한 저녁밥이기에 특별하다.

지금까지 셀 수 없을 정도로 많이 카레라이스를 만들어 왔다. 멀겋게 될 때도 있고, 당근이 덜 익었을 때도 있고, 그렇게 실패도 있었다. '사과와 벌꿀'이라는 텔레비전 광고를 보고 한번 해 볼까 싶어 '마늘과 소주' 조합에 도전했다가 초등학교 2학년이었나, 3학년이었나. 아키라가 한 입 먹어 보고 "속이 이상하다." 하며 토한 적도 있었다. 최근에는 그런 실패는 없었지만 완두콩을 올리는 것도 여전하고 '카레는 양을 잔뜩 만드는 게 맛있다.' '카레는 이틀째가 맛있다.' 하는 신넘에 기초해 냄비 한가득 만드는 것도 여전했다.

그래서 이제 카레를 만들 일은 다시는 없을 거라고 생각한다. 혼자 살 테면, 인스턴트 카레로 충분하다. 카레뿐이 아니라 '아키라를 위해'가 아니라면 음식을 할 의욕 자체가 사라져 버린다.

마지막 카레를 야스는 우물우물 먹었다. 아키라도 별다른 말없이 한 그릇을 해치운 뒤 두 그릇째를 펐다.

"오늘 카레 어떠냐?"

"응······ 맛있어."

"많이 맵나?"

"괜찮아."

"그래······ 그럼 다행이다."

대화다운 대화는 그 정도뿐, 숟가락이 접시에 닿는 쨍, 쨍하는 소리만이 평소보다 훨씬 크게 울린다.

식사가 끝난다. 숟가락을 접시에 놓고, 컵에 든 물을 비운 아키라는 후우, 하고 배부르다는 웃음을 지었다. 야스와 눈이 마주치자 "잘 먹었습니다······." 하고 중얼거리듯 말하고는 눈을 내리깐다.

야스는 말없이 일어섰다. 불단 아래 서랍을 열고 봉투를 꺼내 자리로 돌아온다.

"이거, 도쿄에 가지고 가라."

미사코의 사진이었다.

아키라는 "응······." 하고 끄덕이며 사진을 받았다.

다음날 아침 7시 반.

아키라를 역까지 바래다 주는 쇼운의 차가 집 앞에 도착했을 때 야스는 화장실에 있었다.

7시 넘어서부터 틀어박혀 있었다. 어제 저녁에 먹고 남은 카레를 아침으로 먹은 뒤, 아키라가 앉은 자세를 바로하고 인사를 하려 하자 선수를 쳤다. "잠깐 볼일 좀 보고 올게." 하고 화장실에 들어가 버린 것이다.

어쩔 줄 몰라 난감한 얼굴을 한 아키라에게서 자초지종을 전해들은 쇼운은 하이고, 하고 한숨을 쉰 뒤 화장실 문을 노크했다.

"어이, 야스야…… 그만 나와라."

"똥 눈다니까! 어쩌라고."

"신칸센 시간 다됐다. 얼른 끊어라."

"얼른 끊든 늦게 끊든 내 마음이다. 똥 정도는 내 마음대로 누게 놔둬라, 멍청아."

"……시간이 없다."

"똥한테 시계가 있나?"

얼결에 웃음을 터뜨린 쇼운은 아니, 안 돼, 안 돼, 하고 표정을 다잡은 뒤 헛기침을 하고 말했다.

"야스야, 진짜로 2, 3분 안에 안 나오면 시간 안 된다."

"그냥 가면 되지."

"……아키라가 기다리잖아."

"누가 기다려 달라고 부탁이라도 했나."

쇼운은 혀를 차고 "적당히 해라!" 하고 고함을 질렀지만 야스는 대꾸하지 않았다.

아키라는 쇼운의 팔꿈치를 끌어당기며 다 알아요, 하고 웃는 얼굴로 끄덕였다. 쇼운도 크게 한숨을 내쉰 뒤 문 앞에서 떨어진다.

대신 문 앞에 선 아키라는 '차려' 자세를 잡고 말했다.

"아버지……다녀오겠습니다."

"어, 다녀와라."

"도쿄에 도착하면 전화할게요."

"안 해도 된다."

"그럼 편지 쓸게요."

"안 써도 된다."

"……건강하게 열심히 지내겠습니다. 아버지도……아빠도, 진짜 건강하게……."

"얼른 가라. 자꾸 떠들면 똥이 들어간다……얼른 가라…….."

달각달각 화장실 휴지를 돌리는 소리가 들려오더니 코 푸는 소리가 들려왔다.

아키라는 한 번 작게 까닥하고 고개를 끄덕인 뒤 스포츠가방을 들고 현관으로 향했다.

찻소리가 멀어지는 것을 확인하자 야스는 그제야 화장실에서 나왔다. 집 안은 쥐 죽은 듯 고요했다. 내일부터, 아니 오늘밤부터 쭉, 이 고요와 함께 살아가야만 한다.

"자, 일 가야지, 일."

일부러 소리 내어 말하고 벽에 걸린 작업복을 손에 쥐었을 때, 가슴주머니에 종이가 들어 있는 게 보였다. 네 겹으로 접은 리포트 용지에 눈에 익은 글자가 늘어서 있었다.

'아버지께. 다녀오겠습니다. 혼자 사시는 게 불편하겠지만 감기 같은 거 걸리지 않게 조심하세요. 저도 도쿄에서 열심히 지내겠습니다. 아버지가 보내 주시는 생활비는 소중하게 쓰겠습니다.'

야스는 "잘난 척은……." 하고 중얼거리고는 웃는다.

'아버지는 더위를 많이 타시니까 언제든 옷을 갈아입을 수 있게 옷장의 옷을 교체해 놓았습니다. 겨울옷들은 벽장에 있습니다. 그리고 욕조에 물을 채우지 않고 욕조를 데우는 일이 없도록 부디 주의하세요. 욕실에 버저도 설치해 놓았습니다. 물이 꽉 차면 버저가 울리니 놀라지 마세요. 술을 마신 날 밤에는 욕조에 들어가지 않는 편이 좋다고 생각합니다. 채소주스 세 박스를 사 두었습니다. 부엌 싱크대 아래쪽에 넣어 놓았습니다. 모두 일흔두 통이 있으니 이틀에 한 번 정도는 마시고요.

칫솔도 새것으로 교체했습니다. 화장실 휴지는 현관 옆의 장에 있습니다. 여분의 티슈와 세제도 같이 있습니다. 잠자리에서 담배를 피울 때는 조심하셔야 해요. 회사에 가기 전이나 잠들기 전에는 꽁초에 물을 뿌려 주세요. 과음하지 마세요. 반드시 안주를 잡수세요. 너무 짜고 매운 것은 안 됩니다. 치즈가 몸에 좋대서 냉장고에 넣어 뒀습니다. 감기기운이 있을 때는 지금까지 해 온 것처럼 냉탕에서 버텨서 나으려 하지 마시고 몸을 따뜻하게 하고 충분히 주무세요. 약상자 속의 약도 오래된 것은 버리고, 새 약으로 바꿔 뒀습니다. 부디 건강 조심하세요. 저도 그렇게 하겠습니다. 여름에는 집에 오겠습니다. 아버지, 도쿄에 보내 주셔서 정말 고맙습니다.'

야스는 편지를 다 읽은 후 시계를 봤다. 아키라는 이미 역에 도착했을 것이다.

"시건방지기는, 참 내."

중얼거리고 불단에 편지를 바친 뒤 손을 모았다. 눈을 감으니 희미
한 어둠이 출렁출렁 흔들렸다.

묵묵히

하루가 길다.

그중에서도 일을 마치고 집에 돌아왔을 때부터가.

'저녁뜸'에 얼굴을 내미는 것은 주에 한 번으로 다에코가 제한하고 있다. 아키라가 어렸을 때와 똑같다.

"밥만 먹을 것 같으면 저녁마다 오라고 하지. 근데 얏짱은 꼭 술을 마시잖아. 마시면 멈출 줄도 모르고. 병이라도 걸리면 내가 아키라한테 뭐라고 빌어야 되겠어?"

다에코는 진심으로 걱정하고 있다.

아키라가 도쿄로 나간 지도 2년이 지났다.

야스는 최근 갑작스레 늙어 버렸다.

"정신 똑바로 차려야 한다. 혼자서도 열심히 산다고 아키라랑 약속했잖아."

알고 있다. 식사에도 나름대로 신경 쓰고 있고, 술을 마시지 않는

날은 일찍 자고 일찍 일어나려고 애쓰고 있다. 백발은 조금 늘었지만 몸 상태는 나쁘지 않다. 회사에서 한 건강검진에서도 나쁜 곳은 없었다. 그런데 기운이 없다. 술을 마셔도 옛날과 달리 '그래, 오늘은 이만 들어갈까.' 하고 맺고 끊는 게 없어졌다. 깨작깨작 '한 잔 더.'를 반복하는 사이 고주망태가 되어 버린다.

형식뿐인, 입버릇으로 내뱉는 '나 왔다.'가 이토록 쓸쓸한 느낌을 줄 은 몰랐다. 외출할 때 '갔다 올게.' 하고 말해도 대답은 없다. 저녁을 먹을 때도, 욕실에서 나와도, 이야기할 상대라고는 없다.

처음에는 나름대로 혼자 사는 것도 신선했지만 오히려 그런 생활에 익숙해지고 나니 더욱 외로워졌다.

묵묵히, 라는 단어가 실감날 정도로 이해된다.

묵묵히, 묵묵히, 묵묵히……소리 아닌 소리가 내내 들러붙어 떨어지질 않는다.

세미나 합숙이니 아르바이트니 해서 방학을 해도 아키라는 좀처럼 돌아오지 않는다. 간신히 집에 와도 고등학교 때 친구들과 놀러 가거나 숙제인 리포트를 쓰기 위해 시립도서관에 가거나 해서 천천히 이야기를 나눌 틈이 없다. 아키라가 멀어졌다. 서퍼커트(1970년대 말에서 1980년대 초반에 유행한 장발의 헤어스타일로 서핑할 때 머리가 날리는 모양과 비슷하다는 데서 유래한 이름^{옮긴이})라고 부르는 모양인 긴 머리에 워크맨 헤드폰을 늘 귀에 꽂고 있는 아키라는 어딘가 자신이 알고 있는 아들과는 다른 청년이 되어 버린 것 같았다.

가끔씩 문득 생각났다는 듯, 아키라한테서 전화가 걸려온다. 수신자부담으로 하라고 해도, "귀찮으니까 됐어." 하며 늘 공중전화로 거는 통에 오히려 야스가 마음이 쓰여서 제대로 대화도 못하고 "그래그래. 어어, 건강히 잘 있어라." 하고 전화를 끊어 버린다.

이쪽에서 먼저 전화를 건 적은 입학 이후 단 한 번도 없다. "호출한다고 하숙집 주인 귀찮게 하면 안 되지." "내 목소리 듣고 아키라가 집 생각나서 공부에 방해가 되면 안 되지." "볼일도 없는데 뭐 한다고 전화를 하나."……이것저것 이유를 붙여 보지만, 요컨대 실은 전화를 걸었다가 아키라가 부재중이어서 허탕을 칠 때의 섭섭함을 맛보는 것이 무서운 것이다. 아키라가 전화를 받는다 해도, 첫마디로 뭐라고 해야 좋을지를 모르는 것이다.

편지도 쓰지 않는다. 쓰지 못한다. 처음에는 몇 번 도전도 해 봤지만 도저히 쑥스러워서 어찌 할 수가 없다.

'전략. 아키라 군, 건강합니까? 아버지도 건강합니다.' 지렁이 기어가는 듯한 볼펜 글씨로 거기까지는 쓰긴 쓰는데, 다시 읽어 보면 영 못할 노릇이다. "아키라 군은 무슨 얼어 죽을, 어디 도련님도 아니고." 하고 제 입으로 자신에게 상소리를 퍼붓고는 편지지를 찢어 버린다. "평소 말할 때처럼 쓰면 되잖아." 쇼운은 이렇게 말하지만 그게 가능하면 이 고생을 안 한다.

'배계(拜啓. 삼가 아뢴다는 뜻으로 편지에 쓰는 말 옮긴이) 음력 섣달에 접어들면서 부쩍 추워졌습니다.' 배계의 '배'자의 가로 획이 2개였는지 3개였는지, 4개였는지 고민하는 사이 에라 모르겠다, 싫증이 나 버린다.

"뭐, 그거 있잖아. 남자 대 남자는 서로 무릎 마주 대고 앉는 게 최고지."

마지막에는 결국 그 한마디로 자신을 합리화한다.

그런 주제에 막상 아키라가 도쿄에서 돌아오면 무릎을 마주 대기는커녕 괜히 안절부절못해서 시선이 불안정해진다. 아버지와 아들이 오붓이 있다는 긴장을 견디지 못해 "어이, 땡중. 아키라 왔다. 밥이라도 먹으러 와." "다에코 누부야, 모처럼이잖아. 전골이라도 같이 먹자." 하고 매일 밤 누군가를 집으로 불러들이고는 맨 먼저 취해서 곯아떨어져 버린다.

그런 야스를 보고 다에코는 어이없는 얼굴로 이렇게 말한다.

"얏짱, 너 혹시 아키라 짝사랑하는 거 아니야?"

그 전화가 걸려온 것은, 맞은편 집 마당의 감나무에 달린 감이 빛깔을 띠기 시작한 무렵이었다.

쇼와 58년(1983년) 가을. 아키라의 대학생활도 반을 넘어 이제 1년 반이 남은 때였다.

"어어, 아버지? 난데……."

여름방학에 귀성한 후로는 처음으로 듣는 아키라의 목소리였다.

반주로 거나하게 취해 깜박 졸고 있던 야스는 아직 반은 잠에 취한 목소리로 "어어." 하고 대꾸한다. "어쩐 일이고."

"아니, 딱히 용건이 있는 건 아닌데, 뭘 하나 싶어서."

"난 잘 있다."

무심결에 말이 빨라졌다. 공중전화로 연방 빨려 들어가는 10엔짜리 동전을 생각하면, 전화할 돈이 있으면 우유라도 사서 마시라고 말하고 싶어진다.

하지만 야스의 조바심을 모른 체하는 듯, 아키라는 태평스런 어조로 "이제 '항구 축제'는 끝났어?" 하고 묻는다.

"어어……지난주에 끝났다. 어쨌거나 여기는 잘 있다. 너도 감기 걸리지 말고 잘 지내라."

그대로 전화를 끊으려 했더니 아키라는 "뭐가 그렇게 급해." 하며 웃었다. "공중전화 아니야."

"남의 집 전화 빌렸나?"

저도 모르게 목소리에 가시가 돋쳤다. 남의 전화를 빌려서 시외통화를 하다니, 야스가 봤을 때는 언어도단, 비상식의 끝을 달리는 일이었다.

"남의 전화라고 해야 하나, 회사 전환데."

"회사?"

"응. 아르바이트 하는 데야, 지금. 편집부에서 자리 지켜 주고 있는데, 뭐, 한가하기도 하고 전화는 마음껏 써도 된다고 데스크에서도 그랬거든."

"……편집부?"

아키라는 "어? 아직 말 안 했던가." 하고 쓰게 웃더니 잡지 이름을 댔다. 야스도 이름은 아는 젊은이 취향의 월간지였다.

"저번 달부터 아르바이트로 일하고 있어. 지금은 아직 잡무나 전화 담당이지만, 익숙해지면 짧은 기사도 쓰게 해 줄 것 같아."

근무시간은 저녁부터라 수업에는 지장이 없다. 시급은 크게 높지는 않지만 장래를 생각하면 큰 기회라고 한다.

장래.

아키라가 가벼운 마음으로 말한 그 단어가 귀에 거슬렸다.

"그게 무슨 말이고?"

애써 냉정하게 묻는다고 물었는데 아키라가 "뭐가?" 하고 웃음 섞인 목소리로 가볍게 대꾸하자 감정의 둑은 어이없게도 금이 가고 말았다.

"……장래라니, 너, 법학부에 다니고 있잖아. 잡지 일과 장래에 무슨 상관이 있나?"

법학부라면 법률공부. 법률이라면 변호사나 판검사. 야스의 지식과 인식은 어디까지나 일직선이라 헷갈림이 없는 대신 응용도 불가능하다.

"어이, 아키라." 목소리는 점점 낮아진다. "너, 사법시험 칠 거지? 아니야?"

전화기 너머에서 아키라는 숨을 죽인다.

"사법시험 그거, 어려운 시험이잖아. 합격할 때까지 몇 년씩 걸리잖아. 3학년인데 아르바이트 해도 괜찮나?"

"……나, 그런 말은 한 적 없는 것 같은데."

"응?"

"사법시험……친다고 아버지한테 말한 적 없다고."

벗어날 궁리를 하고 있다 싶어서 울컥 화가 났다.

"말 안 해도, 법학부에 들어가면 그래야 하는 거 아니냔 말이다! 등신이냐? 그거 때문에 법학부 다닌 거잖아!"

"……그건 그렇지만 저기, 아버지, 요즘은 법학부라도 평범한 회사에 취직하는 사람들이 더 많아. 종합상사라든가 언론사라든가, 거의 대부분이 그래."

"남이야 뭘 하건, 네 고집대로 법학부에 갔으면 원리원칙대로 가야지, 원리원칙대로!"

수화기가 떨릴 정도로 목소리가 커졌다.

그런 야스의 서슬을 피하듯, 아키라는 한숨을 쉬고 잠시 시간을 두었다가 "전화로 이야기하는 건 좀 그렇지만, 들어 줄래?"

"나, 출판사에 취직하고 싶어. 잡지 편집이 하고 싶어서……그러니까 지금 아르바이트는 돈 때문에 하는 게 아니라……."

마지막까지 듣지 않았다. 아니, 들을 수가 없었다.

감정의 둑이 무너진 야스는 수화기를 내동댕이치듯 전화를 끊어 버렸다.

화가 난 것이 아니라, 마지막까지 듣기가 무서웠기 때문인지도 모른다. 전화를 끊고 나서야 그 사실을 깨달았다.

뒤통수를 맞았다.

생각지도 못한 일격이었다.

"잡지 편집이라는 게 도대체 무슨 일이야?"

아키라 이야기는 덮어 두고 넌지시 물어봤지만 아는 사람 중에 제대로 대답하는 이는 아무도 없었다.

"르포라이터라고 하는 건 드라마에 자주 나오던데. 제대로 된 인간들이 아니다." "그래, 정치인들 비밀을 손에 넣고 협박하다가 결국에는 살해당하잖아." "다들 눈빛이 안 좋더라. 인텔리 야쿠자지 뭐……."

아키라가 목표로 하는 것은 르포라이터가 아니라고 생각한다.

“편집자라 하면 그, 베스트셀러 작가 엉덩이에 착 달라붙어 갖고 ‘선생님, 선생님’ 하면서 출싹대는 놈들이잖아.” “그 인간들, 원고를 받기 위해서라면 무릎도 꿇고 벌거벗고 춤도 추는 인종들 아냐?” “아무리 좋은 대학을 나오면 뭐하나, 그런 일은 괴롭지.” “작가들도 작가대로 이해 안 가는 인간들이 많아…….”

작가와 상대하는 편집자도 아닐 것이다. 전화에서 아키라가 한 말을 생각하면.

“잡지 하면 화보지. 젊은 여자들한테 수영복도 입혔다가 누드로 만들었다가 하는 그런 일 아닌가?” “사기 치는 거지, 여대생들한테.” “부모가 알면 울지.”

순간 심장이 철렁했지만 아키라만은 그런 일은 하지 않을 것이라고 자신을 타일렀다.

기사를 쓴다고 아키라는 전화에서 말했다.

취재를 하고, 메모를 하고, 원고를 쓸 것이다. 그것까지는 상상이 가능한데, 그럼 신문기자와는 어떻게 다른지를 영 모르겠다.

다른 일은 몰라도 세토 내해에 면한 시골마을과 매스컴은 너무도 멀다. 인연이 없다고 말해도 좋다.

아는 것은 단 하나.

잡지 편집을 원하는 한, 아키라는 두 번 다시 빈고에 돌아와 취직할 일은 없을 것이다.

야스에게는 꿈이 있었다.

아키라가 사법시험에 합격하면 집을 팔아서라도 좋으니까 빈고 시에 법률사무소를 차려 주고 싶었다.

돈은 못 벌어도 된다. 아니, 못 벌었으면 한다. NHK 드라마 〈사건〉에서 와카야마 도미사부로가 연기한 기쿠치 변호사처럼, 약한 자를 돕고 강한 자를 무찌르는 변호사기 되길 바랐다.

그 꿈은 이제 이루어지지 않는 것일까…….

2주일이 지났다.

아키라한테서는 그날 밤 이후 한 통의 전화도 없었다. 야스도 몇 번 수화기를 들었고, 또 몇 번 엽서를 밥상 위에 올려 보기는 했지만 결국 연락은 하지 않았다.

용서한 것은 아니다.

"뭘 골을 내나. 네가 용서하고 용서 안 하고 할 문제가 아닌 것 같은데. 이제 취직부터 그 앞은 아키라 인생이다." 하고 쇼운이 깨우치듯 말했고, 다에코도 "아키라가 상경할 때 '난 너한테 거치적거리는 존재는 안 될 거다' 이래 말 안 했나?" 하며 어이없어 했다.

말마따나 그렇다. 부모가 용서하고 말고 할 문제도 아니고 그럴 권리도 없다. 무엇보다 직장을 결정하는데 부모의 반대 때문에 포기하는 무기력한 아들은 싫다.

그래도 '용서한다'고는 말하고 싶지 않다.

"아키라는 자기 좋을 대로 하면 된다. 그래도 난 용서 못 한다."

"참나 얏짱……."

"용서 못 한다면 못 하는 거지."

"그러니까, 야스 네가 용서 안 해도 아키라 인생이란 말이지……."

"방해는 안 한다. 나도 안다. 나는 그냥, 용서 못 한다는 거뿐이다."

팔짱을 끼고 가슴을 쫙 편 자세에서 홱, 얼굴을 돌린 채 입술을 삐죽 내민다.

야스는 안다. 쇼운도, 다에코도, 유키에도 '저녁뜸'의 오랜 단골들도 ……아키라를 어릴 때부터 귀여워해 준 사람들은 모두 아키라가 도쿄에서 취직해 버리는 것을 실은 무척 섭섭해 하고 있다는 것을.

그리고 그런 쇼운과 다에코와 사람들이 곁에 있어 주기에 야스는 안심하고 떼를 쓸 수 있다. 홀아비 생활이지만 웃음소리가 흘러넘치는 밤도 있다. 사람이 그리운 마음을 감싸주는 친구들이 있다. 그것이 얼마나 행복한 것인지 최근 절실히 느낀다.

상경 직후, 아는 사람 하나 없는 도쿄에서 아키라 혼자 얼마나 외로운 밤을 보냈을까. 묵묵히 입에 그러넣는 밥이 얼마나 맛이 없는지 아키라도 알아 버렸을까. 시골 촌놈이라고 무시당하지는 않았을까. 사투리를 쓴다고 놀림을 당하지는 않았을까. 집에 돌아가고 싶은 밤은 한 번도 없었을까…….

12월에 들어서고서야 겨우 아키라한테서 전화가 왔다.

"여보세요? 아버지?" 오랜만에 듣는 목소리에 절로 싱글벙글하는 얼굴을 서둘러 긴장시키고, 누가 보고 있는 것도 아닌데 흥! 하고 턱을 치켜든다.

"뭐고, 또 아르바이트 전화를 몰래 쓰고 있나?"

여기서 아키라가 '아아, 거긴 이제 그만뒀어.' 하고 말해 줬더라면 곧장 '그래, 잘했다, 잘했다.' 하며 기분을 풀었을 것이다.

하지만 아키라는 "공중전화야." 하고 말하더니 "용건만 말할게." 하고 빠르게 말을 이었다.

"수신자부담으로 해라."

"괜찮아, 얼른 말하고 바로 끊을 거니까."

"……그래 얼른 말해 봐라."

"저기, 겨울방학 말인데."

"언제 오나?" 저도 모르게 흥분해서 그만 되묻고 만다.

"아니, 저기 있잖아……조금 바빠. 연말연시라 스키장을 돌아다녀
야 해서."

"스키? 그런 거는 언제 배웠는데?"

"내가 타는 게 아니라, 취재 때문에. 화보 촬영 팀 응원부대라 카메
라맨 조수 역을 해야 돼."

취재, 화보, 카메라맨, 조수……귀에 날아든 단어들이 뿔뿔이 흩어
진 채 가슴에 꽂힌다. 단어를 잇는 것은 간단하다. 매스컴과는 연이
없는 야스도 그 정도 뜻은 안다. 알기 때문에, 알고 싶지 않았다.

"그 회사는 아르바이트 학생까지 설에 일을 시키나?"

"아니야, 내가 하고 싶다고 했어. 재미있을 것 같기도 하고, 새해 되
면 학교에서 시험이 있으니까 아르바이트를 쉬는 날도 늘어나거든. 일
할 수 있을 때 일해 두려고."

버저 소리가 들렸다. 전화기에 넣은 돈이 모자라다는 신호였다.

"그러니까 겨울방학에는 빈고에 못 갈 것 같아. 봄방학 때는 갈 거
니까, 괜찮지?"

'괜찮지?' 하고 말끝을 올리는 게 마음에 들지 않는다. 생색내고 있
다. 야스가 귀성을 목이 빠져라 기다리고 있는 게 확실하다고 믿고

있다.

심사가 뒤틀렸다.

"뭐 상관없다."

내뱉듯이 말한 다음 수화기를 내렸다.

혼자서 설을 맞이하기는 태어나서 처음이었다. 고등학교를 졸업하고 외삼촌 댁을 나온 것이 열여덟 살 때. 스물다섯 살에 미사코와 결혼할 때까지 7년간을 혼자 살긴 했지만 설에는 외삼촌 댁에 가기도 하고 친구들과 놀러 가기도 하고, 결혼 전 해에는 미사코와 참배를 드리러 가기도 해서 '외톨이'가 된 적은 없었다.

"우리한테 오면 되겠네. 섣달그믐날부터 와 주면 우리도 고맙지. 제야의 종 때문에 일손이 딸린다."

쇼운이 권했지만 야스는 "고기반찬도 없는 명절음식을 누가 먹으라고." 하고 밉상이나 부리며 듣질 않는다.

"응, 얏짱. 벳푸에 안 갈래?"

다에코도 권했다. 야스와 마찬가지로 혼자 살고 있는 다에코는 근처 여사장 친구들과 함께 온천에 가서 해묵은 때를 벗기고 오는 것이 연말연시의 항례행사였다.

"어쩔 거야? 설 대목이라 좀 비싸기는 한데 여관에 빈 방 있는지 물어볼까?"

"……어차피 짐이나 지키고 앉았을 건데 그런 데를 누가 가나."

토라졌다. 삐쳤다. 뒤틀린 심사가 풀리질 않는다.

결국 설에는 아무데도 가지 않고, 아무와도 만나지 않기로 했다.

"미안하다. 놀러 가고 싶은데 사흘간은 새해라고 신도들이 찾아오 잖아. 꼼짝도 못 한다……."

미안한 얼굴로 말하는 쇼운의 머리를 말없이 한 대 쳐 주고, "벳푸 에는 섣달그믐날 아침에 간다. 명절요리 좀 만들어 줄까?" 하고 말하 는 다에코에게는 "남은 거 처리하려고 그러지? 누가 그런 걸 먹나." 하 고 밉살스런 소리를 하며…… '외톨이' 신세를 철저히 음미하기로 마 음먹었다.

회사에도 연말연시 출동 로테이션으로 골치를 썩는 영업과장에게 "오사카 편이랑 첫 화물은 내가 하죠." 하고 말해 뒀다. 섣달그믐 저녁 에 지점을 출발하는 1년의 마지막 오사카 편을 보내고, 1월 2일의 새 해 첫 화물 편부터 플랫폼을 지휘하기로 했다.

"야스 선배, 죄송하고 고맙습니다."

과장의 인사를 받고, 젊은 직원이나 처자식이 있는 사원들이 "고맙 습니다." 하고 고개를 숙여도 전혀 기쁘지가 않다.

오카자리(설에 현관 따위에 치는 장식용 금줄 ^{옮긴이})를 사지 않은 것은, 미사코가 죽은 다음해 정월 이후 처음이었다.

섣달그믐날 오후 4시, 오사카 편 트럭을 보낸 야스는 사무실 문단 속을 마친 뒤 "자, 집에 가 볼까." 하며 자전거에 올라탔다.

혼잣말이 늘었다. 앞으로는 점점 더 늘겠지, 생각한다.

상점가를 돌며 오늘밤과 내일을 위한 술안주를 적당히 골랐다. 명 절음식으로는 검정콩과 마른멸치와 어묵 미니 팩 하나만 샀다. 떡도 진공 팩에 든 여섯 개들이를 샀는데 조니(새해 음식 중 하나. 무, 토란,

어묵 등을 넣고 된장이나 간장으로 간을 한 떡국^{옮긴이})를 끓일 육수를 내기도 귀찮아서 구워서 간장에 찍어 먹기로 했다.

섣달그믐의 장보는 사람들로 번잡한 상점가에는 '정월'의 멜로디가 끊임없이 흘러나오고 있었다. 제비뽑기를 하는 텐트 앞은 사람들로 장사진이었다. 흐린 하늘. 새해 첫 해돋이는 구경할 수 있을 성싶지도 않다.

자전거를 천천히 몰아 붐비는 사람들 속을 나아가면서 관자놀이에 꾸욱 힘을 줬다. 긴장을 늦추면 눈물이 나올 것 같았다. 그리고 그 눈물의 첫 한 방울이 뺨을 타고 흘러내린 뒤로는 끝도 없이 흘러내릴 것만 같았다.

아이와 함께 있는 부모와 지나친다. 젊은 부부와 어린 사내아이. 한 때 야스와 미사코와 아키라처럼, 아들을 가운데에 두고 손을 잡고 걷고 있다.

안 된다, 하고 어금니를 깨문다.

눈물이 폭발하기 일보 직전이었다. 눈꺼풀 안이 뜨거워져 있다. 관자놀이가 파르르 떨린다.

도망치듯, 마침 지나친 서점으로 들어갔다. 기왕 들어온 거 주간지라도 살까, 하고 잡지 코너를 돌다보니 아키라가 아르바이트를 하고 있는 잡지 표지가 눈에 들어왔다.

「월간 시티 비트」. 스키복을 입은 젊은이들 일러스트가 표지였다.

신경 쓰고 있기는 했다. 했기 때문에 더욱, 아직 읽지 않았다. 보아하니 세련된 대학생들 취향의 잡지 같아서 "저런 폼 잡는 잡지, 우리랑은 완전 다른 세계다." 하고 코웃음칠 뿐이었다.

손에 들어 봤다. 화보를 펼쳤다. 걱정하던 누드는 아니고, 스키보드와 스키복의 신상품 정보였다.

조금 안도하고 팔랑팔랑 넘겨 본다.

평소 자주 읽는 주간지와는 달리 사진이며 일러스트며 문장이 어지럽게 뒤섞여 있는 데다 가로문자가 너무 많고 외래어 표기도 많다. 글자도 작아서 영 읽기 힘들어 보였다.

"뭐……시간 많이 잡아먹겠네, 시간 죽이는 데는 딱이구먼."

또 혼잣말을 한 뒤 카운터로 들고 갔다.

섣달그믐날 밤부터 설날 저녁에 걸쳐 첫 장부터 마지막 장까지, 구석구석, 빠짐없이 읽어 봤다. 도통 무슨 뜻인지 모를 외래어에 고개를 갸웃하기도 하고, 모델이 입고 있는 옷의 가격에 화들짝 놀라기도 하고, '캠퍼스는 우리의 놀이터다!' 하는 문구에 "대학은 공부하러 가는 데 아니었나……." 하고 중얼거리기도 하면서 어쨌든 한 권을 독파했다.

마지막 페이지에 편집 스태프의 이름이 실려 있었다. 편집장 이하 스무 명쯤 되는 이름들 중에 아키라의 이름은 없었다. 대신 스태프 맨 밑에 '아르바이트 군단'이라고 적혀 있었다.

"뭐고……기타 등등 취급이냐."

불끈해서 컵의 술을 홀짝였다. 아직 미숙한 아르바이트이니까 도리 없다. 머리로는 알고 있지만, 괜히 섭섭하고 분하다가 차츰 성이 났다.

"……참 잘났구나. 잡지 편집부라는 데가."

한숨을 내뱉고는 잡지를 덮었다.

검정콩을 젓가락으로 집었다가 역시 됐나, 하고 그릇에 도로 내려

놓는다. 리모컨으로 텔레비전 채널을 한 바퀴 순회했다가 뭐, 됐나, 하고 스위치를 끄고 고타츠 위의 연하장 다발을 들고는 이거나 저거나 뭐, 됐나, 하고 술을 홀짝인다.

조용한 설이다. 따분한 설이기도 하다. 쓸쓸한 설이라고는 말하고 싶지 않아서, 고타츠에 다리를 넣은 채 드러누워 "올해 설은 졸리네……." 하며 방석을 베개 삼아 눈을 감는다.

선잠만 자고 있다. 어젯밤 〈홍백가합전〉도 종반은 비몽사몽이었고, 오늘도 살짝 취해 깜박 잠이 들었다가 눈을 뜨면 또 술을 홀짝이는 짓을 반복하고 있다.

이제 곧 5시가 된다. 저녁은……하고 눈을 떴다가 됐나, 하고는 다시 눈을 감는다. 씻는 건 어쩌지, 하고 몸을 일으켰다가 딱히 땀도 안 흘렸는데, 하고 다시 눕는다.

고타츠 위의 「시티 비트」에 손을 뻗어 하늘을 보고 누운 자세로 책을 펼쳤다.

이 잡지를 아키라가 만들고 있다.

이 잡지 어딘가에 아키라가 일한 증표가 남아 있다.

그게 아무래도 영 느낌이 안 온다. 무심코 '거짓말?' 하고 말하고 싶기도 하고, 무심코 '등신이냐.' 하고 의미도 없이 으름장을 놓고 싶기도 한다.

팔랑팔랑 몇 페이지를 넘겨 봤을 뿐인데 또 잠에 빠져들었다. 30분 정도 깜박깜박 졸았다. 눈을 뜨니 재채기가 나왔다. 난로 때문에 방 안 공기가 탁해진 탓인지 목도 아프고 코도 근질근질한 데다 살짝 한기도 든다.

우선 창을 열어 환기를 하고……생각은 하는데 몸이 일어나지질 않는다.

허리 밑이 고타츠 안에서 데워진 탓에 파자마 바지가 땀으로 축축하게 젖어 있다. 옷 갈아입고 땀을 좀 닦고, 아니 그보다 뜨거운 욕조에 들어가는 편이 낫다. 머리로는 알고 있는데 몸이 무겁고 나른하다.

어렵게 일어나 앉아 후우, 하고 숨을 쉰 다음 컵에 남아 있던 술을 홀짝인다. 마른멸치를 먹으니 들큼하고 매운 맛에 갈증이 났다. 하지만 부엌에 가서 물을 마신다는 고작 그 행동이 그렇게 귀찮을 수가 없다.

정초부터 아무래도 몸 상태가 안 좋다. 그러고 보니 오늘은 선잠을 잔 타이밍이 안 좋았는지 아직 화장실에서 '큰 놈'을 보지 못했다. 늘 설날이면 아침에 조니를 먹은 뒤 반드시 화장실에 가서 '신년, 떡으로 밀어내는 해묵은 똥(영화감독이자 배우, 코미디언인 기타노 다케시가 비트 다케시라는 이름으로 활동하던 투비트 시절에 읊은 말).' 하고 말해서 아키라한테 '해가 아무리 바뀌어도 발전이 없네.' 하며 놀림을 받았었다.

변의는 없었지만 매년 하던 관례를 바꾸는 것도 짜증이 난다.

"……신년, 떡으로 밀어내는 해묵은 똥……은 아니고."

중얼거린 뒤 으이차, 하고 일어선다.

고타츠에 올려놓은 연하장 다발에 눈길이 갔다. 아키라가 상경한 뒤로 설을 맞이하기는 올해로 세 번째. 해마다 연하장 다발이 얄팍해진다. 처음에는 본가 앞으로 보내던 아키라의 친구한테서 온 연하장이, 지금은 도쿄 하숙집으로 직접 가게 된 탓이다. 내년에도, 그 내년에도……아키라가 빈고로 돌아오지 않는 한, 연하장의 숫자는 늘어 날 일이 없을 것이다.

한동안 화장실에 쪼그리고 앉아 있었다. 나오는 것은 없다. 해묵은 똥이고 뭐고, 섣달그믐날부터 거의 아무것도 먹지 않았으니 애초에 뱃속에 쌓여 있는 것이 없다.

멍하니 쪼그리고 앉아 있는 것도 허무해져서 화장실을 나왔다. 내친 김에 욕조 물을 데울까도 싶었지만 그냥 됐다, 하고 거실로 돌아왔다.

방의 벽장에서 담요를 꺼내 와서 고타츠 속에 기어들고는 그냥 이대로 잠이나 자자 싶어 드러누운 바로 그때, 전화벨이 울렸다.

"여보세요? 아버지?"

아키라였다.

스키장의 호텔에 있다고 한다. 섣달그믐날 밤은 불꽃놀이가 있었는데 무척 예뻤다고 한다. 1미터 이상 쌓인 눈 속에서 삼각대며 조명을 지고 걸으려니 울고 싶을 정도로 힘들었던 모양이다.

새해 인사도 대충 건너뛰고 약간 흥분한 어조로 말하더니 "일은 힘든데, 카메라맨인 하타케야마 씨가 날 꽤 마음에 들어 하거든. 뭐라더라, 나, 편집자의 소질이 있대." 하고 웃는다.

야스는 어어, 어어, 하고 낮은 소리로 맞장구만 칠 뿐이었다. 웃음이 번질 것 같은 뺨을 애써 긴장시키고 있었다.

"곧바로 다음 로케지로 이동해야 돼. 새벽까지 도착해야 돼서 힘들어."

"……근하신년."

"어? 뭐라고?"

"……올해도 잘 부탁드립니다."

"왜 그래? 뭐야?"

"새해 인사 정도는 좀 해라, 이 말이다. 할 건 확실히 하고 살아야지."

또 대번에 심사가 뒤틀리기 시작한다.

아키라도 어이없어 쓴웃음을 짓고는 "새해, 복 많이 받으세요." 하고 대답했다. "이제 됐어?"

"어…….""

지금까지는 이 장면에서 세뱃돈을 줘야 한다. 작년에는 설날 아침까지도 5천 엔을 줄까, 만 엔을 줄까 망설이다가 결국 에라 모르겠다 싶어서 1만5천 엔을 복주머니에 넣었다. 세뱃돈을 줄 상대가 없는 설날……. 그 외로움을 새삼 곱씹는다.

"책, 사서 읽어 봤다."

"책이라니, 「시티 비트」?"

"어…….""

"뭐야, 말했으면 보내 줬을 텐데. 재밌었어?"

"재미는 쥐뿔."

하이고, 하고 아키라는 쓴웃음을 짓는다. 못 말리겠네, 아버지는, 하는 그 웃음에 심사가 또 한 번 뒤틀리고 만다.

"너, 편집부에 이름도 안 나오던데. 뭐 하는 짓이고, 한심한 놈 같으니라고."

그만 그런 말까지 해 버린다.

"이제 막 시작한 아르바이트니까 어쩔 수 없잖아, 지금은. 서두를 것 없어, 서두를 것 없어."

아키라는 야스를 달래듯이 말했다.

훤히 꿰뚫고 있다. 지고는 못 사는 성격도, 심사가 어떤 때 어떤 식으로 뒤틀리는지도. 그래서 오히려 편해졌다. 뒤틀렸던 심사가 한 바퀴 빙 회전을 해서 제자리로 돌아온 셈이다.

"그래도 억울하다." 입술을 삐죽 내민다. "기껏 일해 줬는데 이름도 안 내 주다니 그런 수지 안 맞는 장사가 어디 있나. 난 억울하다."

"정말 괜찮아. 난 아직 말단이라 성가시게 하는 일이 더 많으니까."

"오래 일하면 이름 나오나?"

"그보다 좋은 작업을 해서 편집장이나 데스크한테 인정받고 싶어."

야스는 저도 모르게 인상을 찌푸렸다. 그렇다면 그렇다고 미리 말을 해 줬으면 편집장 앞으로 연말에 선물이라도 보냈을 텐데. 아니, 아직 괜찮다. 신년 축하 명목으로 특산품인 '빈고 밀감'을 상자로 보내면…….

순간, 나쁜 예감을 느꼈는지 아키라가 황급히 말했다.

"저기 아버지, 말해 두겠는데, 쓸데없는 짓은 하지 마. 알았지?"

눈치가 빨라도 너무 빠르다. 그것도 지금은 무지하게 기쁘다. 섣달 그믐날부터 홀짝홀짝 마셔 온 술이 이제야 취하는 모양이었다.

더구나 아키라는 이어서 야스에게 더할 나위 없는 새해 선물을 줬다.

"아버지가 산 거 신년호지? 내가 쓴 기사 나왔어."

"진짜로?"

"응, 스니커 특집이 있을 건데 그중에 케즈 기사가 내가 쓴 거야. 맨 끝에, 서명이라고 하긴 좀 그렇지만 이니셜이 들어가 있으니까 나중에 찾아봐."

"자, 잠깐만. 바로 찾아볼게."

수화기를 어깨와 턱으로 받치고 선 채로 「시티 비트」를 펼쳤다.

있었다. 작은 박스기사의 끝부분에 'A' — 아키라의 A. 얼결에 만세를 했다. 책도 수화기도 한꺼번에 바닥으로 떨어졌다.

기쁘지 아니한가.

"어……미사코, 아키라의 'A'다. 나랑 당신이 지어 준 이름이다."

불단 앞에 털썩 앉은 야스는 「시티 비트」를 펼쳐 놓고 미사코 영정에 보여 주며 "기쁘다. 정초부터 이래 기쁠 수가 없어……." 하며 몇 번이고 몇 번이고 고개를 끄덕인다.

아키라가 이니셜에 'A'를 선택한 것은 딱히 효도하는 마음에서 한 것은 아니었다. 성인 이치카와의 'I'를 쓰면 선배 기자인 이토 씨와 겹치기 때문이라고 전화에서도 그렇게 설명했지만, 야스는 이쯤 되면 저 듣기 싫은 소리 따위 귀에 들어오지도 않는 사람이다.

"아키라가 뭘 좀 안다. 나랑 당신이 멀리서 지켜봐 주기를 바라는 거지. 행운의 표시로 아키라의 'A'를 고른 거잖아. 아이고, 나이가 몇인데 그놈 아직도 애라니까."

컵에 든 술을 들이킨다. 술이 갑자기 입에 착 감겼다. 배도 슬슬 고파졌다.

"오늘 설이잖아. 어, 미사코, 고기 좀 구울까? 고기를 안 먹으면 기운도 안 나지.”

으이샤, 하고 힘차게 일어선다.

쿵쿵 바닥을 울리며 부엌으로 가서 냉장고를 연다. 안에 들어 있는 것은 냉동식품인 햄버거뿐이었지만 그런 일로 시들어 버릴 기력이 아니다. 낮 동안 내내 졸았던 덕분에 잠도 충분히 자둔 상태다. 마음만 내키면 당장 회사 플랫폼에 가서 내일 나갈 화물분류도 거뜬히 할 수 있을 정도다. 3백 킬로그램짜리 카트도 지금 같아서는 가뿐하게 밀 수 있을 것이다.

아니, 잠깐만. 설이다. 정월이다. 오늘밤은 천천히……술이다, 맛있는 술이다.

쇼운에게 전화를 걸었다.

“어, 나. 네가 자꾸 오라고, 오라고 해대니 별수 있나. 내 놀러 가 주마. 선물도 있다. 기대해라.”

수화기를 내리고는 또 「시티 비트」를 들고 펼친다. 벌써 아키라의 기사가 실린 페이지는 많이 펼쳐 본 티가 난다.

본문이야 무슨 내용이건 상관없다. 맨 끝의 ‘A,’ 아키라의 ‘A.’ 아무리 봐도 싫증이 나지 않는다. 영웅이 우뚝 서 있는 형상의 ‘A’는 알파벳 중에서 가장 아름답다.

“역시 나랑 미사코 대단하지 않나? 이래 깊은 생각까지 해서 이름을 붙였다. 어이, 앞으로는 국제화 시대라니까.”

미사코의 영정은 당신도 참, 하며 쓴웃음을 짓고 있었다.

설 연휴가 끝나자마자 야스는 빈고에서 가장 큰 서점인 ‘빈고 서점’

으로 가서 「시티 비트」의 예약구매 절차를 밟았다.

매달 열 권씩.

"그래 많이 사셔도 되겠습니까?"

놀라서 묻는 점원에게 "되고 말고." 하고 가슴을 쫙 펴며 대답하고는 "장사하기 싫나, 뭘 그리 놀라나." 하고 웃어 줬다.

야스 본인이 읽는 책은 물론이요, 미사코의 불단에 바치기 위해 한 권, 쇼운한테 한 권, 다에코에게 한 권, 회사에 한 권, 장거리편 운전기사들한테 돌려가며 읽으라고 한 권, 화물분류를 하는 젊은 친구들에게 한 권, 자주 가는 집배처에도 한 권씩……혹시나 찢어지거나 페이지에 주름이 생겼을 때를 대비해 영구보존용으로 한 권을 주문했다.

매달 5천 엔 가까이 나간다. 바깥에서 술 마시는 횟수를 한 달에 두 번 정도 줄여야 됐지만 야스는 "덕분에 장수하겠네, 일석이조네." 하고 웃는다.

그다음 달부터 「시티 비트」의 발매일인 매달 10일은 야스의 아들자랑 날이 되었다. '빈고 서점'에서 이제 막 가져온 잡지를 펼치고는 "오, 여기네, 여기. 이번 달에는 아키라가 여기에 썼네." "지난달보다 기사가 길어졌다. 쑥쑥 성장하고 있다는 소리지." "야호, 이번 달에는 특집까지 썼다." "이래 되면 이제 그거, 아키라가 없으면 잡지 망하는 거 아냐?"

그해 가을, 아키라는 정식으로 취직을 했다. 「시티 비트」를 발행하는 출판사의 정사원이 된 것이다.

결국 대학졸업 후에도 빈고에는 돌아오지 못한다. 묵묵히 저녁을 먹는 야스의 외로운 날들은 앞으로도 계속된다.

"상관없다. 혼자 사는 게 속 편하고 좋다. 화장실 문 열어 놓고 똥 눠 봐라. 진짜 편하다."

입학식과 마찬가지로 졸업식 역시, 쇼운과 다에코가 입이 닳도록 "평생에 한 번 있는 일이다." 하고 설득했지만 가지 않았다.

"도쿄는 아키라의 도시다. 사나이 대장부, 앞으로 인생에서 큰 승부를 봐야 되는데 부모가 끼어들어서 되겠나."

하지만 그로부터 얼마 뒤 야스는 도쿄로 가는 트럭에 굳은 얼굴로 올라타게 된다.

쉰 살이 되는 시점에, 인생의 시작점에서 잃어버렸다고 믿고 있던 것이, 느닷없이 눈앞에 나타났다. 모습조차 떠오르지 않는 사람이 이쪽을 바라보고 있었다.

만나고 싶다. 그 사람은 그렇게 말했다.

사죄하고 싶다. 야스의 아버지는 죽음을 기다리는 자리에서 그렇게 원하고 있었다.

야스의 상경

하마나 호수에 걸쳐진 긴 다리를 건넜을 때는 밤하늘에 별이 깜박이고 있었는데, 트럭이 후지 산 남쪽 기슭을 지나칠 무렵에는 동녘부터 조금씩 밝아오고 있었다.

"요새는 4시만 되면 꽤 밝아집니다."

운전기사인 히로사와가 하품을 참으며 말했다.

"빈고보다 훨씬 동쪽이잖아." 하고 가볍게 맞장구를 친 야스였지만, 히로사와가 "도쿄는 더 일찍 동이 틉니다." 하고 말을 잇자 입을 다물고 굳은 얼굴을 했다. 어젯밤 트럭을 탄 뒤부터 내내 그랬다. '도쿄'라는 단어를 듣거나 고속도로 표지판에서 글자를 읽을 때마다 가슴이 철렁한다.

"야스 선배, 잠깐 쉬는 게 좋을 것 같은데요."

"아니, 됐다. 괜찮다."

운전석 뒤에는 수면실이 있다. 몸 한 번 뒤척이면 끝인 좁은 공간이지만 다리를 뻗고 누우면 그것만으로도 피로는 많이 풀린다. 하지만 히로사와를 밤새 운전하게 해 놓고 자신만 쉴 수는 없는 노릇이다.

"아시가라 휴게소에서 좀 쉴까요?"

"나 때문이라면 안 그래도 된다. 하던 대로 달려."

"알겠습니다……그럼 에비나 근방까지는 안 쉬고 바로 갑니다."

오래전, 야스가 장거리 편을 담당하던 무렵에는 빈고에서 도쿄까지 가는 직행 편이 없었다. 화물을 옮겨 쌓는 나고야 터미널까지 가는 데만도 열 몇 시간은 걸렸다. 고속도로도 아직 없는 시절이었다. 운전기사 두 사람이 타서 교대로 잠을 자며 운전했다. 국도라도 비포장인 곳이 많았다. 밤중에 고개를 넘을 때 너구리며 토끼를 치는 경우도 많았다. 죽은 너구리는 지점에 가지고 돌아가서 영혼을 달랜 뒤 다 같이 끓여서 먹었다. 원래는 딱딱하고 냄새 나는 너구리 고기가 지점에서 먹을 때는 이상할 정도로 맛있었다. '오랜 시간 차 안에서 흔들리다 보니 고기가 숙성되어서 맛있어진다'는 설이 있었지만 사실인지 어떤지는 모른다.

시대가 변했다. 지금은 빈고 지점에서 저녁 7시에 출발하면 아침 정체 시간대가 되기도 전에 도쿄 터미널에 도착한다. 운전기사도 한 사람. 지점을 나와 20분만 달리면 고속도로 인터체인지고, 거기서부터는 도쿄 터미널 바로 근처까지 일반도로를 달릴 일이 없다.

"야스 선배, 허리 안 아프십니까?"

"어, 괜찮다."

"역시 터프하십니다……."

옛날 트럭에 비하면 천국이나 다름없는 승차감이다. 지점을 출발할 때 젊은 직원들이 "옛 피가 끓어오르지요?" 하고 놀려댔지만 이렇게 까지 변해 버리면 그리움을 느낄 계기 따위는 거의 찾을 수가 없다.

시대가 변한 것이다. 긴 세월이 흐른 것이다.

"야스 선배, 왼쪽에 보이는 게 후지 산입니다. 아직 그림자 상태라 잘 안 보이겠지만."

"어어……."

태어나서 처음으로 보는 후지 산이었다. 신칸센을 타면 낮에도 볼 수 있었다. 비행기라면, 처음 보는 후지 산을 눈 아래로 보는 것도 가능했을 것이다.

그래도 트럭으로 선택했다. 돈의 문제가 아니라, 시간을 들여 상경하고 싶었다. 하룻밤 내내 트럭에서 흔들려 파김치처럼 기진맥진한 상태로 도쿄 땅을 밟고 싶었다. 그렇게 하지 않으면 안 된다고, 굳게 결심하고 있었다.

"그래도 진짜 잠깐이라도 눈 붙이는 편이 좋을 텐데요."

히로사와가 걱정스러운 얼굴로 말한다. 제대로 된 휴식이라고는 오사카와 교토를 빠져나온 뒤 오쓰 휴게소에서 시간조정을 겸해 한 시간 정도 차 안에서 잠을 잔 게 전부였다. 그때도 야스는 수면실을 히로사와에게 양보하고 자신은 좌석에 드러누웠지만 결국 한숨도 못 잤다.

"철야하면 다음날 아침까지는 괜찮지요, 점심 먹고 난 다음이 큰일입니다. 그러다가 이른 저녁부터는 잠이 와서 못 견딥니다."

"난 괜찮다. 너무 신경 쓰지 마라."

"아니, 그래도 야스 선배도 이제 나이가 있으신데……."

알겠다, 하며 야스는 수면실로 옮겼다. 자기 위해서가 아니었다. 히로사와가 신경 쓰지 않고 운전에 집중할 수 있도록 하고 싶었다.

히로사와도 그제야 안도한 얼굴로 "오늘은 이래 옹색한 데라 좀 그렇지만 내일 밤에는 아키라랑 식구끼리 오순도순 있겠네요." 하고 말했다.

"등신, 내일은 밤차로 빈고에 돌아간다."

"안 주무시고요?"

"이틀이나 회사를 쉴 수 있나."

"아키라가 섭섭해 하겠네."

"……아직 만날지 안 만날지도 결정 안 했다."

"정말이요?"

야스는 말없이 수면실과 운전석을 차단하는 커튼을 쳤다. 그 뒤로는 히로사와가 뭘 물어도 잠든 척 아무 대꾸도 하지 않았다.

히로사와도 "이제 두 시간이면 도심으로 들어갑니다. 그때 깨우겠습니다." 하고 말하고는 밤새 켜 놓았던 카라디오를 껐다.

담요를 머리에 뒤집어쓰고 눈을 감아 본들 잠이 올 리 없다. 알고 있다. 내 집 이불 안에서 잔 어젯밤에도 새벽녘까지 깜박깜박 졸기만 했을 뿐이다. 그저께 밤에도, 엊그저께 밤에도, 자려고 아무리 술을 마셔도 잠이 오지 않았다. 일주일 내내 그랬다.

도쿄는 아키라의 도시다. 아키라가 사나이 대장부로서 살아가는 도시다. 대학에 입학했을 때부터 '난 절대로 도쿄에는 안 간다.' 하고 말해 왔고, 그 맹세를 지켜 왔다. '그래도 졸업식인데.' 하고 쇼운과 다에코가 설득해도 결단코 물러서지 않았다. 그로부터 아직 두 달도 지나지 않았는데 스스로 맹세를 깨게 될 줄은, 꿈에도 생각 못 했다.

아니, 그렇게 따지자면 야스의 51년에 걸친 인생에서 단 한 번도 상상해 보지 못한 사태가 지금 일어나고 있는 것이다.

중대하고도 긴급한 사태였다. 도쿄는 아키라만의 도시가 아니었다. 이 도시에는 야스의 친부, 야스가 철들 무렵부터 지금껏 소식 한 통 없었던 아버지도 살고 있었던 것이다.

어머니 쪽 친척을 통해 연락이 왔다. 먼 옛날의 연줄에 기대어 가느다란 실을 열심히 끌어당기다 야스의 근무처까지 닿은 것이라고 한다.

전화를 건 사람은 아버지의 아들인 아키유키 씨였다. "이치카와 씨보다 대여섯 살 아래입니다." 하고 야스를 성으로 불렀다. 아키유키 씨의 성은 '시마노.' 한때는 야스도 그 성이었다.

"도쿄에 오셔서, 아버지를 만나 주시지 않겠습니까?" 하고 아키유키 씨는 말했다. 전화기로도 머리를 조아리고 있다는 것을 알 수 있는 어조였다.

아버지가 야스를 만나고 싶어 한다. 내 아들이 자신이 모르는 세상에서 어엿하게 성장한 모습을 한 번이라도 보고, 단 한마디라도 좋으니 사죄하고 싶다며 소원하고 있다.

뭘 이제 와서, 라고는 말하지 못했다.

"무례한 부탁인 줄은 잘 압니다. 하지만 아버지의 마지막 소원을 들어 드리고 싶습니다."

아키유키 씨는 그렇게 말하더니 "의사 말로는, 앞으로 한 달을 버틸까 말까, 한 상태라고 합니다." 하고 덧붙였다.

“야스 선배, 안 주무십니까?”

히로사와가 앞을 본 채 말을 걸었다. 야스가 계속 자는 척을 하자 “그럼 혼잣말로 하겠습니다.” 하고 쓴웃음을 짓는다.

“주제넘은 짓인지도 모르겠지만, ‘빈고 모나카’를 두 상자 사다 놨습니다. 어차피 야스 선배는 선물이고 뭐고 준비할 분이 아니다, 해서 기사들끼리 돈을 모아서 샀습니다. 술안주는 못 되겠지만 아키라한테 가지고 가시고, 아키라가 신세를 지고 있는 사람한테도 드리십시요.”

야스는 여전히 말이 없지만 아랑곳하지 않고 계속 말을 잇는다.

“저도 어머니가 젊을 때 이혼했습니다. 어머니가 여자 혼자 힘으로 저를 키웠는데, 스무 살 때까지는 못할 짓도 많이 해서 어머니를 많이 울렸습니다.”

안다. 히로사와가 운전기사 중도채용에 응모했을 때, 그의 성장과정을 잘 아는 야스는 품행을 걱정하는 지점장에게 ‘저놈 좀 채용해 주십시요, 부탁드립니다.’ 하며 다짐을 받았었다.

“그래도 지금은 야스 선배랑 여러분들이 담금질을 해 주셔서, 조금은 마음가짐도 바뀌었다고 생각합니다. 좀 건방진 말을 하자면, 야스 선배가 아버지 대신입니다. 부모로 자식 키우는 게 얼마나 힘든지도 야스 선배를 보면서 겨우 알았고⋯⋯이제는 어머니한테 조금이라도 효도를 하고 싶어 몸이 달 지경입니다.”

히로사와는 운전기사로 자립한 뒤로는 결코 많지 않은 월급의 반 가까이를 어머니에게 보내고 있다. 교통안전을 비는 부적 안에는 어머니 사진이 들어 있다는 것도, 플랫폼의 지장보살님께 누구보다 열심히 기도를 올리는 것도 야스는 알고 있다.

"그런데요, 어머니가 시골에서 빈고까지 올라오셨는데 얼굴도 안 보이시고 돌아가 버리면 전 너무 괴로울 거 같습니다."

그와 마찬가지라고 히로사와는 말한다.

"얼마나 급한 볼일이 있어서 도쿄에 가시는지는 모르겠지만 모처럼 가는 거잖습니까. 아키라 만나 주세요. 부모 하나, 자식 하나뿐인 가족이잖습니까……."

"안다." 야스는 저도 모르게 대꾸했다.

히로사와는 쓴웃음을 짓고 "죄송합니다. 혼잣말이 길어졌지요?" 하고 대꾸했다.

"나도……잠꼬대다."

"편안하게 주무십시요."

"내 걱정은 말고 안전운전이나 해라."

몸을 뒤척거려 팔베개를 했다. 히로사와가 말한 '부모 하나, 자식 하나'라는 말이 귀에 들러붙어 떠나지를 않는다.

자신은 '부모'라고만 생각해 왔다. 그것이 삶을 지탱해 주는 이유이기도 했고, 때로는 무거운 짐이기도 했다.

하지만 자신은 '자식'이기도 했던 것이다. 지금까지 한 번도 의식해 본 적 없고, 호적상으로도 부모자식 간의 관계는 사라져 있었지만, 야스는 줄곧 '자식'이었다. 그리고 그날들이 이제 곧 끝난다.

병문안을 간다는 생각은 없었다. 아버지의 사죄를 받아들이고 용서하기 위해서 상경하는 것도 아니다. 만난다기보다는, 끝까지 지켜본다. 자신은 이 사람의 '자식'이었다는 사실을, '자식'의 날들이 끝나는 것을 확인해 두고 싶었다.

쇼운과도, 다에코와도 의논하지 않았다. 다만 멀리 있는 신도의 장례식에 숙박할 예정으로 행차한 쇼운이 절을 비운 사이, 유키에의 양해를 받고 본당에 올라가 혼자서 술을 마셨다. 본존인 약사여래를 노려보듯 바라보며, 돌아가신 가이운 스님과 대화를 했다.

취기가 돌아 책상다리를 한 몸이 흔들리기 시작했을 무렵, 그리운 스님의 목소리가 귀 안에서 들려왔다.

야스야, 만나고 오너라. 스님은 그렇게 말했다.

따지지 마라. 아버지가 살아 있을 때 만나고 와라. 네가 아들일 때 만나고 와라. 옛날 그대로의 무서운 목소리로, 하지만 옛날보다 훨씬 부드럽게, 스님은 말씀해 주셨다.

트럭이 터미널에 도착한 것은 오전 6시가 넘었을 때였다.

하지만 운전기사의 일은 아직 끝난 게 아니다. 이 시간에 터미널은 전국에서 화물을 싣고 온 트럭들이 몰려들기 때문에 플랫폼은 줄을 서서 차례를 기다려야 한다. 기사는 차를 플랫폼에 대면 담배 한 모금 피울 사이도 없이 짐을 내리고 터미널의 분류 담당에게 인계한 다음 차를 주차장에 이동시켜 세차와 점검을 마친 다음에야 겨우 터미널 안에 있는 수면실의 이불 속으로 들어간다.

"히로사와, 나도 거들자."

야스는 단벌인 양복을 벗어던지고 촌스럽게 매듭을 커다랗게 맨 넥타이도 벗고 셔츠 소매를 걷어붙였다.

"안 됩니다, 안 됩니다. 무슨 소리 하십니까, 야스 선배."

"둘이서 하면 일찍 끝나잖아. 그럼 너도 일찍 잘 수 있고."

말보다 빨리 냉큼 손을 움직여 일에 달려든다. 히로사와도 죄송합니다, 하고 머리를 숙인 뒤 둘이서 짐을 부리기 시작했다.

히로사와는 오늘밤 편으로 다시 빈고로 돌아간다. 고달픈 작업이다. 도쿄에서 지내는 시간은 거의 잠만 자다 끝나기 때문에 도쿄 편 담당을 한 지 9년이 다 되었어도 아직 도쿄타워도 올라가 본 적이 없다고 한다.

"우리 때랑은 달라서 뭐든지 다 정신없이 바빠졌다. 너희들도 고생이 많다."

"아닙니다. 그래도 야스 선배 때가 더 힘들었을 겁니다. 도로도 차도 다르잖습니까."

"몸은 힘들어도 마음은 느긋했다. 오사카 편으로 달리던 때는 니시노미야에 있는 경륜장이랑 아마가사키하고 스미노에 경정장에 갈 정도의 여유는 있었어."

"야스 선배도 젊을 때는 많이 놀았다고 듣기는 들었습니다."

"홀몸일 때는 내 맘대로 하고 돌아다녔지."

"역시 가정을 꾸리니 달라지던가요?"

"……가정을 꾸리는 거 하고는 다르지. 가족이 생겨서 달라진 거다."

유난히 크고 무거운 짐을 들고 운반한다.

"첫눈에 반했다던데 진짭니까?"

"어, 그 사람이 나한테 반했지."

히로사와는 애초에 믿지 않는다. 야스한테서 짐을 받아 휘청휘청 카트에 싣더니 젊은 직원들 사이에 전해져 내려오는 전설을 이야기해

췄다.

"야스 선배가 국도에서 사모님을 발견하고 갑자기 트럭을 세워 뛰어내려가서 '결혼해 주시요!' 이랬다던데요."

"등신 같은 소리, 아무리 나라도 그렇게까지 하겠나."

"그야 그렇지요."

"'사귀어 주시요.'라고 했지."

야스 나이 스물넷, 미사코가 스물두 살일 때의 초여름, 마침 지금 이맘때, 빈고 거리는 철쭉꽃이 한창인 무렵이었다.

"날마다 사모님이 방적공장에서 마치고 나오는 거를, 꽃다발을 들고 공장 문 앞에서 기다렸다던데요."

"누가 그런 짓을 하나, 등신. 남자 체면이 있지."

"그렇지요."

"안에 들어가서 주려다가 수위랑 싸움이 붙었는데 일이 커진 거다."

짐의 모서리를 손으로 잡는다. 가슴으로 바짝 붙여서 안아 든다. 묵직한 짐의 무게를 허리보다는 오히려 팔과 등으로 지탱한다. 무릎의 반동을 잘 이용해서 박자감 있게 다리를 전진시켜 짐을 밖으로 낸다. 젊을 때만큼 힘이 있지는 않지만 오랜 세월의 경험으로 화물의 무게를 분산시키는 요령은 터득해 있다.

몸을 움직이는 것은 좋다. 땀을 흘리는 것은 좋다.

"그럼 밀어붙이기 한판으로 사모님을 꼬드기는 데 성공했다, 이런 겁니까?"

야스는 웃기만 할 뿐, 이번에는 아무 대답도 하지 않았다.

외톨이였던 것이다. 야스도, 미사코도.

아닌 게 아니라 남들이 볼 때는 야스 혼자서 열렬한 마음을 보내고, 미사코는 그에 응해 줬다는 식의 형태가 되어 있다. 하지만 서로 처음 마음이 통한 날 밤, 미사코는 기쁘다고 말해 줬다. 나, 기뻐요, 기쁩니다, 하며 야스의 품에 볼을 비비며 눈물을 흘렸다.

부모의 기억을 갖지 못한 야스와, 아홉 살에 가족을 잃은 미사코가 만난 것이다. 외톨이와 외톨이가 만나서 가족이 되고, 내 가정을 만든 것이다.

유난히 큰 짐을 안아 들었다.

아버지가 있었다.

아버지를 만난다.

미사코가 살아 있었다면 분명 누구보다 기뻐해 줬을 것이다.

"야스 선배, 괜찮습니까? 안 무겁습니까?"

히로사와가 거들려는 것을 뿌리치고 등에 힘을 잔뜩 넣었다. 몸을 움직이는 것은 좋다. 땀을 흘리는 것은 좋다.

아버지가 살아 있을 때 만날 수 있게 된 것은, 어쩌면 아키라를 키워낸 야스에게 보내는 수고했습니다, 하는 미사코의 상인지도 모른다.

대학병원을 찾아간 것은 정오 전이었다.

병원 현관에서 아키유키 씨와 만났다.

아키유키 씨는 얼굴도 몸도 우락부락한 야스와는 정반대의 외모였다. 아버지가 같으니 생김새도 비슷할 것이라고 생각하고 있던 야스는 초면의 인사를 어색하게 나눈 뒤 본론을 꺼낼 틈도 없이 말했다.

"당신……어머니 닮은 거 같은데 맞나?"

그러자 아키유키 씨는 안경 안의 눈을 가늘게 뜨며 웃었다. 사투리를 쓴다고 무시하나 싶어서 야스는 불끈했지만 그게 아니었다.

"죄송합니다, 처음에 제대로 설명을 안 해서."

아키유키 씨는 꾸벅하고 머리를 숙이더니 "저는 아버지와는 한 핏줄이 아닙니다." 하고 말했다. "어머니가 저를 데리고 재혼을 했기 때문에……소위 말하는 의붓자식입니다."

"형제가 더 있는가?"

"아니요, 저 혼자이고 아버지나 어머니나 재혼 뒤로는 자식을 낳지 않았습니다."

"그야……당신 생각해서 그랬겠지."

예, 하고 끄덕인 아키유키 씨는 "저도 저지만……." 하고 말을 잇더니 약간 멈칫거리면서 "이치카와 씨도 부모님 머릿속에 있었던 게 아닌가, 생각합니다." 하고 말했다.

야스는 입을 우물우물 움직였다. 평소 같으면 쑥스러움을 숨기느라 밉살스런 소리를 하고도 남았겠지만 아무래도 그럴 수는 없었다.

아버지는 지금 잠들어 있다. 등에 통증이 있는 데다 가래가 영 멈추질 않아서 새벽까지 한숨도 못 자다가 약의 힘을 빌려 좀 전에 간신히 안정되었다고 한다.

"그리 오래 주무시지는 않을 것 같으니, 우선 병실에 들어가서 아버지 얼굴이라도 보시겠습니까?"

"아……아니……."

야스는 저도 모르게 뒷걸음질을 치고는 딱히 급한 것도 아닌데 뭐, 하고 상기된 목소리로 빠르게 말했다.

"그럼 지하에 찻집이 있는데 거기서 기다리시겠습니까? 아버지가 일어나시면 바로 부르러 내려오겠습니다."

"아……아니……그것도 또, 좀 그런데……."

또 한 걸음 뒤로 물러섰다. 갑자기 무서워졌다.

그런 야스에게 아키유키 씨는 쓴웃음을 지으며 말했다.

"똑같네요."

"응?"

"아버지도 똑같았어요."

말기 암 진단을 받고 야스를 한 번 보고 싶다고 결심한 뒤로도 몇 번이나 '역시 안 되겠다.' 하고 말했다. 그래서 아키유키 씨가 '그럼 그만둘까요?' 하고 대답하면 또 부랴부랴 '아니, 그래도 보고 싶다.' 하고 말을 바꿨다. 그러다 또 조금 지나면 '아무래도 야스오한테도 미안하고…….' 하며 망설였다고 한다.

"어머니께 들으니 옛날부터 그랬다더군요. 입에 발린 소리같이 들릴지도 모르겠지만, 아버지는 늘 이치카와 씨와 빈고를 잊지 않고 있었습니다. 이치카와 씨를 어머니 쪽 친척에게 맡긴 채 결과적으로는 버린 꼴이 되어 버린 걸, 젊을 때부터 늘 후회하고 미안하게 생각하고 있었습니다."

"그래도……."

"정말입니다. 그것만은 믿어 주세요."

아키유키 씨는 강한 어조로 말하더니 부탁드립니다, 하고 머리를 푹 조아렸다.

아버지는 때때로 못 견딜 만큼 빈고를 그리워할 때가 있었다. 나이가 든 뒤로는 불현듯 눈물을 글썽이기도 하고 야스 어머니의 추억을 두서없이 이야기하는 경우도 늘었다. 빈고로 돌아가고 싶어 했다. 그러면서도 결국 단 한 번도 빈고에 발을 들이지는 않았다.

"저도 젊을 때부터 수도 없이 들었습니다. 야스오는 건강한지, 행복하게 사는지, 자신을 원망하고 있지는 않은지……하면서."

그런 일 없다, 원망 같은 거 한 적 없다, 하며 야스는 고개를 가로저었다.

아키유키 씨는 안도한 듯 숨을 내쉬더니 표정에 희미하게 섭섭함 같은 것을 내비쳤다.

"솔직히 말해서, 저는 그리 마음에 들지 않았어요. 어머니도, 본심을 말하자면 복잡한 심경으로 들었을 거라고 생각합니다."

"어어……그야 그렇겠지."

"하지만 어른이 되어 결혼을 하고 아이를 낳아 보니 아버지의 마음도 조금씩 이해가 되더군요."

그러니까, 하고 아키유키 씨는 자세를 바로하고 다시 한 번 머리를 숙였다.

"와 주셔서 정말 고맙습니다. 아버지는 물론이고 어머니나 저도 기쁩니다."

훌륭한 가족이다, 하고 야스는 생각한다. 아버지는 태어난 고향인 빈고에서 멀리 떨어진 도쿄에서, 좋은 가족을 만나 행복한 가정을 꾸렸던 것이다.

아키유키 씨가 얼굴을 들기를 기다렸다가 "어머니는 건강하시지?" 하고 물었다.

"예, 덕분에. 지금도 병실을 지키고 있습니다."

"실례가 될지도 모르지만, 그쪽의 친아버지는 지금……."

"제가 갓난아기일 때 사고로 돌아가셨습니다. 그래서 친아버지의 기억은 전혀 없고, 지금 아버지가 진짜 제 아버지입니다."

여기에도 또, 뭔가 결여되어 있거나 덕지덕지 기워 맞춘 가족이 있다. 그래도 "행복했었나?" 하고 야스가 묻자 조금 수줍어하면서 "예." 하고 끄덕이는 부모자식이 있다. "부모님 사이는 좋았고?" 하고 물어보면 아들이 "예, 굉장히." 하고 웃으며 대답하게 하는 부부가 있다. 야스는 크게 두 번 끄덕이고 "나도." 하고 웃었다. "나도, 행복한 인생을 살고 있다." 그것 말고는 이제 아무것도 할 말이 없었다.

야스는 크게 숨을 쉬고 "내가 만나도 괜찮으려나." 하고 말했다. 헤매거나 망설이던 마음은 사라졌다. 가슴 밑바닥에서 솟아오르는 온갖 생각들도 작은 파편으로 만들어 꿀꺽 삼켜 버렸다.

태어나서 처음으로 마주하는 아버지는 눈을 감고 있었다. 콧구멍에 산소흡입을 위한 가느다란 튜브가 삽입되어 있고, 링거주사를 맞고 있었다. 잠옷의 옷깃을 풀어헤쳐서 가슴에 벌써 심전도 센서까지 붙인 것으로 보아 마지막 순간이 그리 멀지 않았을 것이다.

하지만 생각했던 만큼 여위지는 않았다. 얼굴빛도 그리 나쁘지 않다. 암의 진행이 워낙 빨라서 쇠약해질 틈도 없었다는 이야기일 것이다.

"건강하셨을 때랑 별반 차이가 없습니다. 그래서 오히려 어머니한테는 좀 버거울지도 모르지만……."

아키유키 씨는 그렇게 말하더니 자그마한 체형의 어머니 어깨를 위로하듯 안고 둘이 나란히 병실을 나갔다. 야스와 아버지를 단둘이만 있게 해 줬다. 아키유키 씨의 어머니는 상냥해 보이는 사람이었다. 사진으로밖에 본 적 없는 야스의 어머니 얼굴과 어딘가 닮은 것 같은 기분도 들었지만 실제로 비교해 보면 전혀 다른 생김새일 것이라는 생각도 들었다.

일생에 두 남편의 병수발을 하게 된 이 어머니는 운이 좋지 않은 사람인지도 모른다. 그래도 내 자식이 어엿한 어른으로 성장할 때까지 살고, 키우고, 사랑했다.

좋다, 대단하다고 생각한다.

우리 어머니보다, 미사코보다, 아주머니 당신은 행복한 사람이고 주위를 행복하게 해 준 사람이네. 이렇게 말하고 싶다.

그리고 깊이 잠든 아버지에게, 좋은 사람이랑 재혼했네, 착한 아들이 있어 다행이었네, 말하고 싶다.

하지만 막상 침대 옆에 서니 아무 말도 나오지 않는다.

이 사람이 아버지였다. 나는 이 사람의 아들이었다. 만약 어머니가 일찍 돌아가시지 않았더라면 아버지한테도, 자신한테도, 미사코한테도, 아키라한테도, 아버지의 부인한테도, 아키유키 씨한테도, 전혀 다른 인생이 있었을 것이다. 거슬러 올라가 보면, 어머니는 자신을 낳고 몸이 안 좋아져서 죽음에 이르고 말았다. 그렇다면 자신이 이 세상에 태어나지만 않았더라도 부모님도, 아키유키 씨 모자도, 미사코도 …….

이리저리 흘러가기 시작한 생각을 등신, 하며 끊었다.

그래 따지면 내가 없는 건데, 내가 없으면 미사코는 계속 외톨이로 지내야 되고 아키라도 없는 건데. 아키라가 못 태어난다는 말이잖아. 그럼 안 되지…….

아버지의 잠든 모습이 불현듯 흔들렸다.

숨이 막혔다.

야스는 차려 자세를 했다.

"저를 낳아 주셔서 고맙습니다."

아이고 어쩌나, 방금 내 말투가 좀 이상했나, 웃겼나, 하며 쑥스러움을 감추느라 울며 웃는 얼굴을 만들었을 때, 문득 아버지의 손에 눈길이 갔다.

체격에 비해서는 커다란 두툼한 손이었다.

자신의 손과 비교해 본 야스는 "못 말린다…….." 하고 울며 웃는 얼굴 그대로 혼자 중얼거렸다.

어릴 때부터 삼촌 부부에게 '네 얼굴은 엄마를 닮았다.' '웃는 모습이 많이 닮았다.' 하는 말을 들어 왔다. 어머니 쪽 친척이라 팔이 안으로 굽는 것이라 해도, 실제로 사진으로 보는 어머니는 자신과 눈매가 꼭 닮았던 데다 이렇게 아버지와 마주해 보니 새삼 어머니를 많이 닮았구나, 하는 생각이 든다.

그래도 손은 틀림없이 아버지한테서 물려받은 것이다.

커다란, 두툼한 손을 아버지가 주셨다.

그 손으로 미사코를 안고, 아키라를 키웠다.

야스는 바닥에 무릎을 대고 아버지의 손을 잡았다. 생각하고 한 행동이 아니라, 마음이 멋대로 흔들렸고 몸이 멋대로 움직였다. 손을 쓰다듬었다. 눈물에 젖은 뺨을 가만히 댔다.

"고맙습니다……고맙습니다……고맙습니다……."

흐느끼는 소리에 지워질 듯 말 듯, 몇 번이고 몇 번이고 몇 번이고 몇 번이고, 오직 한 마음으로 몇 번이고 몇 번이고 몇 번이고 몇 번이고 되풀이했다.

그냥 돌아가겠다는 야스를 아키유키 씨는 병원 현관까지 쫓아왔다.

"이제 곧 깨어나실 겁니다. 만나 주세요. 아버지는 어쨌든 단 한 마디라도 이치카와 씨한테 사죄를 하고 싶어서……."

"사죄고 뭐고, 무슨 나쁜짓을 했다고. 게다가 이제 다 지난 일인데. 내가 하고 싶은 말은 다 전했고, 그쪽이 하고 싶은 말도 다 알았다. 그럼 된 거지, 이걸로 충분하다."

야스는 무뚝뚝하게, 걸음도 멈추지 않고 대꾸한다. 눈물 자국 남은 얼굴을 보여 주고 싶지 않았다.

"깨어나시면 안부나 전해 주시게. 야스오는 건강하고 행복하게 잘 살고 있습니다, 아들도 어엿한 어른으로 키워 냈고, 이제부터는 안락한 노후생활만 남았습니다, 이렇게."

현관 밖으로 나오니 초여름 햇살에 퉁퉁 부은 눈이 시렸다. 이거면 됐다. 햇님도 그렇게 말해 주고 있다. 손을 잡고 뺨을 비비며 울었다. 부모자식 간이라면 통한다. 알아 줄 것이다. 믿었다. 이제야 간신히 확인한 아버지와 아들 간의 인연은, 말을 나누면 오히려 사라져 버릴 것 같은 기분도 들었다.

아키유키 씨는 야스 앞으로 치고 나와 가는 길을 막는다.

"또 오실 수 있겠습니까?"

야스는 말없이 고개를 가로저었다.

"다음에는 아드님과 함께……아버지한테는 한 핏줄인 손자가 되는 셈이니까요."

"아니다."

야스는 단호하게 말했다. "그 사람 손자는 당신 자식이다." 하고 말을 이었다.

"그러니까, 그건 분명 그렇지만, 그래도 역시 진짜……."

"가족에 진짜 가짜가 어디 있나? 소중하게 생각하는 사람들끼리 함께 있으면 그게 가족이지. 함께 안 있어도 가족이고. 내 목숨하고 바꿔서라도 지켜주고 싶다고 생각하는 상대는 다 가족이지. 그거면 된 거지."

야스는 '빈고 모나카'가 든 봉지를 아키유키 씨에게 내밀었다.

"고향 명물이다. 그 사람도 반가워 할 거다. 자기는 잘 못 먹어도 자네나 어머니나 자네 자식들이 맛있다, 맛있다, 하면서 먹어 주면 그 사람도 기뻐할 거다."

그럼 간다, 하고 걸음을 내디뎠다. 아키유키 씨는 이제 붙잡지 않았다. 대신 멀어져 가는 야스의 등에다 대고 깊숙이 머리를 조아렸다. 야스는 멈추지 않는다. 돌아보지도 않는다.

아키라가 보고 싶었다.

「시티 비트」에 실린 주소를 근거로 지하철 환승을 두 번 실패하며 어렵사리 도착한 출판사는 번지를 잘못 찾아왔나 싶을 정도로 근사한 건물이었다. 로비에는 내객용 소파가 수없이 늘어서 있고, 회의용 부스도 설치되어 있고, 접수창구 옆에는 경비원까지 대기하고 있었다.

편집부는 낡은 상가건물의 사무실 한 칸을 빌렸을 것이라고만 생각하고 있었다. 불쑥 찾아가서 문만 열면 아키라가 있을 것이라고 멋대로 생각하고 있었다.

접수창구의 여사원과 눈이 마주친 야스는 황급히 인사를 하고, 더 황급히 넥타이를 고쳐 맸다. 트럭 짐 부리는 일을 거든 탓에 바지의 다림질 선은 완전히 사라진 상태였다. 와이셔츠도 주름투성이인 데다 땀내까지 난다.

"저기……."

창구 앞에 서니 접수하는 아가씨는 그래도 생글생글 웃어 줬지만 경비원은 은근히 경계하는 게 느껴졌다.

"어디에 볼일이 있으신가요?" 하고 접수 아가씨가 물었다. 그 목소리가 어찌나 상큼하던지, '시티 비트'라는 이름을 깜박 잊어버리고 말았다.

"아키라, 아키랍니다."

"예?"

"이치카와, 이치카와."

"……지바에 있는 이치카와 시를 말씀하시는 건가요?"

"그게 아니고, 이치카와 아키라. 아키라, 아키라를 만나러 왔는데."

접수 아가씨는 미심쩍다는 얼굴로 내선 전화표를 내려다보며 사원 이름을 손가락으로 하나하나 짚어 가다가 "「시티 비트」의 이치카와 씨 말씀이신가요?" 하고 물었다.

"어어, 그래 그거. 그 이치카와. 만나게 해 주시요."

"……약속은 하셨습니까?"

"약속은 안 했지만, 내가 애비 아닙니까?"

"예?"

"됐고, 얼른 연결해 주시요. 나는 야스라고 합니다. 이치카와 야스오. 아키라 아버집니다. 수상한 사람 아닙니다. 오늘 아침에 히로시마 빈고에서 출발해서 아키라 만나러 왔습니다."

"……잠깐 기다려 주세요."

접수창구의 전화를 받고 로비로 내려온 사람은 삼십 대 중반의 남자였다. 건네준 명함을 보니 데스크라는 직함이 달려 있었다. 야스도 드라마나 만화에서 많이 본 단어였다. 신참기자의 원고를 인정사정없이 빨간 펜으로 체크하며 '버려! 이런 원고를 어디에 써!' 하고 버럭 호통을 치는 역이다.

이 남자도 아키라에게 호통을 치고 있나 싶은 마음에 야스는 저도 모르게 쨍하는 눈으로 노려봐 데스크를 당황하게 만든다.

아니지, 이 남자가 얼마나 아껴 주느냐에 따라 아키라의 출세가 결정된다. 그 생각에 이번에는 또 싹싹하게 웃어서 데스크를 또 한 번 당황하게 만든다.

어쨌거나 아키라는 사내에 없었다.

"아버님이 오실 줄 알았으면 일정을 조정했을 텐데 촬영 때문에 요코하마에 가서 오늘밤 늦게야 돌아올 겁니다. 계속 해안선을 따라 돌거라 그쪽에서 공중전화로 연락을 하면 모를까, 어떻게 손 쓸 방법이……."

데스크는 미안한 얼굴로 말했다. 휴대전화가 없는 시절이었다.

"아, 아닙니다. 저도 갑작스럽게 찾아왔으니까요."

밤까지 기다리게 되면 돌아가는 야행열차를 놓치게 된다. "이거, 다 같이 드시요." 하며 선물인 '빈고 모나카'를 건네주고 바로 돌아서려고 했는데 데스크가 불러 세웠다.

"모처럼 오셨는데, 편집부 구경이라도 하시겠습니까?"

"그래도 괜찮겠습니까?"

"예, 그럼요. 편집장님도 자리에 계신데 한번 뵙고 인사라도 드리고 싶다고 하십니다."

바른 높임말이고, 지극히 당연한 높임말이기도 하다.

하지만 무엇보다 표준어에 익숙하지가 않다. 제대로 된 높임말에도 익숙하지 않다. 순간, 사극 세계로 빠져든 것 같은 감각에 사로잡혀 "황감하옵니다." 하고 대답해 버렸다.

편집부는 야스가 상상했던 것 이상으로 활기찼다. 자리도 널찍하고 사람도 많다. 아키라의 자리는 수많은 책상 무리들 속에 하나, 문자 그대로 말석이었지만 책상 위에 수없이 붙은 전화 내용 메모나 명함 케이스에서 흘러나온 취재처 명함을 보고 있으니 뭔가 그것만으로도 아키라의 일상이 상상되어서 야스의 얼굴은 절로 싱글벙글하게 된다.

응접실 구석의 소파에서 편집장과 데스크가 이야기해 주는 아키라의 평도, 야스의 상상 이상으로 좋았다. 신입사원이기는 하지만 학생 때부터 아르바이트를 한 경험이 있기 때문에 따로 수습기간 없이 바로 활약하고 있다고 한다. 기사 타이틀이나 표제를 다는 데도 센스가 있다고 한다.

반만 사실로 여겨야지, 반만 사실로 여겨야지, 하면서도 역시 기쁘다.

"그중에서도 이치카와 군의 강점은 선배들 사이에서 평판이 좋다는 점입니다."

데스크가 말했다. "아부를 잘한다는 뜻이 아닙니다. 뭐라고 해야 하나, 그 친구는 타고나기를 붙임성이 있다고 해야 하나……저 친구를 위해서 뭔가 해 줘야겠다는 마음이 들게 하는 힘을 가지고 있습니다." 하고 말을 잇자 편집장도 그래그래, 하며 끄덕였다.

솔직히 진심으로 눈물이 나올 만큼 기뻤다. 다에코의 얼굴이 떠올랐다. 쇼운과 유키에와 가이운 스님의 얼굴도 떠올랐다.

"고향에서……그놈, 많은 사람들 손에 컸지요."

야스는 고개를 약간 숙이고 말했다. 크림과 설탕을 담뿍 넣은 커피에 시선을 고정한 채 한들한들 올라오는 수증기 위로 미사코의 모습을 포개며 이야기를 이었다.

"아키라가 철들었을 무렵에는 에미가 없었습니다. 가정교육이 덜된 부분도 있을 겁니다. 그래도 많은 사람들 손에 컸지요."

"아버님 혼자 고생이 많으셨겠어요."

편집장이 말하자 야스는 "혼자가 아닙니다." 하고 고개를 저었다. "손은 억수로 있었습니다. 부모가 아니다 뿐이지 아키라를 키워 준 사람들은 억수로 있었습니다. 진짜 억수로, 억수로 있었습니다."

처음에는 '억수로'라는 말의 의미를 몰랐던 편집장도, 데스크가 옆에서 "많이 있었다는 의미 같은데요, 아마." 하고 귀띔을 해 주자 이해가 된다는 표정으로 응, 응, 하고 끄덕이고는 웃었다. 야스를 바라보는 눈빛이 바뀌었다. 형식적인 예의가 사라지고 동료를 바라보는 눈빛이었다.

"우리 아키라, 잘 부탁드립니다."

야스는 일어나서 꾸벅하고 인사를 했다. 편집장과 데스크가 입을 모아, 이러지 마십시오, 하면서 앉으라고 했지만 듣지 않았다.

"편집장 님이나 데스크 님이나 여러분들이 키워 주셔야 됩니다. 전 시골 사람이라 배운 것도 없고 아키라한테 아무것도 해 줄 수 있는 게 없어요. 부디……부디, 잘 단련시켜 주십시요. 불평불만이 많으면 두드려 패도 됩니다. 그래도 어떻게 그놈을 버리지는 말아 주십시요……."

편집장은 온화하게 웃더니 크게 끄덕였다. 그만 앉으세요, 하고 재촉하자 이번에는 야스도 얌전히 따랐다.

"이치카와 군은 행복한 어린 시절을 보냈군요."

"아니……."

"하지만 이치카와 군을 키워 준 손이 아무리 많아도, 가장 크고 늠름한 건 역시 아버님 손입니다."

"그렇지도……."

않습니다, 하고 대꾸하려는데 그 전에 편집장이 "이치카와 군, 입사 시험 작문에서 아버님 이야기를 썼습니다." 하고 말했다.

몰랐다.

"작문의 주제는 '거짓말과 진실에 관해'라고 해서. 뭐, 참 우리 업계다운 것이었습니다만, 이치카와 군, 아버지 이야기를 썼더군요."

야스의 거짓말과 진실…….

짐작 가는 이야기는 하나밖에 없었다.

그래서 더욱 야스는 말없이 커피만 바라본다.

편집장도 잠시 입을 다물고 뭔가 곰곰이 생각을 하더니 "읽어 보시겠습니까?" 하고 말했다. "인사부에 아마 아직 있을 겁니다."

인사부 담당자는 못마땅한 표정이었지만 편집장이 인사부장과 담판을 한 결과 두툼한 서류 파일에서 아키라의 작문을 꺼내 왔다.

"원래는 이러면 안 되는데요. 괜찮습니다. 무슨 일이 생기면 제가 책임을 질 테니, 읽어 보세요. 좋은 글이었습니다. 지금이니까 하는 말이지만 필기시험보다는, 이것 때문에 합격하지 않았을까."

고맙습니다, 정말 고맙습니다, 하고 머리를 숙이는 야스에게 편집장은 "하지만 이 작문을 읽으신 사실은 이치카와 군한테는 비밀로 하는 게 좋을 거라고 생각합니다." 하고 말했다.

"아……."

"거짓말과 진실……두 개가 있었습니다, 작문 중에."

"예?"

"이치카와 군의 마음에 답해 주려면, 아버님이 말씀을 안 하시는 것이 가장 좋은 방법이라고 생각합니다."

이제 곧 회의가 있다고 말한 편집장은 어리둥절해 있는 야스를 데스크에게 맡기고 엘리베이터 홀 쪽으로 갔다.

그 뒷모습이 멀어져 간 것을 확인한 다음, 데스크가 속닥이는 목소리로 가르쳐 줬다.

"편집장 님, 지난주에 따님이 결혼을 했거든요. 결혼식 신부 입장 때부터 피로연 마지막 꽃다발 증정 때까지 내내 우셨다는 말이 있더라고요."

야스는 그렇구나, 하고 끄덕이며 엘리베이터 홀을 돌아봤다.

마침 엘리베이터에 타는 참이었던 편집장은 홀과 복도에 쩌렁쩌렁 울려 퍼질 정도로 크게 재채기를 했다.

편집부의 응접실 구석으로 돌아가자 데스크는 "제가 있으면 방해가 될 테니." 하며 자리를 비켜 줬다.

야스는 몇 번이나 헛기침을 하고 눈을 비비고, 소파 위에서 엉덩이를 굼지럭굼지럭 움직이면서 아카라의 작문을 펼쳤다.

원고지 다섯 장. 마지막 장의 마지막 줄까지 빽빽하게 적혀 있다.

제목은 '아버지의 거짓말'이었다.

'나에게는 어머니가 없다.' 하는 첫머리에 이어 '내가 네 살 때 사고로 돌아가셨기 때문이다.'라고 적혀 있다.

'사고 경위는 초등학교를 졸업할 때 아버지께 들었다.'

화물 밑에 깔릴 뻔한 아버지를 어머니가 대신 깔리면서 구해 줬다. 아키라는 야스가 설명한 대로 쓰고는 '아버지는 그것을 털어놓은 뒤 수없이 내게 사과했다.'라고 이어져 있었다.

그런데 다음 단락에서 이야기가 뒤집힌다.

의외의 인물 이름도 등장했다.

'대학교 2학년 겨울, 도쿄에서 성인식을 맞이한 며칠 뒤, 고향에서 편지가 왔다. 보낸 이는 아버지의 죽마고우이며, 어릴 때부터 나를 많이 사랑해 준 쇼운이라는 스님이었다. 두툼한 봉투 안에는 쇼운 아저

씨의 아버지인 고 가이운 스님이 쓴 편지가 함께 들어 있었다.'

아버지의 유언이라고 쇼운은 편지에 썼다. 가이운 스님은 아키라 앞으로 보내는 편지를 쇼운에게 맡겨 두었던 것이다. 성인식을 맞이하면 읽게 하되 야스오에게는 이 편지 이야기는 하지 말고, 너도 읽지 마라, 하며 임종이 다가왔을 때 말씀하셨다고 한다.

쇼운은 그 약속을 끝까지 지켰다. 야스 앞에서는 편지의 존재 따위 내색도 하지 않았고, 자신 역시 봉투를 열지 않은 채 본존님 뒤에 감춰 두고 그저 아키라가 성인식을 맞이할 날만 기다렸다.

'가이운 스님의 편지에는, 아마 야스오는 아직 아무것도 말하지 않았을 테니까, 하고 전제를 단 어머니의 죽음에 관한 이야기가 적혀 있었다. 가이운 스님의 말씀대로 아버지는 내게 어머니의 죽음에 관한 이야기를 고백한 이후로 다시는 그 이야기를 꺼내지 않았다. 역시 어머니를 향한 속죄 의식이 있는 것이라고 생각했었는데 그렇지 않았다. 어머니가 자신의 목숨과 맞바꿔 구한 것은 바로 나였다.'

야스오의 거짓말을 용서했으면 한다, 하고 스님은 편지에 썼다.

너를 위하는 길을 생각하느라 고민하고 또 고민하고 또 고민한 끝에 하게 된 거짓말이다, 라고도 썼다.

'붓으로 쓰인 가이운 스님의 글씨는 내가 아는 글씨보다 훨씬 힘이 없어 보였다. 아마도 건강이 나빠진 뒤에 쓴 것이리라.'

스님의 말은 문자 그대로 유언이었다.

너는 어머니가 목숨을 지켜 줬고, 아버지가 키웠고, 수많은 사람들의 도움을 받아 성인식을 맞이할 정도로 자랐다. 그것을 부디 행복이라고 생각해 주길 바란다. 살아 있다는 것의 행복을 음미하고, 성장한 것의 기쁨을 음미하며, 앞으로 긴 인생을 살아 주길 바란다. 고마운 마음을 잊지 않는 어른이 되었으면 한다. 어머니에게, 주위 사람들에게, 그리고 무엇보다 아버지에게……너를 세상 누구보다 사랑해 준 아버지에게 언젠가 고맙습니다, 하고 말해 주길 바란다…….

'편지를 읽고 눈물이 끝도 없이 흐르기는 태어나서 처음이었다. 누구를 향해, 어떤 마음으로 울고 있는지 나도 알 수 없었다. 다만 울면서 문득 깨달은 것이 있다. 코를 훌쩍일 때 한쪽 콧구멍을 손가락으로 막고 오른쪽, 왼쪽, 오른쪽, 왼쪽, 이렇게 번갈아 가며 훌쩍이는 것은, 텔레비전 드라마의 최종회나 고시엔 고교야구 폐회식을 보며 울 때의 아버지를 닮은 버릇이었다.'

나는 이제 곧 떠난다, 하고 스님은 편지 마지막에 썼다.

미사코를 만나게 되면 아키라는 훌륭하게 커서 어엿한 어른이 되었다고 전해 주겠다. 미사코가 기뻐하는 얼굴이 눈에 선해 벌써부터 그쪽으로 가는 게 기대되어 좀이 쑤신다.

하지만 미사코가 무엇보다 기쁘게 여기는 것은, 하고 맨 마지막에 적혀 있었다. 네가 아버지의 거짓 고백을 들은 뒤에도, 단 한 번도 아버지를 원망하지 않았던 일일 것이다.

'스님의 편지를 읽고 처음으로 깨달았다. 그러고 보니 나는 어머니가 아버지를 보호하다 죽은 것이라고 믿고 있었다. 하지만 정말 단 한 번도 '아버지 때문이다'라는 생각은 하지 않았다. 아버지는 고백한 뒤에 '원망해도 좋다'라고 말했다. 나도 그때는 끄덕였다. 하지만 아버지를 원망한 적은 한 번도 없었다. 참은 것이 아니라, 그런 마음이 전혀 들지 않았다. 그게 나는 기쁘다. 나 자신 때문이 아니라, 나에게 원망하는 마음을 품게 만들지 않은 아버지를 자랑스럽게 생각한다. 아버지는 거짓말을 했다. 나는 스무 살이 되어서야 진실을 알았다. 하지만 정말로 중요한 진실은, 아버지와 지낸 날들에 있었는지도 모른다.'

자신의 자리로 돌아간 데스크는 처음에는 야스를 힐끔힐끔 살폈지만 걸려온 전화에 응대가 길어졌고, 전화를 끊은 뒤에는 스태프와 회의를 시작했다.

덕분에 야스는 마음껏 울 수 있었다.

알고 있었구나, 전부 알고 있었구나, 하고 오열하며 중얼댔다. 그리고 오른쪽, 왼쪽, 오른쪽, 왼쪽, 오른쪽, 왼쪽……번갈아 가며 콧구멍을 막고 코를 훌쩍였다.

화물을 트럭에 싣고 있던 히로사와는 플랫폼에 나타난 야스를 보자 "어떻게 된 겁니까?" 하고 놀라서 들고 있던 짐을 떨어뜨릴 뻔했다.

"거들어 주마."

야스는 양복을 벗고 넥타이를 푼다.

"밤기차 시간, 벌써 지났는데요."

"괜찮다. 나는 트럭이 성미에 맞다. 방해가 되겠지만 빈고까지 옆에 좀 앉혀 줘라."

"아……그건 상관없는데……."

"그 대신, 인사라고 하면 좀 그렇지만 선물 사왔다."

양복 옆에 두었던 종이봉지를 턱으로 가리킨다. "가미나리오코시(쌀 과자의 일종 옮긴이)다. 오래 가는 거니까, 다음에 어머니한테 갈 때 갖다 드려." 하고 와이셔츠 소맷자락을 걷으며 웃는다.

"……괜찮겠습니까?"

"사양할 거 없다. 부모가 있으니까 자식이 있지. 안 그렇나? 부모가 없으면 자식도 없다. 당연한 이치지."

"아……."

"난 오늘 태어나서 처음으로 아들이 됐다."

아버지를 닮은 두툼한 손을 바라보며 좋았어, 하고 꽉 움켜쥔다.

"그리고 오늘 태어나서 처음으로 아들한테 졌다."

콧구멍을 살짝 벌려 숨을 들이쉬고 가까이에 있던 골판지 상자를 들었다.

여우에 홀린 표정을 한 히로사와에게 상자를 건네고 "야, 히로, 뭐하나? 짐칸에 넣어라. 자꾸자꾸 줄 테니까 얼른 쌓아라." 하며 또 웃는다.

"……뭔 일 있었습니까, 야스 선배?"

"어, 억수로 많았다."

"아키라는 만났습니까?"

"어어, 만났다. 착하고 고운 아키라를 만났다. 그놈은 이제 걱정 없다. 어른이 됐다."

화물을 또 안아 들고 히로사와에게 건넨다. 히로사와도 뭐, 됐나, 하고 쓴웃음을 지으며 자초지종을 듣는 건 포기하고 "기분 좋아 보이네요, 야스 선배." 하고 말했다.

"어, 행복하다, 해피하다."

몸을 움직이는 것은 좋다. 땀을 흘리는 것은 좋다.

아들로서 흘리는 눈물과 아버지로서 흘리는 눈물이 뒤섞여 눈에서 흘러내려도, 땀 탓으로 돌릴 수 있다.

유미 씨

언젠가는 그날이 온다.

각오는 하고 있었다. 기대도 하고 있었고, 잠자리에서 그날 일을 문득 상상하다 어떻게 해야 좋을지 모르겠다, 하며 이불을 머리 위로 뒤집어쓴 밤도 있었다.

하지만…….

그것은 너무도 느닷없이 찾아왔다.

아키라가 스물여섯 살, 야스가 쉰네 살이던 해 가을.

거실에 놓인 책장의, 위에서부터 두 단이 「시티 비트」의 백넘버로 가득 찼을 무렵.

"이번 주말, 빈고에 갈 거야."

아키라한테서 전화가 왔다. 금요일 밤에 돌아왔다가 일요일 저녁에 출발하는 2박 3일간의 철 지난 귀성이었다.

"무슨 일이고, 출장길에 오는 거냐?"

야스가 태평스레 묻자 아키라는 "아니……그게 아니라……." 하고
우물우물하다가 "그보다," 하고 말을 이었다.

"우리 집, 손님용 이불 같은 거 없지?"

"어?"

"한 세트 사다 놓으면 안 될까? 좀 그러면 여기서 사서 보내는 방법
도 있고."

"누가 와서 자나?"

"응, 뭐, 호텔을 잡아도 되지만 그래도 음……앞으로 일도 생각해야
하니까……우리 집에서 자게 하는 편이 좋을 것 같아."

설마, 하고 순간 머리에 스친 예감을 얼른 떨쳐내고 싶어 텔레비전
을 보며 정신을 딴 데 팔았다.

마침 뉴스 시간이었다. 진행자가 얌전한 얼굴로 왕의 병상을 전달
하고 있었다. 바로 며칠 전에는 대량의 하혈이 있어 1600CC나 되는
수혈을 받았다는 보도가 있었다. 1988년, 쇼와 63년. '쇼와'의 시대가
막을 내리려 하고 있었다.

"여보세요? 아버지, 듣고 있어? 이불 어떻게 할까?"

아키라의 목소리에 현실로 되돌아온 야스는 "여기서 사다 놓지 뭐."
하고 서둘러 대답하고는 농담조로 "여자용 이불이 좋겠나?" 하고 물
었다.

아키라는 웃지 않았다. 잠시 시간을 두었다가 "사카모토 유미라고
해." 하고 말했다.

"……사귀나?"

"……결혼할까 해."

이미 같이 살고 있다고 아키라는 말했다.

자랑은 아니지만 남녀관계를 바라보는 야스의 사고방식은 낡았다. 지극히 낡고, 지극히 완고하다. 그런데 어정쩡하게 새로운 '동거'니 '미혼모' 같은 단어가 보태지니 머릿속이 혼란스러워 어떻게 해야 좋을지 암담해진다.

이런 때는 역시 쇼운밖에 없다.

하지만 쇼운은 뜻밖에 이해심이 좋았다. "과장되게 생각 안 해도 되지 않겠나." 하며 웃는다.

"아키라도 스물여섯이고, 상대도 어른이잖아. 다 큰 남자하고 여자가 서로 좋아서 같이 사는 건데, 그것도 인연이지."

"등신, 남의 일이라고 속 편한 소리 하네. 개나 고양이가 발정난 거하고 다르다."

화가 나서 견딜 수가 없다. 이것이 중생을 극락정토에 인도하는 중이 할 소리인가.

"시집도 안 간 처녀한테 그런 짓을 해서……내, 그쪽 부모님한테 무슨 말로 머리를 숙여야 될지……."

"그래서 결혼하는 거 아니야? 지킬 거는 지킨 거지."

"순서가 틀렸다. 도리에 안 맞다, 이 말이다."

"어떻나. '결과가 좋으면 다 좋다' 이런 말도 있는데."

"등신, 인간의 도리라는 건 '시작이 좋으면 끝도 좋다' 이거다. 진짜로 아키라 그 등신, 아직 말단 초짜 주제에 여자 밝히는 쪽으로는 남들한테 안 지는 거라……."

화가 났다. 당황스러웠다. 초조했다. 온 집 안 대청소도 해야 하고, 손님용 이불도 사야 하고, 2박 3일간 먹을 것도 생각해야 하고……이 제 모레 밤이면 두 사람과 대면해야만 한다.

"우리 가게 대절해 줄 테니 금요일 밤에 데리고 와. 얏짱이 부엌에 가면 아키라도 대화를 못 하니 곤란할 거 아냐."

다에코는 성미 급하게도 벌써부터 사카모토 유미라는 여성에 엄청 난 흥미를 보이며 "내가 하는 장사가 이렇다 보니까 사람 보는 눈 하 나는 정확하잖아. 유미 짱이 아키라한테 어울리는 사람인지 어떤지, 한 방에 알아봐 줄게." 하고 큰소리를 치며 조리복의 소매를 걷어붙 인다.

"내 마음에 드느냐, 안 드느냐가 유미 짱의 승패의 갈림길이네."

시어머니라도 된 것처럼 괜히 점잖은 척 말하면서도 만나기 전부터 '유미 짱'이라고 친근하게, 기쁘게 부르고 있다는 점만 봐도 이미 승패 의 행방은 빤하다.

목요일 저녁, 일을 일찌감치 마친 야스는 이불가게에 가서 손님용 이불을 샀다.

최상급에서 최하급까지 쫙 갖춰진 이불들 중에서 선택한 것은 최 상급에 좀 가까운 것으로, 야스는 한 번도 써 본 적 없는 깃털이불이 었다.

"색은 어떤 걸로 하시겠어요?" 점장이 물었다. "파란색이랑 빨간색이 있는데……."

파란색은 남자 것이고 빨간색은 여자 것. "뭐, 그렇게 딱 정해져 있는 거는 아니지만 보통 다들 그래 하시지요." 그렇다면 빨강을 선택할 수밖에 없나.

여기서 야스는 또 그만 쑥스러워지고 만다. 여자용 이불을 사는 것만으로도 볼이 화끈거린다. 하지만 척 보기에도 남자용인 이불을 꺼내면 유미 짱 기분이 상할지도 모르는데…….

"베이지도 있는데, 조금 더 비쌉니다. 상급의 깃털을 썼거든요."

"그거는 남자건 여자건 상관없나?"

"그렇지요. 누가 써도 안 이상할 겁니다."

"그럼 그걸로 주소. 비싸도 된다. 돈은 상관없으니까 베이스로 하자, 베이스로."

"베이지요."

"뭐면 어때, 얼른 포장해라. 꾸물대면 혼구녕이 날 줄 알아라, 이놈."

배달 예약을 마치고 가게를 나와서 이번에는 이발소로 간다.

잘 아는 사이인 주인은 야스를 거울 앞에 앉히고 머리를 가볍게 빗으로 빗으면서 "오늘은 어떻게 할까요?" 하고 물었다.

평소에는 '남자답게 해 줘.' 하고 농담조로 말하지만 오늘은 그런 여유가 없다. "어떻게 말을 해야 하나. 잘 표현을 못 하겠는데……." 하고 우물우물한 끝에 겨우 한 말이 이 한마디였다.

"아들놈이 부끄러워하지 않을 머리로 해 줘라."

"예?"

"됐다. 얼른 잘라라, 얼른."

"그럼 야스 씨, 백발 염색해 보겠습니까? 흰 머리가 많이 늘었는데……염색하면 확 젊어집니다."

거울에 비친 자신의 머리를 새삼 바라봤다.

아닌 게 아니라 흰 머리가 늘어나 있었다. 얼굴도 꽤 늙었다. 날마다 보면서도 말해 주기 전에는 실감하지 못했다.

야스는 거울 속의 자신에게서 눈을 돌리고는 "그냥 평소대로 해 줘." 하고 기운 없이 말했다.

금요일 저녁, 이틀 연달아 일을 일찍 마친 야스는 대청소에 착수했다.

아키라와 유미 짱은 저녁 8시 넘어서야 도착할 것이다. 집에 들러 짐을 푼 다음 곧장 '저녁뜸'에 가기로 되어 있다.

다에코는 가게를 대절해 주고, 한창 살이 오른 굴로 유미 짱을 대접하겠다며 의욕이 넘쳐 있었다. 쇼운과 유키에도 타이밍을 봐서 얼굴을 내밀기로 되어 있었다. "보나마나 야스는 쑥스러워서 제대로 말도 못 할 거 아냐. 내가 대신 유키 짱을 상대해 주마." 분한 노릇이긴 하지만 분명 그리 될 것이다.

야스는 묵묵히 불단을 청소한다. 미사코의 위폐며 영정도 극세사 섬유로 정성껏 닦았다.

불단 앞에 평소에는 두지 않는 방석을 놓았다. 향을 상급 향으로 바꾸고 초도 연꽃이 새겨진 것으로 사뒀다.

살아 있는 자들끼리 인사하는 것이야 아무려나 좋다. '처음 뵙겠습니다.' '안녕하세요.' '실례하겠습니다.' '신세 지겠습니다.'……그 정도면 된다. 하지만 미사코의 불단에는 제대로 인사를 해 줬으면 한다.

"어이, 미사코."

영정을 손에 들고 애틋이 말을 건다.

"잘 됐지, 아키라도 이제 어엿한 어른이다. 자식 키우기도 이걸로 진짜, 진짜로 끝났다……."

미사코의 웃는 얼굴을 바라보고 있자니 갓난아기 시절부터 아키라의 모습이 차례차례 떠올랐다가는 사라진다. 잘 커 줬다. 진심으로 그렇게 생각한다.

"내 일은 끝났다. 이제 얼른, 당신 있는 곳에 가야 되는데……."

중얼거리는 목소리가 흔들린다. 가슴에 뜨거운 것이 복받쳐 오른다. 안 되지, 안 돼, 하며 서둘러 영정을 불단에 돌려놓고 힘차게 일어섰다. 이런 데서 감상에 젖어 있을 때가 아니다.

욕실에 들어가 몸을 깨끗이 한 다음 물을 빼고 새로 받아 놓고, 새로 산 속옷을 입고, 와이셔츠와 양복, 넥타이까지 맸다.

아니, 외출복은 좀 유난스럽나 싶어서 폴로셔츠로 갈아입었다가 아니지, 아니지 지킬 건 지켜야지 하면서 다시 넥타이를 매고, 아니, 아니지, 유미 짱이 불편해 하면 안 되는데, 하면서 또 폴로셔츠로 갈아입고……막 샤워를 마친 얼굴에서 땀이 흘러내릴 무렵, 현관의 벨이 울렸다.

유미 짱의 외모나 됨됨이를 멋대로 상상하지 말자고 다짐하고 있었다. 기대가 앞서면 좋지 않다. 다에코도 "얏짱은 꿈꾸는 경향이 있어서, 멋대로 상상을 부풀리게 되면 유미 짱이 가엾잖아?" 하며 못을 박았더랬다.

알고 있다. "아키라가 반한 여자라면 수염이 나 있어도 상관없다."

하는 말 정도는 가슴을 펴고 말할 수 있다. 외모? 학력? 그런 데 집착하지 않는다. 다만 한 가지, 소원이 있다면 아주 조금이라도 좋으니 미사코와 닮은 구석이 있는 여성이었으면 좋겠다. 어머니의 기억이 없는 아키라가, 그래도 무언가에 이끌린 듯 어머니의 모습과 겹치는 여성을 사랑했다면 그보다 기쁜 일은 없다.

야스는 그런 마음을 가슴에 품고 현관으로 나갔다.

아키라와 유미 짱은 이미 현관 안에 들어와 있었다.

순간, 야스는 숨을 삼켰다. 눈을 부릅떴다.

'유미 짱'이 아니라 '유미 씨'였다. 그녀는 어딜 어떻게 봐도, 아키라보다 연상이었다.

온통 시커먼 옷을 입은 유미 씨는 수줍은 기색도 없이 "처음 뵙겠습니다, 사카모토라고 합니다." 하고 시원시원하게 인사를 한다.

"아아……저기, 아이고 이거, 아키라 애비 됩니다……."

당황한 야스는 매달리는 눈으로 아키라를 봤다. 그런 반응을 다 예상하고 있었는지 아키라는 쓴웃음을 지으며 유미 씨를 소개했다.

"여기, 사카모토 유미 씨. 나랑 같은 회사에 다니고, 패션지 편집을 하는데 뭐, 선배라고 해야 하나……."

유미 씨는 "죄송합니다. 저, 일곱 살 연상입니다." 하고 고개를 까딱하고 숙였다.

일곱 살 연상, 서른세 살.

말을 잃은 야스에게 아키라는 말했다.

"그래서 말인데, 유미 씨 말이야. 여기 서서 다 이야기할 생각이야. 아버지가 절대로 허락 못 하겠다고 하면 그냥 돌아갈 거야. 그게 좋다고 생각해. 괜히 안에 들어갔다가는 피차 하고 싶은 말도 다 못 하게 될 테니까……."

유미 씨를 보호하듯, 아키라는 발을 앞으로 한 걸음 내디뎠다. 현관 턱에 선 야스는 얼결에 한 걸음 뒤로 물러나고 만다. 등줄기가 경직되어 간다. 불길한, 듣고 싶지 않은 이야기를 듣게 될 것 같은 예감이 든다.

"뭐……저기, 아키라, 침착해라. 어, 차 한 잔은 마시고 이야기하는 게 안 좋겠나……."

하지만 아키라는 냉정하게 "여기서 할게." 하고 말한다. "오면서 둘이 결정한 거야."

아키라 뒤에서 유미 씨도 까닥까닥 끄덕였다.

"서서 무슨 이야기를 한다고……."

"하면 돼."

당황할 틈도 주지 않고 인정사정없이 말했다.

아키라는 야스를 똑바로 바라보며 "오레……." 하고 입을 열었다가 '보쿠'로 정정하고, 못을 박으며 말을 잇는다.

"난 유미랑 결혼할 생각이지만, 아버지가 유미를 마음에 들어 할지, 어떨지는 모르겠어. 정말 몰라. 유미는 아버지가 생각하고 있는 상대와는 다르다고 생각해."

"……나는, 아무 생각도 안 하는데."

진짜로, 진짜의 진짜로, 이상이나 기대를 강요하는 짓은 하면 안 된다고 생각하고 있었다……이렇게 이으려고 했지만 말이 나오질 않았다.

"아버지가 도저히 허락할 수 없다면 그래도 돼. 그 길로 도쿄로 돌아갈 테니까. 그래도 난 결혼할 거야. 반드시 결혼할 거니까."

그리고 아키라는 천천히, 자신의 말 한마디, 한마디를 확인하듯 말했다.

"유미는 재혼이야. 전 남편과는 3년 전에 이혼했어. 변호사를 써서 깔끔하게 해결했기 때문에 귀찮은 문제는 남아 있지 않지만……우선, 그것부터 알아두는 게 좋을 것 같아서."

야스는 옴짝달싹도 하지 않은 채 우두커니 서 있다.

뭐라고 대꾸해야 좋을지 알 수가 없다.

요즘 세상에 이혼이 별일인가, 흔한 이야기지…….

머릿속으로 자신을 설득시키기 위한 말들이 빙글빙글 돈다.

"이혼을 한 이유는……뭐라고 해야 하나, 가치관의 차이라고나 할까, 유미가 일을 계속하느냐, 마느냐 하는 문제로……."

말을 이어받아 유미 씨가 이야기를 했다.

"아이가 태어나면 직장을 그만둔다는 약속이었습니다. 하지만 저는 그 약속을 깼습니다. 직장을 그만두고 싶지 않았어요."

"자, 잠깐만 있어 봐라……."

야스는 두 손으로 허공을 가르며 제지하고 "아이, 가 있나?" 하고 유미 씨에게 물었다.

아키라와 유미 씨는 둘이 짠 듯 동시에 말없이 끄덕였다.

건배한 맥주를 유미 씨는 기분 좋게 단숨에 마셨다. 잔을 놓자마자 입가에 거품을 묻힌 채 "푸하." 하고 소리를 냈다가 문득 현재의 상황을 떠올렸는지 얼른 어깨를 움츠리고 "죄, 죄송합니다." 하고 고개를 숙인다.

"아이고, 유미 짱, 술 잘 마시는가 보네."

역시 다에코답게 조금도 동요하는 기색 없이 일찌감치도 비장의 청주 뚜껑을 땄다. 다에코가 볼 때 아키라는 아들이나 마찬가지. 그렇다면 아키라와 결혼할 유미 짱도 딸이나 마찬가지. 아키라보다 연상이라는 것은 처음 봤을 때 딱 알았을 텐데도 '짱'이라는 호칭을 버리지 않는다.

"맥주로 배 불리는 것보다는 이게 낫지?"

차가운 청주를 컵에 따르자 유미 씨는 "우와아, 준마이긴조(청주 중 고급주에 속한다옮긴이)네요." 하고 들뜬 목소리로 말한다.

너무 많이 마시지 마, 하고 옆에서 어깨를 찌르는 아키라도, 다에코와 유미 씨가 생각보다 일찍 친해지자 안도한 표정으로 웃고 있었다.

"뭐, 어쨌거나 아키라가 색시를 얻는 거잖아. 나도 이제 할머니가 된다는 거지……."

절절히 말하는 다에코는 유미 씨가 이혼경험자라는 사실이며 아이가 하나 있다는 사실을 알고 난 뒤에도 "산도 있고 골짜기도 있어야 인생의 경치가 더 이쁜 거다." 하고 천연덕스럽게 웃는다.

가게에 들어가자마자 모든 것을 밝힌 아키라도, 몸을 움츠리고 있던 유미 씨도, 그제야 긴장이 확 풀려서 마음 편한 모습으로 느긋하게 있다.

끼어들지 못하는 이는 바 구석자리에서 늘 마시는 2급주를 컵으로 마시는 야스뿐이었다. 혼자 텔레비전을 켜 놓고 궁금하지도 않은 뉴

스에 힐끗힐끗 시선을 주다 다에코와 유미 씨의 수다에 형식적으로
는 장단에 맞춰 웃어 주면서도 문득 긴장이 풀리면 절로 고개를 숙
이게 되고 만다.

다에코도 무리하게 야스 쪽으로 이야기를 돌리려고는 하지 않는다.
유미 씨와 야스 사이에 앉은 아키라가 난감한 얼굴로 뭔가 말을 걸려
고 하면 가만히 눈짓을 해서 그냥 두라는 뜻을 전달한다.

야스는 술을 홀짝인다. 한숨을 삼키고 어묵탕 속의 무를 베어 먹
는다. 처음에는 잘못 취해서 주정이나 하지 않을까 걱정했는데 웬걸,
전혀 취하지도 않는다.

세 살배기 남자 아이.

어떻게 생겼을지 상상도 안 되는 '손자'의 존재가 머릿속에 자리를
차지한 채 떠나가질 않는다.

유미 씨는 술이 상당히 강한지 말짱한 얼굴로 차가운 청주를 한
잔 더하면서 다에코가 자랑하는 내장찜의 요리방법을 묻고 있다. 젊
을 때는 아수라장 같던 주간지 현장에서 시달리며 정국에 관련된 특
종을 몇 번 낸 적이 있다고 한다. 취미는 경마와 다이빙, 패션지의 뉴
욕 취재는 통역 없이 하고 있고, 젊은 모델들의 신임도 두터우며 억지
를 부려대 현장을 혼란스럽게 하는 편집장과는 '참견하지 마세요!' 하
며 직접 담판을 한 적도 있다.

아키라는 기쁜 얼굴로 자랑스럽게 유미 씨의 이야기를 한다. 다에
코가 "넌 얌전한 면이 있잖아. 유미 씨가 리드해 주고, 딱 됐네." 하고
말하자 솔직하게 "나도 그렇게 생각해." 하고 끄덕이고, 그러자 이번에

는 유미 씨가 얼른 옆에서 "아, 그래도 아키라 씨는 결정할 때는 확실하게 결정해요." 하고 감싸듯이 말한다.

차분한 우등생 스타일의 아키라와 반대로 유미 씨는 척 봐도 누님 스타일, 여걸 형……. 한마디로 '여장부'라고들 하는 여성이다.

야스가 그런 여성을 싫어하는 것은 결코 아니다. 싫지는 않지만, 부담스럽다. 멀리서 볼 때는 '그래, 좋구나!' 하고 성원을 보내지만 곁에 있는 여성은 오히려 고풍스런 조신함을 갖췄으면 한다. 이기적인 사고방식이라는 건 알지만, 그것이 본심이다.

컵에 담긴 2급주를 홀짝이며, 겨우 맥주 한 모금에 얼굴을 발갛게 물들이던 미사코의 모습을 마음속으로 더듬어 본다. 유미 씨와 미사코는 정반대의 스타일이다. 닮은 곳이라고는 한 군데도 없다. 그게 섭섭하다.

컵이 비었다. 유미 씨가 기다렸다는 듯이 준마이긴조의 4홉들이 병을 두 손으로 들고 말을 붙였다.

"이 술, 맛있어요. 괜찮으시다면 이걸로."

싱긋이 웃으며 따르는 시늉을 하는 유미 씨한테서 눈을 돌리고 빈 컵을 다에코한테 내밀었다.

"찬 거, 한 잔 더."

"……얏짱, 준마이긴조도 한번 마셔 보지?"

"늘 마시는 술이 더 맛있다."

썰렁해진 공기가 가게 안을 흐르기 시작한 바로 그때, 4홉들이 병을 바에 되돌려 준 유미 씨가 다에코에게 말했다.

"그럼 저도 같은 걸로 주세요."

한 되들이 병에서 컵에 직접 따른 술이다. 차갑게 식혀 입에 감기는 맛이 산뜻한 준마이긴조에 대면 그야말로 술이다.

아키라는 한 모금 맛만 보듯 홀짝였을 뿐인데 으익, 하는 표정을 지었지만 유미 씨는 태연한 얼굴로 꿀꺽, 하고 마신다. "이 지역 술은 맛이 좀 달달하네요." 하고 웃더니 "역시 세토 내해의 생선에 어울리는 맛인가." 하며 삼치회에 젓가락을 뻗는다.

"얏짱, 잘됐네. 밤새 같이 술 마실 짝꿍이 생긴 거잖아?"

다에코의 말을 야스는 텔레비전을 보는 척하며 슬쩍 피했다.

섭섭한 티를 내도 꼴불견으로 내고 있다는 것은 본인도 잘 알고 있다. 유미 씨한테도 미안하고, 무엇보다 사이에 낀 아키라를 난처하게 하고 있다. 이런 식으로 입 다물고 있을 바에는 아키라가 각오한 대로 현관 앞에서 '돌아가!' 하고 호통을 치는 편이 좋았을지도 모른다. 이 해심 많은 사람인 척 '저녁뜸'에 두 사람을 데리고는 왔는데, 결국 막판에 이해심이고 뭐고 없음을 노골적으로 드러내 버리다니…….

하이고, 하며 야스한테서 눈을 돌린 다에코는 조리복을 벗으며 "잠깐 나 뭐 좀 사올게." 하고 말했다. "담배가 다 떨어졌다."

"내일 사면 될 텐데 그래." 하고 야스가 말한다. "내가 사올게." 하고 아키라도 말한다. 두 사람 모두 다에코가 나간 뒤 가게에 흐를 어색함을 알고 있다.

하지만 다에코는 아랑곳하지 않고 바에서 나갔다. 유미 씨도 태평하게 "다녀오세요." 하고 웃었다. 두 사람은 서로 눈빛을 교환하며 뭔가를 확인하는 듯 작게 고개를 끄덕였다.

다에코가 밖으로 나가 문을 닫자, 가게 안에는 어색한 침묵이 흘렀다. 텔레비전 뉴스는 또 왕의 병상을 전해 주고 있다. '쇼와'의 종말이 정말로 임박했는지도 모른다.

"아버지……." 아키라가 입을 열었다. "우리, 역시 안 자고 그냥 가는 게 좋을까?"

야스는 손에 든 컵을 응시하며 "그런 거 없다." 하고 말했다. "이불도 새거 장만해 놨고, 자고 가면 된다."

"그래도……아버지가 기뻐해 주질 않으면 우리도 뭐라고 해야 하나……."

아키라는 우리라고 말한다.

이미 두 사람은 '하나'인 것이리라.

"하고 싶은 말이 있으면 다 했으면 좋겠어."

아키라의 어조가 조금 강해졌다. "이런 분위기는 나도 싫고, 유미도 난처할 테고, 아버지도……싫잖아?" 하고 호소한다.

야스는 말없이 술을 홀짝인다. 아키라한테도, 유미 씨한테도 눈길을 주지 않고 바의 나뭇결을 손가락으로 더듬으며, 엄청 낡았구나, 이 가게도, 하고 일부러 상관도 없는 생각을 한다.

아키라는 야스한테서 눈을 돌리고 "오늘은 역 앞 호텔에서 잘게." 하고 말했다. "이혼이라든가, 아이라든가……난, 아버지는 그런 거 신경 안 쓸 거라고 생각했어. 신경 쓴다고 해도 상관없다고 말해 줄 줄 알았는데……믿었는데……역시 만만하게 생각했던 거 같아."

목소리에 분노와 슬픔이 섞여 있다.

야스는 아직 아무 대답도 하지 않는다.

아키라는 유미 씨 쪽으로 자세를 틀어 "가자." 하고 말하고 엉덩이를 들었다.

그때였다.

유미 씨는 옆의 의자 위에 두었던 핸드백을 무릎 위에 올리더니 안에서 사진 한 장을 꺼냈다.

일어서서 야스 뒤쪽으로 돌아온다.

"아직은 이렇게 부르면 안 되겠지만……아버님께 보여 드리고 싶어서요."

야스는 돌아보지 않는다. '아버님'이라는 말의 여운이 가슴에 스며들고 나자, 너 지금 대체 뭐하고 있나, 하는 자신의 말이 가시가 되어 가슴속을 찌른다.

유미 씨는 바에 사진을 놓았다.

어머니와 아이. 유미 씨와 아들의 사진이었다. 카메라를 향해 V 사인을 하는 아들의 머리를 뒤에서 안고 유미 씨는 웃고 있었다.

사진 구석에 적힌 날짜는 바로 사흘 전. "아키라 씨가 찍어 준 거예요." 하고 유미 씨는 말하더니 "사이가 굉장히 좋아요, 아키라 씨랑 우리 아이." 하고 말을 이었다.

야스는 사진을 빤히 바라본다. 아키라는 사진에 찍혀 있지 않다. 하지만 아키라의 기운이 분명히 느껴진다. 카메라를 든 아키라를 바라보는 두 사람의 웃는 얼굴이 '가족'의 일상 속 행복을 전해 주고 있었다.

"아들 이름이……."

"겐스케예요. 다른 세 살배기 아이들에 비하면 몸집이 좀 작아서 유치원에서도 깍두기가 될 경우가 많지만, 그래도……착한 애예요."

유미 씨의 목소리가 웅얼거리는 소리로 바뀌었다.

야스는 사진을 바라본다. 말없이, 지그시 잡아먹을 듯이 바라본다.

겐스케는 유미 씨를 그다지 닮지 않았다. 분명 아버지를 닮은 것이리라.

"유미 씨……하나 물어봐도 되겠습니까?"

사진을 바라본 채, 이혼한 남편 이야기를 물어봤다. 디자인 사무실을 경영하고 있다고 한다. 옆에서 아키라가, 업계에서는 주목받는 디자이너 집단이라고 보충설명을 해 줬다. "뭐, 일에서 승부를 볼 시기였기 때문에 집안일은 모조리 유미 씨한테 맡기고 싶었을 거라고 생각해." 자신 역시 일을 계속하고 싶다는 유미 씨와 그 부분에서 부딪쳤다.

"싫어졌다거나 싸움을 했다거나 그런 게 아니라, 삶의 방식이 다르니까. 이건 더 어떻게 할 방법이 없겠다고……."

아키라의 말을 가로막고, 유미 씨는 단호하게 "아니요, 싫어졌습니다." 하고 말했다. "이혼 후로는 단 한 번도 만난 적 없고 겐스케도 만나지 못하게 하고 있어요. 겐스케가 조금 더 자라면 1년에 몇 번은 만나게 될 거라고 생각하지만, 지금은 그쪽도 딱히 별 말 없고, 애초에 아이를 좋아하는 사람도 아니라서……."

이번에는 야스가 유미 씨의 말을 가로막고 "그럴 리가 있나." 하고 말했다. "자식 싫어하는 사람이 있을 리가 있나."

아키라가 씁쓸하게 웃으며 "요즘에는 꼭 그렇지도 않아." 하고 끼어든다. "아버지처럼 자식을 보물로 여기는 사람이 더 적어."

"……그쪽 부모님은 아직 건강하신가? 유미 씨 전 남편 부모 말인데……."

"예, 아직 두 분 다 건강하십니다."

"할아버지 할머니는 애를 보고 싶어 할 거 아니야?"

"예?"

"아들하고 며느리가 헤어져도 노인들한테는 손자는 손자잖아
……."

유미 씨도 아키라도 말문이 막혔다.

야스도 그대로 입을 다물고 그저 사진만 바라본다. 말해 봐야 부질
없는 일이다. 그건 안다. 알지만 말하지 않을 수가 없다. 자신이 반대
처지라면 얼마나 가슴이 찢어질 듯 아팠을까. 세 살. 한창 귀여울 때
다. 그 무렵의 아키라는 지금도 눈을 감으면 생생하게 떠오른다.

"만날 수 있게 해 줄 수는 없나?"

"……그쪽 부모님과요?"

야스는 그렇지, 하고 끄덕였다.

잠시 침묵이 이어진 뒤 유미 씨는 "말대답을 할 생각은 아니지만,"
하고 양해를 구한 뒤 말했다.

"겐스케한테는 할아버지 할머니가 계세요. 제 부모님입니다. 도쿄에
살고 있기 때문에 오늘도 겐스케를 맡아 주고 계세요. 그쪽 부모님도
같은 도쿄에 계시지만 그런 일은 한 번도 해 주신 적이 없습니다. 그
러니 괜찮습니다. 그 부분은 저도 확실히 정해 놓고 있으니까요."

정해 놓았다고 잘라 말했으면, 더는 흔들리지 않을 것이다. 그런 성
격이라는 건, 야스도 대충 짐작은 하고 있다.

"게다가 겐스케한테는 이제 할아버지가 한 명 더 생기게 돼요……

겐스케가 '할아버지'라고 부를 수 있게 해 주시지 않으시겠습니까?"

이번에는 말한 뒤에 "화 내실지도 모르겠지만." 하고 덧붙인다.

화내지는 않는다. 그저 슬프다. '할아버지'와 '할머니'로 불리지 못하게 된 한 쌍의 부부를 생각하면. 비록 두 사람이 어떤 식으로 유미 씨와 겐스케를 대해 왔는지는 모르지만, 그저 한없이 슬퍼지고 만다.

아키라는 유미 씨에게 "그건, 나중에." 하고 말한 다음 야스의 빈 컵에 한 되들이 병의 술을 따랐다.

"아버지⋯⋯지금 나한테 겐스케가 '아빠'라고 부르고 있어."

병 끝이 파르르 흔들리고 있었다.

"겐스케는 내 아들이야. 피는 통하지 않지만 아들이야."

잔에서 넘치기 직전까지 따른다. 아, 미안, 하고 사과하는 아키라에 겐 대꾸도 않고 야스는 입으로 술을 받아 먹는다.

"그래서 말인데⋯⋯아까도 이야기했지만 유미가 이혼한 건 3년 전이고, 겐스케도 세 살이야. 그 의미를 알겠어? 전 남편과는 임신 중일 때부터 이미 아니었던 거야. 그러니까 겐스케가 철들기 전에 이혼한다고⋯⋯. 아버지와 함께 찍은 사진은 한 장도 남아 있지 않고, 그쪽 부모님과도 한 번인가 두 번밖에 만나지 않았어. 겐스케의 '아빠'는 온 세상에 나 하나뿐이고, 아버지 외에 '아빠네 할아버지'는 없다고 ⋯⋯."

아키라는 겐스케의 사진을 들어 유미 씨에게 돌려줬다.

"내일 아침에 다시 올게. 다시 한 번만 이야기를 들어 줬으면 좋겠고, 그때 결정했으면 해."

유미 씨를 재촉해 자리에서 일어섰을 때 문이 열리며 쇼운이 들어

왔다.

눈썹이 쪽 찢어진 험악한 얼굴을 하고 있었다.

쇼운에 이어 유키에와 다에코도 가게로 들어왔다. 담배 자동판매기 앞에서 딱 마주쳤다고 빠른 어조로 설명하는 다에코의 목소리를 커다란 소리가 끊어 버렸다. 쇼운이 손바닥으로 바를 내려친 것이다.

"어이……야스야……."

독경으로 단련된 목을 짜부라뜨리고 쥐어짜서 낮고 탁한, 노기에 가득 찬 목소리를 냈다.

뭐고, 하며 야스가 돌아봤다가 졸지에 머리를 얻어맞았다. 평소의 두 사람과는 반대 형상이었다.

"무, 무슨 짓이고! 이 멍청한 놈이!"

"시끄럽다!"

불벼락을 맞은 야스는 오히려 냉정해져서 아하, 하고 때려잡았다. 눈치를 보니 다에코한테서 사정 설명을 들은 모양이다.

"쇼운, 너, 뭘 그래 흥분해 있나?" 가벼운 어조로 놀리듯 말해 줬다. "난 아무것도 반대하지 않는다. 아키라가 결정한 일인데 반대할 수 있나?"

유미 씨를 손바닥으로 가리키며 "인사해라, 이쪽이 유미 씨다." 하고 웃는다. "미인이지?"

하지만 쇼운은 험악한 얼굴을 풀지 않고 유미 씨를 힐끗 한 번 보더니 다시 야스를 노려봤다.

"어이 야스야……너, 진짜로 괜찮나?"

"어?"

“이런 며느리가, 너, 진짜로 좋다고 생각하나?”

생각지도 못한 말에 놀라서 말문이 딱 막혔다. 대신 아키라가 “저기, 저기요. 아저씨. 뭐예요, 그 말투…….” 하고 불쾌한 표정을 지었지만 이번에는 다에코가 “아키라는 조용히 있어라.” 하고 가차 없이 입을 막았다.

쇼운은 아키라와 유미 씨를 매몰찬 손짓으로 자리에서 비키게 한다음 야스 옆에 앉았다.

“너, 미사코한테 뭐라고 말할 생각이고. 어? 아키라가 어떤 색시를 얻을지는 미사코도 무덤 속에서 기대하고 있을 거다. 난 안다. 야스 너도 그 정도는 알 거 아냐.”

“……어어.”

“그럼 내, 묻겠다. 진짜로 이런 여자로 괜찮나? 어? 이혼했다며? 너, 중고 아니냔 말이다. 사람 중고. 그런 거를 며느리로 들이면 미사코가 기뻐할 거라고 생각하나?”

야스의 얼굴에서 핏기가 싹 가셨다.

쇼운은 아키라 쪽으로 몸을 돌렸다. 아키라는 유미 씨를 쇼운한테서 보이지 않게 막아서 있었지만 쇼운은 값이라도 매기듯 눈을 가느스름하게 뜨고 무례한 시선을 두 사람에게 던진다.

“어이, 아키라……아저씨, 너를 과대평가하고 있었는가 보다.”

“뭘?” 하고 되묻는 아키라의 목소리에는 노기뿐이 아니라 슬픔도 섞여 있었다.

쇼운은 차갑게 코웃음을 치더니 “못 말리겠다…….” 하고 말한다.

“연상의 혹 딸린 여자한테 홀랑 넘어가서는, 대학까지 가서 대체 뭘 공부한 거고."

"아저씨……." 목소리뿐 아니라 턱이며 어깨, 그리고 주먹까지 떨리고 있었다. "그만해, 그런 말투……부탁이니까, 그만해요……."

쇼운은 "다른 말투는 쓸 수가 없다." 하고 대꾸하더니 초조감을 터뜨리듯 또 바를 손바닥으로 내리쳤다.

그 소리가 야스의 감정의 껍데기에 쩌억, 하고 금을 냈다.

"누굴 핫바지로 보나! 이 땡중 놈이!"

호통을 침과 동시에 의자를 차며 벌떡 일어선다.

쇼운의 멱살을 잡고 격렬하게 흔들면서 불타오르는 듯한 형상으로 더욱 호통을 친다.

"유미 씨의 어디가 어떻게 마음에 안 드는데! 좋은 사람이다! 열심히 살고 있다! 아키라한테 반해 줬고, 아키라도 반했고, 거기 어디에 불평할 건더기가 있나!"

"……야스 넌, 불만 없나."

"하고 싶은 말은 천지로 있다! 그래도 아키라가 선택한 여자다! 아키라한테 반해 준 여자다!"

크레인이나 윈치처럼 두꺼운 팔로 셔츠의 단추가 떨어질 정도로 흔들면서 쇼운의 몸을 들어올린다.

야스는 울고 있었다. 화를 내며 눈물을 뚝뚝 흘리고 있었다.

"아키라의 마누라는 내 딸이다!"

그 직후 깡, 하는 얼빠진 소리가 들렸다.

다에코가 빈 냄비를 국자로 친 것이다.

"얏짱, 말 잘했다!"

다에코의 한마디에 쇼운도 얼굴을 풀고 싱긋이 웃었다.

유키에가 짝짝짝 박수를 쳤을 때, 모두 짜여진 각본이었음을 야스는 깨달았다.

약사원의 긴 돌계단을 아키라와 유미 씨는 나란히 올라간다. 때때로 아키라는 뒤를 돌아보며 야스에게 "괜찮아?" 하고 말을 붙인다. "힘들면 차 안에서 쉬면 되는데."

쇠 난간에 매달리다시피 해서 계단을 올라가는 야스는 괜찮다, 하고 고개를 저으려다가 괜히 머리를 흔들었다가는 또 구역질이 날 것 같아서 "괜찮다. 먼저 올라가라." 하고 대꾸한다.

안 되겠다. 자신의 목소리가 머리에 쩌렁쩌렁 울린다. 화창한 초겨울의 햇살이 푸석푸석한 눈에 스며들어 다리가 휘청거린다.

지독한 숙취였다. 어젯밤에는 오랜만에 됫술을 마셨다. 일생일대의 대 연극을 한바탕 펼친 흥분이 채 가시지 않은 쇼운이 "야스야, 오늘 밤에는 마셔. 실컷 마셔. 오늘 안 마시면 간은 어디다 쓸 거야." 하고 부추기는 대로 컵 술을 거푸 새로 시켜 마시다가 중간에 기억이 끊겼다.

손짓발짓으로 유미 씨에게 '빈고 춤'을 가르쳐 줬다고 한다.

병따개를 마이크 대신 들고 이시하라 유지로의 메들리를 열창하고 다에코와 함께 듀엣으로 '긴자의 사랑 이야기'를 불렀다고 한다.

아키라와 무릎을 맞대고 앉아 남편으로서 마음가짐을 절절하게 설교했다고 한다.

바에 푹 엎드린 채 미사코의 추억을 눈물 흘려 가며 이야기했다고 한다.

하늘이 희끄무레하게 밝아올 무렵, 유미 씨의 손을 잡고 "아키라를 부탁한다. 부디 잘 부탁한다." 하고 하염없이 반복했다고 한다.

야스는 걸음을 멈춘다. 난간을 잡은 두 손에 몸을 맡기고 어깨로 크게 숨을 쉰다. 주차장은 본당 뒤쪽에도 있지만 굳이 돌계단 아래쪽에 차를 세웠다. 유미 씨에게는 첫 성묘다. 이 긴 계단을 올라가지 않으면 의미가 없다.

숨을 헐떡이고 땀을 뻘뻘 흘리며 급경사의 계단을 한 걸음씩 올라가면, 이윽고…….

머리 위에서 우와아, 하는 유미 씨의 들뜬 목소리가 들려왔다.

빈고 거리가 한눈에 내려다보인다. 바다도 보인다. 하늘도 단숨에 넓어진다.

"정말 절경이네요."

유미 씨는 야스를 돌아보며 웃었다.

이걸 보여 주고 싶었다. 아키라의 고향을. 아키라가 사랑하는 사람이 봐 줬으면 했다.

미사코의 무덤 앞에 선 유미 씨는 무덤에 올린 향 끝이 하얀 재가 되고, 그것이 톡 떨어질 때까지 머리를 숙이고 눈을 감은 채 합장을 계속했다.

유미 씨 어깨 너머로 야스는 미사코의 무덤을 바라본다. 잘됐다, 그렇지? 미사코, 하고 마음속으로 말을 걸었다. 아키라 색시다. 연상이고, 자식도 있지만, 좋은 아이다. 진짜로 좋은 아이다…….

계단을 오르며 땀을 흘린 게 효과가 좋았는지 숙취가 조금 풀렸다.

바다와 하늘의 푸른빛이 지금은 기분 좋게 시야에 녹아든다.

본당 뒤에 물통을 돌려주러 간 아키라는 돌아올 생각을 하지 않는다. 일부러 유미 씨와 둘만 남겨놓았는지도 모른다.

합장을 마친 유미 씨가 돌아본다. 눈이 빨갛게 젖어 있다. "향 연기가 들어가서……." 하며 수줍게 웃는다.

"미사코가 살아 있었으면 참 많이 기뻐했을 텐데. 며느리고 시어머니고 그런 거 없이, 좋은 부모자식간이 됐을 거다."

"……예."

"유미 씨, 다음에 또 빈고에 놀러 와라. 설에도 괜찮고, 봄이든 여름이든 가을이든 괜찮다. 아무것도 없는 시골 마을이지만, 아무것도 없어서 좋은 거지."

"저기……아버님. 그래서 말인데요. 아키라 씨한테서 오늘 아침에 들으셨을 거라고 생각합니다만……."

"결혼식 말이냐."

그건 너희들 알아서 하면 된다고 끄덕였다. 아키라와 유미 씨는 구청에 혼인 신고서만 내고 끝내겠다고 결정했다. 어제까지의 야스였다면 '그거는 도리가 아니다.' 하며 이해해 주지 않았겠지만 지금은 다르다. 이제 두 사람은 자신들의 인생을 걷기 시작했다는 것을 인정한다. '가족'이라는 말에 아키라가 맨 처음 떠올리는 것은 야스가 아니라 유미 씨와 겐스케인 것이다.

"어, 하나 잊어버린 게 있네."

"뭔가요?"

"다음에 빈고에 놀러 올 때는, 겐스케도 데리고 와야 된다. 장난감

사서 기다리고 있을 테니까."

유미 씨는 대답이 없었다. 고개를 숙인 채 어깨를 떨고 있었다.

야스는 시선을 유미 씨한테서 미사코의 무덤으로 이동시켰다가 다시 천천히 바다 쪽으로 던지고 눈을 슴벅거리면서 "진짜로 이 향 연기, 눈이 맵다……." 하며 웃었다.

고향

평소에는 사무실에 틀어박혀 있는 고바야시 지점장이 웬일로 플랫폼에 나와서 화물분류에 한창인 야스를 불렀다.

"잠깐, 괜찮겠습니까?"

헤이세이 3년(1991년), 새해가 된 지 얼마 되지 않은 무렵. 아키라가 결혼으로 '아버지'업을 은퇴해 버린 탓인지 최근 한두 해 사이 야스의 백발은 확연하게 늘어나 있었다.

야스는 화물 쌓는 꼴이 영 막돼먹은 젊은 친구들을 꾸짖은 다음 "예?" 하고 지점장을 돌아봤다.

직위 상으로는 일개 계장이지만 플랫폼은 야스의 영역이다. 성지다. 다른 장소라면 몰라도 여기서 아마추어나 다름없는 상사한테 얕보일 수는 없다. 하물며 작년 가을 인사이동으로 부임해 온 고바야시 지점장은 쇼와 21년생(1946년). 야스보다 열두 살이나 아래다.

"바쁜데, 할 말 있으면 얼른 말하쇼."

쌀쌀맞게 이야기하고 이마에 감고 있던 수건을 풀어 목덜미를 북북 닦는다.

고바야시 지점장도 순간 머쓱해 했지만 어쨌거나 빈고 지점의 최고참, 삼륜트럭 시절을 알고 있는 야스는 역시 한 수 위로 쳐 줄 수밖에 없다.

"아니, 실은……가끔은 야스 씨랑 마주 앉아 한잔 할까, 싶어서요."

뭔가 있다. 바로 감이 왔다. 그것이 결코 기분 좋은 종류의 이야기는 아니라는 것도.

"그럼 내가 단골로 가는 '저녁뜸'이라는 가게가 있는데, 거기로 할까요? 가게도 추레하고 주인 할망구도 말이 많지만 생선은 맛있거든."

"아니요, 저……제가 자주 가는 초밥 집으로 합시다. 모처럼인데."

접대용 초밥 집이었다. 가게 점원이 "이쪽으로 드시죠." 하고 객실로 안내해 준 시점에 이야기 전개가 거의 눈에 보였다.

거품경제는 이미 사양길을 걷고 있다. 경기가 나빠지면 물건이 움직이지 않는다. 호경기 시절에 늘렸던 트럭 유지비나 종업원 인건비 등 비용이 눈덩이처럼 불어가기만 한다. 운수유통업계는 어디나 고전을 면치 못하고 있다. 불황의 출구는 보이지 않는다. 장기적인 시야로 본다면 화물이나 트럭의 컴퓨터 관리 시스템을 하루 빨리 구축해서 인건비를 줄일 수밖에 없다. 그 말은 요컨대…….

"올해 말까지, 플랫폼의 인원을 3분의 1로 줄여야 됩니다."

건배도 하는 둥 마는 둥, 고바야시 지점장은 말을 꺼냈다.

인건비 삭감은 본사에서 내려온 명령이었다.

"지금은 어느 회사나 살아남기 위해 필사적입니다……우리만 이런 게 아닙니다."

고바야시 지점장은 한숨을 쉬고 야스의 컵에 맥주를 따랐다.

내년 4월을 목표로 빈고 지점은 이웃 세토나이 지점 관할 영업소로 격하된다. 그에 앞서 새해가 옴과 동시에 컴퓨터가 도입되고 플랫폼의 화물분류 담당은 여섯 명에서 두 명으로 줄게 된다.

"컴퓨터가 들어오면 벨트 컨베이어를 써서 자동으로 화물분류가 가능하게 됩니다. 사람 손이 필요한 건 트럭에 실을 때뿐입니다."

집하 트럭의 도착시각과 배송 트럭의 출발시각을 노려보며 그곳에 장거리 편 일정도 짜 넣고, 비좁은 플랫폼에 가장 효율적인 배치로 화물을 쌓는 장인의 재주도 이제 필요 없게 된다. 소형 지게차를 종횡무진 조종하는 기술도, 수백 킬로그램의 카트를 미는 힘도, 이제부터는 불필요, 아니 오히려 방해가 되어 버리는 것이다.

야스는 플랫폼에서 일하는 젊은 직원들의 얼굴을 떠올렸다. 3D 직종이니 뭐니로 불리는 직장에서 묵묵히 땀 흘려 화물분류를 해 온 친구들이다. 허구한 날 호통을 쳐대는 데도 '야스 선배, 야스 선배,' 하며 따라 준다. 어린아이가 딸린 이도 있는가 하면 결혼한 지 얼마 안 된 신혼도 있고, 치매로 길거리를 배회하는 조모를 일주일에 한 번은 찾으러 다니는 이도 있다. 취직되었을 때 부모가 울면서 인사를 하러 왔던 폭주족 출신의 젊은이가 있는가 하면, 사회인 야구단에서 싹수가 보이지 않자 회사에서 버티기가 힘들어져 전직해 온 젊은이도 있다.

맥주를 단숨에 들이켰다. 이렇게 쓴 맥주는 태어나서 처음이었다.

"……젊은 친구들은 어떻게 다른 부서에라도 밀어넣어 주시오. 부탁드립니다. 진짜 그거 하나만은 잘 좀 부탁드립니다."

깊숙이 머리를 조아리는 야스에게 지점장은 "뭐, 그건 그겁니다만
……." 하고 미적지근한 대답을 하더니 화제를 야스 문제로 돌렸다.

"영업소가 되면 야스 선배가 남으시는 건, 솔직히 말해서 어렵습
니다."

야스는 잠자코 끄덕였다.

"조기퇴직으로 5할을 더한 퇴직금을 내드릴 수 있는데…… 한 가지
방법이 더 있습니다."

"응?"

"도쿄로 전직하는 방법입니다."

"어?"

지점장은 "나쁜 이야기는 아니라고 생각합니다." 하고 전제를 둔 뒤
자세한 설명을 했다.

야스를 '원한다'는 곳은 수도권 영업본부장을 겸임하고 있는 상무
였다.

"그래 대단한 사람, 난 만난 적도 없는데."

"하기모토 씨입니다. 옛날에 빈고에서 영업과장을 하던."

듣고 보니 겨우 기억이 났다. 아주 오래전, 아키라가 태어날 무렵 함
께 일했더랬다.

"오, 하기 씨가 그래 출세를 했구나."

"……차기 사장이라는 소문입니다."

"그런데 하기 씨가 왜 나를 도쿄로 부르는데?"

"트럭 협회 연수 센터에서 선생님 노릇을 해 주셨으면 좋겠다고 하

대요."

컴퓨터화가 진행되면 될수록, 반대로 집배 때 손님과의 의사소통이 중요해진다. 아무리 '중간'을 합리화시켜도 '입구'인 집하와 '출구'인 배송은 역시 얼굴을 마주하고, 화물을 직접 거래하는 것이 기본이다. 대기업이고 중견기업이고 할 것 없이 운송업의 지위향상을 위해서는 운전기사의 교육이 꼭 필요하다. 그 교사 역으로 옛 시절을 잘 아는 각사의 노장들을 특별히 뽑은 것이다.

이리 의지해 주는데 기쁘지 않다면 거짓말이다. 하지만 아직은 낯간지러움보다는 당혹감이 더 강하다.

"야스 선배님은 본사채용과는 다릅니다. 우선 우리 회사에서 퇴직하고 나서 협회의 위촉으로 채용되는 형식입니다. 뭐, 월급은 약간 줄 겁니다만 먹고 사는 데는 지장 없는 액수로 준비하겠다고 상무님이 말씀하십니다."

"아니, 돈은 어찌 되든 상관없는데……도쿄에 나랑 동년배인 사람들도 잔뜩 있을 거 아닙니까? 왜 하필 나를……."

지점장은 눈치 없는 야스한테 질렸다는 듯 웃더니 "상무님의 배려지요." 하고 말했다. "도쿄에서 일을 하시면 아드님 곁에서 살 수 있잖습니까."

나이를 먹어 가면서 가족 간의 유대감이나 향토애의 소중함에 눈 뜨고, 현재의 해이해진 헤이세이 일본을 번번이 염려하게 된 상무는 술만 들어가면 끝없이 야스 이야기를 하며 '남자 홀몸으로 아들을 키워 낸 야스는 일본 아버지들의 명예'라며 한바탕 연설을 한다고 한다.

"다음주에 야스 선배 도쿄 출장 계획을 짰습니다. 그때 상무님한테 자세한 이야기를 들으세요."

야스는 말없이 끄덕이는 수밖에 없었다.

총무과가 준비한 비행기 표를 거절하고, 신칸센도 굳이 사양하고, 도쿄 행 트럭을 얻어 타기로 했다.

"트럭으로 가면 하룻밤은 걸립니다. 이제 젊지도 않으시면서……."

총무과장이 걱정스런 얼굴로 말했지만, "일로 가는 출장이 아니다. 회사 돈을 허투루 쓸 수 있나." 하고 물러서지 않았다. 그것이 야스 나름의 도리를 지키는 방법이었다.

무엇보다 곰곰이 생각에 잠기는 데는 흔들리는 트럭에 몸을 맡기는 것이 가장 익숙하다.

"하다못해 돌아오실 때는 비행기나 신칸센을 타셔야지, 무슨 일이라도 생기면 저희가 곤란합니다."

지점장과 총무과장 두 사람의 끈질긴 부탁에 넘어가, 우선 다음날 신칸센 표는 받아 뒀지만 되도록 당일치기로, 설령 야행버스를 타고 오게 되더라도 돌아오자고 생각하고 있었다.

오래 머물고 싶지는 않다. 그렇게 되면 고민이 깊어진다. 얼른 상경해서 얼른 말하고 '됐다, 결정 났다!' 하는 기합과 함께 돌아오고 싶다.

출발 당일 밤, 도쿄 행 트럭에 짐을 싣기 시작할 즈음에야 사무실 전화로 아키라에게 연락을 했다.

전화를 받은 것은 겐스케였다.

"어어, 겐짱이냐? 할아버지다. 빈고에 있는 야스 할아버지."

순식간에 목소리가 뒤집히고 얼굴은 싱글벙글하고 등줄기까지 칠

칠치 못하게 흔들린다.

그래서 곤란한 것이다. 망설이는 것이다. 고민하는 것이다.

"어른들 계시나?" 하고 묻자 겐스케는 "아빠 있어." 하고 대답하고 곧장 바꿔 줬다. 오늘밤에는 유미가 잔업이 있고, 아키라가 저녁 당번인 모양이었다.

출장 이야기를 하자 아키라는 "내일? 뭐야. 일찍 좀 말해 주지." 하고 불만스럽게 말했지만 야스가 핑계 델 새도 없이 "자고 갈 거지?" 하고 말을 이었다.

"어어, 뭐……근데 너희도 바쁘잖아."

"무슨 말이야? 괜찮아. 그보다 우연이라고 해야 하나? 뭔가 대단하다."

"응?"

"나도 아버지한테 할 이야기가 있어."

아키라는 웃음을 참는 듯한 목소리로 말했다.

트럭으로 상경했다는 말을 듣자 하기모토 상무는 "정말 야스답네요." 하고 재미있다는 듯, 그리고 반가운 듯 웃었다.

"마음은 청춘인데 이제 몸도 말을 안 들어서 힘드네요."

야스는 허리를 콩콩 치면서 쓴웃음을 짓는다. 트럭으로 상경하기는 두 번째다. 5년만이다. 몇 년 사이 생각보다 늙었음을 실감했다. 허리도 아프고 엉덩이도 아프다. 널빤지라도 집어넣은 것처럼 당기는 등짝은 사우나에서 쉬었는데도 풀리지가 않았다. 이렇게 본사의 임원실 소파에 앉아 있는데도 아직 몸이 희미하게 떨리는 것처럼 느껴진다.

"야스는 그런 면이 좋아."

"……하아."

"뭐라고 해야 하나. 약지 못하지만 성실하고 지킬 건 확실하게 지키는, 그런 면이 좋아."

도쿄 출생의 하기모토 상무는 이제 빈고에 있을 때처럼 사투리는 쓰지 않는다. 인사이동으로 어쩌다 보니 빈고로 부임해 몇 년을 지냈을 뿐인, 고작 그것뿐인 인연이다. 아니, 그래서 더욱 그런 것인지, 상무는 빈고의 추억을 정말로 그리워하는 것처럼 이야기한다. 야스도 잊어버리고 있던 일을 '이런 일도 있었지.' '저런 일도 있었지.' 하고 잇달아 이야기하며 "빈고는 정말 좋은 도시였지." 하고 음미하듯 말한다.

"'저녁뜸'이라는 가게가 있었지? 야스가 어릴 때부터 친했던 약간 섹시한 누님이 하던 술집. 그 누님 아직 하나?"

"예……." 저도 모르게 쓴웃음이 나온다. "이젠 완전히 할매지만."

"몇 살이지?"

"이제 곧 고희입니다."

작년쯤부터 다에코는 아무래도 매일 밤 가게를 여는 게 힘들어졌는지 임시휴업을 하는 날이 늘어났다. "얏짱, 정년퇴직하면 내 대신 가게 좀 봐 줄래?" 하고 농담처럼 말하곤 한다.

"그렇군……어딜 가나 세대교체구나, 음."

자기가 말해 놓고 고개를 끄덕인 상무는 그 말을 본론의 계기로 삼고 상반신을 앞으로 쭉 뺐다.

"어떻소, 야스. 연수 센터 일. 아키라 군도 도쿄에 있다고 들었는데. 벌써 결혼해서 손자도 있지? 실제로 나쁜 제안은 아니라고 생각하는데."

야스는 고개를 숙이고 눈썹을 찌푸렸다. 어제저녁 통화에서는 듣지 못한 아키라의 '할 말'이라는 게 머리 한쪽을 스쳤다.

저녁, 주소가 적힌 메모지와 포켓용 지도를 들고 아키라의 아파트를 찾아갔다. 도쿄 만에 가까운 고층 아파트 12층. 거실 창밖으로 펼쳐진 도쿄 만 거리 풍경에 발이 절로 멈춰졌다.

오늘은 일을 일찍 마쳤다는 유미 씨는 야스를 욕실로 안내하며 말했다. "아키라 씨도 일찌감치 돌아온다고 했어요." "겐스케랑 같이 하셔도 괜찮으시겠어요?"

겐스케와는 아직 손가락에 꼽힐 정도로밖에 만나지 못했다. 낯을 가리느라 울까 봐 걱정했는데, 설을 빈고에서 지낸 지 얼마 안 된 덕분에 겐스케는 금방 "빈고 할아버지, 빈고 할아버지." 하면서 잘 따라 줬다.

다섯 살인 겐스케와 둘이 알몸으로 있자니 같은 또래의 아키라를 데리고 목욕탕에 다니던 때가 떠오른다. 비누통 뚜껑에 스크루가 달린 모터를 빨판으로 붙여서 물에 띄우면 아키라는 '아, 배다, 배다!' 하며 신나서 까불어 댔다. 손님이 많지 않을 때는 아키라의 손을 잡고 다리로 물장구를 치게 할 때도 있었고, 야스가 장난으로 물속에 잠수를 하면 '아빠 물에 빠졌다!' 하고 아키라가 새파랗게 질려서 카운터로 달려간 적도 있다. 헤아릴 수 없이 많은 추억으로 가득했던 '세토탕'도, 지금은 공터가 되어 월정액제의 주차장 간판이 걸려 있다.

욕실의 좁은 욕조는 야스와 겐스케가 함께 들어가니 바로 물이 흘러넘쳤다. "어깨까지 푹 담가야지. 안 그럼 감기 걸린다." 하고 겐스케에게 말했다가 이 말도 날마다 저녁이면 아키라에게 했었다는 것을 떠올리고는 가슴이 뜨거워진다.

겐스케는 손자다. 설령 피 한 방울 섞이지 않았다 하더라도, 설령 아키라의 모습이라고는 찾아볼 수 없다 하더라도, 겐스케가 너무나 사랑스럽다.

도쿄에 살면, 더 많이 겐스케를 볼 수 있다.

예를 들어 혹시나, 만에 하나 '혹시나'로 아키라네와 살게 된다면 매일 저녁 이렇게 겐스케와 함께 씻을 수 있다.

겐스케의 몸을 씻어 주며 수없이 한숨을 쉬고, 또 수없이 숨을 죽였다.

"겐짱."

"왜에?"

"할아버지, 좋나?"

겐스케는 조금도 망설이지 않고 "응." 하고 대답하고는 "다 씻고 나면 말놀이해." 하고 말했다.

그래그래, 하고 웃으며 겐스케를 뒤에서 꼭 안아 줬다.

"아버지, 도쿄로 온다며?"

밤 9시 전에 돌아온 아키라는 현관 앞에서 유미한테서 자초지종을 듣고는 코트도 벗지 않고 거실에 들어왔다.

"……아직 정한 거 아니다."

야스는 거실 마룻바닥에 앉아 청주를 홀짝인다. 아키라가 돌아올 때까지는 차면 됐다고 해 놓고는 유미가 권하는 대로 잔을 거듭하다 보니 트럭으로 인한 긴 여행의 피로까지 겹쳐 어느새 얼근하게 취한 단계를 살짝 넘어서 있었다.

"안 정했다니……무슨 말이야?" 아키라는 코트를 벗으며 묻는다.

"도쿄 오면 좋을 텐데."

"빈고에 있는 집은 어쩌고."

야스는 나지막하게 말했다.

아키라도 "아, 그렇구나……." 하고 끄덕였다.

"오른쪽에서 왼쪽으로 물건 옮기는 거하고는 차원이 다른 이야기 잖아."

"그야 뭐, 그렇지만."

유미가 센스 좋게 "겐짱, 엄마랑 같이 코 자자." 하고 말을 한다. "할아버지, 안녕히 주무세요." 하고 손을 흔들며 거실을 나가는 겐스케에게 "어어, 배 차지 않게 따뜻하게 하고 자라." 하고 대답할 때는 절로 얼굴이 싱글벙글했지만, 소파에 앉은 아키라와 눈이 마주치자 웃음은 한숨과 함께 사라져 버렸다.

"저기, 아버지……집은 아무래도 처분하는 수밖에 없지 않을까?"

야스는 술잔을 입에 댄 채 말없이 험악한 눈초리로 아키라를 노려봤다. 어릴 때의 아키라라면 그렇게 한 번 노려보기만 해도 몸을 움츠렸을 테지만 지금의 아키라는 달래는 듯한 눈으로 야스를 마주 보며 조용히 말을 이었다.

“앞으로 우리 4, 5년 안에 집을 살까 생각 중이야. 그때는 아버지 방도 만들 생각이야.”

그 말은 다시 말해서 야스가 노후를 도쿄에서 보냈으면 한다는 이야기였다.

“그렇잖아? 혼자 살면 나중에 힘들어. 아버지도, 그리고 우리도.”

호소하듯 바라보는 아키라한테서 야스는 눈을 돌리고 그제야 술을 홀짝였다.

아키라는 회사 선배 몇 명의 이야기를 해 줬다. 다들 지방에 나이 드신 부모를 남겨 두고 왔는데, 부모님이 두 분 다 돌아가신 사람은 집이며 땅 처분 문제로, 아직 살아 계신 사람은 병구완이며 이웃과의 사이 문제 같은 잡다한 일들로 무척 힘들다고 한다.

“유급휴가를 대부분 거기에 쓰는 사람도 있고, 시골에 남아 있는 형제와 사이도 틀어져서 인연을 끊은 사람도 있어.”

아키라는 복 받은 경우다. 농가가 아니기 때문에 땅 처분은 별 걱정 없고, 쓸데없이 참견하는 친척도 없다. 야스 하나만 받아들이면 된다. 더구나 생각지도 못한 전근 이야기가 나온 것이다.

“정말 잘됐다고 생각해. 운이 좋아. 몸에 이상이 생기고 나서 도쿄로 오면 힘들겠지만 아직 현역일 때 이쪽으로 옮겨와서 사는 거니까 금세 익숙해질 거야. 이 집에서 함께 사는 건 힘드니까 한동안은 근처 임대 아파트에서……그 왜, 스프가 식지 않는 거리라는 말이 있잖아, 그런 식으로.”

이치로는 맞는 말이다. 너무 완벽할 정도로 맞는 말이지만 그것은 어차피 ‘이성’의 이치라고 야스는 생각한다. ‘정’의 이치가 아닌 이상

끄덕일 수는 없다.

"난 스프같이 느끼한 서양 거는 안 좋아한다."

홱하고 고개를 돌리고 말했다.

"……그냥 예잖아. 게다가 거기 남아 봐야 회사 그만둬야 한다면서."

아키라는 빈고를 '거기'라고 부르고 도쿄를 '여기'라고 부른다. 그야 어쩔 수 없다는 것을 머리로는 이해하면서도, 하지만 '정'의 이치로는 아직 통하지가 않다.

고개를 돌린 채 입을 다문 야스에게 아키라는 아이고, 하고 한숨을 쉬고는 "아버지한테 할 말이 있다고 전화로 이야기했었지." 하며 어조를 바꾸어 말했다.

"아이가 생겼어."

야스의 어깨가 움찔하고 움직였다.

"난 상관없었는데, 유미가 역시 내 아이를 낳겠다면서……그 왜, 난 외아들이고 아버지랑 어머니의 DNA가 여기서 끊어지는 것도……."

쑥스러운 듯 말하는 아키라의 목소리가 귀를 빠져나간다. 야스의 눈길 끝에는 겐스케가 바닥에 놓고 간 장난감 로봇이 있었다.

"아버지의 첫 손자야."

아키라의 목소리를 뒤덮고, 귓속으로 로봇을 가지고 놀던 겐스케의 웃음소리가 되살아났다.

잠시 침묵이 이어진 뒤, 야스는 초합금 로봇을 응시한 채 낮은 목소리로 "아니지." 하고 말했다. "내 첫 손자는 겐스케다."

아키라도 로봇을 보며 "알아." 하고 끄덕이더니 "하지만……." 하고 말을 이었다.

“유미는 나보다는 오히려 아버지, 그리고 어머니 생각을 한 거야. 아버지의 피가 흐르는 손자를 안겨 드리고 싶다고……어머니가 자신의 몸을 던져 나를 지켜 준 셈이니까 나한테 자식이 없으면 어머니도…….”

야스는 입술을 살짝 움직였다. 자신에게도 들리지 않는다. 애초에 뭐라고 중얼댔는지조차 모른다. 입술이 멋대로 움직였다. ‘이성’의 이치를 떨쳐버리고 지금, ‘정’의 이치가 통했다.

“미안, 안 들렸어. 뭐라고 했어?”

“……누구 마음대로 그 따위 소리고.”

“어?”

“미사코를 기억하지도 못하는 주제에 그래 네 맘대로 판단하지 말라 이 말이다, 등신.”

미사코는 만약 살아 있었다면 누구보다 겐스케를 사랑했을 것이다. 같은 피가 흐르지 않더라도. 아니, 피가 흐르지 않기에 더욱 겐스케에게 남김없는 사랑을 쏟아부었을 것이다.

‘정’의 이치는 이제 흔들리지 않는다. 처음에는 가느다란 한 줄기였지만 점점 두껍고 강해진다.

“아키라.”

“……응?”

“넌 밑에 애를 이뻐해 줘라. 난 겐스케를 이뻐해 줄 테니.”

“저기 말이야…….” 아키라는 당황해서 말했다. “괜찮아. 동생이 태어나도 겐스케랑 차별 같은 거 안 해. 할 리가 없잖아?”

야스는 말없이 고개를 젓는다.

“믿어 줘. 나 지금까지 겐스케의 아버지였어. 절대로 변하지 않아.”

믿고 있다. 당연하다. 그걸 못 할 아들로 키운 기억은 없다.

그렇기에 더욱 야스는 반복하는 것이다.

“내가 일 번으로 이뻐하는 거는 겐스케다. 앞으로도 내가 죽을 때까지 계속.”

아키라를 바라봤다.

“그러니까 어찌 할 방법이 없을 때…… 애 둘이 물에 빠졌을 때 어느 한쪽만 선택해야 될 때, 넌 괜히 눈치 볼 거 없다. 네 애를 선택해라. 내가 겐스케를 선택할 테니까. 넌 아무 걱정도, 조심도 안 해도 된다.”

웃음을 띠운 채 눈에는 벌겋게 눈물을 머금고 빤히 바라봤다.

“아버지 잠깐만 기다려. 바로 씻고 올 테니까.”

아키라는 서둘러 일어서더니 “천천히 마시면서 천천히 이야기하자.” 하며 기다려, 여기 있어, 하고 손짓을 했다.

하지만 야스는 아키라를 기다리지 않았다. 유미가 거실 옆방에 깔아 준 이불에 들어가 장지문을 닫고 방의 불도 꺼 버렸다.

거실로 아키라가 돌아오는 발소리가 들렸다. 야스는 어둠 속에서 눈을 감는다.

“뭐야, 벌써 자?”

불만스러운 아키라의 목소리가 들려온다. 문을 열려나, 했지만 씁쓸하게 웃는 소리가 작게 들려오더니 문 바로 앞에 털썩 앉는 기척이 났다.

야스는 몸을 뒤척여 문 쪽으로 등을 보인다. 팔베개를 하고 후, 하고 숨을 쉰 다음 감은 눈에 약간 힘을 줬다.

"……좀 전에 겐스케 방을 살펴봤어. 아까 아버지가 한 말, 유미한
테도 다 들렸나 봐. 유미, 울고 있더라……."

야스는 아무 대꾸도 하지 않는다. 옛날 일을 문득 떠올렸다. 대학
에 합격해 상경하는 아키라가 집을 나가던 날 아침에도 이런 식으로
……그날은 화장실 문을 사이에 두고 헤어졌다.

"아버지……같이 살자. 도쿄에서 겐스케랑 태어날 아기랑 같이
……오래오래 살았으면 좋겠어. 내내 고생만 해 왔잖아."

아키라는 정좌하고 있는지도 모른다. 어쩐지 그런 기분이 든다.

야스는 천천히 숨을 들이마시고 말했다.

"난 빈고에 살련다. 그 집에서 앞으로도 쭉, 쭉, 살 거다."

"……왜?"

"내가 빈고에 없으면 너희들이 도망쳐 올 곳이 없어지잖아."

"도망을 치다니 무슨……."

"사람한테는 꼬랑지 말고 도망칠 장소가 있어야 된다. 금의환향 같
은 거 안 해도 된다. 그런 건 안 해도 된다. 세월 좋을 때는 잊어버리
고 있으면 돼. 그래도 힘든 일이 있을 때는 생각해 봐라. 마지막에 돌
아갈 곳이 있다고 생각하면 조금은 기운이 안 나겠나. 버틸 힘이 안
되겠나."

눈을 감고 있는데 쇼운이 웃고 있다. 다에코가 웃고 있다. 회사의
젊은 친구들이 웃고 있다. 그리고 미사코가 다정하게 몇 번이고 끄덕
여 주고 있었다.

양을 백 마리까지 셌다가 이거 안 되겠다 싶어, 단념하고 몸을 일으켰다. 잠이 오지 않는다. 무릎을 폈다가 구부렸다가, 팔베개를 했다가 뺐다가, 온갖 시도를 다 해 봤지만 역시 잠이 오지 않는다. 긴 여행으로 몸은 지쳤을 텐데 마음이 이상하게 흥분해서 눈이 말똥말똥해졌다.

빈고의 집이었다면 술을 조금 더해서 술 취한 기세로 억지로라도 잠들겠지만 아키라의 집에서 부엌을 부스럭부스럭 뒤질 수는 없는 노릇이다.

시계를 보니 11시가 조금 지난 참이었다. 옆의 거실에서는 볼륨을 줄인 텔레비전 소리가 들려온다. 이따금 아키라와 유미의 대화소리가 섞인다. 두 사람 모두 방에서 자는 야스한테 신경을 쓰는지 말소리는 물론이고 발소리까지 죽이고 있는 모양이다.

빈고로 돌아가는 장거리 편 트럭이 터미널을 나가는 시간은 오전 1시 정각. 돌아갈 마음만 있으면 돌아갈 수 있다.

어떻게 해야 될지 정하지 못한 채 우선 옷을 갈아입고 창밖으로 도쿄 만의 야경을 바라봤다. 밤바람을 쐬고 싶었지만 창문을 열고 발코니로 나가기가 조금 무서웠다. 생각해 보면 이렇게 높은 빌딩에서 거리를 바라본 경험은 처음이었다. 거의 하늘 위에 서 있는 것이나 다름없다는 생각을 하게 되니 갑자기 발밑이 불안해졌다.

"아버지, 깨어 있어?"

아키라의 목소리가 장지문 너머로 들려왔다.

"어어……."

"그럼, 잠깐 괜찮아?"

장지문을 열고 들어온 아키라의 품에는 잠에 곯아떨어진 겐스케가 안겨 있었다. 그 뒤에는 아동용의 작은 이불을 든 유미도 있다.

"겐스케, 아버지 옆에 재워도 될까?"

순간 얼굴 가득 환한 웃음이 떠오르려는 것을 야스는 서둘러 미간에 주름을 잡고 "마침 돌아가려던 참인데." 하고 말했다. "지금 가면 트럭 시간에 맞다."

아키라는 "무슨 소리야." 하고 웃고는 유미가 재빨리 깐 이불 위에 겐스케를 뉘였다.

"오줌 싸면 골치 아프다."

"안 싸. 괜찮아, 괜찮아."

"밤중에 울어도 난 젖 안 나온다."

"안 나와도 돼. 우선, 앉아."

아키라는 겐스케 옆에 앉았고 유미도 그 옆에 탈싹 앉았다. 야스도 도리 없이 자신의 이불 위에서 책상다리를 하고 앉았다. 겐스케는 대자로 누워서 쿨쿨 자고 있다. 천하태평이구나, 싶어 야스의 얼굴에도 절로 웃음꽃이 핀다.

"손가락 안 빼네……."

불쑥 중얼거리고 "아키라는 요만할 때 잘 때는 엄지손가락을 입에 넣고 잤다." 하고 유미에게 가르쳐 줬다. "아무리 못 하게 해도 고쳐지지가 않았지. 하도 안 되어서 나중에는 손가락에 겨자를 발라 놓을까 싶었을 정도였다."

"그랬나." 하고 쓰게 웃는 아키라를 힐끗 본 유미는 "손가락을 빠는 건, 외롭거나 욕구불만일 때 하는 거죠……." 하고 말했다.

야스는 말없이 끄덕이고 겐스케의 배에 이불을 덮었다. 작은 손을 가볍게 쥐어 봤지만 일어날 기색은 없다. 정말로 푹, 기분 좋게 자고 있다.

"미사코가 죽고 나서 밤에 그래 많이 울대. 손가락도 빨고, 오줌도 싸고. 밤에 멍하니 깨서는 엄마, 엄마, 엄마, 하고……우는 거라. 내가 아무리 달래도 울다 지칠 때까지 그치질 않았다……."

늘 등을 동그랗게 구부려서 작은 몸을 더 작게 웅크리고 잤다. 가녀린 목소리로 울어 댔다. 어린아이 나름대로 아버지를 깨우면 안 된다고 생각했는지 울음을 참고 어깨를 떨면서. 야스가 눈을 뜰 때까지 늘 혼자서 울고 있었다.

"아키라한테는 많이 외롭게 했지. 아무리 세월이 지나도 그때 아키라가 울던 소리가 잊히질 않는다."

아키라는 고개를 저으며 뭐라고 말을 하려 했지만 유미가 막았다. 문득 보니 유미의 손은 아키라의 손에 포개어져 있었다.

흐흐, 하고 웃은 야스는 겐스케의 자는 얼굴을 바라보며 우쭈쭈쭈, 하고 두 번 크게 끄덕였다.

"잠든 모습이 참 좋네. 자는 얼굴만 봐도 난 다 안다."

고맙습니다, 하고 유미는 거의 숨소리만으로 대답했다.

아키라는 마치 어딘가의 틈새로 끼어드는 듯한 빠른 어조로 "나, 전혀 외롭지 않았어." 하고 말했다. "아버지가 있었으니까 하나도 안 외로웠어……."

"나도 그랬다." 얼굴은 보지 않는다. "나도 아키라가 있어 줘서 외롭지 않았다."

"그러니까……아까도 한 이야기지만 역시 도쿄에서…….'"

"어이, 아키라. 그리고 유미."

말을 가로막은 다음 겨우 두 사람을 정면으로 바라봤다.

"하나만 말하자. 겐스케도 그렇고 태어날 애도 그렇고, 행복하게 해 줄 거라고 너무 생각할 거 없다. 부모란 게 그래 대단한 인간이 아니다. 조금 더 일찍 태어났고 조금 젊어진 게 많은 거, 그 차이다. 애를 키우다 보면 틀린 것도 억수로 많다. 후회되는 걸 이야기하기 시작하면 한도 끝도 없다. 그래도 아키라는 똑바로 잘 커 줬다. 네가 네 힘으로 똑바로 큰 거다."

겐스케의 자는 얼굴로 눈을 되돌리고 숨을 크게 내쉬었다. 우쭈쭈쭈, 하고 또 두 번 끄덕였다.

"부모가 자식한테 꼭 해 줘야 되는 거는 딱 하나밖에 없다."

"……뭐?"

"애를 외롭게 하지 마라."

바다가 돼라.

먼 옛날 가이운 스님이 한 말이다.

자식의 슬픔을 삼키고 자식의 외로움을 삼키는 바다가 되어라.

되어 줬는지 어쨌는지는 모른다. 그래도 그 말을 잊은 적은 없다.

"자는 상이 참 좋고 자는 얼굴이 참 좋다. 또 가끔 보러 오마. 어쩌다 한 번씩 보는 거니까. 그래서 낙인 거지."

그렇지, 겐짱, 하고 자는 얼굴에 웃어 주고 결단을 내렸다. 일어서서 "간다." 하고 말했다.

아키라와 유미는 말리는 대신 앉은 자세를 바로하고 깊숙이 머리를 조아렸다.

매화에서 벚꽃, 벚꽃에서 철쭉으로 고향을 물들이는 꽃이 바뀌어 간다. 봄 안개로 부옇게 보이던 앞바다 섬들의 윤곽이 뚜렷해지고 바다 빛깔에 푸른색이 선명해지면……이 도시는 초여름이다.

수건을 이마에 동여맨 야스는 먼지로 살짝 지저분해진 가게 앞 도로에 양동이의 물을 뿌리며 활짝 갠 하늘을 올려다본다.

"얏짱, 이제 여기는 됐어. 슬슬 마중 나가야지."

가게 안에서 다에코가 말했다.

"아직 음식 준비 다 안 됐다."

돌아보고 대답하자 다에코는 찜을 앉힌 큰 냄비의 불을 조절하며 "얏짱이 도우면 시간이 더 많이 걸린다." 하고 웃는다. "천천히 배워 가면 된다. 나도 아직 쌩쌩하니까."

그렇지, 하며 야스도 웃어 준다. 반년 전만 해도 기력이 쏙 빠져서 부쩍 늙어 있던 다에코였지만 최근 들어 기운을 완전히 회복해 조리복을 입은 뒷모습도 등이 꼿꼿해졌다. 야스가 '저녁뜸'의 뒤를 잇기로 결정한 덕분이라고 단골들이 골리면 '바보 같은 소리 하지 마라!' 하며 머리를 한 대 칠 정도로 기운이 팔팔하다.

"얏짱이 내 찜 맛을 내게 되면 언제든지 은퇴할 거다." 하고는 있지만 이 상태라면 야스는 앞으로 2, 3년은 더 허드렛일을 해야 할 것이다.

그래도 좋다. 천천히 하자. 설령 돈은 없어도 허물없는 동료들과 떠들썩하게 지내다 보면 노년의 날들도 의외로 즐거울지도 모른다.

회사를 그만둔 지 두 달. 미련이 없다면 거짓말이지만, 고바야시 지점장이 "야스 선배가 조기퇴직에 응해 주신 기상, 헛되게 하지는 않겠습니다." 하며 열심히 애쓴 덕분에 플랫폼을 담당하던 젊은 친구들은 모두 회사에 남을 수 있게 되었다. 그 친구들의 안도한 웃는 얼굴을 상상하다 보면 아키라를 도쿄로 떠나 보낼 때의 일도 문득 되살아난다.

지금쯤 플랫폼은 오사카행 편과 하카타행 편의 화물분류로 정신없이 북적거릴 것이다. 야스가 퇴직하고 한동안은 '저녁뜸'에 얼굴을 내밀 때마다 "진짜, 대장님이 없으니까 힘듭니다." 하고 투덜대던 젊은 친구들도 요즘에는 불만이 확 줄었다. 그게 기쁘기도 하면서 섭섭하기도 하고.

플랫폼의 지장보살님을 보살피는 것은 지금도 야스의 일이다. 젊은 친구들한테 방해가 되면 안 되기 때문에 매일 아침 근무 시작 전에 자전거를 타고 회사로 간다. 하지만 지장보살님은 늘 깨끗하게 청소가 되어 있고 제철 꽃도 바쳐져 있다. 가끔 장거리편 운전기사가 사온 특산품 과자가 조금 올라 있기도 한다. 지장보살님을 세운 가나에 수산의 비토 사장은 몇 년 전에 돌아가셨지만 2대째 젊은 사장이 회사를 방문할 때마다 지장보살님께도 합장을 해 준다. 그것이 야스로서는 무엇보다 기쁘다.

"긴 세월이 흘렀다는 소리 아니겠나……."

나지막이 중얼대니 다에코가 "갑자기 왜 그래?" 하며 웃었다.

"내 인생이 결국은 미사코랑 아키라뿐이었던 건지도 모르겠다, 싶어서."

“무슨 소리야? 얏짱, 네 인생은 네 인생이야. 너만의 인생이라고 생각해.”

“……재혼이라도 했었다면 뭐가 좀 달라졌을까?”

“할 사람도 없었던 주제에.”

“누부도 마찬가지지 뭐.”

두 사람은 장난스런 눈빛을 주고받으며 같이 웃는다.

“뭐, 난 두 번째 시집은 못 갔지만 아키라 엄마 시늉을 할 수 있었으니 그거로 충분하다. 젊을 때부터 네 누이 노릇도 대신 해 줬고.”

“누부는 행복했나?”

“응, 행복했다. 많은 일이 있었고 힘든 일도 있었지만 지나고 보면 다 좋은 추억이지.”

“그래…….”

“얏짱은? 얏짱도 행복했지?”

순간 말이 막혀 우물거렸다. 부정할 생각은 없지만 즉석에서 ‘어.’ 하고는 대답하지 못했다.

하지만 다에코는 “부끄럼 타는 것도 다 행복하니까 그런 거지.” 하고 웃는다. “넌 어릴 때부터 그래 부끄럼을 많이 타더니, 앞으로도 열심히 부끄럼 타라.”

“응…….”

“얏짱은 백 살까지 살아라. 미사코 몫까지 살아 줘.”

누부도, 하고 말하려던 야스는 역시 쑥스러워서 말하지 못했다. 등이 근질근질해지는 쑥스러움이, 이 나이가 되고서야 처음으로 못 견디게 기분 좋은 것임을 깨달았다.

"그만, 잡담은 끝. 이제 중요한 대목이잖아. 쓸데없는 소리는 넣어
둬라."

찜의 간을 맞추는 다에코의 등을 야스는 눈부신 듯 가는 눈을 뜨
고 바라보고는 못 말린다, 하고 쓴웃음을 지으며 양동이를 치웠다.

"어이, 얏짱. 이제 슬슬 버스 도착할 거 같은데? 얼른 나가 봐야지."

"어……그럼 갔다 올게."

"오늘밤에는 가족끼리 오순도순 있겠네. 네 명이."

다에코는 그렇게 말했다가 "아, 아니다, 아니다. 다섯이지." 하고 유
미의 뱃속 아기를 인원수에 넣고 웃었다.

리무진버스에서 겐스케와 손을 잡고 내린 아키라는 계단의 단차를
걱정하듯 문 옆에 서서 천천히 내려오는 유미를 기다렸다.

유미는 불룩한 배에 손을 대고 난간을 꼭 붙잡아 가며 한 걸음씩
계단을 내려온다.

겐스케가 야스를 보고 "할아버지!" 하고 손을 흔들며 달려왔다.

"어, 잘 왔다." 하고 겐스케를 받아 안고 버스 쪽을 보니 아키라는
장난기 있는 얼굴로 유미의 배를 손가락으로 가리키고 있고, 유미는
살짝 수줍어하며 인사를 했다.

임신 7개월째에 들어섰다. 지금이 가장 안정된 때라며 주말을 이용
해 찾아왔다. 야스는 "비행기는 위험하지 않나?" 하고 근거도 없이 걱
정하고 있었지만 "오랜만에 봬요." 하며 웃는 유미를 보니 임신 전보
다 살짝 살도 오르고 건강해 보였다.

"차 갖고 올게. 여기 기다리고 있어라."

"나도 할아버지랑 갈래!"

"그래, 그럼 같이 갈까?"

겐스케와 손을 잡고 주차장으로 간다. 세 살 때, 이제 막 만났을 때는 손을 잡고 걸을 때면 걸음걸이며 손의 높이를 조절해야 돼서 바로 요 앞에 가는 데만도 고생했었는데 지금은 지극히 평범하게, 오히려 겐스케가 "얼른, 얼른." 하면서 잡아당기는 경우도 많다.

"겐짱."

"왜에?"

"이제 곧 오빠 되겠네."

"여동생이야, 아기. 여자아기야."

"어어, 알지 그럼. 엄마 닮아서 미인이 될 거다."

하하, 하고 웃어 가슴속의 희미한 고통을 흘려보냈다. 언젠가 겐스케도 자신의 친아버지 일을 알게 될 것이다. 아키라가 이야기를 하든지, 유미가 털어놓든지. 그때까지는 야스 자신이 그랬듯, 두 사람 모두 가슴에 고통을 품은 채 가족의 일상을 보내게 될까.

"나는 부모의 부모니까……."

나직이 중얼거린 다음, 오래 살아야지 안 그럼 아키라가 우는 소리 할 상대가 없어진다, 하고 속으로 말을 이었다.

"아, 지금 움직인다."

유미가 중얼댈 때마다 아키라는 야스에게 눈짓을 한다. 유미의 배를 턱짓으로 슬쩍 가리키며 만져 봐, 하고 소리 없이 웃기도 했다. 유미도 그러기를 바라는지 어서요, 하는 듯 배를 야스 쪽으로 돌려 앉으며 웃는다.

하지만 야스는 본 체 만 체 겐스케를 상대로 놀기만 한다. 볼링 게임에 야구 보드게임에 배팅 머신……아키라 일가의 귀성 때마다 "겐짱이 심심해하면 안 되지." 하며 사다 모은 장난감이며 게임도 꽤 많이 늘었다. 앞으로는 여아용 장남감도 늘어 갈 것이다.

겐스케는 아까부터 배팅머신에 열심이다. 용수철장치 팔이 던지는 플라스틱 공을 치면 직선 타구는 벽에 부딪치고, 옷장에 부딪치고, 장지문을 찢는다. 유미는 "얌전히 쳐야지." 하고 주의를 주지만 야스는 "괜찮다, 괜찮다." 하고 웃으며 열심히 공을 주워다 준다.

장지문에 난 구멍 따위, 아무려나 상관없다. 있는 힘껏 배트를 휘두르길 바란다. 그보다 겐스케가 내내 손톱을 물어뜯고 있다. 1월에 도쿄에서 만났을 때는 없던 버릇이었다.

유미와 겐스케가 침실로 물러난 뒤 야스는 배팅머신을 상자에 넣으며 아키라에게 말했다.

"겐스케, 외로움 타는 거 같은데 어떻나?"

아키라는 한숨을 쉬며 끄덕였다.

"나랑 유미도 신경을 쓰느라 쓰는데도, 아무래도 모든 게 아기 중심이 되다 보니까 역시……. 이런 일 흔하대. 동생이 생길 경우 위에 애가 아기 때처럼 굴거나, 정신적으로 불안정해지는 경우가."

"그래……."

"괜찮아, 겐스케를 배려하면서 야무지게 잘할 거니까."

아키라는 그렇게 말하더니 "부모 된다는 거 참 힘들다." 하며 쓴웃음을 지었다.

당연하지, 하며 야스도 쓴웃음을 짓는다.

"아버지 많이 고생시켰구나……. 나 요즘 자주 그런 생각해, 정말."

"등신, 고생하는 게 부모 일이다."

배팅머신 상자에 뚜껑을 덮고 "저기." 하고 아키라를 돌아봤다. "내일 아침에 겐스케 일찍 일어나게 해도 되나?"

"되는데…… 왜?"

"데리고 가고 싶은 데가 있다."

뒷좌석에서 깜박 졸고 있던 겐스케는 차가 서자 눈을 비비며 몸을 일으키고는 "도착했어?" 하고 물었다.

"어, 도착했다."

야스가 "봐봐라." 하고 앞유리를 손가락으로 가리키자 운전석으로 몸을 쭉 뺀 겐스케는 우와아, 하고 환성을 질렀다. 모래톱 저쪽에 바다가 있다. 아침햇살을 받아 반짝반짝 빛나고 있다.

차에서 내려 손을 잡고 걷는다. 바다는 잔잔하다. 나른한 리듬의 파도소리는 마치 서두르지 않아도 된다, 서두르지 않아도 된다, 하고 말을 거는 것만 같아서, 그래서 야스의 걸음도 자연히 느려진다.

"겐짱 아빠도 어릴 때 이 해변에서 놀았다. 할아버지랑 할머니랑 같이 아침 일찍 와서 해가 질 때까지 놀았었지……."

"나 알아. 할머니는 아빠가 애기 때 돌아가셨지. 그래서 이젠 없어."

야스는 쓴웃음을 짓고 고개를 젓는다.

"있어?"

"없지만…… 있다."

"아, 알았다. 별님이 됐지?"

"그래, 하늘에도 있다. 근데 할머니는 바다에도 있다. 산에도 있다. 거리에도 있다. 어디에든 있다."

"……그래?"

"눈에 안 보일 뿐이다. 겐짱이 있는 곳에는 언제든지 할머니가 있다. 겐짱이 외롭지는 않나, 친구랑 사이좋게 지내나, 엄마아빠가 사랑해 주나, 하면서……걱정스런 얼굴로 겐짱을 보고 있다."

모래사장 중간에서 걸음을 멈춘다. 바다를 보며 심호흡 한 번. 어이, 그렇지? 하고 미사코에게 말을 건다. 당신은 그런 식으로 아키라를 키워 왔잖아, 하며 바다를 응시한다.

"그런데 할머니가 할 수 없는 게 한 가지 있다."

"그래?"

"어어……그러니까 할아버지가 대신 해야 된다."

무릎을 꿇고 눈높이를 겐스케에 맞춰 두 팔로 안아 줬다. "겐짱은 다정한 오빠가 될 거야. 그렇지? 넌 착한 아이니까. 세상에서 가장 착한 아이니까. 할아버지할머니의 손자잖아……." 하는 울먹이는 목소리가 스며들어 사라지도록 세차게, 세차게 부둥켜 안았다.

겐스케는 "할아버지, 아파, 아파." 하고 웃으며 말한다. "어어, 미안, 미안. 할아버지가 힘을 얼마나 줘야 될지 몰랐다." 하고 서둘러 사과하면서도 야스는 여전히 겐스케를 안고 있다. 얼굴과 얼굴이 꼭 붙는다. 겐스케와 야스의 눈길이 서로 똑바로 연결된다.

그럴 수가 없는데 겐스케의 생김새는 조금씩 아키라를 닮아갔다. 앞으로도 더 많이 닮게 될 것이라고 야스는 믿고 있다.

논리 같은 건 필요 없다, 하고 동료들에게 말할 것이다. 그게 부모 자식이라는 거니까. 가족이라는 거니까. 이런 생각으로 기분 좋게 머리를 치고 돌아다닐 것이다. 아키라 때도 말이다, 아키라가 지금 겐스케만 했을 때 말이다, 하며 추억담은 끝이 없을 테지. 그리고 마침내 늙어 인생의 마지막 순간을 맞이하고…….

"역시 행복했네."

혼잣말을 하자 겐스케가 "뭐어?" 하고 물었다. 아무것도 아니다, 하고 야스는 웃으며 고개를 저은 다음 바다로 눈길을 돌렸다. 하늘 위에서 기다리고 있는 미사코에게 선물할 이야기들은 잔뜩 있다. 이 가슴에서 넘쳐날 정도로 있다.

"나, 행복하다. 행복해."

또 절로 목소리를 내자 겐스케가 "행복이 뭐야?" 하고 물었다.

야스는 "응?" 하고 멍한 얼굴로 대꾸하고는 "행복이라는 건 말이다 ……이거지!" 하며 또 겐스케를 끌어안았다.

모래사장에서 노는 겐스케를 질리지도 않고 바라봤다. 어린 아키라를 놀게 했던 그때처럼 모래사장에 털썩 앉아 파도소리를 듣고 있자니 자신의 몸이 풍경 속으로 녹아드는 것만 같은 감각에 싸인다. 먼 수평선에서 어린 아키라의 목소리가 들려온다. 야상, 야상, 하고 야스를 부르고 있다.

"아버지……."

자신을 부를 때까지, 아키라가 뒤에 서 있는 줄도 몰랐다. 돌아보니 유미도 있었다. 그 시선 끝에는 쇼운의 차가 세워져 있다.

"아저씨가 야쿠신네에서 아침 독경을 마치고 놀러 오셨어. 아버지가 겐스케 데리고 어딜 갔다고 했더니 아마 바다에 있을 거라고…… 대단해. 죽마고우는 역시."

"지긋지긋한 악연이라 하는 거다, 그런 거를."

밉살스런 소리를 하는 야스 옆에 유미가 섰다. 임부복에 둘러싸인 배를 야스 쪽으로 내밀며 "지금 굉장히 기운차게 움직이고 있어요." 하고 말한다. "손 대 보세요."

손바닥을 셔츠에 박박 문질러 닦은 다음 멈칫멈칫 하면서 조심조심, 배에 댔다. 눈을 감는다. 쿵, 쿵, 쿵……하고 손바닥에 작은 생명의 감촉이 전달되어 온다.

"아버지 손자야."

아키라는 그렇게 말하더니 "두 번째 말이지." 하고 덧붙인 다음 겐스케 쪽을 돌아봤다.

"어이, 아빠랑 엄마도 왔다!"

아키라는 '준비, 땅'의 자세를 잡았다가 겐스케를 향해 뛰어갔다. 유미도 배를 보호하며 천천히 바다 쪽으로 간다.

그 자리에 남은 야스는 후훗 하고 웃으며 쇼운을 돌아봤다. 차 옆에 서 있던 쇼운은 "미사코, 네 옆에서 웃고 있는 거 같은데." 하며 기쁜 얼굴로 말했다.

야스는 일어서서 "등신!" 하고 버럭 소리를 지른다. "옆이 아니다, 여기 있잖아, 여기!" 자신의 가슴을 손으로 가리키며 웃는다.

"할아버지, 이거 봐! 이거 주웠어!"

조개껍데기를 손에 들고 뛰어오는 겐스케를 아키라가 우스꽝스런 걸음걸이로 앞질렀다. 웃고 있다. 겐스케도, 아키라도, 유미도, 쇼운도, 그리고 물론, 미사코도.

야스 혼자만 울고 있었다. 웃고 싶어서 울었다. 언제까지고 울었다. 가족에 둘러싸여, 고향의 바람을 맞으며, 내내 울었다. 눈물이 만든 작은 바다의 파도소리는 야샹, 야샹, 하는 혀짤배기 목소리였다.

끝.

아빠는 우주최강 울보쟁이

펴낸날 초판1쇄 2012년 4월 5일
지은이 시게마츠 기요시
옮긴이 김소영
펴낸이 심만수
펴낸곳 (주)살림출판사
출판등록 1989년 11월 1일 제9-210호

경기도 파주시 문발동 파주출판도시 522-1
전화 031)955-1350   **팩스** 031)955-1355
기획·편집 031)955-1399

http://sallimbooks.com
book@sallimbooks.com
ISBN: 978-89-522-1744-8 (43830)